DER GROSSE LIEBESROMAN

Von Patricia Matthews
sind als Heyne-Taschenbücher erschienen:

Plantage der Leidenschaft · Band 28/2
Die Glut der Leidenschaft · Band 28/9
Die große Liebe meines Lebens · Band 28/17
Die Geliebte des Lords · Band 28/20
Unschuld und Leidenschaft · Band 28/30
Erregend klingt das Lied des Blutes · Band 28/36
Leidenschaft im Goldrausch · Band 28/41
Des Herzens schrankenlose Sehnsucht · Band 28/46
Glücksritter der Liebe · Band 28/52
Flammen im Blut · Band 28/58
Der Liebe verschlungene Pfade · Band 28/65
Zwischen Liebe und Leidenschaft · Band 28/71
Traumtanz der Liebe · Band 28/88
Spielball der Liebe · Band 28/101
Flammende Leidenschaft · Band 28/119
Glut der Leidenschaft · Band 28/125

Patricia Matthews

DIE ZAUBER-INSEL

Roman

Deutsche Erstausgabe

WILHELM HEYNE VERLAG
MÜNCHEN

HEYNE – DER GROSSE LIEBESROMAN
Band 28/130

Titel der amerikanischen Originalausgabe
ENCHANTED
Deutsche Übersetzung von Irene Bonhorst

Printed in Germany 1989
Umschlagfoto: Oliviero Berni/Schlück
Umschlaggestaltung: Atelier Ingrid Schütz, München
Gesamtherstellung: Ebner Ulm

ISBN 3-453-03099-0

1

Sommer, 1817

Der Mann war ein affektierter Typ in mittleren Jahren, keineswegs die Sorte, auf die Rebecca Trenton normalerweise eingegangen wäre. Doch schien er sich recht gut in der Geschichte der Gegend auszukennen wie auch im gesellschaftlichen Klatsch, und offensichtlich hatte er großes Interesse daran, sein Wissen mit zwei attraktiven jungen Damen zu teilen.

Rebecca ignorierte die mißfälligen Blicke ihrer Cousine Margaret Downing und schenkte Joshua Sterlin ihr süßestes Lächeln, während sie alle drei an der Reling des kleinen Küstenbootes lehnten, das langsam seine Bahn entlang der sommerlichen Küste von South Carolina zog.

»Also wirklich, das finde ich überaus faszinierend«, sagte Rebecca überschwenglich; sie wußte, daß Sterling viel zu einfältig war, um ihre Scheinheiligkeit zu bemerken, und außerdem war sie sich sehr wohl bewußt, wie sehr sie Margaret damit ärgerte.

Sterling strahlte bei den Worten Rebeccas, die er für anerkennend hielt. »Nun, ich muß sagen, daß ich wirklich entzückt bin, zwei junge Engländerinnen kennengelernt zu haben, die sich so sehr für unsere Geschichte interessieren. Die meisten jungen Frauen von heute scheinen nicht viel für die Vergangenheit übrig zu haben.«

Rebecca bedachte ihn mit einem weiteren strahlenden Lächeln. »Oh, uns interessiert sie sehr. Besonders was Pirate's Bank betrifft. Edouard Molyneux ist nur ein entfernter Cousin von uns, und wir wissen sehr wenig über ihn und seine Heimat. Und ich bin der Meinung, man sollte soviel wie möglich über eine Gegend, die man besucht, erfahren. Meinen Sie nicht, Sir?«

Sterling antwortete mit einem breiten Lächeln, bei dem er große, ziemlich gelbe Zähne zeigte. Er ähnelt sehr einem alternden Pferd, dachte Rebecca und bemühte sich, ein Lächeln zu unterdrücken. Sie durfte ihn nicht merken lassen, daß sie sich über ihn lustig machte, jedenfalls nicht, bevor er ihnen alles erzählt hatte, was er über Pirate's Bank und die allem Anschein nach recht extravagante Familie Molyneux wußte.

»Sie sagten, daß Pirate's Bank in früheren Zeiten ein Anlegeplatz für Piraten war?«

Sterling nickte. »Ja, in der Tat. Daran gibt es keinen Zweifel. Die Überlieferung behauptet sogar, daß dort noch ein Schatz vergraben sei, obwohl ich zugeben muß, daß bis jetzt noch niemand etwas davon gefunden hat.«

»Und die Molyneux, wann sind sie auf die Insel gekommen?«

»Das genaue Datum ist mir nicht bekannt, aber es ist ungefähr fünfzig Jahre her, daß Jean Molyneux das Haus der Tollheiten für seine Braut Mignon bauen ließ.«

»Sie sagten ›Haus der Tollheiten‹? Hat er sein Heim so genannt? Das scheint mir sehr ungewöhnlich.«

Sterling lachte und zog ein großes, spitzenbesetztes Taschentuch aus der Tasche, um sich die Stirn abzuwischen. Er schätzte sich überaus glücklich über den Zufall, der ihn mit zwei so charmanten Reisebegleiterinnen zusammengeführt hatte, auch wenn sie Engländerinnen waren.

Die kleinere der beiden, Rebecca, war eine echte Schönheit; jung, doch an den richtigen Stellen gut gebaut, und ihre dunklen blauen Augen waren wirklich aufregend, vor allem im Gegensatz zu ihrer vornehmen blassen Haut und dem silberblonden Haar. Er hatte noch nie eine Frau mit einer so hellen Haut gesehen, wie vermutlich die meisten Südstaatler nicht. Sie würde bald die Aufmerksamkeit der Männer auf sich ziehen, das war sicher, und er wollte sich gerne rühmen, der erste zu sein, der sie kennengelernt hatte. Die andere junge Frau, Margaret, war es sicher ebenfalls wert, daß man ein zweites Mal hinsah, besonders wenn man sie allein betrachtete. Doch ihr weiches braunes Haar, die haselnußbraunen Augen und die ruhigen Züge erschienen eher nichtssagend und durchschnittlich, verglichen mit der strahlenden Schönheit ihrer Cousine.

»Sir, Sie wollten uns erklären, warum Cousin Edouards Heim das ›Haus der Tollheiten‹ genannt wurde.«

Sterling, dem zu spät bewußt wurde, daß seine abschweifenden Gedanken die Unterhaltung ins Stocken gebracht hatten, war etwas verwirrt. Diese Frau, diese Rebecca Trenton, war ohne Zweifel eine aufregende Person.

»Ja, natürlich. Ich bitte ergebenst um Verzeihung, Ma'am. Ich versuchte gerade, mir alle Einzelheiten ins Gedächtnis zu rufen. Es war selbstverständlich nicht der Vater Ihres Cousins, der dem Haus diesen Namen gab, sondern einige seiner Freunde und Leute aus der Gegend. Der Name, den Molyneux diesem Ort gab, war – und ist immer noch – sehr schön: Maison de Rêverie, Haus der Träume. Doch die Architektur des Hauses war für die damalige Zeit etwas extrem, wissen Sie. Viele Leute halten sie auch heute noch für außergewöhnlich.«

»Maison de Rêverie. Was für ein hübscher Name! Klingt das nicht schön, Margaret?«

Rebecca stieß Margaret nicht allzu sanft gegen den Arm, und ihr eindringlicher Blick forderte die andere junge Frau auf, sich endlich an der Unterhaltung zu beteiligen, wenn sie sich nicht den Zorn ihrer Cousine zuziehen wollte.

Margaret seufzte schwer. Immer mußte sie Rebecca in irgendeiner Weise nachgeben; seit sie sich erinnern konnte, war das so gewesen. Sie bewunderte ihre Cousine wegen ihrer Schönheit und ihrer Fähigkeit, sich das Leben nach ihren Bedürfnissen einzurichten, doch oft wünschte sie sich, Rebecca wäre etwas weniger herrschsüchtig und den Wünschen anderer Menschen gegenüber etwas toleranter. Was Mr. Sterling zu erzählen hatte, war alles sehr interessant, ohne Zweifel, und bei einer anderen Gelegenheit hätte sie es sicher genossen, ihm zuzuhören. Aber zur Zeit war sie nach einer strapaziösen Reise aus Indien gesundheitlich sehr mitgenommen, und die drei Tage, die sie in Charleston zum Ausruhen verbracht hatten, hatten keineswegs ausgereicht, um im vollen Besitz ihrer Kräfte wieder zu sein.

Und jetzt befanden sie sich bereits auf einem Schiff, auf dem Weg zu einer Insel, die sie noch nie gesehen hatten, und zu Verwandten, die sie nicht kannten. Nach allem, was Margaret über die Vereinigten Staaten gelesen hatte, war sie zu dem Schluß gekommen, daß dieser Teil des Landes möglicherweise noch nicht einmal zivilisiert sei. Wie konnte Rebecca nur so vergnügt sein? Woher nahm sie ihre Energie und Stärke?

Nun ja. Es wäre immer noch einfacher, Rebeccas Wünschen nachzugeben, als ihr Mißfallen zu erregen.

Margaret sagte: »Ja, wirklich, das hört sich sehr hübsch an, Mr. Sterling. Ist die Insel selbst schön? Viele Inseln, an denen wir vorbeigekommen sind, schienen sehr stark bewaldet zu sein.«

Sterling lächelte und nickte sehr zufrieden darüber, daß beide Frauen seinen Worten lauschten.

»O ja, sie ist schön, obwohl sie, soviel ich weiß, nicht mehr mit dem zu vergleichen ist, was sie früher einmal war. Edouard hält das Haus in einem sehr guten Zustand, und auch das anschließende Land ist sehr gepflegt, aber ich befürchte, den Rest der Insel hat er etwas vernachlässigt, so daß sie sich mehr oder weniger wieder in ihrem Urzustand befindet.«

Margarets Interesse war unwillkürlich erwacht, und sie beugte sich vor. »Was wollen Sie damit sagen, Sir? War sie nicht immer in ihrem ›Urzustand‹?«

Sterling kicherte in sich hinein. »O nein. Ich habe sie zwar in früheren Zeiten nicht gesehen, da ich nicht ganz *so* alt bin, aber ich weiß, was man sich darüber erzählt, und außerdem gibt es Bilder und Skizzen des Malers Polydoro, der sehr berühmt war und ein enger Freund der Familie Molyneux.

Früher war die ganze Insel eine gestaltete Landschaft, mit verschlungenen Pfaden, kleinen Tempeln, versteckten Gärten und seltenen Pflanzen und Bäumen. Jean Molyneux nannte sie sein verzaubertes Königreich, und nach allem, was ich gehört habe, traf das genau zu. Man sagt, daß er seine kleine Insel tatsächlich wie ein König regierte, umgeben von einem Hofstaat von Freunden und Bekannten, von denen die meisten auf ihre Weise sehr berühmt waren. Ja, Berühmtheiten und Halbberühmtheiten mischten sich dort mit der Halbwelt. Es ging das Gerücht . . .« Er warf Rebecca einen listigen Blick zu. »Aber vielleicht sollte ich Ihnen das nicht erzählen. Vielleicht ist das für die Ohren von zwei wohlerzogenen jungen Damen eine Beleidigung.«

Rebecca, die wußte, daß er darauf brannte, sich mit seiner Erzählung in etwas schlüpfrigere Bereiche vorzuwagen, lächelte ihn an und warf ihm einen koketten Blick zu. »Oh, Sie sind gemein. Sie müssen fortfahren. Sie können uns doch nicht so auf die Folter spannen.«

Sterling nahm die Gelegenheit wahr, um etwas näher an Rebecca heranzurücken und ihr einen eindeutigen Blick zuzuwerfen. Sterling verstand etwas von weiblicher Mode, und er erkannte, daß sie sehr modisch und vorteilhaft gekleidet war. Ihr Kleid aus blauem Batist brachte ihre Figur bestens zur Geltung. Und die Kleine hatte einen wundervollen Busen!

In diesem Moment schlingerte das Boot, und Sterling streckte die Arme aus, um sie zu halten, aber Rebecca entzog sich geschickt seinem Griff. Um von der peinlichen Situation abzulenken, fing Sterling schnell wieder an zu sprechen. »Wie unangenehm. Es scheint, wir müssen mit schlechtem Wetter rechnen, vielleicht einem Gewitter. Aber ich nehme an, Sie beide werden noch rechtzeitig vorher an Land gehen. Ich werde wohl weniger Glück haben. Nun, wo war ich stehengeblieben?«

»Sie waren im Begriff, uns etwas über das mysteriöse Treiben des ›Hofstaates‹ von Jean Molyneux zu erzählen.« Rebeccas Augen blickten kühl, und Sterling, der möglichst rasch ihr Wohlgefallen zurückerlangen wollte, beeilte sich fortzufahren.

»Ja, genau. Nun, wie Sie sicher schon gemerkt haben, war Jean Molyneux seiner Zeit weit voraus. Er war selbst künstlerisch veranlagt, ein begabter Maler und Bildhauer. Er hatte das Maison de Rêverie entworfen. Und die meisten seiner Freunde gehörten zur Welt der Kunst – es waren Maler, Schriftsteller, Schauspieler, Sänger und generell Kunstfreunde. Molyneux lud sie alle auf seine Insel ein, wo er und seine Frau verschwenderische und, wenn man den Gerüchten glauben darf, etwas anstößige Feste gaben.«

»Und was für ein Mensch war er persönlich? Wissen Sie das?«

»Ein sehr charmanter Mann, wie man sagt. Gutaussehend und geistreich. Doch man sagt auch, daß er unbeherrscht und jähzornig gewesen sei, daß seine Zornesausbrüche jedoch nicht lange angehalten hätten und er ein Freund ›abartiger‹ Unterhaltung gewesen sei.«

Rebecca spürte, wie Margaret zusammenzuckte, und mit einem verschmitzten Blinzeln fragte sie: »In welcher Hinsicht ›abartig‹, Mr. Sterling?«

»Das sind natürlich alles nur Gerüchte, uralte Geschichten.

Aber wo Rauch ist ... Wie dem auch sei, es wird behauptet, daß Edouard und Mignon auf der Insel sonderbare Riten abhielten, mit merkwürdigen Spielen, ein Zeitvertreib, bei dem sogar ihre Kinder teilnehmen durften. Natürlich fanden die üblichen Ausschweifungen statt – maßlose Trinkgelage und reges Hin und Her zwischen den Schlafzimmern ...«

Margaret schnappte entsetzt nach Luft, und Sterling heuchelte Betroffenheit. »Oh, meine liebe junge Dame, es tut mir entsetzlich leid. Ich vergaß mich. Bitte vergeben Sie mir.«

Margaret wandte das Gesicht ab, aber Rebecca, die genau wußte, daß dem alternden Lebemann klar war, was er tat, nickte nur gelassen. »Dann waren sie also sehr fortschrittliche Leute, Jean Molyneux und seine Frau? Und reichlich sonderbar, so scheint es. Ich nehme an, sie sind beide tot?«

Sterling nickte, und da er fürchtete, er könnte zu weit gegangen sein und die Sympathie seines Publikums eingebüßt haben, sprach er schnell weiter. »Ja, so ist es. Sie sind seit vielen Jahren tot, doch selbst die Umstände ihres Todes waren ungewöhnlich. Mignon wurde im Turmzimmer gefunden, ganz in Weiß gebettet und mit auf der Brust gefalteten Händen. Man sagt, die Ärzte hätten keine Todesursache feststellen können. Und Jean ...« Hier senkte Sterling die Stimme und machte ein Gesicht, das er für geheimnisvoll hielt. »Man fand Jean mit einem Strick um den Hals im Jagdzimmer hängen.

Sein Sohn, Ihr Cousin Edouard, fand die beiden. Er war damals noch ein Kind. Sie können sich den Schock vorstellen.«

Margarets zartes, empfindsames Gesicht war blaß geworden. »Ich glaube, ich gehe und kümmere mich um unsere Sachen, Rebecca, wenn du nichts dagegen hast. Vielleicht kommst du mit? Wir werden bald an Land gehen, oder nicht?«

Rebecca lächelte und tätschelte ihrer Cousine mitfühlend die Schulter. »Natürlich, meine Liebe. Du siehst wirklich etwas erschöpft aus.« Sie hatte von Sterling erfahren, was sie wissen wollte, und wollte ihn jetzt loswerden. Sie wandte sich an ihn. »Margaret verträgt Seereisen nicht besonders, wissen Sie, und ich war gedankenlos. Aber unsere kleine Unterhaltung war *sehr* interessant. Ich danke Ihnen für Ihre Freundlichkeit, Sir, daß Sie uns so großzügig an Ihrem Wissen teilhaben ließen. Ich habe das Gefühl, daß ich jetzt über Pirate's Bank und die Geschichte der Familie Molyneux viel besser Bescheid weiß.«

»Das Vergnügen war ganz auf meiner Seite, meine Liebe. Ich hoffe, Sie erlauben mir, daß ich Sie während Ihres Aufenthalts auf der Insel besuche. Wie ich Ihnen schon sagte, wohne ich in Beaufort auf der Insel Port Royal, die nicht weit von Pirate's Bank entfernt liegt. Und ich würde mich überaus glücklich schätzen, wenn Sie mich einmal besuchen kämen. Beaufort ist die einzige Ortschaft in der ganzen Gegend, und alle machen in den Geschäften dort ihre Einkäufe.«

Obwohl sie sich nicht vorstellen konnte, welche Veranlassung sie haben könnte, diesen Mann zu besuchen, neigte Rebecca anmutig den Kopf und sagte: »Selbstverständlich, Sir. Margaret und ich wären entzückt. Aber jetzt müssen wir uns um unsere Sachen kümmern. Oh! Ist das dort vorn schon Pirate's Bank?«

Als ob sie alle Marionetten wären, von derselben Hand geführt, wandten alle gleichzeitig den Kopf in Richtung einer leichten, grün bewachsenen Erhebung, die vor dem Bug zu schweben schien.

Sterling beugte sich vor, um durch die hereinbrechende Dämmerung zu der Insel zu sehen. »Ja, wirklich. Das ist Pirate's Bank. Ihre charmante Gesellschaft hat die Zeit im Fluge vergehen lassen.«

Rebecca machte an diesem Nachmittag zum erstenmal eine Bewegung, hinter der keine Berechnung steckte, indem sie aufgeregt den Arm ihrer Cousine ergriff. »Da ist es, Margaret«, sagte sie mit sanfter Stimme. »Pirate's Bank! Wie wird es wohl *wirklich* dort sein?«

Auf dem hölzernen Anlegesteg von Pirate's Bank stand Armand Molyneux mit weit gespreizten Beinen, die Hände hinter dem Rücken verschränkt; sein dunkles, kantiges Gesicht hatte einen finsteren Ausdruck, was ihn älter als vierundzwanzig Jahre erscheinen ließ. Er hatte breite Schultern und kräftige Beine, und schon als Heranwachsender hatte er eher den Eindruck eines Mannes als den eines Knaben gemacht. Neben ihm kauerten zwei schwarze Männer, einer fast noch ein Knabe, der andere in mittlerem Alter.

Armand blickte mit mürrischen und harten Augen dem sich

nähernden Schiff entgegen. Er hatte eine Menge Arbeit zu erledigen, und er hatte weder Lust noch Begabung für die Aufgabe, die ihm sein Vater übertragen hatte. Es hätte doch auch jemand anders diese beiden entfernten Cousinen abholen können, die sie jetzt für wer weiß wie lange besuchen kamen. Der ganze Nachmittag war verdorben. Er mußte die beiden jungen Frauen und ihr Gepäck zum Haus bringen, und wenn er sich endlich einigermaßen anständig aus dem Staub machen konnte, wäre der Arbeitstag zu Ende – nicht nur für ihn selbst verschwendet, sondern auch für die Männer, die er von ihrer normalen Arbeit zum Gepäcktragen hatte abziehen müssen. Armand kannte sich mit Frauen nicht sonderlich gut aus, aber er wußte immerhin so viel, daß die beiden Neuankömmlinge bestimmt mit jeder Menge Gepäck anreisen würden.

Wenn nur Jacques zu Hause gewesen wäre – solche Aufgaben fielen eindeutig mehr in den Bereich seines Bruders –, aber Jacques war mit ihrem Vater Edouard wegen irgendwelcher geschäftlichen Angelegenheiten in Savannah. Jacques hätte gewußt, wie man sich mit jungen Damen unterhält. Er wäre höflich und charmant gewesen, und vor allem hätte er die Aufgabe genossen. Edouard hätte das Abholen ebenfalls mit Leichtigkeit erledigt. Nur ihm, Armand, fehlte es an gesellschaftlichem Schliff, so wie es ihm an vielem fehlte, das sein Vater gern bei ihm gesehen hätte.

Eine leichte Brise kam auf, und das Wasser kräuselte sich leicht. Pirate's Bank lag nur wenige Meilen von der Küste von South Carolina entfernt, und es war keineswegs die am weitesten im Meer liegende Insel der kleinen Gruppe, zu der sie gehörte, aber bei ungünstigem Wetter konnte das Wasser ringsherum sehr gefährlich werden, und im Moment sah es ganz so aus, als ob sich ein Sturm zusammenbraute.

Der kleine Küstendampfer schien schwer gegen den Wind anzukämpfen, während er sich der Anlegestelle näherte. Armands volle Lippen verzogen sich zu einem Lächeln. Wenn seine beiden Cousinen Seereisen nicht gut vertragen konnten, würden sie in ziemlich mitgenommenem Zustand von Bord kommen. Er verstand selbst nicht, warum ihn dieser Gedanke mit Genugtuung erfüllte, aber so war es. Vielleicht weil die beiden Frauen von vornherein in einer schwächeren Position wären, wenn sie durchnäßt und seekrank ankämen. Und er würde sich dann weniger unbeholfen vorkommen. Das war keine besonders ehrenhafte Einstellung gegenüber Verwandten, wie entfernt die Verwandtschaft auch sein mochte. Aber jedenfalls war er sich selbst gegenüber ehrlich.

Seine düstere Stimmung verflog etwas, er ging zu den beiden Schwarzen, und gemeinsam begaben sie sich an die Kante des Anlegestegs und stellten sich so auf, daß sie die Leinen auffangen konnten, wenn das Schiff nah genug herangekommen war.

Armands erster Eindruck von seinen Cousinen war durch das Anlegemanöver etwas verwischt. Verschwommen nahm er bunte Kleider, blasse Gesichter und mädchenhafte Stimmen wahr.

Die bewegte See machte das Aussteigen etwas schwierig, und die enge Kleidung und die zarten Schühchen der jungen Damen erwiesen sich als hinderlich. Armand streckte der ersten die Hand entgegen – sie schien auf der Laufplanke angewurzelt zu sein – und packte sie unter dem Arm. Er hob sie auf den Steg, wo sie taumelnd und mit vor Angst und Überraschung weit aufgerissenen Augen aufkam. Sie war mit irgend etwas Rosafarbenem bekleidet. Hübsch, vermutete Armand.

Als er sich wieder zur Laufplanke umdrehte, um der anderen zu helfen, sah er, daß sie es allein schaffte. Als sie auf den Steg trat, erstarrte er wie vom Blitz getroffen. Eine Frau wie diese hatte er noch *nie* gesehen. So strahlend hell, als wäre sie nicht aus Fleisch und Blut; sie schien in der feuchten, sturmgrauen Luft zu glühen. Ihr Anblick brannte ihm in den Augen. Er merkte, daß er sie anstarrte, aber konnte den Blick nicht von ihr lassen. Sie war die aufregendste Frau, der er je begegnet war.

Und dann bemerkte er, daß ihn ihre tiefblauen Augen leicht amüsiert betrachteten, und er fand seine Fassung wieder. Er kam sich töricht vor und ärgerte sich, daß er so außer sich geraten war.

Die Männer trugen das Gepäck heran – stapelweise –, und Armand war froh, daß er seine Aufmerksamkeit einen Moment etwas anderem als den beiden Frauen zuwenden konnte.

Als er sich ihnen wieder zuwandte, tat er es mit untadeliger, aber oberflächlicher Höflichkeit.

Er vollführte eine ungelenke kleine Verbeugung. »Ich bin

Armand Molyneux und stehe zu euren Diensten. Ich bin hier, um euch zum Haus zu bringen, Willkommen auf Pirate's Bank und willkommen im Maison de Rêverie.«

Die größere der beiden, diejenige, die er auf den Steg gehoben hatte, nickte leicht. Ihr Gesicht war sehr blaß, und sie schwankte ein wenig, als sich ihre Blicke trafen. »Ich bin deine Cousine Margaret«, sagte sie mit betont englischem Akzent. »Ich fühle mich nicht sehr gut. Ich wäre sehr dankbar . . .«

Armand verbeugte sich erneut. »Natürlich. Ihr seid erschöpft. Ich habe die Kutsche mitgebracht. Die Fahrt zum Haus dauert nur ein paar Minuten. Die Männer werden das Gepäck im Karren nachbringen. Wenn ihr mir bitte folgen würdet.«

Rebecca war trotz ihrer Müdigkeit und der feuchten, drükkenden Luft gespannt und aufgeregt. Mr. Sterling hatte in einem Punkt recht gehabt; die Insel – wenigstens das, was sie von dem Anlegesteg aus sehen konnte – war wirklich sehr schön, selbst im trüben Licht des Unwetters. Ein schmaler weißer Sandstrand, unterbrochen von grasbewachsenen Dünen, grenzte an einen Wald. Mit seinem üppigen Bewuchs von großen Bäumen, blühenden Büschen und Ranken duftete der Wald wie ein riesiges Gewächshaus.

»Es sieht wirklich alles wie verzaubert aus, nicht wahr?« flüsterte sie Margaret zu.

Die kleine Kutsche, die auf dem Weg am Rand des Stegs abgestellt war, war hübsch verziert, und das Pferd davor schien von edlem Geblüt. Es war offensichtlich, daß sich Cousin Edouard auf schöne Dinge verstand und sich damit umgab.

Was den jungen Mann betraf, der gekommen war, um sie abzuholen, ihren Cousin Armand – nun, sein Benehmen hätte noch einen gewissen Schliff vertragen, doch er war ein gutaussehender Bursche, auf eine wilde, urtümliche Art. Kräftige Beine zeichneten sich unter der enganliegenden Hose ab, der blaue Rock umspannte breite Schultern, und die weiße Weste brachte sein ungebändigtes schwarzes Haar, dem sicher ein Schnitt nichts geschadet hätte, gut zur Geltung. Rebecca fragte sich einen Augenblick lang, ob die ganze Familie wohl so gutaussehend wäre, und hoffte, daß nicht alle ebenso mürrisch seien.

Als sie Margarets Arm ergriff, war sie ein wenig peinlich berührt, wie müde und erschöpft ihre Cousine aussah. Margarets normalerweise rosiges Gesicht war weiß wie Milch, und ihre Augen waren von dunklen Schatten umrandet. Rebecca erkannte, daß sie von Margaret nicht hätte verlangen sollen, daß sie mit ihr an der Reling stehen blieb; sie hätte ihr einen Sitzplatz verschaffen und sie ausruhen lassen sollen, aber sie war so voller Energie und so überschwenglich gewesen, daß sie nicht daran gedacht hatte, daß Margaret nicht ihre körperliche Konstitution besaß. Sie mußte wirklich versuchen, weniger egoistisch zu sein.

Jetzt tätschelte sie zärtlich den Arm ihrer Cousine. »Komm, Margaret, wir bringen dich zum Haus, wo du dich hinlegen kannst.«

Margaret sah ihre Cousine dankbar an. Trotz ihrer eigenwilligen Art konnte Rebecca überraschend mitfühlend und liebevoll sein, wenn man es am wenigsten von ihr erwartete, und das Unerwartete dabei machte einen um so dankbarer für ihre Freundlichkeit.

Armand half ihnen beiden mit abgewandtem Gesicht in die Kutsche, nahm selbst Platz und gab dem Pferd die Peitsche. Einen Augenblick später setzten sie sich auf der gutgepflegten Straße in Bewegung, die von dem Steg weg unter großen grünen Bäumen hindurch und an reizvollen Bauerngärten mit derben Zäunen und bunten Blumen vorbei zum Haus führte.

All das war wunderschön, ohne Zweifel, aber irgend etwas an der Üppigkeit der Pflanzen – die pralle Reife – bereitete Margaret Unbehagen. Die Luft, drückend vor dem drohenden Gewitter, fühlte sich an wie eine heiße, feuchte Decke, die sich ihr auf die Schulter legte. Nicht zum erstenmal seit Beginn ihrer Reise fragte sich Margaret nach dem Sinn und Zweck dieses Unternehmens, und sie wünschte, sie wäre wieder bei ihren Eltern in Poona. Obwohl sie selten darüber sprach – es war eine sehr zweifelhafte Gabe, für die sie sich schämte und vor der sie sich fürchtete –, hatte Margaret schon seit der Kindheit merkwürdige Zukunftsvisionen. Diese Tatsache war an sich schon schlimm genug, aber die Erfahrung hatte ihr gezeigt, daß ihre Ahnungen sehr oft Wirklichkeit wurden. Auch kurz vor Antritt dieser Reise hatte sie solche Ahnungen gehabt, aber da sie alle bedrängt hatten, ihre eigene Familie, Rebecca und deren Familie, war sie machtlos gewesen, ihre Befürchtungen auszudrücken. Wie hätte sie sie denn auch formulieren sollen?

Jetzt, da die kleine Kutsche so flink über die schmale Landstraße holperte, sah Margaret hinüber in Rebeccas strahlendes Gesicht und wünschte sich inniglich, daß sie genauso lebensfroh und furchtlos in die Zukunft blicken könnte wie diese. Rebecca war immer neugierig auf das, was ihr das Leben als nächstes bescherte. Schließlich, dachte Margaret, bewahrheiteten sich ihre Ahnungen auch nicht *immer*. Vielleicht beruhten ihre Befürchtungen für die Zukunft in diesem Fall einfach auf der Tatsache, daß sie zum erstenmal so weit entfernt von ihren Eltern war und von dem Land, in dem sie die meiste Zeit ihres einundzwanzigjährigen Lebens verbracht hatte.

Verwirrt und durcheinander griff sie nach Rebeccas Hand, als hoffte sie, daß diese feste Berührung etwas von Rebeccas Stärke auf sie übertrug. So näherten sie sich dem Maison de Rêverie, das Mr. Sterling so beängstigend dargestellt hatte.

2

Die Sitzbank der Kutsche war kaum breit genug, daß sie alle drei darauf Platz hatten, und Rebecca war sich deutlich bewußt, daß ihr Schenkel den ihres ihr noch ziemlich fremden Cousins berührte. Sie bildete sich ein, daß sie Armands Körperwärme durch den dünnen Stoff ihres Kleides spüren konnte, und das war eine sehr anregende Vorstellung. Sie merkte, wie sich ihr Herzschlag beschleunigte. Armand war zwar nicht besonders unterhaltsam, aber er sah sehr gut aus, und er strahlte eine urtümliche Vitalität aus, die auf eine gewisse Kraft schließen ließ.

Sie lächelte in sich hinein und überlegte, wie diese Berührung wohl auf ihn wirken mochte. Obwohl sie noch Jungfrau war, wußte Rebecca eine ganze Menge über Männer und deren Bedürfnisse.

Manchmal kam es ihr vor, als wäre sie mit dem Wissen auf die Welt gekommen, wie man sich Knaben und Männer gegenüber verhält, und schon seit frühester Kindheit waren diese von ihr angezogen. Als sie zur Frau heranreifte, fing sie an, Notiz von der Wirkung zu nehmen, die sie auf das andere Geschlecht hatte. Sie wurden über und über rot im Gesicht, fingen an zu stammeln, und auch andere Veränderungen waren ihr nicht entgangen. Es war mitleiderregend einfach, einen Mann, jeden Mann, durcheinanderzubringen, indem sie sich einfach dicht an ihn stellte oder sich so vorbeugte, daß er ihr in den Ausschnitt sehen konnte; es war so einfach, daß es eigentlich fast schon langweilig war.

Über ihre eigenen Gefühle behielt sie jedoch im allgemeinen vollkommen die Beherrschung. In diesem Moment war es für sie eine interessante Erfahrung, daß sie bei der Berührung mit ihrem gutaussehenden Cousin eine sonderbare Erregung spürte.

Um sich abzulenken, beugte sich Rebecca vor und betrachtete über den Rand der Kutsche die üppige Pflanzenpracht, die sich entlang der Straße durch die Zaunlatten drängte, und sie hielt Ausschau nach alten Tempeln und Türmchen, die nach Sterlings Erzählung immer noch auf der Insel verstreut sein mußten. Sie war im übrigen sehr begierig, das Haus zu sehen, und fragte sich, was Sterling wohl gemeint haben mochte, als er seine Architektur etwas ›extrem‹ genannt hatte.

Plötzlich machte die Kutsche auf der Straße eine Wendung und bog in eine elegante runde, mit weißen Kieselsteinen bepflasterte Auffahrt ein. Die Bogen der Auffahrt rahmten einen kunstvoll angelegten Garten ein, in dessen Mitte ein kleiner goldgelber Pavillon mit einem pagodenartigen Dach und fremdartigen Ornamenten stand.

Margaret entfuhr beim Anblick des Pavillons ein kleiner Schrei der Überraschung, während Rebecca von dem Haus selbst, dem Maison de Rêverie, so beeindruckt war, daß sie aufgeregt auf die Kante der Sitzbank vorrutschte.

Es war ein Gebäude von enormen Ausmaßen, und selbst das graue Licht des gewitterschwangeren Nachmittags konnte den matten Glanz der vergoldeten Fassade nicht trüben. Rebecca war noch nie in China gewesen, doch sie hatte Abbildungen von chinesischen Tempeln gesehen, und daran erinnerte sie dieses riesige Bauwerk. Kein Wunder, daß diese Architektur die Leute hier verblüfft hatte und sicher immer noch verblüffte. Keines der Häuser, die sie während ihres kurzen Aufenthalts in Charleston bewundert hatte, glich im entferntesten diesem auf eigenartige Weise schönen Gebäude mit den fremdartigen Dachlinien. Den Eingang des Hauses bildete ein großes, überdachtes Portal – eine Wiederholung der geschwungenen Dachform –, gestützt von hohen Säulen, die mit einem glänzenden Lack in einem dunkleren Goldton als dem des Hauses bemalt waren.

Genau in der Mitte war eine prunkvolle Tür mit zwei Flügeln angebracht, die mit Messing in spiralförmigen Ornamenten beschlagen zu sein schien. Aus dieser Entfernung konnte Rebecca es nicht genau erkennen. Die Ausmaße des Gebäudes wurden noch durch zwei vergitterte Außengänge vergrößert, die von ähnlichen Säulen wie das vordere Portal gestützt wurden. Diese beiden Gänge führten zu beiden Seiten im gleichen Bogen wie die Auffahrt um das Haus herum, und sie waren mit Wein und blühenden Ranken überwachsen. Überall im Garten und bei den Säulen standen Statuen im orientalischen Stil. Die Wirkung des Ganzen war überwältigend und verblüffend; kein Wunder, daß seine Erbauer es das ›Haus der Träume‹ genannt hatten.

Auf der obersten Stufe vor der Eingangstür stand eine große dunkelhaarige Frau in einem modischen Kleid in französischem Stil. Und neben ihr stand ein schlanker Mann, mit einem Gewand, wie es wohlhabende Männer in Ostindien trugen. Ein kleiner schwarzer Junge kam ums Haus gerannt, als die Kutsche sich den Stufen näherte.

»Du lieber Himmel!« rief Margaret aus.

Rebecca war nicht weniger erstaunt als ihre Cousine. Man hätte wirklich in diesem Teil der Welt alles mögliche erwartet, aber keinen Ostinder, und sie fragte sich sehr erstaunt, was ihn wohl an diesen unpassenden Ort verschlagen haben mochte und warum er dastand und sie mit dieser Frau erwartete, die nach Rebeccas Vermutung Felicity sein mußte, Edouards Frau und die Mutter von Armand und Jacques.

Inzwischen hatte der Rotbraune stampfend vor den Stufen angehalten, und Armand reichte die Zügel zu dem grinsenden schwarzen Jungen hinunter, der offensichtlich großes Vergnügen an seinem Job hatte, die Kutsche in den Stall zu fahren.

Armand sprang von der Kutsche und ging dann ohne ein

Wort auf die andere Seite, wo er zuerst Margaret und dann Rebecca herunter half.

Als Rebecca sich auf den muskulösen Arm von Armand stützte, warf sie ihm einen kurzen Blick zu. Wenn er das leiseste Zeichen von Freundlichkeit zeigen würde, würde sie das mit einem Lächeln erwidern. Aber seine dunklen Augen waren unbeirrt geradeaus gerichtet, und seine abweisende Haltung versetzte ihr einen bisher für sie unbekannten Stich. Was war er doch für ein ungehobelter Klotz! Sie würde niemals mehr eine freundliche Annäherung auch nur in Betracht ziehen!

Sie nahm Margaret bei der Hand und ging langsam die breiten Treppen zu dem Portal hinauf. Sie sah mit neugieriger Erwartung zu den beiden Menschen hinauf, die sie oben erwarteten, und würdigte Armand keines Blickes, als er sich ihnen anschloß.

Die Frau war immer noch sehr attraktiv, obwohl sie schon älter sein mußte – mindestens fünfundvierzig –, und sie hatte ein ruhiges, sanftes Gesicht mit freundlichen haselnußbraunen Augen.

Der Mann hatte aus der Nähe betrachtet hellbraune, straffe Gesichtszüge mit einer Hakennase und tiefliegenden Augen. Seine Lippen waren schmal, ohne Lächeln, und sein Gesicht zeigte keinerlei Ausdruck oder Regung. Rebecca wunderte sich erneut über seine Anwesenheit. Er trug die Kleidung eines Hindus, der einer hohen Kaste angehörte, doch auf der Stirn hatte er kein Kastenzeichen.

Als sie die obersten Stufen der Treppe zum Portal erreicht hatten, ließ Rebecca Margarets Hand los und trat vor. »Cousine Felicity?«

Das Lächeln der älteren Frau wurde breiter. Sie legte die Hände um Rebeccas Schultern und küßte sie auf beide Wangen.

»Du mußt Rebecca sein! Natürlich bist du es. Deine Mutter hat mir geschrieben, daß du die blonde von beiden wärst.«

Sie ließ Rebecca los und wandte sich an Margaret, die sich ziemlich steif in Felicitys Umarmung fügte.

»Und dann bist du sicher Margaret. Ich freue mich sehr, daß ihr gekommen seid. Willkommen im Maison de Rêverie und auf Pirate's Bank. Ich hoffe, Armand hat euch schon ein angemessenes Willkommen bereitet.«

Rebecca, die es vermied, Armand anzusehen, nickte kühl.

Margaret, die den unergründlichen Blick des Inders auf sich spürte, ließ Felicitys Begrüßung über sich ergehen und lächelte schwach. Sie konnte sich nicht erklären, warum die Anwesenheit des Inders ihr Unbehagen bereitete, da sie ja den größten Teil ihres Lebens in Indien verbracht hatte. Vielleicht lag es daran, daß er ihr hier, an diesem abgelegenen Ort, so deplaziert vorkam.

»Wir freuen uns auch, daß wir hier sind, Cousine Felicity«, hörte sie Rebecca sagen. »Es ist sehr freundlich von dir und Cousin Edouard, daß wir bei euch sein dürfen.«

Margaret wußte, daß sie jetzt auch etwas sagen mußte, und wiederholte murmelnd die Worte: »Sehr freundlich, daß wir bei euch sein dürfen.«

Sie bemerkte, daß Felicity, die ein hübsches, mütterliches Gesicht hatte, sie einigermaßen besorgt ansah. »Oh, meine Liebe, du siehst müde aus. Ich bin sicher, ihr habt eine lange und anstrengende Reise hinter euch, und wahrscheinlich wollt ihr zuerst ein Bad nehmen und euch etwas ausruhen. Ich habe Dhupta, der hier unser wichtigster Diener ist, gebeten, die Zimmermädchen oben anzuweisen, eure Zimmer vorzubereiten, und ihr werdet dort alles finden, was ihr braucht. Natürlich kann ich es kaum erwarten, alle Neuigkeiten von euren Familien zu erfahren und im einzelnen zu hören, wie die Reise war. Aber ich werde versuchen, meine Neugier zu zügeln, bis ihr euch etwas ausgeruht habt.«

»Ich werde euch jetzt zu euren Zimmern führen, und ihr seid bis zum Abendessen, das um acht serviert wird, vollkommen ungestört. Bis dahin werden Edouard und Jacques wohl auch aus Savannah zurück sein. Mein Mann hat mich gebeten, euch auszurichten, daß er es sehr bedauerte, daß er euch bei eurer Ankunft nicht willkommen heißen konnte. Nachdem wir erfahren hatten, daß ihr mit dem Boot diese Woche ankommen würdet, ist leider etwas Unvorhergesehenes dazwischengekommen. Er bittet euch um Vergebung, aber die Angelegenheit war dringend.« Sie klatschte in die Hände. »Oh, ich kann euch gar nicht sagen, wie erfreulich das sein wird, zwei junge Frauen im Haus zu haben!«

Margaret brachte ein weiteres Lächeln zustande. Felicity schien recht nett zu sein, aber sie redete auch ziemlich viel, und Margaret wußte jetzt schon, daß sie kaum etwas von dem, was hier geredet wurde, im Gedächtnis behalten würde. Sie war einfach zu erschöpft.

Felicity nahm die beiden jungen Frauen am Arm, während Dhupta, immer noch mit einem unergründlichen Gesichtsausdruck, die großen Türflügel öffnete, die mit zwei kunstvoll gearbeiteten, aber unheilvoll dreinblickenden Drachen verziert waren, so daß sie nebeneinander in das kühle Innere des großen Hauses treten konnten.

Margaret war zu müde, um viel von der Einrichtung der weitläufigen, hohen Eingangshalle in sich aufzunehmen. Felicity geleitete sie und Rebecca zu einer breiten Treppe, die bis zum nächsten Stockwerk führte.

Über dem Treppenabsatz hing ein riesiger Leuchter, wie sie noch nie einen gesehen hatte. Er sah fremdartig und sonderbar aus, und sie spürte sein Gewicht über sich wie das eines Damoklesschwertes.

Als sie unter dem riesigen Leuchter hergingen, entdeckte sie zwei große Ölgemälde, die in geschnitzten, vergoldeten Rahmen an der Wand des Absatzes hingen.

Margaret verspürte kein Verlangen, sich in diesem Moment näher mit ihnen zu befassen, aber Rebeccas Hand auf ihrem Arm zwang sie zum Anhalten.

»Was für beeindruckende Porträts«, sagte Rebecca und hielt Margaret immer noch mit kräftigem Griff fest. »Die Art der Malerei ist sehr ungewöhnlich. Wer sind die Dargestellten?«

»Jean und Mignon Molyneux«, erklärte Felicity. »Die Porträts wurden von einem ihrer Freunde gemalt, von Polydoro, sechs Monate vor ihrem Tod. Man zählt diese Porträts zu seinen besten Arbeiten.«

Margaret, die nun nicht mehr umhin konnte, den Gemälden ihre Aufmerksamkeit zu widmen, sah hinauf in ein Paar dunkler Augen, von denen sie unwillkürlich gefangen war. Das Gesicht von Jean Molyneux war kein freundliches Gesicht. Er hatte ausgeprägte Wangenknochen, fast slawisch, und die tiefliegenden Augen schienen sowohl Arroganz als auch spöttische Belustigung widerzuspiegeln. Der Mund, mit vollen und schön geschwungenen Lippen, war für einen Mann entschieden zu sinnlich, dachte Margaret. Eine prächtige weiße Perücke umrahmte seine dunkelhäutigen Gesichtszüge und hob sie noch hervor, genauso wie der prunkvolle rote Samtumhang, den er trug.

Als sie den Blick dem Porträt der Frau zuwandte, hatte sie den gleichen unangenehmen Eindruck. Mignon Molyneux trug einen ähnlichen Umhang wie ihr Mann; die üppige Kapuze war zurückgeschlagen und umrahmte ihren langen, schlanken Hals und das schmale, blasse Gesicht.

Auch sie hatte dunkle Augen, doch sie waren viel größer als die ihres Mannes, und sie spiegelten etwas wider, das in Margaret eine Ahnung von finsteren Dingen auslöste. Das Haar der Frau war kastanienrot und in kunstvollen Locken und Spiralen hoch auf ihrem Kopf aufgetürmt. Sie hatte eine lange, aristokratische Nase und schmale rote Lippen, die irgendwie gierig erschienen.

Keines der beiden Gemälde stellte einen Menschen dar, dem Margaret besonders gern begegnet wäre, und sie drängte Rebecca zum Weitergehen.

Schließlich gelangten sie in das obere Stockwerk. Felicity führte sie in einen sonnigen Raum, in dem ein großes Himmelbett stand, daneben eine niedrige Kommode mit Waschgeschirr und weißen Leinentüchern, und auf einem hübschen Sheraton-Tischchen vor dem Fenster ein Tablett mit einem Krug, einem Glas, einer Schale mit Früchten, Käse und Gebäck.

Margaret lächelte Felicity unsicher an und flüsterte: »Danke.« Sie versuchte, keine unhöfliche Hast an den Tag zu legen, als sie die Tür fest schloß.

Der Himmel hatte sich etwas aufgeklärt, und ein Strahl der späten Nachmittagssonne fiel direkt durch Rebeccas Schlafzimmerfenster und umhüllte sie, die in ihrem Unterkleid auf der Chaiselongue ausgestreckt lag, mit einem durchsichtigen Schleier.

Sie griff nach einem der köstlichen Pfirsiche und biß in das süße, goldgelbe Fleisch, dessen Geschmack sie genoß. Sie war ausgehungert nach frischen Früchten, denn auf dem Schiff hatte es nur wenige gegeben.

Sie wußte, daß sie sich ausruhen sollte, doch obwohl ihr Körper müde war, arbeitete es in ihrem Kopf unentwegt weiter, so daß sie einfach nicht schlafen konnte. Margaret würde sicher schon in einen gesunden Schlaf gesunken sein.

Die Arme! Rebecca mußte vor sich hinlächeln. Margaret hatte so entsetzlich blaß ausgesehen. Rebecca hoffte, daß sie sich bis zum Abendessen besser fühlen würde, denn es würde ihr eigenes Vergnügen beeinträchtigen, wenn ihre liebe Freundin und Cousine nicht in der Lage wäre, an der Unterhaltung bei Tisch interessiert teilzunehmen. Außerdem würde sonst die allgemeine Stimmung des Abends gedrückt, und Rebecca wollte ihren ersten Abend in diesem sonderbaren, aber eleganten Haus uneingeschränkt genießen.

Sie hatte bis jetzt noch nicht viel von seinem Inneren gesehen, aber das, was sie gesehen hatte, gefiel ihr ausnehmend gut. Dieses Zimmer zum Beispiel war außerordentlich ansprechend: groß, sonnig, mit einer hohen Decke. Es war im Chippendalestil eingerichtet, und einige Chinoiserien schmückten den Raum. Die Rückenlehnen der Stühle zeigten die Form einer Pagode, und auch das wundervolle Chippendalebett mit den vier Pfosten sah wie eine kleine Pagode aus, mit einem Baldachin, der eine Nachbildung des geschwungenen Daches des Hauses zu sein schien.

Auf dem polierten Holzboden lag ein dicker orientalischer Teppich, seine Farben waren schon etwas verblaßt, aber das machte sie weicher und erhöhte noch seine Schönheit. Er schimmerte warm im Sonnenschein, und Rebecca ertappte sich dabei, wie sie sich in seinen Mustern verlor und darin merkwürdige Formen und Dinge sah, wie man sie manchmal in Wolken hineindeutete.

Vor sich hin dösend dachte sie daran, wie es wohl ihrer Mutter und ihrem Vater zu Hause gehen mochte, und einen Moment lang verspürte sie einen Anflug von Heimweh nach dem großen, luftigen weißen Haus in Poona, das von ihrer und Margarets Familie gemeinsam bewohnt wurde. Rebecca nahm sich vor, am nächsten Tag an ihre Eltern zu schreiben. Die Post nach Indien war schrecklich lange unterwegs, und sie machten sich sicher Gedanken um ihr Wohlergehen.

Natürlich hatte Margaret, die stets Pflichtbewußte, während ihres dreitägigen Aufenthaltes in Charleston bereits an ihre Eltern geschrieben, und Tante Mary würde den Inhalt dieses Briefes natürlich an ihre Schwester Amanda, Rebeccas Mutter, weitergeben. Es war also *fast* so, als ob Rebecca selbst geschrieben hätte. Trotzdem mußte sie sich auch zu einem

Brief aufraffen, das hatte sie versprochen. Es war ja von ihren Eltern sehr großzügig gewesen, sie diese lange und kostspielige Reise unternehmen zu lassen.

Die Reise war als Volljährigkeitsgeschenk für sie und Margaret gedacht gewesen, damit sie ihre Kenntnisse erweitern konnten, denn sie hatten seit ihrem achten Lebensjahr in Indien gelebt und nur gelegentlich Reisen nach England unternommen.

Der ursprüngliche Plan für diese Reise war, daß sie zuerst nach London fahren und anschließend zusammen mit ihrer Großtante Lavinia Frankreich besuchen sollten. Doch kurz bevor alles in die Wege geleitet war, starb Lavinia völlig unerwartet, und leider gab es in England keine anderen Verwandten, die ihnen als Anstandsdame oder Reisebegleitung hätten dienen können. Sowohl die Trentons als auch die Downings hatten keine besonders große Verwandtschaft. Rebecca war ein Einzelkind, und Margaret hatte keine Geschwister außer einem älteren Bruder, der mit vierzehn an einem Fieber in Indien gestorben war.

Rebecca hatte versucht, ihre Mutter und ihre Tante zu überreden mitzukommen, aber keine der beiden Frauen wollte sich für eine so lange Zeit von ihrem Mann trennen. Rebecca, die sich sehr für Politik und das Geschehen in der Welt interessierte, wußte sehr wohl, daß viel über Unruhen unter den Indern in ihrer Gegend geredet wurde, und da sie ihre Mutter kannte, vermutete sie, daß das ein Grund dafür war, daß sie ihren Mann nicht allein lassen wollte.

Amanda Trenton war aus hartem Holz geschnitzt – eine Frau, die ihrem Mann in jeder Situation zur Seite stand. Rebecca bewunderte ihre Mutter, begriff aber nicht ganz, wie man als Frau so empfinden konnte, einen Mann so zu lieben, daß man ihm nicht von der Seite wich, auch wenn man dadurch das eigene Leben in Gefahr brachte. Rebecca war noch keinem Mann begegnet, der in ihr solche Gefühle hervorrufen könnte.

Jedenfalls schien nach dem Tod von Großtante Lavinia die Reise nach London unmöglich. Die beiden jungen Frauen hatten sich schon damit abgefunden, in diesem Jahr eben keine Reise unternehmen zu können. Doch dann bekamen sie einen Brief vom Cousin von Rebeccas Mutter, Edouard Molyneux aus dem Staat South Carolina in den Colonies.

Eigentlich waren es seit dem Freiheitskrieg nicht mehr die Colonies. Inzwischen hießen sie die Vereinigten Staaten von Amerika. Aber wie sie sich nannten, war für sie von geringer Bedeutung. Entscheidend war, daß Cousin Edouard, mit dem Rebeccas Vater seit Jahren eine nicht sehr regelmäßige, doch beständige Korrespondenz unterhielt, in seinem letzten Brief vorgeschlagen hatte, daß Rebeccas Vater doch gemeinsam mit seiner Familie die amerikanischen Verwandten in dem neuen Land besuchen sollte, wann immer er Zeit hätte und sein Amt es ihm gestattete.

Daraufhin gingen weitere Briefe hin und her, und schließlich wurde vereinbart, daß Rebecca und Margaret doch noch zu ihrer Reise kommen sollten, wenn auch mit einem ungewöhnlichen Ziel und etwas später, als ursprünglich geplant – denn zu dem Zeitpunkt war es für eine solche Reise schon zu spät im Jahr, und sie mußten bis zum nächsten Frühjahr warten.

Als dann endlich der Tag ihrer Abreise kam, war Rebecca fast froh darüber, daß sie nicht nach England fuhren, denn sie war sehr begierig darauf, diese neuen Vereinigten Staaten kennenzulernen.

Außerdem hörten sich die Nachrichten aus England ungeheuer bedrückend an. Das, was Rebeccas Vater als ›Wirtschaftsdepression‹ bezeichnete, hielt an, und Anfang des Jahres war es bei der Parlamentseröffnung zu heftigen Unruhen gekommen. Auf den Prinzregenten war ein Anschlag verübt worden.

Kurze Zeit später wurden weitere Umsturzpläne und Aufwiegelungen bekannt, was zu neuen Exekutionen und zu einer Kette von Unruhen führte. Schließlich hatte es den Anschein, als wäre London kein sicherer Ort mehr für anständige Leute.

Natürlich war Rebecca klar, daß auch dieses neue Land etliche Gefahren barg. Sie hatte Berichte über die Indianer gelesen, die große Gebiete unbesiedelten Landes unsicher machten, aber Cousin Edouard hatte ihre Eltern in seinen Briefen überzeugt, daß das Leben auf seiner Insel, Pirate's Bank, alle Annehmlichkeiten böte und vollkommen ungefährlich sei, und daß Savannah in Georgia, wo Edouard im Winter wohnte, viele reizvolle Häuser und öffentliche Gebäude hätte und ein überaus abwechslungsreiches Gesellschaftsleben ermöglichte.

Nun, was Pirate's Bank betraf, hatte er auf jeden Fall nicht die Unwahrheit gesagt. Soweit sich das bis jetzt beurteilen ließ, verfügte man hier über jeglichen Komfort, und es lag ein Hauch von Abenteuer in der Luft, der Rebecca nicht mehr los ließ, seit sie den Fuß auf den Anlegesteg gesetzt hatte. Sie fühlte ganz deutlich, daß sie in diesem Sommer etwas wirklich Wundervolles erleben würde. Daran hatte sie gar keinen Zweifel.

Benommen wachte Rebecca auf, und es dauerte einige Augenblicke, bis ihr bewußt wurde, daß sie doch eingeschlafen war. Der Sonnenstreifen war verschwunden, und der Himmel vor dem Fenster war dunkler geworden.

Die Geräusche, die sie aufgeweckt hatten, wiederholten sich jetzt – das Stampfen von Pferdehufen, das Klirren von Geschirr und die Stimmen von Männern.

Rebecca stand von der Chaiselongue auf und ging hinüber zum anderen Fenster. Sie blickte hinaus zur Vorderseite des Hauses, zur Auffahrt und in den Garten.

Unten sah sie die Kutsche, mit der Armand sie und Margaret abgeholt hatte. Zwei Männer stiegen aus.

Einen Augenblick lang überlegte sie, wer die beiden wohl sein mochten, doch dann fiel ihr ein, daß Felicity davon gesprochen hatte, daß Edouard und der andere, Jacques, nach Savannah gefahren waren und zum Abendessen zurückerwartet wurden.

Inzwischen war sie völlig wach geworden, und sie zog den Vorhang halb zu, da sie unbekleidet war, und schaute durch den Spalt.

Die beiden Männer hatten fast die gleiche Größe und den gleichen Körperbau, und beide sprachen mit kräftiger, tiefer Stimme. Aus ihrem Blickwinkel war es nicht leicht, ihre Gesichter zu erkennen, aber dann nahm der eine der beiden beim Hinaufsteigen der vorderen Treppe den Hut ab, und sie sah einen Kopf mit dichtem, welligen kastanienroten Haar, das mit einem schwarzen Band hinten zusammengebunden war. Das mußte sicher Jacques sein, denn Cousin Edouard war bestimmt älter.

Als der Mann auf der obersten Stufe angekommen war, hielt er inne und warf den Kopf zurück.

Rebeccas erste instinktive Reaktion war, sich zurückzuziehen, aber sie zwang sich stehenzubleiben, während der Mann heraufsah und den Eindruck erweckte, genau auf das Fenster zu starren, hinter dem sie stand.

Selbst im schwachen Licht der Dämmerung konnte sie erkennen, daß er ausgesprochen attraktiv war. Außerdem schien er eindeutig mehr Gentleman zu sein als sein Bruder Armand. Geschmackvoll gekleidet und makellos gepflegt war er, und er bewegte sich mit einer männlichen, selbstverständlichen Eleganz, die sie sehr beeindruckte. Wenn das wirklich Jacques war, dann würde sich ihr Aufenthalt hier als noch aufregender erweisen, als sie erwartet hatte. Jetzt mußte sie aber wirklich anfangen, sich für den Abend zurechtzumachen.

In Gedanken versunken zog sie an der Klingelschnur, um eine der Zofen für die obere Etage zu rufen, damit sie ihre Garderobe auspackte und eines ihrer hübschesten Abendkleider aufbügelte. Das war gerade richtig für ihr erstes Abendessen im Maison de Rêverie und ihre erste Begegnung mit der ganzen Familie Molyneux.

3

Die Abendtafel war sehr lang, und zu ihrem größten Mißfallen hatte man Rebecca einen Platz neben Armand zugewiesen, während ihr gegenüber Margaret neben Jacques saß, der sich bei näherem Hinsehen als noch attraktiver entpuppte, als es von Rebeccas Schlafzimmerfenster aus den Anschein hatte.

In ziemlicher Entfernung saßen Edouard und Felicity jeweils am Ende des Tisches.

Edouard lächelte sie vom Tischende her an. »Demnach war eure Reise verhältnismäßig komfortabel, Cousine Rebecca, wenn man dieses Wort im Zusammenhang mit einer Seereise überhaupt gebrauchen darf.«

Rebecca setzte ein strahlendes Lächeln auf. »Nun, ich kann eigentlich nicht sagen, daß es ein Genuß war, aber wir haben es immerhin ausgehalten. Glücklicherweise hatten wir nur kurze Zeit schlechtes Wetter. Ich glaube, für mich war der Mangel an frischem Obst das Unangenehmste, natürlich vermißte man auch das Fehlen aller Annehmlichkeiten, die einem an Land so selbstverständlich sind.«

Edouard – den sie von ihrem Fenster aus nicht genau hatte sehen können – war fast genauso attraktiv wie sein ältester Sohn. Beide Männer waren hochgewachsen und schlank, mit schmalen, aristokratischen Gesichtern. Beide hatten die gleichen haselnußbraunen Augen, die hohen Wangenknochen und vollen Lippen, die auf Empfindsamkeit schließen ließen. Der einzige deutliche Unterschied war der, daß Edouards Haar reizvoll mit grauen Strähnen durchzogen war und einige feine Linien um Augen und Mund zu erkennen waren, aber deswegen sah er keineswegs weniger gut aus.

Doch es war vor allem Jacques, von dem Rebecca völlig fasziniert war, und sie schmollte ein wenig, daß man sie nicht neben ihn gesetzt hatte.

Er behandelte Margaret sehr zuvorkommend, unterhielt sich mit ihr und schenkte ihr hin und wieder sein etwas melancholisches Lächeln. Armand hingegen saß ziemlich steif und wortkarg auf seinem Stuhl, als wäre er ein Fremder. Seine Tischmanieren waren tadellos, wie Rebecca feststellte, nur aß er so schnell, als ob er das Abendessen möglichst bald hinter sich bringen wollte.

Immerhin konnte sie über den Tisch hinweg Jacques beobachten, aber was wichtiger für sie war, daß auch er sie häufig anschaute.

In diesem Moment erschien Dhupta, der Diener, in der Tür. Er schob einen Servierwagen mit einer großen silbernen Terrine darauf vor sich her. Zuerst ging er zu den Damen und servierte eine ziemlich dicke Suppe in flachen Suppenschalen. Bei dem herrlichen Geruch floß einem das Wasser im Munde zusammen.

Rebecca erkannte Krabben, Huhn, Schinken, Grieß, Tomaten und ein nicht zu identifizierendes, in Scheiben geschnittenes Gemüse in der herzhaften Brühe; sie war genauso stark gewürzt wie alle indischen Gerichte, die sie von zu Hause kannte.

Der Tisch war geschmackvoll gedeckt und geschmückt. In der Mitte stand ein hübscher Tafelaufsatz mit frischen Blumen und an den Enden des Tisches jeweils ein silberner Kandelaber. Das Porzellan hatte ein zartes blaues Weidenmuster, und das Besteck war aus wertvollem, schwerem Silber. Edouard Molyneux scheute keine Kosten, für sich und seine Familie das Leben stilvoll zu gestalten.

»Magst du Musik, Rebecca?« fragte sie Jacques.

»O ja«, antwortete sie und senkte die Lider, schaute ihn dann aber wieder auf eine Art an, die ihre Mutter ›den gewissen Blick‹ nannte. Sie fuhr fort: »Ich spiele Klavier, wenn auch nicht allzu gut, und ich singe gelegentlich, obwohl meine Stimme nicht sehr kräftig ist.«

»Ich bin sicher, du bist nur bescheiden. Nach dem Abendessen pflegen wir immer eine Stunde im Musikzimmer zu verbringen, und wenn du mir erlaubst, werde ich etwas für dich spielen, damit du dazu singst. Vater und mich langweilen unsere eigenen Darbietungen schon ziemlich, und ich bin sicher, meiner Mutter würde es sehr gefallen, einmal eine frische weibliche Stimme zu hören.«

Rebecca lächelte, sie konnte ihre Freude kaum verbergen. Es war offensichtlich, daß sowohl Jacques als auch sein Vater kunstsinnige Männer waren. Im übrigen stimmte es, was Jacques gesagt hatte – sie hatte ihre Talente mit großer Bescheidenheit beschrieben. In Wirklichkeit spielte sie recht gut Klavier, und ihre Stimme war wohlklingend, natürlich und kräftig.

»Das wäre ein großes Vergnügen für mich«, erwiderte sie deshalb.

Jacques wandte sich an Margaret. »Bist du auch musikalisch? Würdet ihr uns dann ein Duett singen?«

Margaret sah nach ihrem langen, erholsamen Schlaf sehr ausgeruht aus; sie sah sogar außergewöhnlich hübsch aus in ihrem aprikotfarbenen Abendkleid und mit dem locker nach hinten gebundenen Haar.

Bei Jacques' Frage errötete sie leicht. »Oh, ich spiele ein bißchen Klavier, aber ich habe keine Stimme.«

Peinlich berührt durch das Interesse Jacques', blickte Margaret zu ihrer Gastgeberin am Ende des Tisches hinüber. »Und du, Cousine Felicity? Singst du?«

Sie lächelte und schüttelte den Kopf. Obwohl sie bei der Ankunft der Mädchen sehr gesprächig gewesen war, machte sie jetzt einen eher zurückhaltenden Eindruck.

»Um Himmels willen, nein, meine Liebe«, sagte sie. »Ich fürchte, ich bin in höchstem Maße unmusikalisch. Edouard wird euch sicher bestätigen, daß ich überhaupt kein musikalisches Empfinden habe. Trotzdem höre ich gerne zu.«

Rebecca sah Armand an. »Und wie ist es mit dir, Armand?«

Armands Gesicht schien sich zu straffen, und auch er errötete leicht.

Er drehte sich zu ihr, und seine Augen funkelten im Kerzenlicht. Sein Ausdruck war so grimmig, daß sich Rebecca in die Enge getrieben fühlte. Was, um alles in der Welt, stimmte nur mit diesem Mann nicht?

»Ich fürchte, ich schlage niemandem in der Familie nach, Cousine Rebecca«, antwortete er ihr in sarkastischem Ton. »Die Familie hat schon sehr viel über diesen bedauernswerten Umstand diskutiert. Ich habe mich auch oft gefragt, ob ich vielleicht von einer Bande von Kobolden auf der Eingangstreppe abgelegt worden bin.«

Edouard stellte sein Weinglas energisch auf den Tisch, und sein angenehmes Lachen ertönte.

Mit einem breiten Lächeln beugte sich Jacques über den Tisch.

»Armand ist ein Spaßmacher, Rebecca. In Wirklichkeit spielt mein Bruder mehrere Instrumente und hat eine sympathische Baritonstimme. Allerdings muß ich gestehen, daß sich sein Musikgeschmack ein wenig von meinem unterscheidet.«

Erstaunt sah Rebecca wieder zu Armand. Sie hätte niemals vermutet, daß er sich überhaupt aus Kunst etwas machte. Er machte eher den Eindruck eines Bauern als den eines Gentleman. Zwar trug er einen edlen Anzug und ein strahlend weißes Hemd, doch sein Haar sah ungebändigt aus. Es war vor allem sein Benehmen, das im Widerspruch zu seiner Umgebung stand. Er hatte nichts von dem Charme und dem Geist seines Vaters oder seines Bruders und wirkte wie ein Fremdkörper in dieser ansonsten so charmanten Familie.

Nachdem die Tafel aufgehoben war – als Nachtisch hatte es eine köstliche Süßspeise gegeben – und die Männer sich zu Zigarren und Brandy und die Damen zu Mokka und Sherry zurückgezogen hatten, versammelte sich die Familie im Musikzimmer.

Obwohl Margaret in London schon sehr gut ausgestattete Musikzimmer gesehen hatte, war sie noch nie in einem gewesen, in dem es so viele Instrumente gab. Es war ziemlich groß und wie auch die anderen Räumlichkeiten des Hauses, die sie bis jetzt gesehen hatte, mit einzelnen Chinoiserie-Stücken dekoriert. Es gab zwei ausgezeichnete Klaviere, beide mit aufwendigen Holz- und Perlmutteinlegearbeiten, die nebeneinander in einer Ecke des Raumes aufgestellt waren. Beim Fenster stand eine große vergoldete Harfe, und in einer großen Vitrine konnte sie eine beträchtliche Anzahl verschiedener Flöten und anderer Blasinstrumente sehen. Ein Geigenkasten lag auf einem kleinen Tischchen, und auf einigen anderen waren alle möglichen Saiteninstrumente verteilt, die sie nicht kannte.

Sie hatte nur ein kleines Glas Sherry getrunken, doch sie fühlte sich ein wenig benebelt, aber recht glücklich. Auch wenn sie im allgemeinen sehr befangen war, sich mit Männern zu unterhalten, hatte sie die Gesellschaft von Jacques Molyneux an der Abendtafel sehr genossen. Er war so zuvorkommend und charmant gewesen, daß sie ihre Hemmungen fast vergessen hatte. Sie gestand sich ein, daß sie sehr überrascht war, einen Gentleman von einer derartigen Empfindsamkeit und Vornehmheit an diesem abgelegenen Ort anzutreffen, noch dazu in einem so jungen, rauhen Land. Jacques und sein Vater standen ohne Zweifel keinem der englischen Gentlemen nach, die sie in London oder Indien kennengelernt hatte. Der jüngere Bruder jedoch, Armand, blieb ein Rätsel, und zwar ein etwas beunruhigendes.

Margaret sah zu den beiden Brüdern hinüber, die jetzt nebeneinander beim Kamin standen. Bis auf eine gewisse Ähnlichkeit im Schnitt ihrer Augen hatten sie auch äußerlich nichts gemein, und ebensowenig glichen sie sich offenbar charakterlich. Man konnte allerdings nicht abstreiten, daß sie beide gut aussahen. Obwohl Armand in gewisser Weise der Besseraussehende war, hatte seine schroffe Art und die muskulöse Kraft seines Körpers etwas Bedrohliches für sie. Jacques entsprach entschieden mehr dem Typ Mann, den sie bewunderte.

Jacques blickte jetzt in ihre Richtung, und sie spürte, wie sie errötete. Natürlich bedeutete die Aufmerksamkeit, die er ihr schenkte, gar nichts. Er hatte sich bei Tisch sehr eingehend mit ihr beschäftigt, aber das lag sicher nur daran, daß er neben ihr saß und höflich sein wollte. Er würde sich bestimmt bald unsterblich in Rebecca verlieben, das wußte Margaret; so ging es allen Männern.

Rebeccas Anziehungskraft auf Männer war stets eine unumstößliche Tatsache gewesen. Solange sich Margaret erinnern konnte, hatten zunächst Knaben und dann Männer Rebecca umschwirrt, immer in der Hoffnung, einen Blick oder ein freundliches Wort von ihr zu erhaschen.

Margaret hielt sich für ein vernünftiges und auch hübsches Mädchen, wußte aber, daß ihr Aussehen neben der Schönheit ihrer Cousine verblaßte. Doch sie neidete Rebecca die Schönheit und Beliebtheit nicht. Sie fragte sich aber nie, warum das so war.

Sie mochte Rebecca sehr, die für sie mehr eine Schwester als eine Cousine war. Die beiden Mädchen waren im Abstand von einem Monat zur Welt gekommen und hatten seitdem kaum einen Tag ohne einander verbracht. Obwohl ihre Charaktere beinahe so unterschiedlich waren wie die von Jacques und Armand, hatte sie in den ganzen Jahren eine enge Freundschaft verbunden.

Margaret hatte längst erkannt, daß sie in dieser Beziehung die größeren Zugeständnisse machte und mehr von sich einbrachte, aber ein solches Verhalten lag nun mal in ihrer Natur. Das feurige Temperament und den Schwung ihrer Cousine würde sie nie erlangen können. Aber darüber war sie eigentlich nicht unglücklich. So war es nun einmal, und deswegen mit dem Schicksal zu hadern hatte wenig Sinn. Auf jeden Fall hatte es ihr sehr gutgetan, von Jacques so behandelt zu werden, als besäße sie die gleichen Reize und die Anziehungskraft wie Rebecca. Sie freute sich auf einen schönen Sommer.

Felicity war zu ihr gekommen, und Margaret fragte sie: »Was sind das für fremdartige Saiteninstrumente auf den Tischen? Dergleichen habe ich noch nie gesehen.«

Felicity nickte mit einem versonnenen Lächeln. »Ja, sie sind wirklich ziemlich fremdartig, nicht wahr? Sie gehörten dem Vater meines Mannes, Jean Molyneux. Soweit ich weiß, hat er sie aus China mitgebracht. Angeblich konnte sie seine Frau Mignon spielen, aber von uns hier weiß niemand, wie man mit ihnen umgeht. Doch sie sind zweifellos sehr schön, findest du nicht? Oh, sieh nur, ich glaube, Rebecca und Jacques sind im Begriff, uns etwas zu bieten.«

Margaret hatte Rebecca schon oft singen hören, und sie hatte ihre Stimme immer als sehr angenehm empfunden. Mit Freude stellte sie fest, daß Jacques sehr gut Klavier spielte und eine hervorragende Begleitung war.

Die Darbietung erntete den verdienten Applaus, danach wandte sich Edouard an Armand. »Armand, dein Bruder und unser entzückender Gast waren so freundlich, für uns zu spielen und zu singen. Ich glaube, jetzt wäre es an der Zeit, daß wir auch von dir etwas hören.«

Armand warf seinem Vater einen verächtlichen Blick zu, was Margaret erneut veranlaßte, sich über sein ungehobeltes Benehmen Gedanken zu machen. Das war sicher nicht die angemessene Art, wie ein Sohn auf einen Vorschlag seines Vaters reagieren sollte, schon gar nicht, wenn es sich um eine so harmlose Bitte handelte.

»Ich möchte lieber nicht, Vater«, sagte Armand. »Du weißt ja, wie sehr ich es verabscheue, in Gesellschaft etwas zum besten zu geben.«

Edouard entgegnete bestimmt: »Unsinn, mein Junge. Dies hier ist keine Gesellschaft. Wir sind unter uns, innerhalb der Familie. Also los, leiste deinen Beitrag zur Unterhaltung des Abends.«

Mit zusammengekniffenen Lippen stakste – anders kann man es nicht nennen – Armand zum größeren der beiden Klaviere. Jacques überließ ihm seinen Platz. Margaret hatte den Eindruck, daß Jacques' Lächeln Armand ermutigen sollte, aber es wirkte sich auf seine grimmige Miene in keiner Weise aus.

Armand setzte sich, und einen Moment lang starrte er verdrossen auf die Tasten. Doch dann begann er mit einer so heftigen und unvermittelten Bewegung zu spielen, daß es fast zum Erschrecken war.

Nachdem sie ein paar Akkorde lang zugehört hatte, sah Margaret in Rebeccas Richtung hinüber, um mit ihr fragende Blicke zu wechseln. Was, um alles in der Welt, spielte er da nur? Es war mit Sicherheit kein Stück, das ihr fremd war.

Rebecca erwiderte ihren Blick mit einem amüsierten Lächeln und hob leicht die Augenbrauen, während die Musik durch den Raum hallte, nichts als donnernde Akkorde von leidenschaftlicher Wildheit.

Als Margaret verstohlen zu Edouard und Felicity schaute, entdeckte sie einen schmerzlichen Ausdruck in ihren Gesichtern. Sie schienen genausowenig vertraut zu sein mit dieser wilden, fremdartigen Musik, die ihr Sohn spielte.

Margarets Unbehagen wuchs. Je länger das Spiel anhielt, hatte sie das Gefühl, etwas sehr Intimes und Finsteres mitzuerleben, dessen Zeuge sie auf keinen Fall werden wollte. Sie seufzte tief, als er sein Spiel beendete.

Rebecca wußte nicht genau, was sie aufgeweckt hatte, sie wußte nur, daß sie plötzlich aus tiefstem Schlaf aufgeschreckt war und einen Moment lang so verwirrt war, wie das oft der Fall ist, wenn man in einer fremden Umgebung aufwacht.

Schließlich besann sie sich, wo sie war, und sie spürte ein heftiges Pochen in ihrem Kopf; ihre Augen sahen angestrengt in die Dunkelheit, und sie versuchte zu entdecken, was sie aus dem Schlaf gerissen hatte. Die Fenster des Schlafzimmers waren geöffnet, und die Vorhänge bewegten sich blaß und gespenstisch in der leichten Brise.

Rebecca war von Natur aus nicht leicht einzuschüchtern, doch in diesem Augenblick spürte sie nackte Angst in sich aufsteigen. Sie hatte das grauenvolle Gefühl, daß sie nicht allein war, daß jemand oder etwas mit ihr im Zimmer war. Es war sicher lächerlich, denn wer sollte schon mitten in der Nacht in ihr Zimmer kommen? Wahrscheinlich hatte sie nur schlecht geträumt.

Aber dann sah sie plötzlich einen dunklen Schatten hinter dem Vorhang des Fensters, und sie stieß einen erstickten Schrei aus.

Im nächsten Augenblick war der Schatten verschwunden, und sie hörte ein Geräusch, wie wenn Holz gegen Holz schabt.

Mit heftig zitternden Händen tastete sie nach einer Schachtel Streichhölzer auf dem Nachttisch, und nachdem es ihr gelungen war, eines zu entzünden, steckte sie eine Kerze im Leuchter an.

Die kleine Flamme flackerte auf und gab dem Raum ein gedämpftes Licht. Sie war vollkommen allein. Konnte es wirklich nur ein Traum gewesen sein?

Und dann drang von irgendwo unten ein anderes Geräusch zu ihr – Musik, sehr leise, kaum hörbar; der Klang eines unbekannten Saiteninstruments, auf dem eine fremdartige Melodie gespielt wurde, die sie sehr an indische Musik erinnerte.

»Und dies hier ist einer der alten Pavillons. Es gibt noch vier weitere zu unserer Linken. Soviel ich weiß, gab es zu Lebzeiten meines Großvaters mindestens ein Dutzend davon.«

»Er ist sehr hübsch«, sagte Rebecca. Sie hatte sich bei Jacques eingehakt, während er sie abseits des Hauptweges über einen schmalen Seitenpfad zu dem kunstvoll vergitterten Gebäude führte, von dem er gesprochen hatte. Der Pavillon lag auf einer kleinen Lichtung eingebettet in ein Gewirr von Blumen und wilden Ranken.

»Wir bemühen uns, sie einigermaßen zu pflegen und in gutem Zustand zu erhalten.« Jacques geleitete Rebecca zum Aufgang des Pavillons. Er drehte sich dann um, um Margaret die Hand entgegenzustrecken.

»Vater war nie bestrebt, die ganze Insel als Park zu erhalten, wie es bei seinem Vater der Fall war«, fuhr Jacques fort. »Wir versuchen jedoch, die Wege zum Begehen und Reiten frei zu halten und die verbliebenen Statuen und Türmchen für die Zukunft zu bewahren.«

»Das bewundere ich«, sagte Rebecca und fächelte sich anmutig Luft zu. Der Tag hatte schon am frühen Morgen klar und heiß begonnen, und in der kleinen Lichtung war die Luft ziemlich schwül. Sie spürte, wie ihr der dünne Stoff ihres Kleides am Rücken klebte und kleine Schweißperlen zwischen ihren Brüsten entlangrannen.

Sie und Margaret hatten lange geschlafen, ausgiebig gefrühstückt, und am späten Vormittag sich zu einem Spaziergang mit Jacques verabredet, der ihnen das Gelände, die alten Pfade und Gärten zeigen wollte.

Während sie Jacques beobachtete, wie er Margaret hergeleitete, wurde ihr plötzlich bewußt, daß er Margaret mit derselben Aufmerksamkeit und Liebenswürdigkeit behandelte, die er ihr entgegenbrachte. Das war etwas so Ungewöhnliches für sie, daß es ihr einen Stich versetzte.

»Ist es sauber genug, daß wir uns innen hinsetzen können?« fragte sie mit einem koketten Blick über ihren Fächer hinweg.

»Falls das nicht der Fall sein sollte, werde ich einen Platz für dich zum Sitzen saubermachen«, entgegnete er mit seinem sanften, aber immer etwas melancholischen Lächeln.

Er zog ein großes Leinentaschentuch aus der Tasche, stieg die drei Stufen zu der Aussichtsplattform hinauf und wischte die Holzsitze ab.

Nachdem sie alle im Schatten des geschwungenen Pavillondaches Platz genommen hatten, wo es wenigstens ein bißchen kühler war, sah Rebecca Jacques direkt ins Gesicht – eine Situation, die junge Männer im allgemeinen erröten läßt und verlegen macht. Jacques jedoch erwiderte gelassen ihren Blick.

»In seinen Briefen erwähnte dein Vater, daß du erst vor kurzem nach Hause zurückgekehrt bist und bis dahin als Offizier der amerikanischen Armee gedient hast. Er schrieb, daß du in der Schlacht bei New Orleans gekämpft hast. Es ist ein großes Glück, daß du dieses Erlebnis ohne Verletzung überstanden hast.«

Sein Gesicht zeigte jetzt keine Regung mehr. Er wandte den Blick ab, bevor er fast unmerklich nickte. »Ja, das stimmt. Ich habe unter General Andrew Jackson gedient.«

Margaret stieß Rebecca mit dem Ellbogen heftig in die Seite, und Rebecca beeilte sich zu sagen: »Ich wollte dich nicht an etwas Unangenehmes erinnern, Jacques. Falls ich es getan habe, vergib mir bitte. Ich meinte nur, daß es dich hoffentlich nicht stört, daß wir Engländerinnen sind. In Indien haben wir von dem Krieg aus den Londoner Zeitungen erfahren, wenn auch immer mit sehr viel Verspätung, und es hat mich damals der Gedanke ziemlich bedrückt, daß unser amerikanischer Cousin und unsere britischen Soldaten gegeneinander kämpfen.«

Jacques zog eine Augenbraue mit einem spöttischen Gesichtsausdruck hoch, den Rebecca schon häufiger bei ihm gesehen hatte.

»Ich wundere mich, Rebecca, daß du soviel darüber weißt, was sich hier abgespielt hat. Und natürlich spricht es absolut nicht gegen euch, daß ihr Engländerinnen seid, genausowenig, wie es gegen mich spricht, daß ich Amerikaner bin. Wenigstens hoffe ich, daß es so ist.«

Sein Blick wanderte hinüber zu Margaret. Rebecca verwirrte es irgendwie, daß er entschlossen schien, ihnen beiden die gleiche Aufmerksamkeit zu widmen.

»Und du, Margaret, nimmst du Anteil am politischen Geschehen und an Kriegen?«

Margaret errötete. »Nein, leider nicht. Ich muß gestehen, daß mich Gewalt erschreckt und Politik abstößt. Es gibt in Indien genug Probleme, und ich kann nicht vermeiden davon zu hören. Die Hauptschuld daran gebe ich der Politik. Ich *möchte* gar nicht wissen, was im Rest der Welt vor sich geht.«

Er nickte ernst. »Vielleicht bist du sehr weise.«

Seine Worte gingen fast unter im Getrappel von Pferdehufen, und als Rebecca zum Hauptweg hinübersah, entdeckte sie ein großes schwarzes Pferd, das in eilendem Galopp dahinstob. Ein Reiter war tief über den Sattelknauf gebeugt.

»Du lieber Himmel!« rief sie aus, während Pferd und Reiter davonpreschten. »Wer, um alles in der Welt, war das denn?«

Jacques lächelte. »Wahrscheinlich Armand. Er ist der einzige auf der Insel, der so reitet.«

»Aber was wäre passiert, wenn wir uns noch auf dem Weg befunden hätten?« fragte Rebecca. »Hätte er uns einfach umgeritten?«

»O nein, ganz soweit würde er wahrscheinlich nicht gehen.« Jacques lachte leicht. »Wenn er uns auch einen ganz schönen Schrecken eingejagt hätte.«

Die Gesichter der beiden Frauen drückten Mißfallen aus, und Jacques fügte schnell hinzu: »Ihr dürft Armand nicht allzu streng beurteilen. Für ihn bedeutet das Reiten das gleiche wie für andere Männer das Trinken, er beschwichtigt damit seine Wut und lindert seine Spannungen.«

»Nun«, erwiderte Rebecca und fächerte sich heftig Luft zu. »Ich kann mir denken, daß er viel reiten muß, denn seit wir hier sind, habe ich ihn nur schlechtgelaunt erlebt.«

»Rebecca«, tadelte sie Margaret, »es ist nicht sehr höflich von dir, so etwas zu sagen.«

Rebecca zuckte mit den Schultern. »Das mag sein, aber dennoch stimmt es.«

Jacques machte eine Handbewegung. »Sein Zorn richtet sich nicht gegen dich, Rebecca. Und auch nicht gegen dich,

Margaret. Dessen kann ich euch versichern. Es ist einfach so, daß er nicht hier leben möchte, auf Pirate's Bank, aber Vater hat darauf bestanden, daß er hierbleibt, wenigstens noch ein paar Tage lang. Armand mag die Insel nicht, er hat sie nie gemocht. Er hält sich viel lieber in Les Chênes auf.«

Rebecca unterbrach ihr Fächern. »Les Chênes? Die Eichen? Was ist das?«

»Eine unserer beiden Plantagen. Wir bauen dort Baumwolle an und etwas Indigo. Wir besitzen noch eine andere Plantage ganz hier in der Nähe, wo wir Reis anbauen. Armand verwaltet Les Chênes, und ich habe vor kurzem von meinem Vater die Aufgabe übernommen, mich um Middlemarsh zu kümmern, unser Reisanbaugebiet.«

»Lebst du dann im allgemeinen dort, in Middlemarsh?« fragte Rebecca. Sie erwartete seine Antwort mit Spannung. Das Leben auf der Insel wäre nur halb so interessant, wenn Jacques nicht bei ihnen wäre.

Er schüttelte den Kopf. »Nein, zur Zeit haben wir dort kein Herrschaftshaus. Es ist nah genug, um von einer der beiden Inseln aus häufig hinfahren zu können oder auch von unserem Haus in Savannah. Natürlich haben wir Unterkünfte für die Arbeiter und die Aufseher und Lager für die Vorräte.«

Zwei Plantagen, ein Haus in Savannah und das Maison de Rêverie, dachte sie, die Molyneux müssen ganz schön wohlhabend sein. Sie fragte: »Und in Les Chênes?«

»Dort gibt es ein Wohnhaus, aber es ist ein völlig anderes als Maison de Rêverie. Es ist sehr einfach und ziemlich klein, doch es scheint Armands Bedürfnissen vollkommen gerecht zu werden. Er zieht es zweifellos der Insel vor.«

Rebecca schüttelte den Kopf. »Also, das kann ich überhaupt nicht verstehen, daß er so wenig für Pirate's Bank übrig hat. Ich finde es wundervoll hier. Du nicht, Margaret?«

Margaret nickte. »Es ist wirklich wundervoll, aber vielleicht hat Armand ganz persönliche Gründe, warum er lieber bei ›den Eichen‹ lebt.«

»Ja«, sagte Jacques nachdenklich. »Die muß er wohl haben, aber ich bin nie dahintergekommen, welche das sind. Armand gehört nicht zu den Menschen, die ihre geheimen Gedanken einem anderen mitteilen, nicht mal einem Mitglied der eigenen Familie.«

Als sie zurückkehrten, wurden sie bereits zum Tee auf der Veranda an der schattigen Seite des Hauses erwartet.

Edouard und Felicity saßen auf einem prächtigen, mit blauer Seide bezogenen Sofa, nur Armand war noch nicht aufgetaucht. Rebecca wünschte sich, daß er gar nicht erscheinen möge. Ohne ihn würde sie sich bestimmt wohler fühlen.

Als sie eine Tasse mit wohlriechendem Tee von Felicity entgegennahm, bemerkte Rebecca, daß sie sehr blaß aussah und ihre Augen gerötet waren, als ob sie geweint hätte. Sie sprach sehr wenig.

Edouard hingegen schien in einer besonders guten Stimmung zu sein. Sein schmales Gesicht zeigte eine lebhafte Farbe, und seine Augen strahlten, als er sich erhob, um die beiden jungen Damen zu ihren Plätzen zu geleiten.

Rebecca bemerkte, daß der Druck seiner Hand auf ihrem Arm vielleicht eine Spur zu vertraulich war, aber sie hatte eigentlich nichts dagegen.

»Nun, habt ihr beiden jungen Damen einen schönen Spaziergang gemacht?« fragte er herzlich. »Hat Jacques sich gebührend um euch gekümmert?«

Margaret stieg dunkle Röte ins Gesicht, und Rebecca fragte sich beiläufig, warum wohl.

»Aber ja, Cousin Edouard«, sagte Margaret leise. »Wir haben die Umgebung sehr genossen.«

»Und Jacques hat sich in der perfekten Art und Weise eines Gentleman um uns gekümmert, der er nun mal ist«, sagte Rebecca mit einem strahlenden Lächeln.

»Nun, das will ich auch hoffen. Ich habe ihn dazu erzogen, Schönheit zu würdigen, genau wie ich, und Schönheit verdient immer die zarteste Pflege.«

Er deutete mit dem Kopf eine kleine Verbeugung an, und Rebecca nickte, um sich für das Kompliment zu bedanken. Edouard war genauso charmant wie sein Sohn. Es beflügelte jedesmal ihre Sinne, wenn sie sich in Gesellschaft attraktiver Männer befand.

»Es ist zu bedauerlich, daß ich bei seinem Bruder nicht so erfolgreich war«, fuhr Edouard fort, während er seine Tasse absetzte und nach einem verlockend aussehenden Stück Kuchen mit rosafarbener Glasur griff.

»Aber wer würde dir die Schuld dafür geben, Vater?« fragte

Armand mit spöttischer Stimme von der Tür her. »Schließlich konntest du nicht das gleiche gute Material bearbeiten, nicht wahr?«

Margaret war diese Situation peinlich. Für sie gab es nichts Schlimmeres als Spannungen, und sie erwartete Bestürzung des Vaters darüber, daß sein jüngerer Sohn seine Bemerkung mitgehört hatte; aber sein Gesicht zeigte keinerlei Betroffenheit.

»Ah, Armand, du hast dich also herabgelassen, dich zu uns zu gesellen. Nimm Platz, mein Junge, und starre uns nicht so mürrisch an. Unsere Gäste müssen denken, daß du gar kein Benehmen hast.«

Rebecca sah neugierig zu Armand hinüber. Er war ein ungehobelter Klotz, ohne Frage, und doch hatte sie das Gefühl, daß Edouard übertrieben streng mit ihm ins Gericht ging. Er sprach in einem Ton, der an Verachtung grenzte. Offensichtlich hielt Edouard nicht viel von seinem jüngeren Sohn. Hochinteressant!

Sie sah hinüber zu Margaret. Rebecca wußte, wie sehr Margaret solche unangenehmen Szenen verabscheute. Vielleicht wäre es an der Zeit, das Thema der Unterhaltung zu wechseln.

Schnell warf sie ein: »Felicity, gestern abend habe ich im Musikzimmer mitbekommen, daß du Margaret gesagt hast, keiner in der Familie könne die alten chinesischen Instrumente spielen. Erinnere ich mich da richtig?«

Felicity sah etwas nervös aus. Sie setzte sich anders hin, um Rebecca ins Gesicht zu sehen, aber während sie das tat, huschte eine Verkrampfung über ihr Gesicht, als ob sie Schmerzen hätte. Der einzige, dem das ebenfalls aufzufallen schien, war Armand, dessen Züge sich noch verfinsterten, als er sich auf einem Stuhl am Teetisch niederließ.

»Ja, meine Liebe, ich glaube, das habe ich gesagt. Auf jeden Fall ist es so.«

»Das ist sehr sonderbar. Denn letzte Nacht wachte ich auf und hörte zwar schwach, aber vollkommen klar den Klang eines Saiteninstrumentes, auf dem jemand spielte. Es war kein mir bekanntes Instrument, und die Melodie, die gespielt wurde, war sehr ungewöhnlich.«

Felicitys Gesicht wurde noch blasser, und ein Ausdruck huschte über ihr Gesicht, der Angst in sich barg.

Etwas verlegen – sie hatte ja nur das Thema wechseln wollen – sah Rebecca schnell von einem zum anderen. Margaret und Jacques starrten sie erstaunt an, und aus Armands Blick sprach etwas wie glimmender Zorn. Der einzige, den ihre Bemerkung nicht im geringsten aus der Fassung gebracht zu haben schien, war Edouard, der sich gerade ein weiteres Stück Kuchen aussuchte.

»Oh, meine Liebe, du mußt dich geirrt haben«, sagte Felicity sehr leise. »Die Instrumente hat seit vielen Jahren niemand mehr angerührt. Sie müssen entsetzlich verstimmt sein. Und niemand von uns allen ist um eine so späte Stunde noch auf. Vielleicht hast du geträumt?«

Rebecca war etwas verwirrt. Sie war ganz sicher, daß sie nicht geträumt hatte. Wie würden sie erst reagieren, wenn sie ihnen den Rest auch noch erzählen würde – daß sie überzeugt war, daß jemand in ihrem Zimmer war?

»Alte Häuser, du weißt ja«, sagte Edouard, der den Kuchen gerade auf seinen Teller schob. »In denen arbeitet es. Und der Wind verursacht auch merkwürdige Geräusche. Du wirst dich sicher bald daran gewöhnen, davon bin ich überzeugt. Und jetzt . . .« – er machte eine wirkungsvolle Pause – ». . . habe ich für euch alle eine Neuigkeit. Ich habe damit gewartet, bis wir alle zusammen sind«, sagte er mit einem bedeutsamen Blick zu Armand. »Nächste Woche geben wir ein Fest zu Ehren unserer entzückenden jungen Gäste.«

Er wandte sich an seine Frau. »Es ist lange her, daß du Gastgeberin eines Galaabends warst, nicht wahr, meine Liebe?«

Felicity nickte knapp. In ihrer Stimme schwang nicht die Spur von Begeisterung mit, als sie sagte: »O ja, Edouard, das wird wundervoll sein.«

Armand machte ein finsteres Gesicht. »Ich nehme an, du wünschst, daß ich dabei bin?«

»Und ob ich wünsche, daß du dabei bist. Der Aufseher kann in Les Chênes zweifellos auch ohne dich zurechtkommen.«

Armand fügte sich mit einem kurzen Nicken, und einen Augenblick lang kreuzte sich sein Blick mit dem Rebeccas, und sie fühlte, wie durch diese Eindringlichkeit ein Schauder über ihren Rücken lief. Was war er doch für ein sonderbarer Mensch!

Und überhaupt, was war das für eine sonderbare Familie!

Edouard und Felicity waren vollkommen anders als ihre und Margarets Eltern. Hier gab es irgend etwas, eine Spannung zwischen diesen Menschen, dunkle, verborgene und doch auffallende Emotionen, notdürftig unterdrückte Gewalt. Zu ihrem eigenen Befremden fand sie diese Erkenntnis gar nicht so abstoßend.

4

Rebecca zog den Morgenmantel hoch, damit der leichte Lufthauch, der durch das Fenster hereinkam, ihre Beine umspielen konnte. Sie befand sich in dem Salon im oberen Stock, der ihr und Margaret gemeinsam zugewiesen worden war. Aus Indien war sie Hitze und Luftfeuchtigkeit gewöhnt, doch sie konnte sich mit beidem immer noch nicht ganz abfinden.

Sie hatte gerade einen kurzen Brief an ihre Eltern beendet, und jetzt nahm Margaret am Schreibtisch Platz, um ihrerseits einen Brief zu schreiben.

An diesem Abend hatte es nach dem Essen keine Musikstunde gegeben, da Edouard dringende Geschäfte zu erledigen hatte, und Felicity Kopfschmerzen zu haben schien.

Also hatten sich Rebecca und Margaret in diesen hübschen Salon zurückgezogen, der zwischen ihren beiden Schlafzimmern lag, und Margaret bestand darauf, daß sie die Gelegenheit nutzen sollten, um jeweils an ihre Eltern zu schreiben.

Der Stuhl, auf dem Rebecca jetzt saß, stand direkt bei einem der Fenster, und sie blickte nachdenklich hinunter in den mondbeschienenen Garten auf der einen Seite des Hauses. Es wäre schön, dort unten noch einen Spaziergang im Mondschein zu machen, aber hier oben war es auch sehr schön, wo man sich ausruhen und gemütlich sitzen und hinausschauen konnte. Rebecca hatte schon immer eine besondere Schwäche für die Nacht und den Mond, besonders den Vollmond.

Schon in frühester Kindheit hatte sie das Gefühl, daß von der Nacht ein besonderer Zauber ausging, der dem hellen Licht des Tages fehlte. Nachts war alles in Schönheit verklärt, die Dunkelheit schmeichelte allen Dingen, und der Mondschein hüllte sie in einen besonderen Glanz – und nur die Umrisse der Ge-

genstände waren zu erkennen. Als sie klein war, hatte sie ihr Vater ›meine Mondprinzessin‹ genannt, weil sie so blaß war und in Gold getaucht schien, und sie hatte die Vorstellung immer sehr genossen, daß sie eine viel zu zarte Kreatur sei, um sich mit den unerbittlichen Gegebenheiten des Alltags abzugeben, obwohl sie körperlich viel robuster war als Margaret.

Sie mußte über ihre Albernheiten lächeln und sah hinunter zu Margaret, die immer noch mit ernster Miene über ihren Brief gebeugt saß. »Meggie, was hältst du von unseren amerikanischen Cousins, nachdem wir sie jetzt ein bißchen besser kennengelernt haben?«

Margaret legte mit einem Seufzer den Federhalter aus der Hand. »Rebecca, ich muß unbedingt diesen Brief zu Ende schreiben. Du hast gehört, wie Cousin Edouard sagte, daß morgen das Schiff kommt. Ich kann ihn nicht zu Ende bringen, wenn du immer mit mir redest. Und bitte nenne mich nicht Meggie. Du weißt doch, wie ich diesen Namen hasse.«

»Ich weiß. Deswegen benutze ich ihn ja, um deine Aufmerksamkeit zu erregen«, sagte Rebecca frech. »Aber da ich dich jetzt ohnehin schon so unverschämt unterbrochen habe – also, was hältst du von ihnen?«

Margaret saß da und sah auf ihren Brief hinunter, mit den Gedanken noch halb bei dem, was sie gerade geschrieben hatte. »Oh, ich finde sie sehr nett. Wenigstens waren sie bis jetzt sehr freundlich zu uns, und sie scheinen sehr wohlerzogen zu sein, keineswegs so, wie sich die meisten Leute zu Hause Amerikaner vorstellen.«

»Hmm. Und außerdem sind sie attraktiv. Findest du nicht, daß alle Familienmitglieder attraktiv sind, vor allem die Männer?«

Margarets Gesicht bekam Farbe. »Nun ja, ich finde schon. Obwohl Armand ständig schlechtgelaunt zu sein scheint. Es ist schwierig, einen Mann mit einem so schroffen Verhalten attraktiv zu finden.«

Rebecca lehnte sich ausgestreckt an die Lehne ihres Stuhls. »Ja, das stimmt. Und dennoch ist er ein sehr gut aussehender Rohling, das mußt du zugeben. Es ist wirklich sehr bedauerlich, daß er kein umgänglicheres Wesen hat. Natürlich, Jacques sieht genauso gut aus, und er hat einen überaus angenehmen Charakter, ohne Zweifel. Findest du nicht?«

Margaret errötete erneut. Sie wußte, daß Rebecca sie mit Absicht herausforderte, aber wie immer wußte sie nicht so recht, was sie dagegen tun sollte, außer sich so zu verhalten wie immer, zu tun, als durchschaue sie Rebeccas Absichten nicht.

»Doch, Rebecca«, sagte sie leise. »Ich bin ganz deiner Meinung, daß Jacques einen überaus angenehmen Charakter besitzt.«

»Und dir ist wohl auch aufgefallen, daß Edouard eine Schwäche für die Damen hat?«

Margaret sah mit einem Stirnrunzeln auf und fragte sich, ob das wieder eines von Rebeccas Spielchen war, aber das Gesicht ihrer Cousine war ganz ernst und nachdenklich. »Rebecca, wie kannst du so etwas sagen! Du bist wirklich schrecklich. Nachdem er so liebenswürdig zu uns war. Er ist ein verheirateter Mann, das weißt du genau, und er muß mindestens fünfzig sein.«

Rebecca schüttelte belustigt den Kopf. »O Meg! Du bist wirklich naiv! Wir beide haben unser ganzes Leben am gleichen Ort und unter den gleichen Bedingungen verbracht, und trotzdem glaube ich, du bist mit Scheuklappen durchs Leben gegangen. Wenn ich dir all die verheirateten Männer aufzählen würde – einige davon ältere Herren, Freunde unserer Väter –, die mir schöne Augen gemacht haben und sogar, wenn sich die Gelegenheit bot, weiterzugehen versuchten ... dann hättest du wirklich einen Anlaß, entrüstet zu sein!«

Margaret, deren Wangen jetzt glühend rot waren, nahm entschlossen den Federhalter wieder auf und wandte sich wieder ihrem Brief zu. »Manchmal bist du wirklich gemein, Rebecca. Du weißt genau, wie ich solche Gespräche hasse, und außerdem glaube ich dir kein Wort. Dir ist einfach langweilig, und du möchtest dir Unterhaltung verschaffen, indem du mich reizt.«

Rebecca, die Margarets ehrliche Empörung erkannte, seufzte. Sie und Margaret konnten über so viele Dinge reden, und doch gab es ein paar Themen, die für Margaret einfach tabu waren. Es war, als ob alles, was die Beziehung zwischen Männern und Frauen betraf, sie ängstigte und erschreckte, was für sie vollkommen lächerlich war, da solche Beziehungen nun mal existierten und offensichtlich ein wichtiger

Bestandteil des Lebens waren, den Rebecca persönlich unwiderstehlich interessant fand. Alles wäre um so vieles einfacher gewesen, wenn sie solche Dinge mit Margaret hätte besprechen können, aber sie hatte das Gefühl, alle Bemühungen in dieser Richtung waren umsonst.

Rebecca wurde durch ein Klopfen an der Tür aus ihren Gedanken gerissen, und Margaret legte den Federhalter aus der Hand und erhob sich vom Schreibtisch.

»Wer könnte das denn sein?« Sie warf einen kurzen Blick auf Rebecca, und wieder stieg ihr Röte ins Gesicht. »Rebecca! Rebecca, bitte zieh deinen Morgenmantel über die Beine. Ich kann auf keinen Fall die Tür öffnen, wenn du so rumsitzt.«

Mit einem Schulterzucken zog Rebecca den Morgenmantel herunter, so daß nur noch die nackten Füße darunter hervorsahen.

Das Klopfen ertönte erneut, diesmal heftiger.

»Rebecca, deine Füße. Ich bitte dich, decke sie zu.«

Rebecca zog die Füße hoch, so daß sie unter dem Stoff verschwanden. »So bitte, Margaret, meine Liebe, bin ich jetzt anständig genug für dich?«

Margaret, immer noch rot im Gesicht, wandte sich brüsk ab, um die Tür zu öffnen.

In der Tür stand Dhupta, der Diener, mit einem großen silbernen Tablett, auf dem eine große, bemalte Porzellankanne, zwei zierliche Tassen und Unterteller sowie eine Platte mit Gebäck und Kuchen waren.

»Oh«, sagte Margaret.

Dhupta, dessen dünnes, dunkles Gesicht nicht die geringste Regung zeigte, nickte kaum merklich mit dem Kopf. »Die Mistreß dachte, Sie hätten vielleicht noch gerne eine kleine Erfrischung, bevor Sie sich zur Ruhe begeben. Darf ich?«

»O ja, natürlich.« Margaret machte ein paar Schritte zurück.

Dhupta betrat den Raum. Er stellte das Tablett auf dem kleinen Tischchen ab, das in der Mitte des Zimmers stand.

Rebecca musterte ihn mit unverhohlenem Interesse. Er sprach recht gut Englisch, ohne den geringsten Akzent, und an seinem Benehmen gab es nichts auszusetzen. Warum wurde sie dann das Gefühl nicht los, daß er sowohl sie als auch Margaret nicht mochte?

»Soll ich eingießen, Misses?«

»Nein, vielen Dank, Dhupta«, antwortete Margaret. »Das ist nicht nötig. Vielen Dank.«

Der Inder verneigte sich und verließ rückwärts den Raum. Margaret schloß die Tür hinter ihm.

»Ich weiß nicht warum«, sagte Rebecca, die sich erhob und auf das Tischchen zuging, »aber dieser Mann stört mich irgendwie.«

Margaret sah sie aufgebracht an. »Rebecca, heute abend scheinst du entschlossen zu sein, um jeden Preis Schwierigkeiten zu sehen. Soweit ich das beurteilen kann, ist er der perfekte Diener. Er ist verschwiegen, folgsam und sehr tüchtig. Und Felicity scheint bis zu einem gewissen Grad auf ihn angewiesen zu sein.«

»Hmm. Ja, er ist vielleicht ein bißchen zu perfekt.« Sie goß zwei Tassen voll mit sahniger Schokolade und nahm sich ein knuspriges Zuckerbiskuit. »Wie gesagt, ich weiß nicht, warum er mir Unbehagen bereitet. Trotzdem möchte ich wetten, daß irgend etwas mit ihm nicht stimmt. Zum Beispiel, hast du seine Kleidung nicht bemerkt?«

»Was stimmt mit seiner Kleidung nicht?« Margaret griff sich ihre Tasse mit Schokolade. »Er ist sehr gepflegt gekleidet, wenn du das meinst, aber ich nehme an, das macht er auf Wunsch der Molyneuxs.«

Rebecca seufzte tief. »Margaret, er kleidet sich nach Art der wohlhabenden Brahmanen. Hast du zu Hause jemals einen Diener gesehen, der sich so anzieht? Und er trägt kein Kastenzeichen. Außerdem scheint er ein gebildeter Mann zu sein. Ich frage mich immer wieder, was ihn hierher verschlagen haben mag und wieso er als Diener arbeitet. Und was seine Gefühle uns gegenüber betrifft, so glaube ich, daß er uns – dich und mich – ganz und gar nicht leiden kann.«

»Aber das hat er mit keinem Wort und mit keinem Verhalten angedeutet. Und außerdem, Rebecca, warum sollte er uns nicht leiden können?«

»Weil wir Engländerinnen sind. Viele Inder hassen *alle* Engländer, das weißt du ganz genau. Warum, glaubst du, versuchen unsere Väter immer wieder, Unruhen zu verhindern? Ganz bestimmt nicht, weil die Inder so besonders glücklich über ihre Situation sind, dessen kannst du sicher sein.«

Margaret blinzelte nervös. »Ich weiß, daß sie sich ständig über alles mögliche beklagen, und ich weiß auch, daß es immer wieder Unruhestifter unter ihnen gibt, aber ich glaube, du übertreibst die Sache, Rebecca. Schließlich brauchen sie uns. Wir haben viel für Indien und das indische Volk getan.«

Rebecca lehnte sich zurück und nippte an ihrer Schokolade.

»Ich wollte damit nur sagen, Margaret, daß nicht alle Inder uns Engländer lieben, und einige davon unsere Feinde sind. Wer sagt uns, daß Dhupta nicht zu denen gehört, die uns hassen?«

»Nun, ich möchte darüber nicht diskutieren. Wie du sehr genau weißt, verabscheue ich politische Diskussionen, besonders vor dem Zubettgehen.«

»Ich bin nicht sicher, daß dies eine politische Diskussion ist«, sagte Rebecca mit einem kurzen Lachen. »Auf jeden Fall wollte ich noch über etwas anderes sprechen. Ich hatte den ganzen Tag keine Zeit, es dir zu sagen, wir waren so sehr beschäftigt. Hast du gestern nacht etwas gehört, nachdem wir zu Bett gegangen sind? Es war so gegen Mitternacht oder vielleicht auch erst um eins.«

Margaret sah sie mißtrauisch an. »*Was* war gegen Mitternacht oder um eins?«

Rebecca seufzte. »Die Geräusche, die ich gehört habe. Hast du nichts gehört?«

Margaret schüttelte immer noch zweifelnd den Kopf.

»Gar nichts. Trotz meines Mittagsschlafes war ich ziemlich müde. Ich bin nach der Abendtoilette sofort ins Bett gegangen und eingeschlafen. Was für Geräusche, Rebecca? Wieder diese Musik, die du Felicity gegenüber heute nachmittag beim Tee erwähntest?«

»Das war nur ein Teil davon.« Rebecca setzte ihre Tasse und Untertasse ab und beugte sich vor. »Vorher habe ich noch jemanden in meinem Zimmer gehört, ich bin ganz sicher. Ich konnte nichts sehen, es war zu dunkel, aber ich bin sicher, daß ich jemanden gehört habe.«

Margarets Gesicht war blaß geworden. »Rebecca, machst du dich wieder mal lustig über mich? Wenn das so ist, dann ist das ein sehr grausamer Spaß.«

Rebecca wurde ungeduldig. »Nein, Margaret. Ich schwöre dir, es ist nicht so. Ich hörte die Musik, nachdem ich in meinem Zimmer etwas wahrgenommen hatte. Für mich hörte es sich so an, als ob jemand auf den sonderbaren chinesischen Instrumenten spielte.«

»Aber Felicity sagte, daß niemand darauf spielen könne.«

Rebecca nickte schnell. »Ich weiß, was sie sagte. Das finde ich ja so merkwürdig. Der ganze Vorfall kommt mir unheimlich vor, und ich glaube, es wäre sinnvoll, wenn wir beide von nun an nachts unsere Türen verschlossen hielten. So . . .«, sie setzte sich zurück und nahm ihre Schokolade auf, ». . . jetzt habe ich alles gesagt, was ich zu sagen hatte. Jetzt kannst du deinen Brief zu Ende schreiben.«

Seit zwei Tagen waren sowohl der große Wagen als auch die kleine Kutsche ständig unterwegs zum Anlegesteg, um ankommende Gäste für den Galaabend abzuholen. Viele von ihnen wurden mit Edouards schöner Schaluppe, der *Harbinger*, befördert. Andere kamen mit ihren eigenen Booten.

Rebecca sah aus dem Fenster und beobachtete zwei modisch gekleidete Frauen und einen Mann bei den süß duftenden Rosen, die den Pavillon vor dem Haus umgaben.

Oh, das würde ganz bestimmt ein wundervolles Fest werden, daran hatte Rebecca gar keine Zweifel. Edouard hatte keine Kosten gescheut, die edelsten Speisen und Getränke waren herangeschafft worden, und Rebecca hatte einen Blick in den Küchenbau hinter dem Hauptgebäude geworfen und gesehen, wie die erlesensten Gerichte zubereitet wurden. Man konnte sicher sein, daß niemand Hunger leiden mußte und daß sich für jeden Geschmack etwas finden würde.

Felicity hielt die ganze Woche über das Personal damit auf Trab, das Haus und die Gästezimmer vorzubereiten – ein wahres Reinigungsgestöber. Kunstvolle Blumengebinde verschönerten alle Räume und füllten das Haus mit ihrem Duft.

Was die Gäste betraf, so hatte Rebecca schon einige kennengelernt, die früh angekommen waren, und im großen und ganzen schien es sich um interessante Leute zu handeln. Es waren die unterschiedlichsten Altersstufen und Berufsgruppen vertreten, doch eines hatten sie alle gemeinsam – sie waren attraktiv oder geistreich, meistens sogar beides. Rebecca war voller Vorfreude, sie spürte die Aufregung wie tausend kleine Bläschen in sich hochsteigen. Sie war sehr froh, daß sie und Margaret diese Reise unternommen hatten. Die letzten Tage waren sehr angenehm, und sie war sicher, daß die Wochen, die vor ihnen lagen, ebenso erfreulich sein würden – und das hatte nicht zuletzt mit der Anwesenheit Jacques' zu tun.

Er war die ganze Zeit über so liebenswürdig, so aufmerksam, hatte mit ihnen Spaziergänge und Ausfahrten über die ganze Insel gemacht, zu den schönen Wiesen und Wäldern im Innern, zu den herrlichen, einsamen Stränden wie auch zur Familiengrabstätte – ein friedlicher, mit einer grün-weißen Mauer eingefaßter Ort, der von großen Trauerweiden umgeben war, die sich über das elegante Marmorgrabmal neigten, wo Jean und Mignon Molyneux beigesetzt waren.

Jacques unternahm mit den beiden jungen Frauen häufig Ausritte – in den Stallungen waren hervorragende Pferde – und Bootsfahrten, sowohl auf der *Harbinger* als auch auf dem kleineren Vergnügungsboot, der *Felicity*.

Am Sonntag hatte er sie und seine Mutter in den nächsten Ort nach Beaufort auf der Insel Port Royal begleitet, damit sie zur Kirche gehen konnten. Beaufort war ein reizender kleiner Ort mit einigen hübschen Häusern und mehreren netten Geschäften. Rebecca hatte sich gewundert, daß Edouard nicht mit ihnen kam, und man hatte ihr erklärt, daß Edouard niemals in die Kirche ging, da er Atheist sei, was sie überraschte.

Rebecca hatte noch niemals einen Mann getroffen, der sie so sehr beunruhigte und romantische Gefühle in ihr auslöste wie Jacques. Es war für sie, die es gewohnt war, in allen Situationen mit Jungen oder Männern die Oberhand zu haben, eine überraschend angenehme Erfahrung, daß ihr diesmal die Kontrolle entglitt, oder vielleicht zutreffender, ihr ›genommen wurde‹. Bei Jacques konnte sie nie im voraus sagen, wie er wohl reagieren würde, da sie es nicht schaffte, ihn zu manipulieren.

Sie hatte lange Zeit darüber nachgedacht, warum er wohl ihren Anstrengungen gegenüber immun sein mochte, aber sie war zu keinem endgültigen Schluß gekommen, außer daß es nicht etwa daran lag, daß er sie nicht begehrenswert fand. Sie war sicher, daß er sich stark von ihr angezogen fühlte, doch er schien dagegen anzukämpfen. Rebecca hatte Übung darin, sowohl männliches als auch weibliches Verhalten zu deuten, und viele Male hatte sie beobachtet, wie sich Jacques ihr zugewandt hatte. Sie hatte bemerkt, wie er sich krampfhaft bemühte, sie nur dann zu berühren, wenn es unbedingt nötig war, und in Momenten, in denen er sich unbeobachtet glaubte, hatte sie bei überraschendem Hinsehen seinen verlangenden Blick ertappt. Nein, es war nicht, weil er sie nicht begehrte, aber was konnte es dann sein? Er war noch niemandem versprochen, das hatte sie schon während der ersten Tage auf der Insel herausgefunden, indem sie in ihre Unterhaltung eine kleine indiskrete Frage in diese Richtung einflocht. Er würde einen idealen Ehemann abgeben – gutaussehend, charmant, ein vollendeter Gentleman mit einer zarten Empfindsamkeit. Er würde sicher auch für *sie* einen guten Ehemann abgeben. Sie war selbst überrascht, daß ihr dieser Gedanke in den Sinn kam. Aber immerhin wurde es langsam Zeit, daß sie an Heirat dachte. Ihre Mutter hatte bereits geheiratet, als sie ein Jahr jünger war als Rebecca.

Es war zu bedauerlich, daß Armand so ungeheuer schwierig war, dachte Rebecca, denn es wäre doch sehr ulkig gewesen, wenn Margaret den einen Bruder und sie den anderen geheiratet hätte. Dann brauchten sie sich niemals zu trennen. Aber daran war natürlich überhaupt nicht zu denken. Armand, der den größten Teil der Woche weg war, um seinen Pflichten in Les Chênes nachzugehen, jagte Margaret Angst ein, und er schien mit beiden jungen Frauen gleich wenig anfangen zu können.

Rebecca spielte auch mit dem Gedanken, wie es wäre, wenn sie selbst Armand heiraten würde, als ob diese Möglichkeit jemals bestanden hätte, und Margaret Jacques. Aber diese Vorstellung löste in ihr ein merkwürdiges Gefühl aus, und sie wollte nicht weiter auf solche Gedanken eingehen, die sie zugleich erschreckten und erregten.

Mit einem Stirnrunzeln wandte sie sich vom Fenster ab. Wie kam sie überhaupt dazu, mit so abwegigen Gedanken zu spielen? Sie täte besser daran, sich vollends anzukleiden und hinunterzugehen. Die Festlichkeiten würden bald beginnen.

Armand stand an der Eingangstür zum Ballsaal und betrachtete die bunte Menschenmenge mißfällig. Der Anblick war ihm unangenehm.

Wie immer hatte sein Vater es sich viel Geld kosten lassen, seine Gäste zu unterhalten. Er hatte für den Anlaß eigens ein Saitenquartett aus Savannah engagiert, und der große, prächtige Ballsaal war mit Blumen und Girlanden geschmackvoll geschmückt. Die neuen Hängeleuchter mit rosenfarbenem Glas, die sein Vater schon Anfang des Jahres entlang der Wände hatte anbringen lassen, tauchten den Raum in einen rosigen Schimmer, der eine festliche Stimmung erzeugte.

Das Ganze sah sehr ansprechend aus, und alle schienen sich köstlich zu unterhalten, er selbst ausgenommen. Warum machte ihm das soviel aus? Wenn es seinem Vater beliebte, mehr Geld für solchen Leichtsinn auszugeben, als er eigentlich vertreten konnte, nun, dann war das die Angelegenheit seines Vaters, es war schließlich das Geld seines Vaters. Und dennoch ärgerte es Armand, daß all das viele Geld für die Unterhaltung solch oberflächlicher Freunde ausgegeben wurde, während sein Vater sich weigerte, auch nur einen Cent für Verbesserungen und Erneuerungen in Les Chênes auszugeben.

Natürlich war die Anwesenheit dieser beiden englischen Cousinen nur ein Vorwand für diese extravagante Veranstaltung; wenn sie *nicht* hier gewesen wären, hätte Edouard Molyneux einen anderen Grund gefunden. Es mußte ihm irgendwie im Blut liegen, ein Erbe von seinem Vater, von Jean Molyneux. Sogar Jacques war nicht ganz frei davon. Wie war es ihm, Armand, gelungen, nichts von dieser Neigung zu verspüren? War er der einzige Molyneux, der praktisch dachte?

Nun, jetzt war er hier, wenn auch gegen seinen Willen, aber dann könnte er auch versuchen, das Beste daraus machen – und wenn auch nur, um wenigstens Felicity eine Freude zu machen.

Als er den Raum mit den Augen nach ihr absuchte, sah er sie neben dem Getränkebufett stehen, das an einer Seite des Raumes aufgebaut war, an dem Ende, wo auch die Musiker saßen. Sie unterhielt sich mit einem würdig aussehenden Mann, der Armand den Rücken zugekehrt hatte.

Als er durch die Menge hindurch auf sie zuging, wurde seine Aufmerksamkeit durch die Gestalt Rebeccas gefangen, die sich anmutig im Rhythmus der Musik in den Armen seines Bruders im Tanze wiegte.

Mit mürrischem Gesicht verlangsamte er seinen Schritt, um die beiden zu betrachten, hin und her gerissen von den widersprüchlichsten Gefühlen, die dieses furchtbare Mädchen stets in ihm auslöste. Sie war so außergewöhnlich hübsch! Jedesmal, wenn er sie zu Gesicht bekam, durchfuhr ihn erneut ein Stich bis in sein Innerstes. Warum mußte sie so gut aussehen? Jeder Mann, der sie sah, würde sie besitzen wollen, nur wegen ihrer äußeren Erscheinung. Obwohl sie, so sagte er zu sich selbst, verwöhnt und arrogant war und noch dazu eine Engländerin. Doch in ihrer Nähe loderte in ihm stets eine Sehnsucht, die ihn zu verzehren drohte. Während er sie mit seinem Bruder beobachtete, fragte er sich, ob dieser wohl von dem gleichen Schmerz verzehrt würde, dem gleichen drängenden Verlangen. Jacques und er hatten nie ein besonders enges Verhältnis zueinander gehabt – dafür waren sie einander zu unähnlich –, aber in diesem Moment empfand er ein ungewohntes Mitleid für seinen Bruder.

In der wogenden Menge der Tanzenden entdeckte Armand seinen Vater, der ganz in der Nähe von Jacques und Rebecca tanzte. Der Ausdruck im Gesicht seines Vaters, mit dem er Rebecca ansah, ließ die mürrische Miene Armands noch finsterer werden. Edouards lüsternes Verhalten war Armand schon immer peinlich gewesen, nicht nur wegen Felicity. Es hatte einfach etwas Törichtes an sich, wenn ein älterer Mann hinter jungen Mädchen herläuft. Seine Wut wurde noch durch den Gedanken gesteigert, daß er einen Annäherungsversuch bei Rebecca unternehmen könnte, aber sicher wäre sogar Edouard so vernünftig, sein Verlangen nicht auf die Tochter seines Cousins zu richten.

Er betrachtete Rebecca, die jetzt den Kopf nach hinten neigte und ihr Gesicht Jacques entgegenhob wie eine Blume der Sonne und ihn mit einem Blick ansah, der zwar eine verschleierte, doch vielversprechende Einladung ausdrückte.

Sie interessierte sich also für Jacques. Einen Moment lang empfand er tiefe Erleichterung, aber gleich darauf stieg eine bittere Enttäuschung in ihm auf. Es war ein unwürdiger Gedanke. Obwohl sie ihm deutlich klargemacht hatte, daß sie von ihm, Armand, wenig hielt, durfte er ihr nichts Böses wünschen. Wenn er ehrlich war, mußte er sich sagen, daß er ihre Ablehnung durch sein ungehobeltes Verhalten beiden Frauen gegenüber selbst heraufbeschworen hatte. Er hatte sie vom ersten Augenblick bei ihrer Ankunft so abweisend wie nur möglich behandelt.

An jenem ersten Tag war er sehr schlechter Stimmung gewesen, und obwohl er sein Verhalten inzwischen bedauerte, schaffte er es nicht, sich jetzt zu ändern. Er empfand keinen Unwillen gegen Margaret, die stillere von beiden, aber an Rebeccas Person provozierte ihn irgend etwas, vielleicht ihre offenkundige Intelligenz und ihr spöttisches Benehmen, das auf ihn sehr arrogant wirkte.

Wie dem auch sei, es gehörte sich nicht, daß er hier herumstand und sie wie ein ungezogener Bauerntölpel anstarrte. Er mußte weitergehen und Felicity begrüßen, um das Beste aus dem Abend zu machen. Und wenn er schon sonst nichts davon hatte, so würde er ihm wenigstens ein exzellentes Essen bescheren.

Während er auf Felicity zuging, dachte Armand, daß sie trotz des modischen Abendkleides, der kunstvollen Frisur, des geschickt aufgetragenen Rouges und des schimmernden Puders erschöpft aussah.

Wieder stieg ein Anflug von Wut gegen seinen Vater in ihm auf. Machte er sich jemals Gedanken darüber, wieviel Arbeit und Vorbereitung die häufigen Galaabende, die er selbst so genoß, erforderten? Erkannte er nicht, daß seine Frau trotz der Hilfe des Personals selbst bis zur Erschöpfung arbeitete, um einen solchen Abend vorzubereiten? Selbstverständlich legte Edouard niemals Hand an. Armand runzelte ärgerlich die Stirn.

Dann stand er an ihrer Seite, und sie unterbrach ihre Unterhaltung, um ihn anzulächeln. Ihr Lächeln war allzu strahlend, und ihre Augen glitzerten – Armand hatte keine Zweifel daran, daß es am Rumpunsch lag.

Sie nahm ihn am Arm und drückte ihn liebevoll. »Armand, du kennst doch sicher Mr. Sterling?«

Armand verneigte sich knapp. Joshua Sterling war ein Mann in mittleren Jahren, der als größtes Klatschmaul in ganz Beaufort County bekannt war. Armand fand seine Person affektiert, aber um Felicitys willen zwang er sich, höflich zu sein.

»Aber sicher. Wie ist das Befinden, Mr. Sterling?«

Sterling lächelte und nickte heftig. »Ganz hervorragend, Sir. Wirklich ganz hervorragend. Ich habe gerade Ihrer reizenden

Mutter erzählt, daß ich das Vergnügen hatte, von Charleston aus mit Ihren beiden entzückenden Cousinen zusammen auf demselben Boot hierher zu reisen. Das sind wirklich zwei ganz hinreißende junge Mädchen.«

Der Mann verfolgte jetzt Rebecca mit den Augen, und als sie sich am Ende des Tanzes vor Jacques verneigte, schaute er lüstern auf die Korsage ihres Kleides, das nach Armands Meinung bei weitem zu tief ausgeschnitten war.

Armand verspürte ein starkes Verlangen, seine Faust in Sterlings geschniegeltes, rosafarbenes, dick gepudertes Gesicht zu schlagen. Noch so ein alter Satyr, aber natürlich lag die Schuld nicht nur bei ihm. Da stand sie und stellte sich in diesem Kleid zur Schau; der dünne, weiße Stoff legte sich eng um ihren Körper und ließ die zarten Fußknöchel und schlanken Füße in den flachen weißen Schühchen unbedeckt. Es war kein Wunder, daß sie von den Männern angestarrt wurde.

Jacques und Rebecca kamen jetzt auf sie zu, und Armand beobachtete, wie Sterling sein Halstuch zurechtzupfte. Armand war sich sicher, daß er vorhatte, Rebecca zum nächsten Tanz aufzufordern, und der Gedanke daran, daß sie in den Armen dieses aufgetakelten Widerlings liegen würde, war ihm unerträglich.

Als Rebecca und Jacques noch einige Schritte entfernt waren, ging er schnell auf sie zu und verbeugte sich tief vor Rebecca, die stehenblieb und ihn ungläubig ansah.

»Cousine, ich bitte dich, mir den nächsten Tanz zu gewähren«, sagte Armand und nickte seinem Bruder einen Gruß zu.

Jacques lächelte und gab Rebeccas Arm frei, während sein Blick hinüber zu seiner Mutter und Sterling wanderte. »Ich hoffe sehr, du gewährst ihn mir«, sagte er in schelmischem Ton. »Denn falls nicht, wird dieser Joshua Sterling dich darum bitten. Und obwohl er sich selbst für einen ausgezeichneten Tänzer hält, habe ich die Beschwerden vieler jungen Damen gehört, daß er mehr auf ihren Füßen herumgetanzt sei als auf seinen eigenen.«

Unwillkürlich zuckte Armand bei dem plötzlichen strahlenden Lächeln von Rebecca zusammen.

»Aber selbstverständlich gehört dieser Tanz dir, Armand, und ich glaube, die Musik setzt gerade wieder ein.«

5

Als die Musik begann und sie sich auf der Tanzfläche aufstellten, spürte Armand die Berührung von Rebeccas behandschuhter Hand auf seinem Arm, und er bildete sich ein, die Wärme ihrer Haut durch den Stoff zu fühlen.

Ihre Nähe drang ihm ins Bewußtsein, und plötzlich hatte er den heftigen Wunsch, ihr zu zeigen, daß er etwas anderes war als der grobe Klotz, der zu sein er vorgegeben hatte. Obwohl er nicht sehr oft tanzte, war er sehr geschickt, und wenn er sich bemühte, konnte er ein ausgezeichneter Tänzer sein.

Er freute sich über die wohlwollende Überraschung, die in Rebeccas Gesicht lag, während sie verschiedene Figuren tanzten. Als sie bei einer Gelegenheit eng zusammenkamen, begann Armand eine Unterhaltung.

»Gefällt dir bisher dein Besuch auf Pirate's Bank, Rebecca?«

»O ja, sehr sogar. Alle sind überaus liebenswürdig, und die Insel ist wunderschön.«

Als sie das nächstemal wieder nah beieinander waren, sagte sie: »Du hast dich in der ganzen Zeit ziemlich zurückgezogen, Armand.«

»Ich weiß. Aber ich muß den größten Teil der Zeit in Les Chênes verbringen, um die Baumwollpflanzungen zu beaufsichtigen. Es ist bald Zeit für die Ernte.«

Seine Worte waren höflich, doch innerlich war Armand wütend, denn er mußte daran denken, daß die ganze Baumwollernte die Kosten dieses Abends gerade decken würden. Außerdem kam ihm in den Sinn, daß es eigentlich lächerlich war, daß gesellschaftliche Konversationen zwischen Männern und Frauen immer so künstlich und oberflächlich waren. Natürlich, am liebsten hätte er gar nicht gesprochen, sondern Rebecca am Arm genommen und sie hinausgeführt in die laue Sommernacht, sie fest an sich gedrückt und sie geküßt, bis sie ihr ganzes aufgesetztes Getue und ihre Selbstgefälligkeit vergessen und sie sich in seinen Armen ihrem Verlangen hingegeben hätte, das genauso stark wie seines war.

Rebecca, die Armands düsteres, grüblerisches Gesicht betrachtete, war etwas verwirrt. Aus einer momentanen Laune heraus hatte sie zugestimmt, mit ihm zu tanzen; als er sie um den Tanz bat, war etwas Hitziges und Gefährliches in seinem hübschen Gesicht gewesen, daß es in ihr eine Reaktion des Unbehagens und beinah der Angst hervorgerufen hatte, aber andererseits schmeichelte es ihr natürlich, daß er sie darum bat.

Die innere Flamme glühte immer noch in ihm, sprach aus seinen feurigen Augen, sie erkannte das sehr wohl. Mit Vergnügen stellte sie fest, daß sein Desinteresse nichts anderes als gespielt war. Schließlich war er auch nur ein Mensch, und für weibliche Reize genauso empfänglich wie jeder andere Mann.

Sollte sie nett zu ihm sein oder lieber grausam, jetzt, da sie ihre Macht über ihn erkannte? Immerhin war er heute abend sehr aufgeschlossen und galant, deshalb beschloß sie, nett zu sein. Während sie im Tanz eine Drehung vollführte, lächelte sie ihm über die Schulter zu.

Als sich Margaret von Joshua Sterling abwandte, nachdem sie sich für den Tanz bedankt hatte, merkte sie, daß Jacques zu ihr herunterlächelte.

»Gehört der nächste Tanz mir, Margaret?«

Margaret spürte, wie ihre bereits vom Tanzen geröteten Wangen aufflammten. Wortlos hielt sie ihm den Arm hin.

Während Jacques sie zur Tanzfläche führte, machte er eine Kopfbewegung in Richtung Sterling. »Ich wette, das war nicht in deinem Sinne. Es kann dir ja wohl keinen Spaß gemacht haben, mit ihm zu tanzen.«

Margaret mußte lächeln. Es fiel ihr sehr leicht, sich mit Jacques zu unterhalten, obwohl sie sonst bei Gesprächen mit Männern große Schwierigkeiten hatte. »Er ist mir ein- oder zweimal auf die Zehen getreten«, sagte sie vergnügt. Wie schaffte es Jacques nur, daß sie sich in seiner Gesellschaft so locker und charmant vorkam?

Nachdem sie ihre anfängliche Nervosität über die Begegnung mit so vielen fremden Menschen überwunden hatte, begann Margaret, den Abend zu genießen. Es hatte einen Andrang von Tanzpartnern gegeben, und obwohl Rebecca, wie immer, der Mittelpunkt des Interesses war, schenkten die Gäste ihr einen großen Teil ihrer Aufmerksamkeit.

Dies war ihr zweiter Tanz mit Jacques, und da es ein Galopp war, ergab sich wenig Gelegenheit, Freundlichkeiten auszutauschen, aber das störte sie nicht so sehr. Es störte sie nicht einmal, daß sein Blick während ihres Tanzens häufig umherschweifte, um Rebecca zu suchen, die mit Armand tanzte. Margaret mußte feststellen, daß Rebecca und Armand ein sehr schönes Paar abgaben – er so dunkel und männlich, sie so hell und weiblich. Der Kontrast war auffallend. Margaret wußte nicht warum, aber irgendwie bereitete ihr das Unbehagen, deshalb wandte sie den Blick von den beiden ab und dachte darüber nach, wieviel mehr Sicherheit und Geborgenheit ein Mann wie Jacques im Gegensatz zu Armand böte.

Nach und nach erkannte sie, daß Rebecca wohl Jacques heiraten würde. Sie hatte keine Zweifel daran und war bereit, sich damit abzufinden. Jacques war der perfekte Mann, Rebecca war die perfekte Frau, so daß es nur natürlich war, wenn sie voneinander angezogen waren. Ihre eigenen Gefühle für diesen liebenswürdigen, charmanten Mann versuchte Margaret mit allen Mitteln zu verdrängen. Sie hatte noch nie darüber nachgedacht, wie seltsam es eigentlich war, daß sie, die so oft das zukünftige Schicksal anderer Menschen voraussah, sich niemals ein Bild von ihrer eigenen Zukunft machte. Sie sprach darüber niemals mit ihren Freundinnen oder ihrer Familie, nicht einmal mit Rebecca, denn die meisten jungen Frauen, die sie kannten, unterhielten sich unaufhörlich über nichts anderes als über Männer und die Art von Ehemännern, die sie sich wünschten. Wahrscheinlich würde sie ihnen sehr sonderbar vorkommen, wenn sie eingestand, daß sie selten an Männer als solches oder an Heirat dachte.

Obwohl das Fest noch lange nicht zu Ende war, entschuldigte sich Margaret ziemlich früh und zog sich in ihr Zimmer zurück.

Sie hatte den Abend sehr genossen, aber immer, wenn sie eine gewisse Zeit in einer größeren Gesellschaft verbracht hatte, erreichte sie einen Punkt, wo sie davon genug hatte und lieber allein sein wollte.

Die Klänge der Musik und das Lachen der Menschen folgten ihr durch die große Halle, und sie summte leise vor sich hin, als sich ihr plötzlich eine schattenhafte Gestalt in den Weg stellte.

Erschreckt stieß sie einen kurzen Schrei aus, aber dann erkannte sie, daß es Dhupta war. Er wich mit einer leichten Verbeugung zur Seite, um sie vorbeigehen zu lassen, aber seine glatten Gesichtszüge wirkten in dem Dämmerlicht unheimlich, und Margaret mußte an Rebeccas Abneigung gegen diesen Mann denken.

Etwas beunruhigt eilte sie weiter zu ihrem Zimmer, ohne sich noch einmal umzusehen, obwohl sie das deutliche Gefühl hatte, daß er sich umgedreht hatte und ihr nachsah.

Als sie ihr Zimmer erreicht hatte, kehrte ihre gute Laune zurück. Sie fühlte sich angenehm müde und freute sich darauf, in ihr weiches Bett zu schlüpfen. Margaret schlief gerne, es war für sie ein Regenerieren ihrer Kräfte und gleichzeitig eine Flucht aus der Wirklichkeit. Als sie sich in der frisch gestärkten Bettwäsche wohlig ausstreckte, dachte sie an Jacques und das Glück, das ihr das Tanzen mit ihm gegeben hatte. Entspannt gingen ihre Gedanken in Schlaf über, und sie bemerkte nicht mehr, daß die Musik endlich irgendwann aufhörte, die Stimmen verstummten und sich Dunkelheit über das große Haus senkte.

Es war ein wundervoller Traum. Sie und Jacques waren zusammen in einem der versteckten Pavillons tief im Wald. Alles um sie herum war grün und in sanftes Licht getaucht, wie von verborgenen Laternen beschienen. Von irgendwoher aus dem Unsichtbaren drang Musik zu ihnen – Musik von Saiteninstrumenten mit orientalischen Tonfolgen –, und sie und Jacques tanzten zu der Musik. Daran war nichts Merkwürdiges, genausowenig wie ihr merkwürdig vorkam, daß der Pavillon von innen so groß wie ein Ballsaal war.

Beim Tanzen berührte Jacques ihren Arm. Auch das erschien Margaret ganz normal und war ihr sehr angenehm. Dann berührte er ihr Gesicht, strich mit seiner Hand über ihre Wange und unter ihr Kinn, und das empfand sie plötzlich nicht mehr als normal. Und dann lag seine Hand auf ihrer Brust, und sie war entsetzt, verspürte Angst und war zugleich abgestoßen, bis die Szene langsam verblaßte. Mit einem erstickten Schrei in der Kehle wachte sie auf, überzeugt davon, daß die gewaltsame Berührung kein Teil ihres Traumes, sondern erschreckende Wirklichkeit war.

Mit wild pochendem Herzen lag Margaret regungslos da und starrte in die Dunkelheit, die sich zu verdichten schien.

Sie sah und hörte nichts, spürte nur das Pulsieren ihres Blutes in ihrem Körper. Sie bekam eine Gänsehaut bei dem Gefühl, daß sie nicht allein war.

Voller Entsetzen dachte sie daran, was Rebecca ihr über ihr eigenes Erlebnis erzählt hatte, und Margaret versuchte sich zu erinnern, ob sie die Tür nun abgeschlossen hatte oder nicht. Sie war sicher, daß sie es getan hatte.

Und dann hörte sie die Musik, die gleiche Musik, die sie im Traum gehört hatte. Sie erklang von weit her, aber die Tatsache, daß sie überhaupt da war, verschlimmerte ihr Entsetzen nur noch. Rebeccas Geschichte war also keine Erfindung gewesen. Die Schlußfolgerung daraus war grauenvoll. Jemand wanderte nachts durch das Haus. Dieser Jemand war in Rebeccas Zimmer gewesen und befand sich jetzt in ihrem, er war eingedrungen, während sie schlief, und dieser Jemand hatte . . . sich Freiheiten bei ihr herausgenommen. Sie umklammerte ihren zitternden Körper mit den Armen.

Sie verspürte lähmende Angst, ihr Gesicht glühte in der Dunkelheit wie im Fieber. Ich muß zu Rebecca gehen, dachte sie. Aber sie hatte Angst, die Kerze anzuzünden, Angst vor dem, was sie sehen würde.

Schließlich war die Musik verklungen und sie hatte keine ungewöhnlichen Geräusche mehr in ihrem Zimmer vernommen. Die Zeit war ihr unendlich lange erschienen, und Margaret griff jetzt nach dem Kerzenständer. Mit zitternden Fingern gelang es ihr endlich, den Docht anzuzünden. Ohne sich damit aufzuhalten, ihren Morgenmantel und die Pantoffeln anzuziehen, rannte sie zur Tür des Salons, der zwischen ihrem und Rebeccas Zimmer lag. Sie durchquerte ihn und eilte auf das Zimmer zu. Im nächsten Moment stand sie an Rebeccas Bett und schüttelte sie heftig.

Rebecca kam langsam aus tiefstem Schlaf zu sich und starrte Margaret mit schlafverhangenen Augen an.

»Margaret, um alles in der Welt, was ist los? Und höre doch auf, mich zu schütteln.«

Margaret, erleichtert, daß Rebecca jetzt wach war, ließ die Schultern los und seufzte vor Erleichterung.

»Oh, Rebecca, es tut mir so leid, daß ich dir vorhin nicht geglaubt habe. Ich hatte gedacht, du treibst wieder mal deinen Spott mit mir, aber jetzt habe ich es auch gehört.«

Rebecca, die erstaunt die Stirn runzelte, setzte sich auf und rückte sich das Kopfkissen im Rücken zurecht. »Margaret, weißt du eigentlich, wie spät es ist? Und wovon sprichst du, um Himmels willen?«

Margaret holte tief Luft, um sich zu beruhigen. »Erinnerst du dich, du hast mir erzählt, daß du ein Geräusch in deinem Schlafzimmer gehört hast und anschließend Musik. Nun, genau das gleiche ist mir jetzt passiert.«

Rebecca war jetzt vollkommen wach. »Jemand war in deinem Zimmer?«

Margaret nickte. »Ja, ja. Und ... wer immer es war, er *berührte* mich. Ich spürte, wie jemand meinen Arm berührte und dann mein Gesicht ...« Sogar Rebecca, mit der sie eine so enge Freundschaft verband, konnte sie nichts von der Hand auf der Brust sagen.

»Ich hatte so entsetzliche Angst. Als ich endlich all meinen Mut zusammengenommen hatte, zündete ich die Kerze an und kam zu dir, um zu sehen, ob bei dir alles in Ordnung ist. Oh, Rebecca, wer, glaubst du, könnte das gewesen sein? Und warum sollte irgend jemand so etwas tun?«

Rebecca sah, daß Margaret immer noch von der Angst gezeichnet war, und streckte den Arm aus, um ihre Hand zu ergreifen. »Ich kann es mir wirklich nicht vorstellen«, sagte sie langsam. »Ich finde auch, daß das Ganze außerordentlich merkwürdig ist. Kannst du dich erinnern, ob du deine Tür verriegelt hast, bevor du zu Bett gingst?«

Margaret schlug sich vor den Kopf. »Jetzt fällt es mir ein, die Tür zur Halle habe ich zwar abgeschlossen, aber die zum Salon war unverschlossen, genau wie bei dir.«

Rebecca ließ Margarets Hand los und beugte sich vor. »Aber die *äußere* Tür zum Salon war abgesperrt. Ich weiß es genau, denn ich habe selbst den Riegel vorgeschoben.«

Margaret seufzte schwer. »Wie konnte derjenige dann hereinkommen?«

»Vielleicht existierte eine geheime Wandöffnung. Soviel ich weiß, gibt es so etwas in vielen alten Häusern, und das wäre die einzige logische Erklärung, es sei denn, unser Besucher ist ein Geist.«

Margaret schlug sich mit der Hand vor den Mund. »Oh! Sage nicht so etwas! Hältst du es etwa für möglich, daß ...?«

»Natürlich nicht. Sei nicht albern, Margaret«, sagte Rebecca ärgerlich.

Margaret erschauderte. »Zu wissen, daß jemand, ein Fremder, dort in meinem Zimmer war, mich betrachtete, während ich schlief, mich berührte . . . Rebecca, was sollen wir nur machen? Sollten wir Felicity oder vielleicht Edouard davon erzählen? Schließlich ist das hier *ihr* Haus.«

»Nein, ich glaube, wir sollten nicht darüber sprechen«, sagte Rebecca nachdenklich. »Wenigstens jetzt noch nicht. Laß uns noch ein bißchen damit warten.«

»Aber warum sollten wir warten? Ich meine, die Person könnte ja noch einmal kommen. Wie können wir überhaupt noch ein Auge zubringen, wenn wir wissen, daß jederzeit ein Fremder in unser Zimmer eindringen kann?«

»Das ist genau der Punkt, begreifst du nicht? Vielleicht *ist* es gar *kein* Fremder.«

»Willst du damit sagen, es könnte ein Mitglied der Familie sein? Doch sicher nicht.«

»O Margaret, sei doch nicht so ein Herzchen. Wenn es irgendwo eine versteckte Öffnung gibt, wer anders als ein Familienmitglied kennt sie? Außerdem gibt es auf der Insel gar nicht so viele Leute. Es ist doch kaum vorstellbar, daß es einer der Sklaven ist, oder? Sie würden es niemals wagen, etwas so Ungeheuerliches zu tun, selbst wenn sie eine solche Öffnung kennen würden, was ebenfalls sehr unwahrscheinlich ist.«

»Möglich ist es immerhin«, beharrte Margaret. »Und dann gibt es da noch Dhupta. Er gehört nicht zur Familie, und du hast selbst gesagt, daß er sonderbar ist.« Plötzlich fiel ihr wieder etwas ein. »Ich bin ihm übrigens heute abend begegnet, als ich in mein Zimmer ging. Er kam mir auf dem Gang entgegen, und er sah mich sehr finster an, als ich an ihm vorbeiging. Hältst du es für möglich, daß er es sein könnte? Vielleicht hast du recht mit dem, was du sagtest, daß er uns haßt. Und wenn er jetzt vorhat, uns in unseren Betten umzubringen?«

Rebecca rutschte in ihrem Bett tiefer, bis ihr Kopf auf dem Kissen lag. »Nun, er hat es ja nicht getan, oder? Sei doch nicht so melodramatisch, Margaret. Wer immer in unseren Schlafzimmern war, er hat uns nichts angetan, er hat es nicht einmal versucht, oder?«

Margaret schwieg und dachte wieder an die Berührung

ihrer Brust. »Nun, das Ganze gefällt mir jedenfalls nicht«, sagte sie schließlich. »Was sollen wir also tun? Irgend etwas müssen wir tun.«

Rebecca gähnte laut. »Ich glaube, im Moment sollten wir erst mal etwas schlafen. Du kannst hier bei mir bleiben, wenn du möchtest, und wir lassen die Kerze brennen. Morgen früh werden wir die beiden Schlafzimmer und den Salon nach einer versteckten Tür absuchen. Wenn wir sie finden, fällt uns vielleicht etwas ein, wie wir sie verriegeln oder verstellen können. Danach warten wir mal ab, was passiert, dann können wir immer noch handeln.«

Margaret, die die Aussicht darauf, daß sie irgend etwas unternehmen würden, etwas aufrichtete, schlüpfte neben ihre Cousine ins Bett. Beruhigt durch die brennende Kerze und die Anwesenheit Rebeccas schlief sie bald ein.

Rebecca lag noch eine ganze Zeitlang wach, Gedanken schwirrten ihr wild durch den Kopf; vor ihrem inneren Auge sah sie die Gesichter von Dhupta und die der Molyneux', und sie fragte sich, wer von ihnen etwas so Merkwürdiges tun könnte, und warum.

»Hör mal, ich glaube, hier könnte es sein!« Rebecca, deren Gesicht rot vor Anstrenung war, klopfte aufmerksam die Wandtäfelung rechts vom Kamin des Salons ab, wo es auf einmal hohl klang. »Hörst du den Unterschied!« Sie ging weiter nach rechts und klopfte auf die angrenzende Holztafel.

Margaret nickte aufgeregt. »O ja, an der Stelle hört es sich ganz anders an.« Sie ging zu Rebecca hinüber, die jetzt mit der Hand über die Schnitzerei der ersten Tafel fuhr. »Aber wie bekommt man sie auf?«

»Normalerweise gibt es irgendwo eine versteckte Feder, auf die man drücken muß und die meistens durch die Verzierung verdeckt wird«, sagte Rebecca gedankenverloren. »Kannst du dich noch daran erinnern, wie wir einmal die Arlingtons in ihrem Landhaus besucht haben, als wir noch Kinder waren? Sie hatten einen solchen versteckten Durchgang, und der kleine Will Arlington hat ihn mir gezeigt. Er führte von einem der kleinen Salons durch das Haus und unterirdisch zu den Ställen. Will erklärte mir damals, daß er so konstruiert war, daß die Bewohner des Hauses fliehen konnten, falls Feinde eindrangen. Die Feder, mit der man die Tür öffnen konnte, war in der Mitte eines geschnitzten Ornamentes in der Tafel verborgen. Will kannte sich mit solchen Dingen recht gut aus, und er erzählte mir weiter, daß viele alte Häuser solche verborgenen Gänge durchs ganze Haus haben.«

Sie machte ein paar Schritte zurück und betrachtete die Täfelung. »Diese geschnitzten Bordüren hier scheinen nichts zu verbergen. Laß es uns am Kamin probieren. Will hat mir auch gesagt, daß die Feder auch oft hinter einem losen Ziegel versteckt ist, den man entfernen kann.«

Gemeinsam rüttelten sie an den verzierten Steinen des Kamins. Als Margaret mit dem Finger auf den Stengel eines zarten, in den Stein gehauenen Blättchens drückte, entfuhr ihr ein Schrei. Sie hatte plötzlich den Eindruck, ihr Finger könnte den Stein wie etwas Weiches eindrücken, und als sie es tat, bewegte sich etwas auf der rechten Seite leicht.

»Das ist es! Das ist es!« schrie Rebecca. »Du hast es gefunden!«

Beunruhigt machte Margaret ein paar Schritte zurück, die ganze Holztafel rechts neben dem Kamin glitt fast geräuschlos zur Seite und gab ein Rechteck in die totale Finsternis frei.

Rebecca beugte sich vor, um hineinzusehen. »Ich kann überhaupt nichts erkennen, es ist dort drin dunkel wie in einer Höhle. Aber ich spüre eine Luftbewegung. Wohin der Gang wohl führt?«

Sie rümpfte die Nase. »Puh! Es riecht jedenfalls aufdringlich.«

Margaret nahm ihren Arm, als wollte sie sie zurückhalten. »Mir ist es egal, wohin er führt. Was mir Sorgen macht, ist, daß er ausgerechnet hir in unserem Salon herauskommt. Du sagtest, wir könnten vielleicht irgend etwas davorstellen, sobald wir ihn gefunden haben, aber wie sollen wir das nur machen?«

Rebecca betrachtete die Öffnung nachdenklich. »Nun, da *wir* diesen Salon bewohnen, ist das kein Problem. Wir werden einfach unsere Türen, die in diesen Raum gehen, genauso abschließen wie die zur Halle hinaus.«

»Das bedeutet aber, daß wir uns nachts nicht gegenseitig in unseren Zimmer besuchen können. Was passiert, wenn eine von uns die andere in der Nacht braucht?«

»Wer immer von uns beiden die andere braucht, der muß

eben seine Tür entriegeln und an die Tür der anderen klopfen. Ich muß gestehen, daß es mir jetzt viel besser geht, seit ich weiß, wie unser geheimnisvoller nächtlicher Besucher hereingekommen ist.«

Margaret drehte sich abrupt um. »Ich bin nicht sicher, daß es mir besser geht . . . vielleicht ein bißchen. Aber allein der *Gedanke*, daß jemand zu so etwas fähig ist, macht mir große Sorgen.«

»Ich weiß«, sagte Rebecca seufzend. »Mir geht es auch so. Vielleicht sollten wir den Gang untersuchen . . .«

»Nein«, entgegnete Margaret heftig. »Daran darfst du nicht einmal denken. Das wäre das Allertörichteste. Wer weiß, was es da drin alles gibt! Wir machen das, was du gesagt hast. Wir halten unsere Türen verschlossen. Vielleicht hat der Spuk dann ein Ende.«

Rebecca legte die Hand auf die gleiche Stelle der Verzierung, auf die Margaret gedrückt hatte, und die Tür schloß sich leise wieder.

»Also gut, aber etwas werde ich doch noch tun. Ich werde mit Felicity sprechen. Nicht um ihr zu sagen, was wir entdeckt haben, nur um sie so ganz nebenbei zu fragen, ob das Haus irgendwelche Geheimgänge hat. Auf diese Weise finden wir wenigstens heraus, ob sie etwas davon weiß.«

»Warum fragen wir nicht Jacques? Wir reiten heute nachmittag doch wieder mit ihm aus.«

Rebecca sah sie eindringlich an. »Es könnte auch Jacques sein.«

Margaret fuhr sich mit der Hand an die Kehle. »O nein, es könnte niemals Jacques sein!«

»Aber wir haben nicht die geringste Ahnung, oder? Und solange das so ist, ist es meiner Meinung nach sicherer, Felicity zu fragen. Immerhin ist sie eine Frau.«

6

Es war am späten Nachmittag eines warmen, trägen Tages, und Rebecca, Margaret, Jacques und Armand hatten im kleinen Salon gerade ein Spiel Whist beendet.

Seit dem großen Fest verbrachte Armand mehr Zeit im Maison de Rêverie, und Rebecca vermutete, daß sie der Grund für sein häufiges Hiersein war. Außerdem hatte sich sein Benehmen entschieden gebessert. Es schmeichelte ihr, daß sie eine solch starke Wirkung auf ihn hatte, und sie freute sich gleichzeitig, weil es sehr angenehm war, daß sie jetzt zwei Begleiter hatten, wenn sie und Margaret spazierengingen und ausritten. Sooft es ihr möglich war, ohne den Anstand zu verletzen, richtete sie es aber so ein, daß sie mit Jacques zusammen war und Margaret mit Armand, sehr zum Mißfallen von Margaret.

Obwohl Rebecca sehr oft über beide Männer nachdachte, tat sie es doch bei jedem auf eine andere Art. Der Gedanke an Armand war irgendwie dunkel und aufregend, fast beängstigend, während sie jetzt ziemlich sicher war, daß sie sich in Jacques verliebt hatte und ihn heiraten wollte. Schließlich mußte sie irgend jemanden heiraten, und sie hatte keinerlei Verlangen nach einem der jungen Armeeoffiziere, die sie in Indien kennengelernt hatte. Militärs waren allesamt ein steifer, wichtigtuerischer Haufen – ihr Vater und ihr Onkel waren lediglich rühmliche Ausnahmen von der Regel. Das einzige Problem war, wie sie Jacques dazu brachte, daß er ihr einen Antrag machte, und es war für sie eigentlich ein Rätsel, warum er das nicht schon lange getan hatte.

Obwohl sie sich normalerweise nicht besonders anzustrengen brauchte, Männer anzuziehen, stellte Rebecca fest, daß sie bei Jacques alle Register ziehen und all ihren Charme aufwenden mußte, um ihn für sich zu gewinnen. Er reagierte darauf, indem er ihre Gesellschaft suchte, wann immer es möglich war, und sie mit bewundernden Blicken bedachte, aber bisher war noch kein Wort über seine Lippen gekommen, mit dem er sich erklärt hatte, und der Zeitpunkt näherte sich in Windeseile, an dem sie und Margaret nach Indien zurückkehren mußten. Vielleicht wenn sie einmal die Gelegenheit hätte, mit Jacques allein zu sein – vielleicht würde er dann aussprechen, was ihrer Meinung nach sein Herz zweifellos bewegte. Sie hatte den festen Entschluß gefaßt, daß er das tun mußte; sie hatte nicht die Absicht, diese schöne Insel und dieses anscheinend so reizvolle Leben hier zu verlassen.

Während der drei Monate, die sie jetzt schon hier waren, hatte sie diese Insel immer mehr verzaubert, und sie war entzückt vom großzügigen und gelassenen Lebensstil der Molyneux. Edouard hatte noch zwei weitere Feste gegeben, und es wurden von allen Familienmitgliedern, Freunden und Bekannten keine Mühen gescheut, damit sich die beiden Engländerinnen wohl fühlten. Ihr geheimnisvoller nächtlicher Besucher war nicht wieder erschienen, und als Felicity von Rebecca über irgendwelche Geheimgänge gefragt wurde, hatte sie behauptet, von nichts zu wissen. Die ganze Geschichte war in Rebeccas Gedanken schon fast völlig vergessen.

Als sie im Lauf der Zeit die Familie Molyneux immer besser kennenlernten, fielen Rebecca eine ganze Menge Dinge auf. Eines davon war, daß sie durchaus recht gehabt hatte, als sie Margaret sagte, sie halte Edouard für einen Schürzenjäger. Bis jetzt hatte er noch keinen wirklichen Annäherungsversuch unternommen, aber die übertriebenen, überflüssigen Berührungen, die Art, wie er sie beim Tanzen festhielt, und sein gieriger Blick hatten sie gewarnt, und sie vermied es geschickt, jemals mit ihm allein zu sein. Trotz der Tatsache, daß sie sich selbst für ziemlich aufgeklärt und tolerant gegenüber männlichen Schwächen hielt, fand Rebecca doch, daß es von ihm – dem Cousin ihres Vaters, einem verheirateten Mann, der sogar älter war als ihr Vater – ein sehr schlechtes Benehmen war, ihr Avancen zu machen, wie feinfühlig sie auch sein mochten. Aber dennoch, er war sehr gut zu ihr und Margaret und umsorgte sie königlich. Sie war ihm keineswegs böse, denn sie glaubte ihn zu verstehen und es deshalb mit ihm aufnehmen zu können.

Andererseits hatte sich herausgestellt, daß Felicity, von der Rebecca geglaubt hatte, sie wäre leicht zu durchschauen, sehr mysteriös war. Rebecca glaubte immer für sich, Menschen und ihre Beweggründe gut zu verstehen, und es machte sie stets ein bißchen nervös und versetzte ihrem Selbstbewußtsein einen kleinen Stich, wenn sie bei manchen Menschen Schwierigkeiten hatte, sich ein klares Bild von ihnen zu machen.

In Felicitys Fall lag es an deren Wechselhaftigkeit. Wenn sie mit Rebecca und Margaret allein war, war sie sehr gesprächig, lebhaft und charmant, mit einem feinen Sinn für Humor. Wenn Edouard jedoch dabei war, war sie wie eine ganz andere Person – in sich zurückgezogen und richtiggehend verängstigt, so schien es Rebecca.

Obwohl Felicity nicht gerade eine zerbrechliche Frau war

und im allgemeinen vor Gesundheit zu strotzen schien, so litt sie doch scheinbar an irgendeinem chronischen Unwohlsein. An manchen Tagen kam sie von morgens bis abends nicht aus ihrem Zimmer, und wenn sie es schließlich doch verließ, dann ging sie steif, als hätte sie Schmerzen, und ihr Gesicht war sehr blaß.

Aber sie sprach nie über ihren Gesundheitszustand, und Rebecca hatte das Gefühl, daß es unpassend wäre, dieses Thema anzuschneiden. Aber eine gewisse Neugier ließ sie doch nicht los.

Armand legte seine Karten auf den Tisch und sah Jacques an. »Morgen früh muß ich nach Les Chênes zurück. Was hältst du davon, wenn wir Rebecca und Margaret mit aufs Festland nehmen und ihnen den Ort zeigen? Wir könnten einen ausgedehnten Ausflug unternehmen und ein Picknick machen. Wenn sie alles gesehen haben, könntest du sie nach Hause zurückbegleiten. Das heißt, wenn die Damen überhaupt interessiert sind.«

»Eine hervorragende Idee!« Jacques sah abwechselnd zu Rebecca und zu Margaret. »Was sagt ihr dazu? Es gibt dort zwar nicht allzuviel zu sehen, nur Baumwoll- und Indigofelder, aber es gibt einen schönen Fluß und herrliche Wiesen. Das wäre genau die richtige Abwechslung an einem Schönwettertag.«

Margaret stimmte sofort zu: »Ich finde, das hört sich großartig an. Meinst du nicht, Rebecca?«

Rebecca tat so, als dächte sie über den Vorschlag nach. Natürlich wollte sie mitkommen. Sie wollte gern die Plantage sehen, und sie war neugierig auf den Ort, an dem Armand den größten Teil seiner Zeit verbrachte. Dennoch wollte sie nicht den Eindruck erwecken, als läge ihr besonders viel daran.

»Nun ja, das könnte ganz nett werden«, sagte sie gleichgültig. »Wenn ihr alle Lust dazu habt, dann komme ich natürlich mit.«

Die Wiesen waren so herrlich, wie Jacques es versprochen hatte; weite, grüne Flächen mit hübschen Farbtupfern von den wilden Blumen. Ein klarer, schmaler Fluß teilte sie, an dessen Ufer immer wieder große, ausladende Eichen standen, die dem Ort den Namen gegeben hatten. Die vier jungen Leute hatten für eine kleine Rast auf einem sanften Hügel am Rand einer Wiese einen Halt eingelegt.

Jacques zeigte mit seiner Reitpeitsche in die Landschaft. »Seht ihr den Hügel dort gegenüber? Dort stand früher das Wohnhaus der Plantage. Man sagt, daß es zu seiner Zeit sehr schön war.«

Rebecca sah interessiert zu dem kleinen Hügel hinüber. Nur ein Haufen Bruchsteine deutete noch auf den Platz hin, wo das Haus einst gestanden hatte. »Man hatte von dort sicher einen herrlichen Blick«, sagte sie. »Was ist damit passiert – mit dem Haus, meine ich?«

»Es ist abgebrannt«, sagte Armand, und in seiner Stimme schwang eine seltsame Härte mit, die Rebecca veranlaßte, ihn neugierig anzusehen. »Es brannte genau in der Nacht bis auf die Grundmauern ab, in der Jean Molyneux und seine Frau starben.«

Margaret rang vor Erstaunen nach Luft. »Wie abscheulich! Wurde bei dem Brand jemand verletzt?«

Armand wandte den Blick nicht von den Ruinen des ehemaligen Gebäudes. »Ja, ein Mann und dessen Frau, und zwei Sklaven vom Hauspersonal.«

Rebecca, die ihn aufmerksam beobachtete, während er sprach, war überzeugt, daß Armand wesentlich mehr darüber wußte, was sich hier vier vielen Jahren abgespielt hatte, als er preisgeben wollte, und diese Tragödie berührte ihn offenbar sehr stark. Sie konnte sich nicht vorstellen, warum das so war, aber irgend etwas befremdete sie daran.

Als das Schweigen zu lange dauerte, fragte sie schließlich: »Wie hieß das Ehepaar?«

Armand antwortete nicht.

»Huntoon«, sagte Jacques schließlich. »Richard und Elizabeth Huntoon. Sie hatten ein Kind, eine Tochter, Elissa, aber glücklicherweise wachte ihr Kindermädchen rechtzeitig auf und brachte das Kind aus dem Haus, bevor das Feuer sich bis zu seinem Zimmer ausbreiten konnte.«

»Was geschah mit dem Kind?« fragte Margaret.

»Die Kleine hatte keine Verwandten, deshalb wurden sie und ihr Kindermädchen, eine schwarze Frau namens Bess, im Maison de Rêverie aufgenommen, und da sie ungefähr im gleichen Alter wie unser Vater war, wurden sie zusammen wie Geschwister aufgezogen.«

Rebecca runzelte die Stirn. »Aber wer hat für die beiden gesorgt. Sie waren doch beide Waisen?«

»Die Schwester meiner Großmutter und deren Mann kamen auf die Insel und kümmerten sich um alles, bis mein Vater alt genug war, sein Erbe anzutreten.« Jacques unterbrach sich mit einem trübsinnigen Lächeln. »Wir sollten unsere Gedanken weniger traurigen Dingen zuwenden. Schließlich haben wir euch hierher geführt, um euch die Plantagen und Schönheiten dieses Ortes zu zeigen, statt dessen reden wir von Tod und Zerstörung.«

Armand schien seinem Bruder nicht zuzuhören, aber Rebecca beobachtete, wie er die Lippen bei diesem versteckten Verweis zusammenkniff.

Plötzlich gab Armand seinem Pferd die Sporen und trabte auf einen großen Eichenbaum am Flußufer zu, worauf sich die anderen Tiere in Bewegung setzten, um ihm zu folgen. Rebeccas Neugier war jedoch nicht befriedigt, und sie lenkte ihr Pferd dicht zu Jacques.

»Jacques, nur noch eine Frage, wenn du erlaubst. Was geschah letztendlich mit ihr? Mit Elissa? Heiratete sie und zog weg?«

Er schüttelte den Kopf. »Das ist noch eine traurige Geschichte, Rebecca, und wir haben heute schon über so viele traurige Dinge gesprochen. Komm, wir wollen uns dort in den Schatten des Baumes setzen und uns über den üppigen Proviantkorb hermachen, den Mutter für uns gepackt hat.«

Er ritt in schnellem Trab weiter, und Rebecca, die alles andere als zufrieden über diese Auskunft war, sah sich gezwungen, ihm zu folgen. Sie wollte die Sache keineswegs auf sich beruhen lassen und nahm sich vor, bei der nächsten sich bietenden Gelegenheit darauf zurückzukommen.

Im angenehmen Schatten der Eiche, wo ein köstliches Mahl auf einem Tuch aus feinstem Leinen ausgebreitet wurde, wandte sich die Unterhaltung fröhlicheren Themen zu.

Nach einigen Gläsern des guten Weins schüttelte sogar Armand seine trübsinnige Stimmung ab, und bald lachten sie alle vier und unterhielten sich vergnügt.

Nachdem sie gegessen hatten, besuchten sie das kleine

weiße Holzhaus, in dem Armand wohnte, wenn er sich auf der Plantage aufhielt. Es war sehr bescheiden und hatte nur wenige Zimmer, aber zu ihrer Überraschung stellte Rebecca fest, daß es liebevoll eingerichtet, sehr gepflegt und behaglich war.

Der Salon war mit einigen wertvollen Möbelstücken versehen und diente offensichtlich auch als Bibliothek, denn an allen Wänden standen Regale, vollgestopft mit Büchern. Es gab auch ein Klavier, dem Anschein nach ein sehr hochwertiges Instrument, und an den Wänden hingen einige hervorragende Gemälde. Sie sah sie sich genau an, aber sie mußte feststellen, daß ihr die Namen der Künstler unbekannt waren, außer dem von Charles Stuart, von dem sie wußte, daß es sich um einen amerikanischen Maler von einigem Ansehen handelte. Sie hatte sich das Haus anders vorgestellt, und sie fragte sich, wer es wohl in diesem tadellosen Zustand hielt.

In leichtem Plauderton sagte sie wie nebenbei: »Es scheint sehr gemütlich hier zu sein, Armand. Du mußt über tüchtiges Personal verfügen, das das Haus so gut für dich versorgt.«

Armand zuckte mit den Schultern. »Nur eine Person«, sagte er. »Schließlich ist es nur ein kleines Haus.«

Er ging zum Kaminsims und nahm eine kleine, reich verzierte Glocke aus graviertem Silber, um damit zu klingeln. Der Klang der Glocke war angenehm und klar.

Kurz darauf erschien eine große, hellhäutige Schwarze in der Tür. Ihre hohen Wangenknochen und schmalen Lippen schienen ihrem braunen Hautton zu widersprechen, und ihr dunkles Haar, das sie unbedeckt zu einem Knoten am Hinterkopf gesteckt trug, war nur leicht kraus.

Rebecca versuchte ihre Überraschung zu verbergen, denn die Frau war sehr eindrucksvoll.

»Das ist Lutie. Haushälterin, Zimmermädchen und Köchin.« Armand schien es zu genießen, daß die Frau einen solchen Eindruck auf die beiden Mädchen machte, denn er lächelte vor sich hin.

Rebecca zog leicht die Augenbrauen hoch. Die Frau, obwohl sie vielleicht zehn Jahre älter als Armand sein mußte, war entschieden zu hübsch, um mit einem unverheirateten Mann allein zusammen zu leben. Rebecca konnte sich den Gedanken nicht verkneifen, ob die Hausarbeit wirklich *alles* war, was sie für Armand tat. Sie kam sich irgendwie überrumpelt vor, deshalb nickte sie der Frau nur kühl zu und wandte sich abrupt ab; sie hatte keine Lust, sie länger anzusehen.

Nachdem sie das Haus wieder verlassen hatten, machten sie einen Rundgang durch die Nebengebäude der Plantage und die Baumwollfelder. Die langen Reihen von Pflanzen, deren aufbrechende Hülsen weiß an den braunen Stengeln prangten, vermittelten einen Eindruck von Regelmäßigkeit und Ordnung.

Sklaven, männliche und weibliche, mit langen Baumwollsäcken über den Schultern, arbeiteten in den Feldern; es war Erntezeit. Ihre Bewegungen beim Pflücken wirkten geschickt, und sie gaben ein sehr schönes Bild ab. Rebecca sprach ihren Eindruck laut aus.

»In deinen Augen mag das ein schönes Bild sein, aber es ist eine verdammt schwere Arbeit«, sagte Armand mürrisch. »Diese Baumwollkapseln sind rauh und scharf, und die Arbeiter ziehen sich schlimme Schnittverletzungen zu. Außerdem ist es für den Rücken mitunter schmerzhaft, den ganzen Tag so gebeugt zu arbeiten.«

Rebecca, die nach dem guten Essen und dem Wein in bester Stimmung war, sah ihn unwillig und ärgerlich an. Warum hatte er immer das Bedürfnis, alles ins Schlechte zu ziehen? Es war beinah so, als könnte er es nicht ertragen, wenn irgend jemand, vor allem er selbst, länger als ein paar Minuten glücklich war.

Sie wandte ihm den Rücken zu und lächelte Jacques an. »Wißt ihr was? Ich würde gern zu dem Hügel hinüberreiten, wo das Haus früher gestanden hat, und mir die Ruinen ansehen. Hat jemand Lust, mich zu begleiten?«

»Ich glaube, ich gehe lieber an den Fluß und ruhe mich ein bißchen aus«, sagte Margaret. »Wir haben einen ziemlich langen Heimweg vor uns, und ein kleines Schläfchen unter einer alten Eiche würde uns guttun, bevor wir aufbrechen.«

Jacques lächelte die beiden Frauen gleichzeitig an. »Sie hat recht, Rebecca. Wir sollten wirklich in nicht allzulanger Zeit den Rückweg antreten, und ich fände es auch nicht schlecht, wenn wir uns ein bißchen ausruhen würden. Wir sind heute morgen sehr früh aufgestanden. Und übrigens, dort gibt es wirklich überhaupt nichts zu sehen.«

Rebecca, die ganz selbstverständlich erwartet hatte, daß Jacques sofort auf ihren Vorschlag eingehen würde, spürte, wie sich ihre Wangen röteten. Scharf sagte sie: »Also, ich habe keine Lust auf ein Schläfchen. Im Gegenteil, ich fühle mich ziemlich munter. Dann reite ich eben allein hin, wenn ihr nichts dagegen habt. Ich treffe euch dann am Fluß wieder.«

Jacques hob die Augenbrauen. »Allein solltest du auf keinen Fall dorthin . . .«

»Es wird mir ein Vergnügen sein, dich zu begleiten«, sagte Armand. Für Rebecca hörte es sich an, als ob leichter Spott in seiner Stimme läge. »Niemand soll uns nachsagen können, daß wir dich nicht ritterlich behandelt hätten, und es wäre wirklich sehr *un*ritterlich von uns, wenn wir dich diesen Weg allein machen ließen. Jacques, reite du mit Margaret schon mal vor. Wir kommen in etwa einer halben Stunde nach. Dann haben wir immer noch Zeit genug, vor Einbruch der Dunkelheit zum Boot zurückzureiten.«

Wütend schlug Rebecca mit der Peitsche auf ihr Pferd ein. Nichts konnte sie mehr ärgern, als wenn sie sich selbst hereinlegte. Das passierte ihr zwar nicht oft, aber diesmal war es zweifellos der Fall. Sie hatte die Absicht, es heute auf jeden Fall so einzurichten, daß sie eine Zeitlang mit Jacques allein wäre. Und jetzt war sie allein mit Armand!

In ihrer Wut ließ sie noch einmal die Peitsche herabsausen, heftiger, als sie es beabsichtigt hatte. Mit einem Schnauben schoß das Tier los. Sie schrie erschreckt auf, doch dann gab sie es auf, das Pferd beherrschen zu wollen. Sie klemmte die Beine fest an den Seitensattel und hielt sich mit beiden Händen daran fest.

Warum mußten Frauen unbedingt im Seitensattel reiten? Wenn sie wenigstens vorwärts im Sattel gesessen hätte, dann hätte sie das Tier mit beiden Beinen und den Schenkeln lenken können!

Als sie Hufschläge hinter sich hörte, wagte sie einen ängstlichen Blick über die Schulter. Armand folgte ihr; er hatte sich tief über die Mähne seines Tieres gebeugt und trieb es kräftig an.

Rebecca klammerte sich mit ganzer Kraft an ihr Pferd. Dann bemerkte sie aus dem Augenwinkel, daß Armand zur Rechten jetzt auf einer Höhe mit ihr war.

»Halte dich fest!« rief er.

Er ritt jetzt dicht neben ihr. Er beugte sich weit zur linken

Seite und schlang einen Arm um ihren Körper. »In Ordnung, Rebecca. Laß los, ich halte dich.«

Sie mußte sich zwingen loszulassen, und dann, mit einem kräftigen Schwung, bei dem sie glaubte, ihre Rippen müßten brechen, hob sie Armands starker Arm von dem rasenden Pferd. Einen atemberaubenden Augenblick lang hing sie frei in der Luft, der Boden unter ihr raste dahin, bis Armand sein Pferd zum Halten bringen konnte. Vorsichtig ließ er Rebecca zu Boden und schwang sich selbst aus dem Sattel. Erleichtert, doch mit zitternden Knien lehnte sich Rebecca an seine Brust, und er legte den Arm um sie. Sie roch seinen Schweiß, und sein männlicher Körper fühlte sich stark an und schien ihr sicher wie ein Felsen. Einen Augenblick lang blieben sie schweigend so stehen.

»Das war sehr töricht, was du da gemacht hast«, sagte er streng.

»Ich weiß. Es tut mir leid. Ich wollte nicht . . .« Ihre Stimme versagte. Warum entschuldigte sie sich bei diesem Mann? Und warum hatte sie Jacques nicht gerettet?

Sie sah auf, und ihre Augen begegneten Armands Blick. Er hielt sie immer noch fest an sich gedrückt, und ihr war seine Nähe sehr wohl bewußt. Seine dunklen Augen sahen zu ihr hinunter, nicht etwa wütend, sondern voll wildem Verlangen. Sein Gesicht war sehr nah, und sie konnte seinen heißen Atem auf ihren Wangen spüren.

Dann machte sie sich von ihm los, ging ein paar Schritte zurück und zupfte an ihrem in Unordnung geratenen Kleid. Ohne ihn noch einmal anzusehen, sagte sie: »Danke, Armand.«

»Du hättest dich schwer verletzen können, weißt du das?« sagte er unwirsch.

Um nicht antworten zu müssen, drehte sie sich um, um hinter sich zu blicken. Sie sah Jacques, der auf sie zugaloppiert kam. Er war ein bißchen spät dran, dachte sie wütend. In diesem Moment wollte sie ihn weder sehen, noch mit ihm sprechen. Sie schwenkte den Arm und rief: »Alles in Ordnung, Jacques. Mir geht es gut.«

Er brachte sein Pferd zum Stehen, sah sie einen Augenblick lang an, wendete und ritt zurück zu der Stelle, wo Margaret wartete.

Rebecca sah sich um und entdeckte ihr Pferd. Es graste zufrieden in dreißig Meter Entfernung. Sie merkte nun, daß das ausgebrochene Tier bei seiner Flucht genau die Richtung auf den Hügel eingeschlagen hatte.

»Nun, zumindest ist es in die richtige Richtung davongeprescht«, sagte sie mit einem unsicheren Lachen. »Setzen wir unseren Weg fort?« Endlich sah sie Armand wieder an.

Sein Gesicht zeigte keinen Ausdruck, das Feuer in seinen Augen war erloschen. »Warum nicht?«

Er reichte Rebecca den Arm, und sie gingen weiter in Richtung Hügel.

Die Aussicht vom obersten Punkt der Erhebung war tatsächlich großartig, aber Rebecca schenkte ihr nur einen Teil ihrer Aufmerksamkeit. Sie suchten sich einen Weg durch die zusammengefallenen und verkohlten Steine, und Rebecca täuschte lebhaftes Interesse an diesen Gegenständen vor, damit sie Armand nicht ansehen mußte.

Die Überreste eines riesigen Kamins erhoben sich aus der Ruine wie ein einsamer Wächter, und plötzlich überkam Rebecca ein Gefühl der Melancholie, ein Gefühl, das ihrer Natur eigentlich fremd war. Trotz der schönen Aussicht umwehte diesen Ort etwas Tragisches, dachte sie. Vielleicht war es der Geist derjenigen, die hier auf so grauenvolle Weise umgekommen waren. Oder vielleicht war es auch einfach die Erkenntnis, wie vergänglich die Dinge waren, wie leicht ein Haus zerstört werden konnte, so groß es auch sein mochte. Und so großartig unsere Pläne auch sein mochten, wie leicht konnten sie zerstört werden, grausam und unerwartet. Besitztümer, Menschen – alle menschlichen Taten und Werke – konnten in einem Augenblick vernichtet werden, durch Menschenhand oder durch die Kräfte der Natur.

Sie blickte in alle Richtungen um sich und entdeckte unten am Fluß die kleinen Gestalten von Jacques und Margaret, die sich vom Schatten der Eiche abhoben. Ungeduldig bahnte sie sich einen Weg zur anderen Seite der Ruine.

»Rebecca?«

Sie spürte, daß sie Armand am Ellbogen berührte, und als sie sich umwandte, stand sie ihm von Angesicht zu Angesicht gegenüber.

Aus dieser Nähe konnte sie seinen Augen nicht ausweichen, und als sie hochsah, bemerkte sie wieder dieses eindringliche Feuer, mit dem er sie ansah. Er atmete heftig, und sie wußte, was geschehen würde, schon bevor er sie an sich zog, und dennoch wich sie ihm nicht aus, leistete keinen Widerstand.

Während er sie leidenschaftlich an sich zog, dachte sie für einen Moment daran, daß das Pferd zwischen ihnen und dem Abhang stand, so daß sie vom Fluß her nicht zu sehen waren.

Und dann spürte sie nur noch seine Lippen und seine Arme um ihren Körper. Sein Atem war süß und seine Lippen waren heiß, und einen Moment lang fühlte sie ein Feuer, das tief in ihr loderte und für diesen Augenblick sehr schön war, ein Feuer, von dem sie aber auch instinktiv wußte, daß es sie beide verschlingen würde.

Es erforderte ihre äußerste Willenskraft, aber sie stieß ihn von sich; in ihr rangen die widersprüchlichsten Gefühle miteinander. Zum einen hatte sie Angst, und zum anderen war sie wütend, sowohl auf sich selbst als auch auf ihn. Fast wie von Sinnen schlug sie ihm ins Gesicht.

Einen Moment lang standen sie sich Auge in Auge gegenüber, wie zwei Kämpfer. Der Abdruck ihrer Hand zeichnete sich flammendrot auf seinem blaß gewordenen Gesicht ab. Rebeccas Herz klopfte bis zum Hals, und sie atmete unregelmäßig.

»Wie konntest du es wagen!« schrie sie zornig. »Du hattest nicht das Recht!«

Armand hob die Hand, und sie wich vor der Wildheit in seinen Augen zurück. Langsam ließ er die Hand wieder fallen, und das Feuer in seinen Augen ließ nach. Er nickte steif.

»Ich hatte nicht das Recht, das ist wahr«, sagte er. »Aber du hast es genauso gewollt. Auch wenn du es abstreitest, dein Körper hat es mir verraten.«

Rebecca fühlte eine Woge von Zorn über seine Arroganz durch sich hindurchfluten, aber zum erstenmal fand sie keine Worte. Sie konnte schlecht abstreiten, daß sie ihm nicht gleich Einhalt geboten hatte, sondern ihn mit der gleichen Leidenschaft küßte, wie er sie geküßt hatte. Doch dann fand sie ihre Schlagfertigkeit und ihre Selbstbeherrschung wieder.

»Der Körper spricht nicht unbedingt immer für die Seele und das Herz«, sagte sie eisig. »Du sollst ruhig wissen, daß mir an jemand anderem liegt, deshalb wäre ich dir dankbar, wenn du dich in Zukunft danach richten würdest.«

»Jacques?« Sein Lächeln war eine bittere Grimasse. »Natürlich, du sprichst von Jacques. Du hast dich in meinen charmanten Bruder verliebt. Du hältst ihn für edler als mich, weil er sich gewandt ausdrückt und liebenswürdig ist, und du glaubst, er gäbe einen guten Ehemann ab.«

Rebeccas Wangen glühten. »Was ich denke und fühle ist einzig und allein meine Angelegenheit«, sagte sie kalt.

»Nun, was Jacques angeht, täuschst du dich sehr.« Armand lachte rauh. »Aber nur zu, Rebecca, du kannst tun, was dir beliebt. Ich werde mich nicht weiter um dich bemühen. Du bist eine arrogante und herrschsüchtige Frau, aber Jacques wird mit so etwas tatsächlich besser fertig als ich. Ich wünsche euch viel Spaß miteinander.« Er drehte sich um und ging zu der Stelle, wo ihr Pferd graste. Innerlich vor Wut bebend, sah sie ihm hinterher.

Einen Augenblick später hatte er das Pferd durch die Steinhaufen der Ruine zu ihr geführt. Mit kühler Stimme sagte er: »Wenn du mir erlaubst, werde ich ein letztes Mal Hand an dich legen, Gnädigste. Ich werde dir aufs Pferd helfen, und dann kannst du zu deinem zukünftigen Geliebten reiten.«

Mit versteinertem Gesicht ließ es Rebecca zu, daß er ihr beim Aufsitzen half, da sie wußte, daß sie es allein nicht schaffen würde, aber sobald sie sicher im Sattel saß, wendete sie das Pferd und ritt ohne ein Wort zum Fluß und zu Jacques davon.

Armand beobachtete mit starrer, finsterer Miene, wie Rebecca den Abhang hinunter und über die Wiese ritt. Ihm lief ein Schauer über den Rücken, vor Wut und Enttäuschung zugleich. Bei Gott, er hatte sich nicht getäuscht! Im Herzen wußte er, daß er recht hatte. Als er sie in die Arme genommen hatte, hatte sie ihn nicht abgewiesen, und als er sie geküßt hatte, hatte er in ihrem Körper das gleiche Feuer gespürt, das in seinem loderte.

Warum waren Frauen so kompliziert? Sie wollte ihn genauso, wie er sie wollte, und doch fühlte sie sich verpflichtet, es zu leugnen – ihm und sich selbst gegenüber. Sie glaubte Jacques zu lieben. Was für eine tragische Farce! Wenn er ihr nur sagen könnte, was mit Jacques los war, aber das konnte er natürlich nicht. Auch wenn ihn mit Jacques wenig verband, so waren sie doch immer noch Brüder, und er hatte geschworen zu schweigen. Und außerdem, selbst wenn er die Freiheit besessen hätte, es ihr zu sagen, hätte sie ihm sicher nicht geglaubt, dieses verrückte Ding!

Natürlich würde Jacques nicht so weit gehen, sie zu heiraten, nicht unter den gegebenen Umständen. Obwohl er genau wie Edouard oft sehr lockere Sitten und keine charakterliche Stärke hatte, würde er etwas so Grausames und Gemeines nicht fertigbringen. Nein, Rebecca würde es irgendwann einsehen, daß sie ihre Zeit verschwendete, wenn sie sich eine Heirat mit Jacques wünschte, und dann würde sie nach Indien zurückkehren und wäre für sie beide verloren.

Zum Teufel mit allen Frauen! Er schwor sich, daß er von jetzt ab in Les Chênes bleiben würde, bis die Zeit für ihre Abreise nach Indien gekommen wäre. Welchen Sinn hatte es, sich selbst zu quälen, wenn er Rebecca sehen mußte und sie nicht berühren durfte, wenn er mit ansehen mußte, wie sie mit Jacques flirtete oder wie Edouard um sie herumscharwenzelte wie ein in die Jahre gekommenes Schoßhündchen?

Armand saß auf und wendete sein Pferd in Richtung des kleinen Hauses, das sein Zuhause war. Es mochte zwar klein und bescheiden sein, aber es war friedlich, und es war, zumindest für den Augenblick, eine Möglichkeit für ihn, sich zurückzuziehen.

Er hatte eigentlich vorgehabt, sie bis zum Bootsanlegeplatz zu begleiten, aber jetzt war er froh, Rebecca Trenton endlich los zu sein.

Auf dem Heimweg nach Pirate's Bank war Rebecca ungewöhnlich schweigsam. Die Szene auf dem Hügel spielte sich in ihrem Kopf immer wieder aufs neue ab, was ihr äußerst lästig war. Sie bildete sich ein, daß sie seine Arme immer noch um ihren Körper spüren konnte, daß das Feuer seiner Lippen noch auf ihren brannte.

Sie ärgerte sich, daß sie in jenem Augenblick die Herrschaft über ein männliches Wesen verloren hatte; das war ihr noch nie passiert. Irgendwie hatte sie alles nicht mehr unter Kontrolle. Warum hatte sie ihn nicht gleich in der nächsten Sekunde weggeschoben, als sie erkannte, was geschehen würde? Ja, schlimmer noch, warum hatte sie seinen Kuß erwidert? Weil sie es wollte!

Und ihr Plan, mit Jacques allein zu sein, war ebenfalls fehlgeschlagen. Trotz des schönen Ausflugs und des Picknicks war es ein sehr unerfreulicher Tag für sie gewesen.

Was Margaret betraf, war es allerdings ein fast vollkommener Tag. Das Wetter war herrlich gewesen, der Ritt nach Les Chênes angenehm und das Picknick köstlich. Es war für sie einer der schönsten Tage, die sie seit ihrem Aufenthalt hier erlebt hatte. Auch die Tatsache, daß Rebecca auf dem Heimweg mal wieder einen ihrer launischen Anfälle hatte, konnte Margaret das Vergnügen an dem Ausflug nicht nehmen. Schließlich war sie Rebeccas Launenhaftigkeit längst gewöhnt, und es war müßig, sich darüber Gedanken zu machen, denn in ihren Stimmungen gab es ein ewiges Auf und Ab, das so geheimnisvoll wie unverständlich war.

Als sie jedoch gerade in Beaufort ankamen, hatte sie eine ihrer furchtbaren Ahnungen, und als sich das Boot Pirate's Bank näherte, wurde sie noch stärker. Irgend etwas stimmte nicht! Das Gefühl bereitete ihr Unbehagen, aber sie hielt es für besser, nicht darüber zu sprechen. Es war schlimm genug, daß sie diese Ahnungen hatte, da sie sich selbst in solchen Augenblicken fremd vorkam. Sie hätte es jetzt nicht ertragen können, daß sie auch anderen Menschen fremd und sonderbar vorgekommen wäre.

Es war schon ziemlich spät, als sie endlich wieder am Maison de Rêverie ankamen, und als sie in der Abenddämmerung auf den Eingang zugingen, sah Margaret, daß Felicity sie auf der Veranda erwartete.

»Ich hatte schon gedacht, ihr wärt verlorengegangen«, sagte Felicity. »Habt ihr eine angenehme Zeit verbracht?«

»O ja«, sagte Margaret, obwohl ihr unbehagliches Gefühl stärker wurde. »Es war ein wundervoller Tag.«

Rebecca, die immer noch vor sich hin grübelte, antwortete nicht.

»Ich nehme an, ihr habt alle großen Hunger«, sagte Felicity. »Ich habe in der Küche Anweisung gegeben, ein kaltes Abendessen für euch vorzubereiten, da ich nicht wußte, wann ihr kommen würdet. Außerdem habe ich Neuigkeiten für euch.

Das Schiff ist heute gekommen, und ihr habt beide Briefe von euren Eltern erhalten.«

Sie zögerte etwas, dann fuhr sie fort: »Eure Eltern haben auch an Edouard geschrieben, und es sieht so aus, als hätten sich die Pläne hinsichtlich eurer Rückkehr nach Indien etwas geändert. Aber vielleicht sollte ich euch erst mal eure eigenen Briefe lesen lassen, bevor wir weiter darüber sprechen.«

Margaret fragte besorgt: »Es gibt doch keine Probleme, oder? Geht es unseren Familien gut?«

Felicity winkte mit der Hand ab. »Oh, es ist nichts dergleichen, meine Liebe. Eure Familien sind wohlauf. Aber kommt doch herein und lest eure Briefe, dann erfahrt ihr es.«

Mit einem Seufzer ließ Margaret den Brief in den Schoß sinken, nachdem sie ihn zu Ende gelesen hatte. »Mutter schreibt, daß wir unsere Rückkehr nach Indien am besten verschieben sollen. Sie sagt, daß sich die Unruhen immer mehr ausweiten und Vater überzeugt ist, daß es bald große Schwierigkeiten geben wird.«

Rebecca, die ihren Brief noch las, hielt inne und sah auf. »Ja, und mein Vater schreibt, daß sie sich auch Sorgen wegen Baji Rao machen, der ungeduldig darauf drängt, daß sich unsere Streitkräfte aus seinen Gebieten zurückziehen. Vater hat sich bemüht, seinem Brief einen harmlosen Klang zu geben, aber ich spüre, daß er sich Sorgen macht.«

»Wer ist dieser Baji Rao?« fragte Felicity.

»Das ist ein mächtiger indischer Herrscher, der Fürst der Maharatten«, erklärte Rebecca. »Er hat auch schon in der Vergangenheit für Schwierigkeiten gesorgt.«

Margarets Augen füllten sich mit Tränen. Das war offenbar die schlechte Nachricht, die ihre Ahnung warnend angekündigt hatte, und jetzt sorgte sie sich plötzlich sehr um ihre Familie. »O Rebecca, glaubst du, bei ihnen ist alles in Ordnung?«

Rebecca ging hinüber zu dem Diwan, auf dem Margaret saß, und legte den Arm um die Schulter ihrer Cousine. »Natürlich, meine Liebe. Sowohl dein als auch mein Vater haben schon oft gekämpft, und sie sind immer unverletzt zurückgekehrt. Und übrigens, es steht ja noch nicht fest, daß es wirklich einen Aufstand geben wird. Bis jetzt hängt die Bedrohung nur in der Luft. Wahrscheinlich hat sich inzwischen die Lage wieder beruhigt. Solche Situationen hat es schon öfter gegeben, und jedesmal ist das Ganze im Sande verlaufen.«

Margaret entgegnete kummervoll: »Sie könnten aber auch mitten in einem furchtbaren Krieg stecken. Oh, ich wünschte, die Briefe würden nicht so lange brauchen, bis sie uns erreichen. Diese Briefe hier sind seit Monaten unterwegs. In der Zwischenzeit kann alles mögliche passiert sein.«

»Ach, Kind, mal doch nicht den Teufel an die Wand«, sagte Felicity beschwichtigend. »Ich bin überzeugt, daß alles in Ordnung ist und eure Eltern nicht in Gefahr sind. Der Brief, den Edouard von ihnen bekommen hat, enthält die Bitte, daß ihr noch so lange bei uns bleiben könnt, bis sie uns weitere Nachrichten schicken. Es ist uns wirklich eine große Freude, daß wir euch noch eine Weile bei uns haben. Ihr seid herzlich willkommen so lange hier zu bleiben, wie es euch gefällt. Ihr könnt euch gar nicht vorstellen, wie sehr ich es genieße, daß ihr hier seid. Es kann für eine Frau hier auf der Insel manchmal recht einsam sein, wißt ihr?«

Einen Moment lang nahm Felicitys Gesicht einen bekümmerten Ausdruck an, und Margaret streckte impulsiv den Arm aus, um ihre Hand zu ergreifen. »Cousine Felicity, auch wir sind sehr froh darüber, hier bei euch sein zu dürfen. Ihr alle seid so freundlich, so um uns besorgt.« Sie schwenkte den Brief. »Wenn ich nur genau wüßte, wie es um meine Eltern steht.«

Die ältere Frau tätschelte ihre Hand. »Ich verstehe dich, meine Liebe, ich verstehe dich wirklich. Aber es bleibt uns nicht anderes übrig, als Geduld zu haben, und ihr müßt noch eine Weile bei uns bleiben, mindestens bis zum Frühjahr.« Sie lächelte sanft. »Wir werden für die Wintermonate nach Savannah übersiedeln, und ihr werdet feststellen, daß das Leben dort viel abwechslungsreicher ist.«

Rebecca starrte nachdenklich auf ihren Brief hinunter. Natürlich machte sie sich Sorgen wegen der unguten Nachrichten und über die Sicherheit ihrer Eltern, aber andererseits erfüllte sie auch eine heimliche Freude. Jetzt hätte sie länger Zeit, um Jacques zu gewinnen. Spätestens bis zum Frühjahr würde er ihr seine Gefühle eröffnen, von denen sie überzeugt war, daß sie sein Herz erfüllten.

7

Rebecca, Margaret und Jacques standen im Bug der *Harbinger,* die ihren Kurs langsam den Savannah flußaufwärts in Richtung Stadt nahm. Trotz der Jahreszeit war es ein schöner Tag, angenehm warm, mit einer leichten Brise, die jedoch mehr und mehr nachließ, je weiter sie sich vom Meer entfernten.

Rebecca sah hinauf, wo sich die Segel vor dem Hintergrund des tiefblauen Himmels blähten, und seufzte. Sie stand so dicht neben Jacques, wie es der Anstand zuließ, und sah ihm ins Gesicht. »Wie weit müssen wir den Fluß hinauffahren?«

Jacques lächelte zu ihr hinab. »Fünfzehn Meilen etwa. Die Strecke erscheint länger, weil wir so langsam fahren müssen, und zwar nicht nur wegen der anderen Schiffe, sondern auch weil der Fluß voller Sandbänke ist, die von Monat zu Monat an eine andere Stelle wandern. Aber es wird trotzdem nicht mehr allzulange dauern. Bald wirst du die ersten Häuser der Stadt sehen.«

Mit einer Hand zeigte Jacques in die entsprechende Richtung, die andere hatte er auf Rebeccas Arm gelegt, und sie spürte, wie sie bei seiner Berührung eine Wärme durchflutete. Obwohl sie die ganze Zeit über gestanden hatte, fühlte sie sich kein bißchen müde, sie war viel zu sehr aufgeregt.

Es war ein herrlicher Tag, und sie war auf dem Weg in eine neue und sehr wahrscheinlich aufregende Stadt, und das in Begleitung des Mannes, den sie liebte, und ihrer liebsten Freundin. Das einzige, was diesen wundervollen Tag ein wenig überschattete, waren die Gedanken an ihre Eltern und an die Ereignisse in Indien. Doch sie konnte im Moment gar nichts dagegen unternehmen, und sie hatte großes Vertrauen in die Fähigkeiten ihres Vaters. Falls es zu dem Aufstand gekommen war, oder falls es noch dazu kommen sollte, würde er unversehrt bleiben, davon war sie überzeugt.

Margaret, die neben Rebecca stand, bewegten ganz andere Gedanken. Auch sie nahm den schönen Tag wahr oder die aufregende Reise, aber seit sie jenen wichtigen Brief erhalten hatte, ließ sie die Sorge um ihre Eltern nicht mehr los, und sie konnte einfach die böse Ahnung nicht verdrängen, daß ihnen etwas Entsetzliches zustoßen würde.

Jetzt griff Rebecca ihren Arm. »Oh, sieh nur, Margaret! Dort ist Savannah. Siehst du es, direkt vor uns?«

Margaret, deren Augen nicht so gut waren wie Rebeccas, starrte angestrengt geradeaus, indem sie die Augen mit der Hand vor der Sonne schützte, und sie erkannte ohne große Begeisterung eine steile, sandige Küste, zu deren Füßen sich ein langes Ufer mit allen möglichen Schiffen, großen und kleinen, erstreckte. Dort lag sogar eins von den neuen dampfbetriebenen Booten, von denen sie gehört hatte. Das Fahrzeug, das da in einer Werft auf Dock lag, sah mit seinen großen hölzernen Schaufelrädern an jeder Seite merkwürdig aus.

Sie entdeckte eine ganze Reihe von Werftdocks, auf denen alle möglichen Güter gestapelt waren – Säcke, Kisten, Fässer und Ballen. Überall herrschte emsiges Treiben.

Sie mußte sich ein Taschentuch vor die Nase halten, weil es von dem hier in großen Mengen anfallenden Abfall ziemlich stank und sie sich bereits unwohl zu fühlen begann.

Jacques sah sie mit einem entschuldigenden Blick an. »Es riecht etwas, fürchte ich. Aber das ist wohl in allen Häfen so. Wenn wir die Fabrikgebiete erst hinter uns gelassen haben, wirst du sehen, daß es eine sehr schöne Stadt ist.«

Margaret sah ihn zweifelnd an, und Jacques lachte herzlich. »Ja, wirklich, Savannah ist sehr reizvoll, wenn man aus dem Hafenbereich heraus ist.«

»Mein Sohn sagt durchaus die Wahrheit, meine Lieben«, sagte Edouard, der in diesem Moment mit Felicity am Arm auf sie zugeschlendert kam.

Rebecca fiel auf, daß Felicity heute ungewöhnlich gut aussah und daß es keinerlei Anzeichen der Befangenheit gab, die sie sonst so oft in Gegenwart ihres Mannes zeigte.

Edouard fädelte es geschickt ein, daß er dicht neben Rebecca stehen konnte, und der Duft seiner Pomade drang ihr in die Nase, begleitet von dem Geruch nach Tabak und Rum. Er schien bester Laune zu sein.

»Ihr müßt wissen, meine Lieben, daß Savannah eine sehr außergewöhnliche Stadt ist; außergewöhnlich wegen der Menschen, die sich hier niederließen und wegen ihrer ursprünglichen Bestimmung.«

Rebecca lächelte den Mann an, von dem sie sich nichts sehnlicher wünschte, daß er einmal ihr Schwiegervater werde. »Das hört sich sehr aufregend an.«

»Das ist es auch. Weißt du, Savannah verdankt seine Anfänge einem edlen, philanthrophischen Experiment. James Oglethorpe und Mitglieder seiner Gesellschaft sahen darin ein Utopia, eine Zuflucht für all jene, die aus religiösen Gründen verfolgt wurden oder die verschuldet und verarmt waren. Es sollte als Beispiel für die Theorie des nationalen Wohlstands dienen, indem es Rohprodukte für England liefern sollte.«

»Zweifellos ein ehrenwerter Plan«, sagte Margaret mit einem etwas verständnislosen Gesichtsausdruck.

»Ja, das kann man sagen«, bestätigte Jacques. »Obwohl es sich in der Praxis nicht so entwickelte, wie es Oglethorpes Absichten entsprach. Die Seidenindustrie, in die die Gesellschaft große Hoffnungen gesetzt hatte, entwickelte sich nie bis zur vollen Blüte, obwohl sich, soviel ich weiß, die Königin von England sogar einmal ein Gewand aus Georgia-Seide anfertigen ließ. Aber viele der gutgemeinten Unternehmungen hatten keinen Erfolg, und die ursprünglichen Regeln wurden immer stärker unterlaufen. Baptisten und Juden wurde der Zuzug gestattet, das Verbot von Rum wurde aufgehoben, und es gab keine Bestimmung mehr, die die Einfuhr von Sklaven untersagte. Schließlich ähnelte Savannah immer mehr den Städten in anderen Kolonien. Aber immerhin hat es sich jetzt zu einer Stadt von wirtschaftlicher Beständigkeit entwickelt.«

»Sind die meisten Einwohner englischer Abstammung?« wollte Margaret wissen.

»Eine große Anzahl der Einwohner ist englischen Ursprungs«, antwortete Edouard. »Aber viele Siedler kamen auch aus anderen sehr verschiedenen Ländern. Es gibt hier Menschen aus Böhmen und Mähren, aus dem schottischen Hochland, sowie Schweizer, Waliser, Juden und natürlich Franzosen. Hier in Georgia wurden alle Möchtegern-Kolonialisten am gründlichsten ausgesiebt. Nur Leute mit untadeliger Moral und aus angesehenen Familien wurden hier als Siedler geduldet.

Ein anderer Gesichtspunkt, der interessant sein dürfte, ist die Tatsache, daß die Stadt sich nicht, wie es bei den meisten

Städten der Fall ist, willkürlich ausdehnte. Oglethorpe hatte einen Plan mit einer systematischen Anordnung von Straßen und freien Plätzen ausgearbeitet, nach dem die Stadt auf der Yamacraw-Steilküste angelegt werden sollte. Dieser Plan hat auch heute noch Gültigkeit.«

»Yamacraw! Was für ein sonderbarer Name«, rief Rebecca aus.

Edouard grinste. »Das ist ein indianischer Name, meine Liebe. Es gibt in dieser Gegend noch viele Indianer. Als Oglethorpe hier ankam, war die Stelle, wo sich jetzt die Stadt befindet, ein Lager der Yamacraw-Indianer, eines entrechteten Stammes mit ihrem Ältesten Tomo-Chi-Chi.«

Rebecca ließ den Blick die sandige Steilküste entlang schweifen. Also war hier, in diesem neuen Land, so ziemlich das gleiche geschehen, wie im von England kolonialisierten Indien. Diese Gedanken sprach sie aber nicht aus. Sie fragte lediglich: »Gibt es jetzt noch Indianer in der Stadt?«

»Hin und wieder begegnet man einem.«

»Sehen sie wie unsere Inder aus?« fragte Margaret. »Ich kann es mir eigentlich nicht vorstellen, denn man nennt sie ›Rothäute‹. Sind sie wirklich rot?«

Edouard lachte. »Sie sehen keineswegs aus wie Dhupta, wenn du das meinst. Sie sind eine völlig andere Rasse, und ihre Haut weist eine rötliche Tönung anstatt einer braunen oder schwarzen auf. Aber während wir in Savannah sind, werdet ihr sicher welche zu Gesicht bekommen.«

Dunkelheit senkte sich über das Land, und Armand saß in einem großen Sessel am Fenster des kleinen Hauses in Les Chênes und starrte in das rasch schwindende Licht hinaus. Auf seinem Gesicht waren Falten zu sehen, die eine gewisse Trauer widerspiegelten, seine Stimmung war melancholisch.

Fast lautlos kam Lutie auf ihn zu; sie trug ein Tablett mit einem großen Glas darauf, und er zuckte beim Klang ihrer Stimme zusammen.

»Hier, ich habe Ihnen etwas Kaltes zu trinken gebracht. Vielleicht hebt das Ihre Stimmung ein wenig.«

Zunächst wollte er ihr mürrisch den Rücken zuwenden, doch dann nahm er wortlos das Glas von ihr entgegen. Der Geruch von starkem Rum schlug ihm entgegen.

Als sie das Tablett auf einem Tisch neben Armand abgesetzt hatte, ließ sie sich neben seinem Sessel auf einem Hocker nieder und legte ihm eine Hand auf den Arm. »Es tut mir leid«, sagte sie sanft mit angenehm voller, tiefer Stimme.

Er starrte sie an. »Was zum Teufel tut dir leid?«

Lutie lächelte schwach in der Dämmerung. »Es tut mir immer leid, wenn Sie sich so fühlen. Es ist so traurig, so bitter. Es geht um diese Engländerin, nicht wahr? Sie ist sehr schön.«

Armand kippte den halben Inhalt des großen Glases in einem Zug hinunter. »Das geht dich überhaupt nichts an, selbst wenn du recht haben solltest.« Er gab ein mürrisches Raunen von sich. »Was sollte ich mit einer verwöhnten jungen Engländerin anfangen, die wahrscheinlich noch nicht einmal weiß, wie man einen Haushalt führt?«

Luties Lächeln wurde jetzt breiter. »Oh, da kann ich mir eine Menge Dinge vorstellen, junger Herr, eine ganze Menge.«

Unwillkürlich mußte auch Armand lächeln. »Lutie, du bist der einzige Mensch, der sich erlaubt, so mit mir zu sprechen. Warum bin ich nicht wütend, wenn du dir solche Frechheiten herausnimmst? Ich sollte es eigentlich sein, das weißt du ganz genau.«

»Weil ich wie Ihre zweite Mutter bin und Sie sicher sein können, daß ich nur Ihr Bestes im Sinn habe«, entgegnete sie ihm sanft. »Denken Sie an das Mädchen, oder vielleicht wieder mal an Ihren Vater?«

»An beide, nehme ich an.« Armand kippte den restlichen Inhalt des Glases hinunter und reichte es Lutie. »Du weißt, daß ich das Doppelte aus diesem Land herausholen könnte, wenn Edouard mir freie Hand ließe. Ich würde mehr Baumwolle anbauen. Darin liegt die Zukunft. Und ich würde außerdem mit der Nutzung der Felder abwechseln, um den Boden nicht auszulaugen. Aber was immer ich auch vorschlage, er lehnt es ab. Vater hat keinerlei Sinn für das Geschäft. Er versteht nur etwas vom Geldausgeben. Und Jacques ist fast genauso schlimm. Seit mein Bruder aus dem Krieg heimgekehrt ist ... Aber es hat wenig Sinn, sich darüber auszulassen.«

»Was Sie sagen, stimmt«, sagte Lutie und nickte. »Ich habe es beobachtet. Ich habe gesehen, daß es so ist. Aber Sie behandeln Ihren Vater wohl auch nicht richtig. Sie gehen auf ihn los wie ein junger Stier, und das erregt nur seinen Widerstand gegen Sie.«

Armands Lachen klang verbittert. »Sein Widerstand gegen mich war von vornherein vorhanden. Schon immer.«

Lutie seufzte tief. »Ich hätte es Ihnen nicht sagen sollen. Ich sehe jetzt ein, daß ich einen Fehler gemacht habe, aber damals dachte ich, es würde Ihnen helfen, wenn Sie die Wahrheit darüber wüßten, was hier in der Vergangenheit geschehen ist. Aber das war nicht der Fall. Ich glaube, das hat Sie nur veranlaßt, noch mehr zu grübeln.«

Armand griff nach der Hand der Frau. »Nein, nein, Lutie. Du hast vollkommen richtig gehandelt. Es hat die Dinge für mich leichter gemacht, daß ich die Wahrheit weiß. Wirklich. Du und deine Mutter, ihr wart mir echte Freunde – vielleicht die einzigen echten Freunde, die ich je hatte –, und ich werde euch beiden ewig dankbar sein. Deine Mutter ist tot, ich werde es ihr gegenüber nie wiedergutmachen können, aber ich hoffe, daß ich eines Tages in der Lage sein werde, es dir gegenüber wiedergutzumachen. Ich würde dir die Freiheit schenken, wenn die Lage der freigelassenen Sklaven hier nicht so schwierig wäre oder wenn ich über genügend Mittel verfügte, dich anderswohin zu schicken.«

»Vielleicht eines Tages, ja.« Sie lächelte mit einem Anflug von Traurigkeit. »Eines Tages, wenn Sie mich nicht mehr brauchen, wenn Sie jemanden wie diese hübsche kleine Engländerin haben, die für Sie sorgt.«

Armand schüttelte den Kopf. »Ich befürchte, diese spezielle junge Engländerin kommt nicht in Frage, Lutie. Sie hat sich jemand anderen in den Kopf gesetzt und hat nicht das geringste Interesse an mir.«

»Nun denn!« Lutie klatschte in die Hände und erhob sich. »Ich werde Ihnen das Abendessen bereiten, etwas besonders Gutes, denn ein voller Bauch entschädigt ein wenig für ein leeres Herz.«

Mit leisen Schritten verließ sie den Raum, und Armand starrte wieder hinaus in die Dunkelheit, aufgewühlt von der Erinnerung an Rebeccas weiche Lippen und ihren aufregenden Körper.

»Felicity meint, daß es ein großes Fest werden wird«, sagte Rebecca, während sie ihre neue Frisur im Spiegel des Toilettentisches prüfte. Sie und Margaret hatten in dem Haus in Savannah ein gemeinsames großes Schlafzimmer. »Fast alle wichtigen Leute von Savannah sind eingeladen, und ich habe ein Gespräch mit angehört, in dem Edouard Jacques eine große Überraschung versprach, einen ganz besonderen Gast. Wer das wohl sein mag?«

Margaret, die nur damit beschäftigt war, sich anzukleiden, gab keine Antwort.

Nachdenklich ließ Rebecca die vergangenen Wochen noch einmal in ihrem Gedächtnis passieren. Die Zeit, die sie bis jetzt in Savannah verbracht hatten, war für Rebecca voll schöner Erlebnisse gewesen. Sie hatte viel von der Architektur der Stadt gesehen und einiges über die Geschichte erfahren.

Jetzt wandte sich Rebecca vom Spiegel ab. »Margaret, gefällt dir meine Frisur so?«

Margaret betrachtete sie eingehend. »Ich glaube schon. Obwohl sie sehr kühn ist, das mußt du zugeben.«

Rebecca wandte sich wieder lächelnd ihrem Spiegelbild zu. »Gut. Ich möchte einfach umwerfend aussehen. Felicity sagte, daß alle heute abend hier sein werden, die in Savannah Rang und Namen haben, und ich möchte nicht von den Schönheiten des Ortes ausgestochen werden.«

»Als ob das möglich wäre! Du weißt ganz genau, daß du bei jedem Fest die Schönste bist.« Margaret sagte das ohne Neid und mit freudiger Stimme. Sie selbst hatte keinerlei Ehrgeiz, die Ballkönigin zu sein, aber trotzdem gefiel es ihr, mit jemandem verwandt zu sein, der soviel Bewunderung und neidische Blicke auf sich zog. Der Glanz, der von Rebecca abstrahlte, ließ noch genug Licht auf Margaret fallen; mehr wäre ihr nur peinlich gewesen.

Auch für Margaret waren die Wochen in Savannah überaus erfreulich gewesen. Sie war froh, daß sie und Rebecca ein gemeinsames Zimmer hatten. Das war ihr lieber, als ein eigenes zu haben, und auf ihre zurückhaltende Art genoß sie die Aufmerksamkeit, die man ihnen seit ihrer Ankunft schenkte.

Savannah war eine so kleine Stadt, daß jeder den anderen kannte, und das Auftauchen von Fremden sorgte stets für Aufregung, vor allem, wenn die Fremden zwei attraktive junge Damen waren. Margaret und Rebecca waren zu zahlreichen Tees, Bällen, Spielabenden, Kirchenveranstaltungen und jeder anderen Art von gesellschaftlichen Anlässen eingeladen worden, zu allem, was die Stadt in dieser Hinsicht zu bieten hatte. Sie hatten kaum einmal Zeit für sich selbst, und an diesem Abend wurden die Molyneux ihren gesellschaftlichen Pflichten gerecht, indem sie einen aufwendigen Ball in ihrem Haus gaben.

Der Winter war wirklich eine echte Ballsaison, und sogar Margaret, die sich normalerweise nichts aus den Feinheiten des gesellschaftlichen Lebens machte, konnte nicht umhin, anerkennend zu bemerken, daß alle Mitglieder des Haushaltes in einer ausgelasseneren Stimmung waren. Sogar der geheimnisvolle Dhupta wirkte nicht ganz so finster.

Als ob sie ihre Gedanken gelesen hätte, sagte Rebecca: »Margaret, ist dir aufgefallen, wie anders sich Felicity hier verhält? Ich glaube, seit wir hier sind, hat sie sich noch nicht einmal in ihrem Zimmer verkrochen, und sie scheint viel kräftiger und lebhafter zu sein. Ist dir das aufgefallen?«

Margaret nickte. »Seltsam, ich habe gerade das gleiche gedacht. Ich habe auch bemerkt, daß ich hier viel besser schlafe.« Sie errötete kurz, und Rebecca, der so schnell nichts entging, bemerkt es sofort.

»Du denkst doch wohl nicht mehr an unseren nächtlichen Spukgeist, oder? Es ist doch nun schon Monate her, seit wir den Geheimgang entdeckt haben, und danach habe ich nie mehr etwas Ungewöhnliches gehört. Du vielleicht?«

Margaret machte ein unbehagliches Gesicht. »Nun, ich habe nicht direkt jemanden in meinem Zimmer gehört, aber ich hatte ständig Angst, daß es wieder passieren könnte. Ich bin sicher, daß ich ein- oder zweimal wieder diese sonderbare Musik gehört habe. Jedenfalls habe ich nach diesem Vorfall nie mehr richtig gut geschlafen, erst wieder hier in Savannah.«

»Dieses Haus gehört wohl nicht zu der Sorte, wo man Geheimgänge findet, vermute ich. Doch irgendwie kommt es mir sonderbar vor, daß sich alle hier so anders verhalten.«

»Glaubst du, es liegt daran, daß Armand nicht hier ist?« Margaret kräuselte nachdenklich die Stirn. »Er scheint seinem Vater tatsächlich auf die Nerven zu gehen, und seine Gegenwart wirkt bedrückend.«

Rebecca drehte sich um, aus Angst, daß ihr Gesicht verraten

könnte, welche Gedanken ihr im Kopf herumgingen. Obwohl sie seit ihrer Ankunft in Savannah ständig unterwegs war und ihre Zuneigung zu Jacques sich verstärkt hatte, kehrten ihre Gedanken immer wieder zu dem Nachmittag auf dem Hügel zurück, viel häufiger, als sie sich selbst eingestehen wollte. Sie konnte einfach die Erinnerung an seinen Körper, der sich an ihren drückte, und die Gefühle, die er in ihr auslöste, nicht verdrängen, und das ärgerte sie. Warum mußte sie immer noch an diesen Rohling Armand denken, da sie doch – dessen war sie sicher – ihrem Ziel so nah war?

Jacques war seit ihrer Ankunft in Savannah aufmerksamer denn je. Rebecca vermutete, daß einer der Gründe dafür war, daß er hier gezwungen war, sich gegenüber anderen Bewunderern zu behaupten. Sie lächelte vor sich hin. Es gab nichts, was das Begehren eines Mannes mehr steigern konnte, als das Auftauchen von Rivalen. Männer liebten den Wettkampf. Sie begehrten eine Frau um so mehr, je häufiger ihr andere Männer den Hof machten. Und ihr machten sehr viele den Hof.

Doch sie hatte noch einen weiteren Grund, sich Hoffnungen zu machen. Kurz vor ihrer Abreise von Pirate's Bank ging sie zufällig an der Veranda vorbei, als sich Edouard und Jacques dort unterhielten, und die Worte, die sie aufschnappte, veranlaßten sie, haltzumachen und sich an die Wand neben der Tür zu drücken, so daß sie lauschen konnte.

»Wirklich, mein Sohn«, hatte Edouard gesagt, »meinst du nicht, es wäre an der Zeit, daß du ernsthaft eine Heirat erwägst? Du bist fast dreißig, und langsam solltest du an einen Erben denken. Ich werde nicht ewig leben, und ich würde mich sehr freuen, einen Enkel zu haben, bevor ich zu alt bin, um noch etwas davon zu haben.«

Jacques' Stimme klang unterwürfig, als er antwortete: »Du hast recht, Vater. Ich fürchte, ich habe noch gar nicht daran gedacht. Der Krieg, weißt du . . .«

»Unsinn, mein Junge. Der Krieg ist vorbei, und du bist wieder zu Hause. Ich sehe keinen Grund, warum du jetzt nicht wieder dein normales Leben führen solltest. Es ist ja nicht so, als gäbe es nicht genügend interessante Frauen. Savannah ist voll von geeigneten jungen Damen. Und nicht nur das, unter deinem eigenen Dach leben zwei Schönheiten.« Edouard lachte schlau. »Ich habe Augen im Kopf, weißt du. Mir ist durchaus nicht entgangen, wie du deine Cousine Rebecca ansiehst, und ich habe auch beobachtet, wie sie dich ansieht. Was die Schönheit betrifft, könntest du keinen besseren Griff tun, und du könntest sicher schlechter fahren, was die Familien- und Vermögensverhältnisse betrifft. Ihr Vater ist ziemlich wohlhabend, und ich bin sicher, daß sie eine ordentliche Mitgift bekommt. Und sie ist ja keine Cousine ersten Grades. Also wirklich, sie oder Margaret wären ausgezeichnete Gattinnen für dich.«

Rebecca fühlte, wie ihr Gesicht glühte, aber mehr aus Freude denn aus peinlicher Betroffenheit. Sie war eine intelligente Frau, die nicht in der Vergangenheit lebt, und sie wußte sehr wohl, daß so praktische Aspekte wie Vermögen und familiärer Hintergrund bei einer Eheschließung in Betracht gezogen werden mußten. Was Edouard sagte, war vernünftig, und er hatte recht; ihr Vater würde ihrem Ehemann eine stattliche Summe übereignen, wenn sie heiratete, und eine engere verwandtschaftliche Bindung an die Familie seines amerikanischen Cousins erschiene ihm sicher wünschenswert. Sie hielt den Atem an, um Jacques' Antwort zu hören.

Als er schließlich sprach, war seine Stimme sehr leise. »Du hast recht, Vater. Ich möchte nicht abstreiten, daß ich von Rebecca sehr angetan bin und daß ich ihre Gesellschaft sehr genieße. Welcher Mann könnte von sich etwas anderes behaupten? Dennoch – ich bin nicht sicher, ob ich wirklich schon für die Ehe reif bin.«

Rebecca hörte ein Geräusch, das klang, als hätte Edouard seinem Sohn auf den Arm oder die Schulter geklopft. »Dann solltest du dir darüber sicher werden, mein Sohn. Es ist wirklich Zeit, daß du ernsthaft ans Heiraten denkst.«

In diesem Moment hörte Rebecca Schritte durch die Halle kommen. Als sie sich umsah, bemerkte sie eines der Hausmädchen, das auf sie zukam. Rebecca eilte in der entgegengesetzten Richtung davon.

Edouard hatte recht, dachte sie. Jacques mußte selbst zu dem Entschluß kommen, daß er reif für die Ehe sei. Und sie würde ihm bei dem Entschluß helfen! Bei dem Fest, das heute abend stattfinden sollte, wären sämtliche vornehmen Junggesellen der Stadt anwesend, und sie beabsichtigte, hemmungslos mit allen zu flirten. Wenn das Jacques nicht veranlaßte, ihr einen Antrag zu machen, dann würde sie selbst das Gespräch auf dieses Thema bringen. Es war natürlich nicht ganz passend für eine Frau, in diesen Dingen die Initiative zu ergreifen, aber wegen ihrer Schönheit und ihrer Unerschrockenheit konnte sich Rebecca stets Dinge leisten, die man anderen Frauen übelgenommen hätte. Sie würde sehr feinfühlig vorgehen, so daß sie nicht *zu* zielstrebig wirkte. Ja, heute abend war die Zeit reif, daß Jacques ihr einen Antrag machte!

Sie drehte sich zu Margaret um und betrachtete sie nachdenklich. Margaret hatte eine unheimliche Begabung, die Zukunft vorauszusehen. Ihr Talent in dieser Hinsicht war sogar manchmal geradezu angsteinflößend. Rebecca wollte gern wissen, welche Vorstellungen ihre Cousine ihretwegen hatte.

»Margaret«, sagte sie, »du weißt sicher, daß ich Jacques heiraten möchte, oder nicht?«

Margaret sah ohne eine Spur von Überraschung auf. »Natürlich. Ich habe es vom ersten Augenblick an gewußt.«

Rebecca zog ihren Stuhl dicht an den von Margaret heran.

»Nun, was hältst du davon? Wie siehst du das? Glaubst du, es wird so kommen? Werden wir heiraten?«

Margaret sah ihre Cousine nicht an, sondern starrte ihr eigenes Spiegelbild über dem Toilettentisch an. »Wie meinst du das? Wie sollte ich darauf eine Antwort wissen?«

Rebecca lächelte und drohte freundlich mit dem Finger. »Komm, Meggie, du weißt doch genau, daß du diese Ahnungen hast, in denen du die Zukunft siehst und die sich sehr oft als zutreffend herausstellen. Bitte, sag mir doch, was du über Jacques und mich denkst. Ich verspreche dir, ich werde nicht traurig sein, wenn es nicht das ist, was ich hören will.«

Margaret knallte ihre Bürste auf den Tisch; sie war plötzlich außer sich vor Wut. »Hör zu, es ist mir vollkommen gleichgültig, ob du darüber traurig bist. Und du sollst mich nicht Meggie nennen! Du weißt sehr gut, daß ich über diese Dinge nicht sprechen möchte. Sie sind mir sehr unangenehm.«

Und das stimmte, denn sie hatte immer noch ein deutliches Gefühl, daß die Dinge in Indien schlecht standen; und wenn dieses Gefühl sie nicht trog – wenn sich ihre Ahnung bewahrheitete –, dann war das etwas, das sie nicht ertragen konnte.

Rebecca war völlig verdutzt, daß ihre sonst so ausgeglichene Cousine auf einmal so außer sich geriet. Sie schlug einen schmeichelnden Ton an. »Bitte, Margaret, sei nicht so unerbittlich.«

Margaret wußte, daß Rebecca keine Ruhe geben würde, bevor sie ihr eine Antwort gegeben hatte. »Also gut«, sagte sie seufzend, »ich denke, du wirst ihn heiraten. Wie gesagt, ich habe das die ganze Zeit über geglaubt . . .«

Rebecca stieß einen Schrei des Entzückens aus. »O Margaret! Wie fantastisch!«

»Aber ich kann noch etwas anderes sehen«, fuhr Margaret fort. »Und ich glaube, das solltest du ebenfalls erfahren. Ich glaube, daß die Sache unglücklich ausgehen wird. Ich habe keine Ahnung warum.«

Rebeccas Lächeln erstarrte. »Wie kannst du so etwas Entsetzliches sagen? Warum sollte sie unglücklich ausgehen? Jacques ist der liebenswürdigste und sanfteste aller Männer . . .« Sie machte eine Pause. »Ach, ich glaube, du bist eifersüchtig.«

»Du weißt, daß das nicht stimmt, und du weißt, daß du für mich wie eine Schwester bist, obwohl du manchmal ganz schön schwierig sein kannst«, sagte Margaret ernst. »Du hast mich nach der Wahrheit gefragt, und ich habe sie dir gesagt, so wie ich sie sehe.«

Rebecca konnte nicht lange böse bleiben. Die Tatsache, daß ihr Margaret ihre Gefühle bestätigt hatte, machte sie zu glücklich, und schließlich – nicht *alle* von Margarets Voraussagen traten ein. Sie hatte bestimmt recht mit dem ersten Teil – Rebecca und Jacques würden heiraten –, der zweite Teil war wirklich nicht wert, daß man darüber einen Gedanken verlor.

8

Als Rebecca und Margaret nach unten kamen, waren viele der Gäste schon eingetroffen, das Haus war erfüllt von Stimmen. Darüber hinweg drang der Klang der Musik aus der Richtung des Salons und des großen Wohnzimmers. Da in diesem Haus kein eigentlicher Ballsaal vorgesehen war, hatte man die Teppiche aufgerollt und die Möbel aus dem Weg geräumt, um eine Tanzfläche zu schaffen.

»Sie sehen alle so ungeheuer gut aus«, flüsterte Margaret

hinter der vorgehaltenen behandschuhten Hand Rebecca zu, als sie auf der großen Treppe standen und auf die Gäste hinuntersahen, die in die große Empfangshalle traten.

»Stimmt.« Rebecca gab ihrer Cousine einen sanften Schubs. »Aber nicht besser als wir.«

Die beiden Mädchen waren wirklich sehr hübsch. Margaret trug ein fliederfarbenes Satinkleid, das an der Brust und in der Taille mit weißer Seide abgesetzt und mit kleinen weißen Perlen bestickt war. Auf ihrem weichen, üppig wallenden braunen Haar trug sie eine ebenfalls mit Perlen bestickte kleine Abendkappe. Sie war nach der neuesten Mode gekleidet, dachte Rebecca, und sie war sehr stolz auf ihre Cousine.

Rebecca hatte für sich ein Abendkleid aus nachtblauer Seide gewählt, bestickt mit silbernen Blättern. Ihr volles, kunstvoll gelocktes helles Haar wurde von einem zarten Netz mit der gleichen Stickerei gehalten und war mit einem nachtblauen Satinband durchflochten. Sie wußte, daß sie schön war, vielleicht schöner als jemals, und ihr war beinah schwindelig vor Glück und Vorfreude auf den Abend, der vor ihr lag.

Als die beiden jungen Frauen die Treppe herunterkamen, ging Edouard ihnen entgegen, um sie hinunterzugeleiten. Sein gutaussehendes Gesicht war vor Vergnügen und vom Wein sanft gerötet, und seine Augen funkelten. »Nun, da sind ja unsere beiden wunderschönen Täubchen. Sehen sie nicht beide entzückend aus? Kommt, ich möchte euch mit unseren Gästen bekannt machen. Es wird ein grandioser Abend, das verspreche ich euch!«

Als er Rebecca den Arm reichte, gelang es ihm, ihn an die Unterseite ihrer Brust zu drücken. Obwohl ihr seine Freiheiten, die er sich so listig erschlich, mißfielen, ließ Rebecca ihn diesmal gewähren. Schließich war er ihr zukünftiger Schwiegervater, und es war auch nicht viel dabei. Wenn ihm diese verstohlenen Berührungen Freude machten, würde sie sie sich gefallen lassen, wenigstens so lange, bis sie und Jacques Mann und Frau waren.

Also sah sie ihm ins Gesicht und setzte ein süßes Lächeln auf. »Und wer ist nun dieser geheimnisvolle Gast, den du angekündigt hast? Ist es jemand Wichtiges?«

Edouard warf den Kopf zurück und lachte. »So könnte man es sagen, mein Kind. Ja, er ist sehr wichtig.«

»Dann ist es also ein Mann!«

Edouard dirigierte die beiden Frauen in Richtung zum großen Salon. »Ohne Zweifel, und was für ein Mann! Ja, heute abend werdet ihr beide einen wichtigen Mann Amerikas kennenlernen, und ich wette, ihr werdet ihn oder diesen Abend so schnell nicht vergessen.«

Rebecca sollte sich später an seine Worte erinnern, denn sie wurden in mehr als nur in einer Hinsicht bestätigt.

Sie hatte gerade einen Tanz mit einem ziemlich eingebildeten jungen Mann beendet, der die meiste Zeit nur über sich selbst gesprochen hatte, und ging zu Margaret hinüber, die mit Edouard getanzt hatte, als das allgemeine Stimmengewirr immer lauter wurde, wie eine Woge der Erregung, die vom anderen Ende der Halle herüberschwappte und Gesprächsfetzen mit sich trug.

»Jemand sagte, Jackson sei hier.«

»Oh, das kann ich nicht glauben.«

»General Jackson, hier?«

»Andrew Jackson und seine Frau Rachel sind hier. Jemand hat sie in der Eingangshalle gesehen.«

»Wie sieht er aus?«

»Wie sieht *sie* aus?«

»Was trägt sie?«

»Sie wissen sicher, was man sich über *sie* erzählt?«

»Das sollten Sie General Jackson besser nicht hören lassen.«

»Oh, natürlich nicht. Wie könnte ich es wagen? Ich habe gehört, daß er ihretwegen schon mehrere Duelle ausgetragen hat.«

»Der alte Hickory soll hier sein? Hier in Savannah? Sie meinen wirklich *hier*? Wie ist das möglich?«

Rebecca und Margaret wechselten erstaunte Blicke, und Rebecca legte die Hände auf Margarets Schultern, um sich abzustützen, während sie auf Zehenspitzen stand. Alle Aufmerksamkeit hatte sich auf die große doppelflügelige Tür zur Eingangshalle gerichtet. Dann brach die Unterhaltung plötzlich für einen Moment ab, ein fast ehrfürchtiges Schweigen entstand.

In dieses Schweigen hinein dröhnte Edouards Stimme: »Ladys und Gentlemen, darf ich Ihnen General und Mrs. Andrew Jackson ankündigen!«

Trotz Margarets Proteste benutzte Rebecca die Schulter ihrer Cousine als Stütze, um auf einen niedrigen Stuhl, der an der Wand stand, zu steigen.

Aus dieser Höhe hatte sie einen freien Blick auf den Eingang, der Edouard und ein vornehmes Paar mittleren Alters einrahmte.

Der Mann war groß und schlank, mit einem schmalen, hellen, nachdenklich wirkenden Gesicht; über seine Stirn lief eine interessante, schwach sichtbare Narbe, die sich in einem Wust von struppigem, graumeliertem Haar verlor, das einem Hahnenkamm glich. Aus diesem gezeichneten Gesicht sprachen große Kraft und starker Charakter, dachte Rebecca. Das war in der Tat ein Mann, der Beachtung forderte.

Die Frau an seiner Seite war mittelgroß, sie hatte eine gute Figur und olivfarbene Haut, dichtes dunkles Haar und ausdrucksvolle große, braune Augen. Obwohl sie keine ganz junge Frau mehr war, war etwas sehr Anziehendes an ihr. Rebecca erkannte das sofort, obwohl sie nicht hätte beschreiben können, was es war. Ihr erster Gedanke war, daß Rachel Jackson in ihrer Jugend sehr schön gewesen sein mußte und sicher viele Verehrer hatte. Ihre vollen, schön geschwungenen Lippen verrieten immer noch Leidenschaft in ihr.

In diesem Moment entdeckte General Jackson Rebecca, die auf dem Stuhl stand und ihn anstarrte. Sichtlich belustigt schenkte er ihr ein charmantes und spitzbübisches Lächeln.

Andere, die mit den Augen seiner Blickrichtung folgten, wandten sich zu ihr um, und Rebecca, plötzlich peinlich berührt, sprang schnell von dem Stuhl.

»Rebecca!« Margaret zischte sie an und sah wütend aus. »Wirklich! Kannst du dich nicht benehmen?«

Rebecca hatte sich wieder gefangen und wischte den Tadel mit einer Handbewegung weg. »Jedenfalls habe ich ihn gesehen. Er ist sehr eindrucksvoll. Er hat etwas, dem man sich nicht entziehen kann. Ich hoffe sehr, daß Edouard uns mit ihm bekannt machen wird.«

Die Musiker hatten wieder angefangen zu spielen, aber nur wenige tanzten. Die meisten scharten sich um die Neuankömmlinge.

»Komm«, sagte Rebecca und verstärkte den Griff um Margarets Hand. »Versuchen wir, näher an ihn heranzukommen.«

Die widerwillige Margaret hinter sich herziehend, begann Rebecca, sich einen Weg durch die Menge zur Tür zu bahnen. Während sie langsam vorankamen, hörte sie die Kommentare um sich herum. Wieder wurde Rachel Jackson mehrmals erwähnt, es mußte schon einige Skandale um die Gemahlin des Generals gegeben haben.

Neben einer jungen Frau, die sie und Margaret einmal flüchtig kennengelernt hatten, hielt sie inne. »O Mary«, sagte Rebecca vergnügt, »ist es nicht herrlich, General Jackson als Gast zu haben?«

Mary Williams, eine junge Frau, die sehr von sich eingenommen war, lächelte zurück, als ob das für sie eine große Anstrengung bedeutete. Rebecca vermutete, daß sie wahrscheinlich gerade über die Tatsache nachdachte, daß dieses Ereignis einen gesellschaftlichen Höhepunkt darstellte, der in dieser Saison nicht mehr übertroffen werden konnte und den die Familie Molyneux für sich verbuchen konnte. »Ja, überraschend und äußerst aufregend.«

»Mary«, sagte Rebecca, »da wir fremd in diesem Land sind, gibt es viele Dinge, die wir nicht wissen können.«

Mary lächelte gönnerhaft, aber diesmal etwas ehrlicher. »Natürlich, meine liebe Rebecca. Das ist nur zu verständlich. Wenn Sie also irgendwelche Fragen haben, werde ich sie mit Vergnügen beantworten, so gut ich es vermag.«

»Ja, es gibt tatsächlich etwas, was mich interessiert. Ich habe gehört, wie einige Leute etwas erwähnten – irgend etwas aus der Vergangenheit von Mrs. Jackson. Ich frage mich, wovon diese Leute sprachen.«

Marys dickliches Gesicht färbte sich rosa, und Margaret flüsterte: »Rebecca!«

Rebecca achtete nicht auf die Ermahnung, sondern lächelte Mary nur weiterhin süßlich an.

»Nun ja, es gibt da so etwas, obwohl ich nicht weiß, ob ich es Ihnen erzählen sollte. Es wird behauptet, daß General Jackson Männer im Duell getötet hat, weil sie darüber gesprochen haben.«

»Ja, auch das ist mir zu Ohren gekommen. Es muß sich also um etwas Skandalöses handeln. Aber wenn Sie Angst haben, darüber zu sprechen, verstehe ich vollkommen . . .« Rebecca senkte die Stimme, um ihre Enttäuschung auszudrücken.

Mary wurde wieder rot und sah sich verschwörerisch um. »Nun, ich glaube, es kann eigentlich nicht schaden. Schließlich ist die Sache schon seit Jahren allgemein bekannt. Man sagt – zumindest sagen es einige Leute –, daß General Jacksons Heirat mit Mrs. Jackson nicht ganz ... nun, nicht ganz mit rechten Dingen zugegangen sei!«

Rebecca machte ein verständnisloses Gesicht. »Nicht ganz mit rechten Dingen? In welcher Hinsicht?«

Mary warf einen weiteren Blick in die Menge und beugte sich weit vor, so daß sie Rebecca ins Ohr flüstern konnte. »Rachel Jackson war schon einmal verheiratet, und man sagt – *einige* Leute sagen –, daß Mrs. Jackson nicht rechtmäßig von Captain Robards geschieden war, als sie den General heiratete. Es wurde damals ein großes Aufhebens darum gemacht, und auch heute noch halten es manche für einen Skandal.«

Rebeccas Lächeln wurde jetzt breiter, und Margaret, die den ganzen Wortwechsel mitgehört hatte, schnappte nach Luft. Sofort versetzte ihr Rebecca einen sanften Stoß in die Seite.

»Nun ja, das ist ja wohl auch ein ziemlicher Skandal. Ich kann gut verstehen, warum der General so empfindlich auf solchen Klatsch über seine Frau reagiert. Aber sagen Sie mir noch etwas, Mary. Warum nennt man den General den ›alten Hikkory‹?«

»Mein Vater hat mir erzählt, daß der General diesen Namen von den Soldaten im Feld während des Krieges im Jahr 1812 erhalten hat. Angeblich soll ein Soldat bewundernd gesagt haben, General Jackson sei ›hart wie Hickory-Holz‹. Wie dem auch sei, der Name blieb jedenfalls hängen, und man fügte ihm liebevoll das Wort ›alt‹ hinzu. Man sagt, daß die Männer, die unter dem General dienten, ihn schätzten und respektierten.«

In diesem Moment wurde das Gespräch durch Jacques unterbrochen, der anscheinend nach ihnen Ausschau gehalten hatte. Sein Gesicht drückte Unbehagen aus, was Rebecca unter den gegebenen Umständen seltsam vorkam. Er mußte doch sicher glücklich sein, seinen alten, geschätzten Kommandeur wiederzusehen.

»Rebecca, Margaret«, sagte er. »Da seid ihr ja. Ich habe euch überall gesucht. Vater möchte euch gerne mit General Jackson und seiner Frau bekannt machen.«

Rebecca lächelte zu ihm hinauf. »Nun, wie gefällt dir die

Überraschung deines Vaters? Ich kann mir vorstellen, daß du niemals darauf gekommen wärst, daß es sich um General Jackson handeln würde.«

Jacques lächelte etwas mühsam. »Da hast du recht, ich hatte nicht die leiseste Ahnung, daß der General heute abend hier sein würde. Vaters Überraschung war ein voller Erfolg.«

»Mary hat mir erzählt, daß seine Männer ihn verehren. Freust du dich, ihn wiederzusehen?«

Jacques nickte, aber Rebecca fiel auf, daß seine Züge gespannt waren. Seine Stimme war jedoch herzlich, als er antwortete: »Ja, natürlich. Ich schätze und bewundere den General sehr. Er ist ein ausgezeichneter militärischer Führer, und ich bin hocherfreut, daß er uns die Ehre seines Besuches erweist. Ich weiß nicht, wie Vater herausgefunden hat, daß er in Savannah sein würde, aber Vater verfügt nun mal über viele wichtige Verbindungen. Ah, dort sind sie ja.«

Als Rebecca den General etwas mehr aus der Nähe betrachtete, bemerkte sie, daß er durchdringende tiefblaue Augen hatte und sein Gesicht leichte Pockennarben aufwies. Er strahlte eine gewisse Macht aus, die sie sehr beeindruckte.

Edouard nahm die Mädchen zu beiden Seiten jeweils am Arm und führte sie zum General und seiner Frau.

»Mrs. Jackson, General Jackson, ich möchte Ihnen zwei junge Damen vorstellen, Verwandte von der Seite meines Cousins, die zur Zeit bei uns zu Besuch weilen. Rebecca Trenton und Margaret Downing.«

Beide Mädchen verneigten sich.

»Man kann Ihnen nur zu Ihrer wohlgeratenen Familie gratulieren, Edouard«, sagte Jackson. Rebecca war überrascht, daß er mit einem leichten, nordirischen Akzent sprach.

Rachel Jackson nickte ihnen freundlich zu, und Rebecca betrachtete verstohlen ihr Gesicht. Was man sich über diese Frau erzählte, faszinierte Rebecca. Schließlich wußte sie aus eigener Erfahrung, wie es ist, wenn sich ständig Männer in einen verlieben, und ihrer Meinung nach war das kein Grund, sich schuldig zu fühlen. Natürlich war es durchaus skandalös, einen Mann zu heiraten, solange man noch mit einem anderen verheiratet war, besonders wenn der neue Gemahl ein bedeutender amerikanischer General ist. In Indien hätte ein solcher Skandal der Karriere eines britischen Offiziers großen Schaden zugefügt, wenn sie nicht sogar ganz zerstört gewesen wäre. Aber auf diesen eindrucksvollen Mann hatte der allgemeine Klatsch wenig Wirkung, zumindest was seine Karriere anging.

Jackson wandte sich an Jacques, und Rebecca glaubte, echte Zuneigung in seinen Augen zu erkennen, während er zu dem jüngeren Mann sprach. »Jacques, mein Junge, es ist schön, dich wiederzusehen. Du siehst gut aus.«

Er wandte sich an Edouard. »Edouard, Sie haben einen großartigen Sohn. Ich weiß nicht, was er Ihnen über seine Erlebnisse im Krieg erzählt hat, aber er hat sich als tapferer und kühner Soldat erwiesen, auf den sein Land und seine Familie stolz sein kann. Auch ich war stolz, ihn in meiner Truppe zu haben.«

Jacques war dunkle Röte ins Gesicht gestiegen. »Nun, General, ich freue mich, daß Sie das sagen, aber ich habe nur meine Pflicht getan, und das sollte nicht besonders hervorgehoben werden.«

Jackson legte die Hände auf den Rücken, eine Haltung, die seinen schmalen, kernigen Körper noch größer erscheinen ließ. »Unsinn, mein Junge! Ein Mann braucht sich nicht zu schämen, wenn ihm die gebührende Ehre zuteil wird. Ihr Sohn, Edouard, war ein guter Offizier, von seinen Männern angesehen und geschätzt. Wissen Sie, meine Mutter pflegte immer zu sagen: ›Gewinne Freunde durch Ehrlichkeit, erhalte sie dir durch unerschütterliche Treue.‹ Das traf auf Jacques zu, er war ehrlich, treu und tapfer.«

Er neigte würdevoll den Kopf. »Also fühle dich nicht peinlich berührt, Jacques. Ich sage nur die Wahrheit. Wenn die Dinge in Florida sich zum Schlimmeren entwickeln, werde ich dich vielleicht wieder brauchen. Ich nehme an, Sie haben alle von den Schwierigkeiten gehört, die sich in Florida zusammenbrauen?«

Edouard antwortete: »Ja, wir haben gerade diese Woche Nachricht davon erhalten.« Er blickte zu Margaret und Rebecca. »Aber vielleicht würden die beiden jungen Damen gern wieder zurück zur Tanzfläche. Wir möchten euch nicht langweilen oder beunruhigen mit Berichten über Kriege, oder besser, mit Gerüchten über Kriege.«

»Danke«, sagte Margaret, deutete einen Knicks an und wandte sich zum Gehen.

Rebecca blieb stehen. »Wenn Sie nichts dagegen haben, würde ich gerne bleiben. Ich interessiere mich sehr für Geschichte und Politik, und nur selten bietet sich einem die Gelegenheit, Neuigkeiten aus so berufenem Munde zu erfahren.«

General Jackson lachte herzlich und nahm den Arm seiner Frau. »Liebe Rachel, vor dir steht eine junge Frau, die ähnliche Ambitionen wie du hat. Sie müßte dir sehr sympathisch sein.«

Rachel Jackson lächelte, und ihr rundliches Gesicht wurde sehr lebhaft. »Damit willst du wohl sagen, sie ist eine junge Frau mit Geist und Intelligenz?«

Jackson deutete eine Verbeugung vor ihr an. »Natürlich, meine Liebe, und ebenso charmant wie du.« Und an Rebecca gewandt fuhr er fort: »Natürlich können Sie bleiben, mein Mädchen. Ich werde nichts verraten, das nicht sowieso in Kürze allgemein bekannt sein wird.«

Edouard fuhr fort: »Nach den Informationen, die ich erhalten habe, versuchen abtrünnige Gruppen auf Amelia Island eine Revolution zu organisieren, mit dem Ziel, Florida an die Südamerikanischen Republiken anzuschließen. Stimmt das?«

»Ich fürchte, das stimmt im Prinzip, Sir. Fort Negro und Fernandina hätten schon längst gesäubert werden müssen, nach meiner Auffassung. Die Stadt ist nur noch ein Sammelbecken für Kriminelle der übelsten Sorte, und sie sind so mächtig geworden, daß die Spanier allein nicht mehr mit ihnen fertig werden. Ich weiß aus sicherer Quelle, daß dort geschmuggelte Waren im Werte von vielen hunderttausend Dollar lagern. Es ist eine angespannte Situation, und ich glaube, das wird sich nicht ändern, solange die Spanier Florida beherrschen.«

»Und was ist mit den Seminolen?«

Jackson wippte auf den Absätzen. »Leider brauen sich auch von dieser Seite her Schwierigkeiten zusammen. Die seminolischen Indianer weigern sich, das Land freizugeben, über das in der Krik-Vereinbarung bestimmt wurde. Irgend etwas muß hier unbedingt geschehen.«

In diesem Moment gesellten sich weitere Männer zu der Gruppe, und Rebecca fand es jetzt doch angebracht, sie zu verlassen. In der Aufregung über das Erscheinen Jacksons hatte sie beinah ihren ursprünglichen Plan für den Abend vergessen – Jacques allein zu sprechen und ihn in eine Stimmung zu versetzen, daß er ihr einen Antrag machte. Sie hoffte sehr, daß der Aufruhr, den das Erscheinen von General und Mrs. Jackson verursacht hatte, nicht verhindern würde, daß sie mit Jacques allein sein konnte.

Sie trat neben ihn und legte ihm die Hand auf den Arm. »Jacques«, sagte sie leise, »würdest du mich in einen anderen Raum begleiten?«

Jacques lächelte zu ihr hinab. Ihre Bitte schien ein willkommener Vorwand für ihn zu sein, sich von der Gruppe zu entfernen. Flüchtig beschäftigte sie sich mit der Frage, warum das so sein mochte, aber im Moment war das von geringerer Bedeutung.

»Mit größtem Vergnügen, Rebecca.« Jacques wandte sich an Jackson und seine Frau. »Würden Sie uns bitte entschuldigen, General?«

General Jackson machte eine leichte Verbeugung. »Selbstverständlich. Ich freue mich sehr, Ihre Bekanntschaft gemacht zu haben, Miß Trenton.«

»Ich fühle mich meinerseits sehr geehrt, General und Mrs. Jackson.«

Rebecca verneigte sich anmutig und entfernte sich dann an Jacques' Arm.

9

Im weiteren Verlauf des Abends stellte Rebecca fest, daß Jacques nur allzugern die meiste Zeit an ihrer Seite weilte, trotz der Anwesenheit von General Jackson. Sie fühlte sich sehr geschmeichelt und war zufrieden. Der Abend entwickelte sich ganz nach ihrem Plan.

Da die Ankunft der Jacksons den geordneten Ablauf bis zu einem gewissen Grad durcheinandergebracht hatte, war es Rebecca gelungen, einige Male mehr mit Jacques zu tanzen, als es die Tanzordnung erfordert hätte. Am Ende einer besonders ausgelassenen Mazurka fächerte sie sich übertrieben heftig Luft zu, bis Jacques den Hinweis verstand und sie fragte, ob sie Lust habe, auf die Veranda hinauszugehen, um etwas Luft zu schnappen. Sie willigte gerne ein.

Trotz der vorangeschrittenen Jahreszeit war das Wetter immer noch angenehm.

»Ich muß sagen«, plauderte Rebecca, als sie auf die leere Veranda hinaustraten, »ich kann mich gar nicht genug darüber wundern, wie herrlich das Wetter immer noch ist. Es ist fast so warm wie in Indien.«

Jacques, der sich über das Geländer beugte und ihr andeutete, auf den Platz hinauszusehen, hatte einen etwas verwirrten Ausdruck im Gesicht, den sie im Lichte einer verzierten Laterne, die über der obersten Verandastufe befestigt war, sehr gut erkennen konnte. Kleine Schweißperlen standen ihm auf der Stirn. Er nahm ein großes Leinentaschentuch aus seiner Tasche und wischte sich damit über die Stirn. »Der Herbst war in diesem Jahr wärmer als sonst. Manchmal kann es um diese Zeit schon recht kühl sein.«

Sie schwiegen, und Rebecca lehnte sich neben ihm über das Geländer. Sie wußte, daß ihr Gesicht im Schein der Laterne hübsch aussah.

»O Jacques«, sagte sie schwer atmend und mit großen Augen. »Die letzten Monate waren für mich wunderschön, und das verdanke ich vor allem dir. Weißt du das?«

Jacques versuchte, sein übliches, leicht melancholisches Lächeln aufzusetzen, aber es mißlang sonderbarerweise, es wurde vielmehr ein Ausdruck der Wehmut und Traurigkeit daraus, ein Ausdruck, der an Rebeccas Gefühle rührte. Warum war er traurig? Warum küßte er sie nicht einfach? Sie bat ihn ja geradezu darum.

Mit einem schnellen Blick ringsherum überzeugte sie sich, daß niemand außer ihnen beiden auf der Veranda war. Sie rückte noch näher zu ihm, hob sich auf die Zehenspitzen und berührte seine Lippen sanft mit ihren.

Mit einem Stöhnen, das aus seinem tiefsten Inneren zu kommen schien, umfaßte er sie fest mit beiden Armen und erwiderte ihren zarten Kuß mit leidenschaftlichem Druck.

Rebecca war so angenehm überrascht über den Erfolg ihrer Aktion, daß sie gar nicht genau bemerkte, ob der Kuß ihr Vergnügen bereitete oder nicht. Was sie bemerkte, war, daß seine

Lippen rauh waren und sein Atem leicht nach Alkohol schmeckte.

Ihr blieb keine Zeit für weitere Gedanken, denn in diesem Moment dröhnte Edouards Stimme hinter ihnen.

»Ja, was sehe ich denn da? Hervorragend!«

Jacques ließ Rebecca hastig los, und sie stand etwas verblüfft, aber dennoch triumphierend da.

Edouard schlug seinem Sohn kameradschaftlich auf den Rücken, sein Gesicht drückte eine Mischung aus väterlichem Wohlwollen und Neid aus. »Ich nehme an, das bedeutet, daß du dich erklärt hast!«

Trotz ihres aufgewühlten Zustandes bemerkte Rebecca, daß seine Worte mehr eine Feststellung als eine Frage waren, und sie dankte dem Schicksal, daß Edouard genau in diesem Moment auf die Veranda getreten war. Natürlich bedeutete ein Kuß noch nicht unbedingt eine Verlobung. Andererseits, unter den gegebenen Umständen – sie war Gast in Edouards Haus und eine junge Dame aus guten Verhältnissen und von untadeligem Ruf – könnte ein Kuß, der nicht ohne Zeuge geblieben war, durchaus als etwas Kompromittierendes betrachtet werden. Wenn Jacques kein gewissenloser Kerl war – und sie wußte, daß er das nicht war –, dann war ihre Heirat damit beschlossene Sache.

Rebecca, angenehm umnebelt von der Wirkung des Weins und der Aufregung der Hochzeit, lag in einem großen Bett mit Baldachin im herrschaftlichen Schlafzimmer des Hauses in Savannah und wartete auf Jacques.

Sie trug ein Nachthemd aus so feiner Seide, daß der gelbe Stoff durchsichtig wie Sonnenlicht auf ihrer Haut schimmerte.

Sie fühlte sich ein bißchen schwindelig, verwirrt, aber über alle Maßen glücklich; dies war ihre Hochzeitsnacht, und in wenigen Augenblicken, wenn Jacques zu ihr käme, würde sie nicht mehr länger ein Mädchen sein und sie würde sich zum Kreis ihrer Mutter, ihrer Cousine Felicity und anderer verheirateter Frauen zählen können, aufgenommen in die geheimnisvolle Gemeinschaft derer, die die Erfahrung einer intimen Beziehung mit einem Mann gemacht hatten.

Madame Molyneux! Wie gut, wie großartig sich das anhörte. Bald würde sie in seinen Armen liegen, und es gäbe keine Schranken mehr, er könnte alles mit ihr machen.

Sie hob den Kopf leicht an und verspürte ein Schwindelgefühl, das in Wogen über sie kam. Vielleicht hätte sie nicht soviel Wein trinken sollen, da sie ihn nicht gewöhnt war, aber vor Aufregung und Nervosität hatte sie mehrere Glas getrunken.

Vorsichtig legte sie sich wieder hin und sah hinauf in den rosafarbenen Himmel des Baldachins. Es war eine wundervolle Hochzeit gewesen. Alle, die in Savannah Rang und Namen hatten, waren erschienen, und man war sich einig darüber, daß sie *das* Paar des Jahres waren.

Die einzige dunkle Wolke an ihrem Glückshimmel war es, daß ihren Eltern nicht bei dem Fest dabeisein konnten, und daß Armand statt dessen zugegen war. Rebecca war gespannt gewesen, ob er den Trauungsfeierlichkeiten beiwohnen würde, fast in der Hoffnung, daß er es nicht tun würde, denn sie hatte den Nachmittag auf dem Hügel noch immer nicht vergessen, und sie befürchtete, er könnte dem Fest etwas Bedrückendes verleihen. Er war jedoch tatsächlich aus Les Chênes angereist und hatte so finster, grüblerisch und trübsinnig wie immer ausgesehen. Aber das Merkwürdige war, daß er trotzdem recht umgänglich war. Ruhig und höflich, ja, er behandelte sie fast mitleidsvoll wie eine Kranke. Doch sie hatte keine Zeit, sich darüber weitere Gedanken zu machen.

Der letzte Brief ihrer Eltern hatte schlechte Nachrichten enthalten. Es hatte tatsächlich einen Aufstand gegeben, genauer gesagt sogar zwei. Und obwohl Rebeccas Vater schrieb, daß die Aufständischen zurückgedrängt werden konnten, glaubte er, daß das noch nicht das Ende der Gewalttaten sei und daß es für ihn eine große Erleichterung sei, zu wissen, daß sie und Margaret sich an einem sicheren Ort befänden.

Natürlich hätten sie und Jacques noch mit der Hochzeit warten können. Jacques hatte sogar vorgeschlagen, daß es wohl das beste sei, die Hochzeit zu verschieben. Aber davon wollte Rebecca nichts wissen. Wer konnte sagen, wie lange die Schwierigkeiten in Indien noch dauern würden? Und selbst wenn sie endlich ausgestanden wären, hätte es erst wieder einen längeren Briefwechsel gegeben, und die Reise hätte auch noch eine geraume Zeit in Anspruch genommen. Das alles hätte zwei Jahre oder länger dauern können, und jetzt, nachdem ihr Jacques den Antrag gemacht hatte, wollte Rebecca auf keinen Fall mehr so lange warten. Jacques war ein vollendeter Gentleman, daß er sie fast nicht einmal küßte mit der Begründung, daß er sich so lange beherrschen wolle, bis sie Mann und Frau seien. Und ihr Körper schmerzte geradezu vor brennendem Verlangen, etwas, das ihr bis dahin vollkommen unbekannt gewesen war; sie wußte, daß es die Sehnsucht nach der Erfüllung als Frau war.

Glücklicherweise sah auch Edouard keinen Anlaß zu warten. Tatsächlich lag ihm genausoviel daran wie Rebecca, daß die Hochzeit möglichst bald stattfand. Und so wurde sie schließlich vorbereitet, ihre Eltern wurden davon unterrichtet. Ihr Plan hatte sich an diesem ersten Tag des Jahres erfüllt.

Jetzt war die Hochzeitsfeier vorüber, und die übrigen Familienmitglieder hatten sich nach Pirate's Bank zurückgezogen, damit das Brautpaar das Haus in Savannah eine Zeitlang ganz für sich allein hatte, bevor auch sie beide auf die Insel zurückkehren würden.

Wieder hob sie den Kopf, diesmal sehr behutsam, und sah zu der geschlossenen Tür zum Salon hinüber, durch die Jacques sie verlassen hatte, damit sie sich für ihn vorbereiten konnte. Zweifellos war es jetzt an der Zeit, daß er zu ihr kam. Ihr Körper fühlte sich warm und weich an, und sie sehnte sich nach ihm an ihrer Seite.

Sie stützte sich auf einen Ellbogen auf und rief seinen Namen; und als sie keine Antwort erhielt, rief sie noch einmal, diesmal lauter. »Jacques! Ich bin bereit für dich.«

Bei ihrem zweiten Ruf öffnete sich die Tür langsam, und sie sah ihn dort stehen, eingerahmt in das sanfte Licht, das aus dem anderen Zimmer herüberfiel. Er trug einen wunderschönen Morgenmantel aus dunkelrotem Satin. Er sah unglaublich gut aus, und von diesem Tag an sollte er ganz ihr gehören!

Lächelnd streckte sie ihm die Arme entgegen, während er langsam, fast zögernd auf sie zukam.

In ihrem Glück mußte sie sich einfach mit Worten Luft machen. »O Jacques, mein Liebling. Ich bin ja so glücklich. Es war eine wundervolle Hochzeit, nicht wahr? Der ganze Tag war so wundervoll, ich werde mein ganzes Leben lang daran denken.«

Er lächelte zu ihr hinab, und sie reckte sich ihm entgegen, angezogen von der glühenden Liebe in seinen Augen. »Jacques, bitte küß mich, bitte!«

Sie spürte, wie das Bett unter seinem Körper nachgab, und dann beugte er sich über sie. Vor Erwartung bebend bot sie ihm die Lippen dar und ließ sich von dem Gefühl davontragen, das durch ihren Körper drang, als seine Hand den hauchdünnen Stoff über ihrer Brust berührte. Durchflutet von der Hitze des Verlangens öffnete sie die Lippen, damit er sie noch intensiver küßte.

Für einen Augenblick voller Wonne nahmen seine Lippen und seine Zunge ganz Besitz von ihrem Mund, und seine Hände erforschten ihren Körper; sie brannte wie im Fieberwahn. Dann zog sich sein Mund von ihrem zurück, und sein Kopf fiel auf ihre Schultern.

Sie spürte, wie er heftig zitterte, und hörte ein sonderbares Schluchzen, das aus seinem Mund dicht an ihr Ohr drang.

Rebecca brauchte eine Weile, bis sie begriff, daß er weinte. Entsetzt und ernüchtert schlang sie die Arme um ihn. »Jacques. Was ist ist los? Was ist passiert? Stimmt etwas nicht?«

»Ja, mit mir stimmt etwas nicht. Vergib mir, Rebecca!« Er schluchzte jetzt hemmungslos. »Wirst du mir jemals vergeben können?«

»Weshalb vergeben?«

Plötzlich riß er sich aus ihren Armen, und einen Augenblick später hörte sie, wie die Tür zum Salon zufiel, so laut, daß es erschreckend durch die Stille der Nacht hallte.

Unfähig zu begreifen, was vor sich ging, setzte sich Rebecca auf, zitternd, als ob sie fröstelte. Was war nur geschehen? Hatte sie etwas falsch gemacht? Niemals hätte sie so etwas erwartet, und ihre Erfahrung konnte ihr in diesem Moment auch nicht weiterhelfen.

»Jacques?« rief sie leise. »Jacques?«

Keine Antwort. Was sollte sie jetzt tun? Warten, bis er zurückkäme? Ihm in den Salon folgen?

Sie konnte es nicht ertragen, untätig zu warten, also stand sie unsicher auf und ging zögernd zur Tür. Ihre Hand lag auf dem kalten Türgriff, und ihr Herz pochte zum Zerspringen. Sie legte das Ohr an die Tür, aber von der anderen Seite drang kein Laut zu ihr.

Sie holte tief Luft und überwand sich, die Tür zu öffnen. Jacques saß auf einem Stuhl am Tisch, wo eine einsame Kerze brannte und flackernde Schatten auf seine in sich zusammengesunkene, verzweifelte Gestalt warf. Er saß nach vorn gebeugt, den Kopf in die Hände gestützt.

Unsicher ging sie zu ihm und kniete sich zu seinen Füßen nieder. Sie sehnte sich danach, ihn zu berühren, aber sie wagte es nicht.

»Jacques?« flüsterte sie. »Liebling, bitte sage mir, was los ist. Wenn ich etwas falsch gemacht habe, möchte ich es wissen. Bitte sag es mir!«

Langsam, wie unter Schmerzen, hob er den Kopf und starrte sie an. Sie war zutiefst erschüttert über den Ausdruck seiner Augen. Sie sah, wie er mühsam schluckte, als stecke ihm eine bittere Medizin in der Kehle.

»Es tut mir leid«, sagte er schließlich. »Ich verhalte mich falsch, ich weiß, wie ich mich immer falsch verhalte. Ich verletze dich dadurch nur noch mehr, und nach dem, was ich dir angetan habe, ist das unverzeihlich.«

Rebecca spürte die Kälte in ihr Herz kommen. Wovon sprach er um alles auf der Welt? Warum benahm er sich so merkwürdig? Unwillkürlich begann sie zu weinen, mit langsamen, leisen Tränen, die ihr auf den Wangen brannten und sein Bild verschwimmen ließen.

Jacques stieß einen unterdrückten Schrei aus, als er ihre Tränen sah, und er streckte die Hand zu ihrem Gesicht aus, um sie zärtlich wegzuwischen. »Bitte weine nicht. Ich werde versuchen, es dir zu erklären.« Er nahm ihre beiden Hände in seine. »Ich muß dir alles in aller Offenheit sagen. Das ist die einzige Möglichkeit, Rebecca. Ich habe dir etwas Abscheuliches angetan, indem ich dich heiratete.«

Er hielt inne und suchte mühsam nach Worten, und Rebecca, voller Ratlosigkeit und Angst, brach das Schweigen. »Aber du liebst mich doch! Ich weiß, daß es so ist. Du hast es mir gesagt, nicht nur mit Worten, sondern auch mit deinem Verhalten . . .«

Er drückte ihre Hände fest, so daß es fast schmerzte, aber sie war beinah froh darüber, da es sie von ihrem inneren Schmerz ablenkte.

»Rebecca, du darfst niemals an meiner Liebe zweifeln. Ich

liebe dich wirklich, und das ist ein Grund dafür, daß ich mich jetzt in dieser Lage befinde. Wenn ich dich nicht so sehr lieben würde, wäre ich nicht in Versuchung geraten, meiner Schwäche nachzugeben. Ich hätte dann die Kraft aufgebracht, dich gehen zu lassen.«

»Jacques, was du sagst, ergibt keinen Sinn. Erkläre mir, wovon du sprichst. Ich werde den Verstand verlieren, wenn du das nicht tust.«

»Ja. Ja, ich will es versuchen.« Der Griff, mit dem er ihre Hände umklammert hielt, wurde jetzt wirklich schmerzhaft, aber sie machte keinen Versuch, sie zurückzuziehen. »Rebecca . . . ich sagte, daß ich dich nicht hätte heiraten sollen, daß ich dir etwas Schlimmes damit angetan habe. Und das ist die Wahrheit. Ich . . .« Die letzten Worte stieß er hervor. »Ich kann dir niemals ein richtiger Ehemann sein!«

Rebecca spürte, wie sie ihren Mund öffnete. Sie verstand die Bedeutung dieser Worte nicht. »Was soll das heißen?« schrie sie. »Warum?«

Sie sah, daß er jetzt wieder weinte, und dieser Anblick verlieh dieser alptraumartigen Szene etwas noch Unwirklicheres.

»Ich wurde in der Schlacht bei New Orleans verwundet. So verwundet, daß ich niemals mehr mit einer Frau körperlich zusammen sein kann. Verstehst du mich jetzt?«

Rebecca fing an zu zittern. »Aber das kann doch nicht sein! Deine Eltern versicherten mir, daß du unversehrt aus der Schlacht hergekommen seist. Es war sogar so, daß alle die Tatsache ganz besonders hervorhoben, daß du keine Verletzungen davongetragen hättest.«

Jacques versuchte zu lächeln. »Das glauben sie auch alle. Ich blieb noch fast ein Jahr lang nach Kriegsende in New Orleans, bis ich soweit wieder in Ordnung war. Eine Zeitlang spielte ich mit dem Gedanken, nie mehr nach Hause zurückzukehren, aber ich wußte nicht, wohin ich sonst hätte gehen sollen. Und da niemand von meiner Verletzung wußte, ließ ich sie alle in dem Glauben, mir sei nichts geschehen.

Meine Verwundung ist nicht der Art, über die ein Mann sprechen möchte. Was glaubst du, wie die Leute mich behandelt hätten, wenn sie davon gewußt hätten? Mein Vater drängte zu unserer Hochzeit, und ich wurde schwach und willigte ein. Er hat keine Ahnung von meinem Zustand, deshalb trifft ihn keine Schuld. Es ist einzig und allein mein Fehler, daß ich meiner Selbstsucht und meiner Schwäche nachgegeben habe und den einfachsten Weg gegangen bin, obwohl ich wußte, daß ich dir niemals ein richtiger Ehemann sein könnte.«

Endlich ließ er ihre Hände los, und Rebecca ließ sie kraftlos in den Schoß fallen. Zärtlich umfaßte er ihr Gesicht. »Ich liebe dich so sehr, mein Engel. Ich bemerkte, daß du etwas für mich empfandest, und Vater bestand darauf, daß es Zeit für mich sei zu heiraten. Er wollte unbedingt einen Enkel. Oh, mein Gott!« Sein verbittertes Lachen versetzte Rebeccas Herz einen Stich. »Und als wir hierher nach Savannah kamen und ich sah, wie andere Männer dir den Hof machten, wurde ich fast wahnsinnig vor Eifersucht. Ich konnte den Gedanken einfach nicht ertragen, daß du einem anderen gehören könntest. Und deshalb habe ich dich jetzt zu einer Ehe verdammt, die niemals vollzogen werden kann.« Seine Stimme war halb erstickt. »Deswegen muß ich dich um Vergebung bitten.«

Rebecca konnte ihn nur schweigend ansehen, sie war zu benommen, um einen klaren Gedanken zu fassen.

Mit einem Seufzer ließ Jacques ihr Gesicht los und sich im Stuhl zurückfallen, sein Körper sackte völlig in sich zusammen, als ob ihm diese Worte alle Kraft genommen hätten.

Endlich fand Rebecca die Sprache wieder. »Jacques ... Erzähle mir, wie das passiert ist. Vielleicht kann ich dann verstehen, was du mir sagen wolltest. Es ... es hört sich so unglaublich an.«

»Bist du sicher, daß du alles wissen willst?«

Sie nickte wortlos.

Er seufzte erneut. »Nun gut, ich werde dir alles erzählen, obwohl ich nicht weiß, wie du es verkraften wirst.«

Jacques war niemals ein gewalttätiger Mensch gewesen. Schon als Junge war er so gut es ging den üblichen Raufereien unter Halbwüchsigen aus dem Weg gegangen. Nicht daß er ein Feigling gewesen wäre. Er lehnte nur einfach Gewalt in jeder Form entschieden ab.

Als sich jedoch im Jahre 1812 die Gerüchte über einen Krieg gegen Großbritannien im Land verdichteten, geriet Jacques' patriotisches Blut in Wallung. Edouard Molyneux kannte Andrew Jackson schon seit vielen Jahren, und er war einer der ersten, der ein Exemplar von Jacksons Aufruf erhielt: »Freiwillige zu den Waffen!« Es war ein leidenschaftlicher Appell an die Jugend der jungen Vereinigten Staaten, und als Jacques das Dokument gelesen hatte, war seine Vaterlandsliebe angestachelt. Edouard war unabkömmlich, da er die Geschäfte weiterführen mußte, also oblag es seinem ältesten Sohn Jacques, die Ehre der Familie aufrechtzuerhalten. Als der Krieg schließlich offiziell erklärt worden war und Jacques seinen Entschluß zu kämpfen bekanntgegeben hatte, schrieb Edouard an General Jackson, um ihm den Wunsch seines Sohnes mitzuteilen. Postwendend bot Jackson Jacques an, unter seinem Befehl im Dienstgrad eines Majors zu dienen. Das entsprach nicht ganz der üblichen Auswahl führender Militärs, aber General Jackson hatte in dieser Hinsicht seine eigenen Vorstellungen: »Was wir brauchen, sind Männer, die es gewohnt sind zu befehlen, die kämpfen können und ihren Soldaten strikten Gehorsam abverlangen.«

Jacques schloß sich im Oktober 1813 General Jacksons Infanterie an, und zwar an einem Ort namens Fort Deposit am Tennessee-Fluß. Jacksons erste Aktion richtete sich gegen die Krik-Indianer, die seit einiger Zeit für erhebliche Unruhe gesorgt hatten. Als der Krieg gegen Großbritannien ausbrach, ergriffen die Kriks die Gelegenheit, sich mit den Briten zu verbünden. Im August desselben Jahres massakrierten die Kriks 240 Menschen bei Fort Mims im Mississippi-Gebiet. Jacksons Auftrag lautete, die Kriks zu besiegen.

Jacques war entsetzt, als er General Jackson sah. Der General war ein paar Monate zuvor bei einem Duell in Tennessee schwer verwundet worden und an den Folgen beinahe gestorben. Er hatte Pistolenkugeln im linken Arm und in der Schulter, und der Arzt wollte den Arm amputieren. Doch obwohl er fast besinnungslos war, verbot der General eine solche Operation.

Jacques war erschrocken über die blasse, ausgemergelte Erscheinung des Generals. Sein Arm steckte noch in einer Schlinge, und er konnte sich kaum im Sattel halten. Und doch erfuhr Jacques, daß er gerade einen neunstündigen Marsch mit seinen Männern hinter sich hatte.

Dabei hatte er sich das Feuer und den scharfsinnigen Geist

bewahrt, an den sich Jacques so gut von dem Besuch im Maison de Rêverie her erinnerte. Mit seinem gesunden Arm klopfte er Jacques auf die Schulter. »Bei Gott, Molyneux, es freut mich, Sie zu sehen. Wir haben nicht viel Zeit, Sie auszubilden, da wir in weniger als sechs Tagen aufbrechen – falls wir nicht vorher verhungern. Es gibt einen Feind, den ich mehr als die gegnerischen Kriks fürchte, dieses hinterhältige Ungeheuer, den Hunger. Aber ich bin entschlossen, vorwärts zu marschieren, auch wenn ich von Eicheln leben müßte. Eher würde ich sterben, als aufzugeben!«

In den folgenden Wochen sollte Jacques erfahren, was der General gemeint hatte. Nahrung und anderer Nachschub wurden immer knapper. Einmal hörte Jacques ein Gespräch mit an, in dem ein Soldat sich beim General beschwerte, daß er hungrig sei. »Beim ewigen Leben, mein Freund, ich auch«, erklärte der General. »Ich würde meinen letzten Sack Eicheln mit euch teilen.«

In den nächsten beiden Monaten nahm Jacques gierig alles in sich auf, was er über die Strategien des Kriegführens lernen konnte. Das war nicht allzuviel, doch der General löste das Problem, indem er Jacques zu einem seiner persönlichen Adjutanten machte. Da Jackson bis zur Erschöpfung zu arbeiten pflegte und mit einem Minimum an Schlaf auskam, blieb auch Jacques nichts anderes übrig.

Die meiste Zeit verbrachten sie am Coosa-Fluß, wo die Soldaten damit beschäftigt waren, Bäume zu fällen und eine Palisade zu bauen, die den Namen Fort Strother erhalten sollte.

Dann erreichte sie die Nachricht, daß sich mehr als zweihundert Indianer im Dorf Tallahatchie versammelt hatten, dreizehn Meilen von ihrem Standpunkt entfernt. General Jackson, dessen Wunden noch nicht völlig verheilt waren und der befürchtete, sein Zustand könnte das Vorankommen seiner Truppen behindern, schickte einen seiner vertrauenswürdigsten Offiziere, Brigadegeneral Coffee, mit eintausend Männern los, um gegen die Indianer vorzugehen.

So kam es, daß auch Jacques am Morgen des 3. November 1813 in seine erste Schlacht zog. »Du bist mein Auge und mein Ohr, Jacques«, sagte General Jackson zu ihm. »Begleite Coffee und erstatte mir hinterher Bericht.«

Da die amerikanischen Streitkräfte entschieden besser ausgerüstet und zahlenmäßig überlegen waren, konnten die Indianer schnell überwältigt werden. Einer der Männer, Davy Crocket, berichtete später: »Wir haben sie niedergeschossen wie Hunde.«

Jacques steckte mitten im Geschehen, das Kampffieber hatte auf ihn übergegriffen, und er schoß unablässig. In dem Staub und Pulverdampf konnte man nie ganz sicher sein, aber Jacques hätte fast schwören können, daß er eine ganze Anzahl von Feinden erledigt hatte. Anschließend wurde ihm von dem Gemetzel übel, und er ging hinter einen Baum, außer Sichtweite der Männer, und übergab sich.

Alle indianischen Krieger wurden getötet, und vierundachtzig Frauen und Kinder wurden gefangengenommen und zurück nach Fort Strother getrieben. Bei den Amerikanern wurden fünf Männer getötet und einundvierzig verwundet. General Jackson schrieb in seinem Bericht: »Wir haben uns für Fort Mims gerächt.«

Als die Gefangenen nach Fort Strother gebracht wurden, lernte Jacques eine Seite an General Jackson kennen, die ihn angesichts dessen Unerbittlichkeit im Kampf sowohl berührte wie überraschte.

Unter den Gefangenen war ein drei Jahre alter Indianerjunge. Die Frauen der Kriks weigerten sich, sich seiner anzunehmen, und seine Eltern waren umgekommen. Einer von Jacksons Offizieren war dafür, ihn zu töten.

Mit seiner gesunden Hand löste Jackson jedoch etwas braunen Zucker in Wasser auf und überredete den Jungen zu trinken. Dann schickte er das Kind nach Huntsville, damit man sich dort auf seine Kosten um ihn kümmerte.

Dann wandte sich Jackson an die anderen Mitglieder seines Stabs und sagte scharf: »Nun, Gentlemen, das war erst der Anfang! Ich habe weitere Pläne. Wir werden zum Angriff übergehen, indem wir nach Süden und Westen marschieren und alle Indianersiedlungen zerschlagen, dann weiter nach Mobile vordringen und eine Schneise von Tennessee bis zum Mexikanischen Golf schlagen. Und dann kommt der krönende Schlag! Wir werden in Florida einfallen, Pensacola besetzen und dem Einfluß Spaniens ein für allemal ein Ende bereiten, diesem verachtungswürdigen Bundesgenossen der Briten und Kriks!«

Es war ein großartiger Plan, der jedoch erheblich mehr Zeit in Anspruch nahm, als Jackson vorausgesagt hatte. Jacques ritt an der Seite des Generals, kämpfte gemeinsam mit ihm und war mit ihm der Verzweiflung nahe, wenn sie einmal wieder hungern mußten, weil keine Nahrung aufzutreiben war.

Endlich, am 9. August 1814, fast ein Jahr nach der ersten Begegnung mit den Indianern, wurde mit den Kriks ein Friedensabkommen unterzeichnet. Darin wurden sie gezwungen, dreiundzwanzig Millionen Morgen Land abzutreten, auf dem später zwei neue Staaten entstehen sollten, Alabama und Georgia.

Der Sieg hatte jedoch seinen Preis gehabt. Die anhaltenden Entbehrungen hatten den Gesundheitszustand des Generals sehr mitgenommen. Die Herren in Washington waren durchaus nicht ganz einverstanden mit den draufgängerischen Methoden des Generals, und die Soldaten, deren Verträge ausgelaufen waren, verließen ihn in Scharen, da sie genug hatten von Hunger und Entbehrung. Doch Jackson war inzwischen zum nationalen Helden geworden, so daß sich neue Freiwillige fanden, die danach drängten, ihm zu dienen.

Auch Jacques' Jahr, für das er sich verpflichtet hatte, war um, doch er beschloß zu bleiben. Er war den Krieg leid, aber er war von dem Menschen Jackson fasziniert.

Und jetzt sollte Jackson seinen Traum der vergangenen zwanzig Jahre Wirklichkeit werden lassen – die Einnahme von Pensacola. Am zweiten November setzten sich dreitausend Männer unter General Jackson in Marsch in Richtung Florida und erreichten Pensacola vier Tage später.

Jacksons Truppen stürmten am nächsten Morgen die Stadt. Nach kurzen, aber heftigen Kampfhandlungen hatte Jackson Pensacola und Fort St. Michael besiegt. Sein nächstes Ziel war Fort Barrancas.

Am nächsten Morgen gegen drei Uhr war Jacques, der seit Beginn der Kämpfe kein Auge mehr zugetan hatte, bei General Jackson, der seinen Offizieren seinen Plan für den Angriff von Fort Barrancas schilderte, als plötzlich eine gewaltige Explosion die Erde erschütterte. Bald wurde ihnen die Nachricht überbracht, daß die Briten Fort Barrancas in die Luft gejagt hatten und auf ihren Schiffen geflohen seien.

Jackson, der befürchtete, daß all seine Bemühungen umsonst gewesen waren und daß die Briten auf dem Weg waren, Mobile anzugreifen, befahl seinen Leuten den sofortigen Abmarsch nach Mobile.

Aber das Ziel der Briten war nicht Mobile, sondern New Orleans. Die britische Armada auf dem Weg nach New Orleans bestand aus zehntausend Matrosen, fünfzehntausend Marinesoldaten und neuntausendsechshundert Infanteriesoldaten. Sogar die Ehefrauen der Offiziere waren dabei, ausgestattet mit all ihrer Garderobe, da sie auf einen längeren Aufenthalt in New Orleans vorbereitet waren. Zur gleichen Zeit war auch General Jackson, der die Größe und den Standort der britischen Streitkräfte nicht kannte, ebenfalls unterwegs nach New Orleans.

So kam es, daß Jacques am Abend des siebten Januar im Hauptquartier des Generals war, am Vorabend der schicksalsträchtigen Entscheidung in der Schlacht von New Orleans.

Jackson, der seit längerem an Ruhr erkrankt war, drängte wie ein Besessener voran. Er hatte sich Soldaten in den Straßen von New Orleans rekrutiert, darunter sogar Schwarze und Piraten von Jean Lafitte.

An diesem Abend nun hatte Jackson der Hälfte seiner Männer befohlen, in Bereitschaft zu bleiben, während die andere Hälfte schlief. Der General und sein Stab, darunter auch Jacques, zogen sich vor Mitternacht zurück. Sie schliefen in voller Ausrüstung und mit bereitliegenden Waffen auf dem Boden.

Kurz nach ein Uhr morgens wurden sie von einem Kurier geweckt, der ihnen berichtete, daß umfangreiche feindliche Verbände den Fluß überquerten.

Jackson richtete sich an seinen Stab: »Meine Herren, wir haben lang genug geschlafen.«

Sie gingen hinaus in die eisige Kälte der Nacht, um die Linien noch einmal zu inspizieren. Jacques hielt sich an der Seite des Generals. Während sie eine Kompanie nach der anderen kontrollierten, wunderte sich Jacques, wie viele seiner Männer Jackson beim Namen kannte.

Bei einer Batterie stießen sie auf eine Gruppe von Lafittes Piraten, die auf traditionell kreolische Weise Kaffee zubereiteten.

»Dieser Kaffee riecht besser als der unsere«, bemerkte Jackson gegenüber Dominique You, dem Diensthabenden. »Geschmuggelt?«

»Vielleicht, General«, antwortete dieser. Er füllte eine Tasse und reichte sie dem General.

Gegen sechs brach das Licht schwach durch den Nebel, der sich bald auflösen würde. Kundschafter berichteten, daß sich die Briten keine halbe Meile entfernt zu Kolonnen formierten. Jackson stand mit Jacques und zwei anderen Männern seines Stabes auf der Brustwehr der Festung und durchstreifte die Umgebung mit seinem Teleskop. Plötzlich ging in geringer Entfernung vor ihnen eine Leuchtrakete zischend in die Luft und kam als silberner und blauer Funkenregen herunter.

»Das dürfte ihr Signal zum Angriff sein«, sagte Jackson. An Jacques gewandt sagte er leise: »Ich habe das Gefühl, mein ganzes Leben war eine Vorbereitung auf diesen Augenblick.«

Während Jacques neben dem General auf der Brustwehr stand, kam plötzlich eine kräftige Brise auf und vertrieb den Nebel, wodurch die Übermacht der Briten sichtbar wurde. Jacques würde den Anblick niemals vergessen, der sich seinen Augen bot. Die Briten befanden sich unmittelbar vor ihnen, ungefähr 650 Yards entfernt. Der strenge Nachtfrost hatte die Ebene in einen silbernen Teppich verwandelt, auf dem sich jetzt eine Masse roter Waffenröcke mit weißen Kreuzbandelieren näherte, überragt von einer dichten Hecke auf Bajonetten.

Die amerikanischen Gewehre hatten nur eine Reichweite von vierhundert Yards, also waren sie zu geduldigem Warten gezwungen.

Dann kam der Befehl: »Feuer!«

Wie ein zusammenhängendes breites Band blitzte das Feuer auf der Brustwehr auf. Die erste Reihe trat zurück, um nachzuladen, und die zweite trat an ihre Stelle. Wieder ertönte der Befehl zu feuern, und anschließend rückte die dritte Reihe vor.

Die vorrückenden Reihen wurden etwas dünner, Männer waren gefallen. Auf der anderen Seite war der Boden rot von Blut und britischen Waffenröcken. Doch sie ließen sich nicht aufhalten, ein wilder Haufen ohne Formation kam über die eigenen Toten stolpernd immer näher heran. Jacques sah Offiziere zu Pferde, die mitten unter ihrem Fußvolk ritten und die

Männer anfeuerten. Eine weitere Salve wurde auf sie abgefeuert, und Jacques sah, wie sich Pferde aufbäumten und Offiziere zu Boden geschleudert wurden. Nach der Schlacht sollte er erfahren, daß der britische Kommandeur, General Pakenham, zu den gefallenen Offizieren gehörte.

Schließlich hatte es den Anschein, als wären die Briten zurückgeschlagen. Panik und Verwirrung war unter ihnen ausgebrochen. Da sah Jacques, wie einige Offiziere hinter ihren Soldaten herrannten und sie mit der flachen Seite ihrer Schwerter schlugen, um sie voranzutreiben. Ein Offizier rannte an der Spitze direkt auf den Wassergraben zu und schwenkte das Schwert. Ungefähr hundert britische Soldaten folgten ihm, und etwa die Hälfte davon erreichte den Graben. Nicht weit von Jacques' Standort entfernt überquerten an die zwanzig Mann den Graben und begannen, die amerikanische Festung zu stürmen.

Jacques befand sich nun mitten in der hitzigen Schlacht, und er zog das Schwert, um sich an dem Mann-gegen-Mann-Kampf zu beteiligen. Jetzt trafen vor allem Schwerter gegen Bajonette, nur noch wenige Schüsse wurden abgegeben. Jacques kämpfte gegen einen Rotrock, Hieb und Gegenhieb, Stahl gegen Stahl.

Der Kampfgeist verlieh Jacques übermenschliche Kräfte, und er führte seine Waffe voller Kraft. Ein Triumphgefühl durchflutete ihn, als der Gegner über die Brüstung taumelte. Gebannt sah er seinem Fall nach, als wie von fern ein warnender Schrei an sein Ohr drang. Er wirbelte herum – und genau in dem Moment traf ihn der Hieb eines Bajonetts in der Leistengegend. Heftiger Schmerz durchzuckte ihn, brennendheiß wie Feuer, und er fühlte, wie ihm Blut über die Lenden rann. Bewußtlos sackte er zu Boden.

Als er wieder erwachte, befand er sich in einem Sanitätszelt. Er hob den Kopf, alles war vor seinem Blick verschwommen, doch er bemerkte zu seiner großen Überraschung, daß er fast allein in dem Zelt war. Nur noch ein anderes Feldbett war belegt.

»Na, sind wir aufgewacht?« Ein bärtiger Mann im Operationskittel, der blutverschmiert war, kam auf Jacques' Lager zu.

Jacques hatte ein dumpfes und leicht schwindeliges Gefühl,

und er vermutete – zu Recht –, daß er unter starken Betäubungsmitteln stand.

»Ist die Schlacht vorüber?« fragte er mit schwacher Stimme.

»Ja, sie ist vorüber, Major.«

»Haben wir gewonnen?«

Zum erstenmal lächelte der Arzt. » O ja, wir haben gewonnen. Die Briten sind geschlagen, und der Krieg ist ausgestanden.«

»Aber ich verstehe nicht ganz . . .« Jacques machte eine Handbewegung in die Runde des Zeltes. »Wo sind die Verwundeten?«

»Wie General Jackson nach der Schlacht bemerkte: ›Die magische Hand der Vorsehung wurde über meine Männer gehalten.‹ Wir haben nur sechs Männer verloren, und sechs wurden verwundet.« Das Gesicht des Arztes wurde sehr ernst. »Unglücklicherweise sind Sie einer davon.«

»Wie schlimm ist es, Doktor?« flüsterte Jacques.

»Ich befürchte, sehr schlimm, Sir.« Der Arzt wandte betroffen den Blick ab. »Ohne in Details gehen zu wollen, muß ich Ihnen sagen, daß der Hieb des Bajonetts einen Eunuchen aus Ihnen gemacht hat, Major. Es ist entsetzlich für einen so jungen Mann wie Sie, aber Sie werden niemals mehr eine Beziehung mit einer Frau haben können.«

Nachdem Jacques seine Erzählung beendet hatte, saßen sie beide schweigend da und sahen einander lange an.

»Kannte General Jackson das Ausmaß deiner Verwundung?«

»Nein.« Er beugte sich zu ihr. »Rebecca, ich glaube, ich kann begreifen, wie sehr ich dich verletzt habe, aber ich habe sehr viel nachgedacht, und ich meine, wir können ein gemeinsames Leben führen und einigermaßen glücklich miteinander werden. Ich gehe davon aus, daß dir meine Gesellschaft angenehm ist, und ich kann dir versichern, daß ich mich in deiner mehr als wohl fühle. Ich verspreche, daß ich dich niemals schlecht behandeln werde, und ich werde dir alles geben, was ich zu geben in der Lage bin. Wir können trotz allem ein glückliches Leben führen, und der Rest der Welt braucht von unserem Geheimnis nichts zu wissen.« Er machte eine kurze Pause. »Es gibt nur noch einen anderen Menschen, der Bescheid weiß über meinen . . . Zustand.«

»Der Arzt, der dich behandelt hat?« brachte Rebecca mühsam hervor.

Jacques schüttelte den Kopf. »Nein, er starb am Fieber, bevor ich New Orleans verließ. Der Mensch, von dem ich spreche, ist Armand.«

Rebecca schnappte nach Luft und erhob sich abrupt auf die Füße, brennende Scham stieg in ihr auf. Armand! Ausgerechnet er wußte, daß sie nur auf dem Papier eine verheiratete Frau war! Wie schadenfroh mußte er über ihre Lage sein!

»Du sagtest, daß du nicht einmal deinen Eltern davon erzählt hast!« schrie sie ihn an. »Warum mußtest du es von allen Menschen ausgerechnet Armand erzählen?«

Jacques hob wie zur Verteidigung die Hände. »Es geschah unabsichtlich, das versichere ich dir. Als ich nach Hause zurückkehrte, betrank ich mich eine Nacht mit Armand. Ich bemitleidete mich selbst, und ich hatte das große Bedürfnis, jemandem von meinem Unglück zu erzählen. Doch du brauchst dir keine Sorgen zu machen. Das Geheimnis ist bei ihm gut aufgehoben. Ich weiß, daß du ihn nicht leiden kannst, aber Armand ist ein ehrenwerter Mann, ein Mann, der zu seinem Wort steht, und er *ist* mein Bruder. Er hat geschworen, daß er niemals jemandem ein Wort sagen würde, und ich glaube ihm.«

Rebecca stand da und starrte ihren Mann an; ihr Körper fing heftig an zu zittern, als ihr langsam die ganze Tragweite dessen bewußt wurde, was er ihr eröffnet hatte. Bei dieser Erkenntnis wühlten schrecklicher Zorn und unerträglicher Schmerz in ihr wie tausend Messerstiche. Dieser Mann, Jacques, ihr Ehemann, hatte soeben alle Hoffnungen und Träume ihres Lebens zerstört, und einen Moment lang haßte sie ihn so sehr, wie es ihr nur möglich war.

10

Armand hätte sich nie über Rebecca oder ihre Situation lustig gemacht, denn es war nicht nur für sie tragisch, sondern als ihn die Nachricht von der bevorstehenden Heirat erreichte, war es auch tragisch für ihn.

Die ganze Zeit über hatte er die Wahrheit geleugnet; er hatte sich immer und immer wieder eingeredet, daß seine Gefühle nur blinde Vernarrtheit gewesen seien und daß er im Laufe der Zeit darüber hinwegkommen würde.

Aber er wußte es in Wirklichkeit besser. Er liebte Rebecca von ganzem Herzen. Es wäre schlimm genug gewesen, wenn sie nach Indien zurückgekehrt wäre, aber jetzt sollte sie Jacques' Frau werden – verloren für ihn und doch ständig gegenwärtig. Er würde sie sehen, ihr ins Angesicht blicken, wann immer er nach Pirate's Bank kommen würde.

Nein, er hatte wirklich nicht das Bedürfnis, sie auszulachen, und er war zornig auf seinen Bruder. Wie konnte Jacques sie nur heiraten? Glaubte er, er hätte das Recht, das Leben eines anderen Menschen zu zerstören, nur weil sein eigenes zerstört war? Obwohl Armand wußte, daß sein Bruder einige Schwächen hatte, so hätte er ihn doch niemals für fähig gehalten, bewußt eine Grausamkeit zu begehen. Und genau das war seine Heirat mit Rebecca für ihn.

Armand hatte sich lange und gründlich überlegt, ob er zur Hochzeit erscheinen sollte. Der Grund, der schließlich den Ausschlag für seine Entscheidung gab, überraschte ihn selbst etwas. Es machte ihm nichts aus, daß Jacques oder Edouard beleidigt sein könnten, aber der Gedanke, daß Rebecca sich beleidigt fühlen könnte, war ihm unerträglich. Außerdem war da noch Felicity – sie würde sich über sein Fernbleiben Gedanken machen und wäre verletzt.

Als er sah, wie Rebecca als Braut vor Glück strahlte, versetzte ihm das einen weiteren schmerzhaften Stich. Er wußte, welches brutale Erwachen ihr bevorstand, und deshalb trank er während der ganzen Feierlichkeiten unmäßig viel und zog sich so bald wie möglich zurück. Es gelang ihm, sich unbemerkt davonzuschleichen, bevor sich die Gäste aufstellten, um die Braut zu küssen. Er hätte es nicht ertragen, sie zu küssen, es wäre ein wahrhafter Judaskuß gewesen.

Statt dessen stieg er aufs Pferd und ritt in wildem Galopp los nach Les Chênes, doch dann änderte er seinen Entschluß und lenkte sein Pferd zunächst in Richtung Beaufort. Die Wirkung der großen Menge Alkohol, die er zu sich genommen hatte, sowie das trostlose Gefühl, Rebecca für alle Zeiten verloren zu haben, hatten seine Gefühle aufgewühlt, als er schließlich sein Pferd vor einer Hafenschenke in Beaufort festmachte. Es war ein langer Ritt gewesen, und die Nacht war weit vorangeschritten.

Da er kein besonders geselliger Mensch war, ging er nicht häufig in Gastschenken, aber auf seinem Weg nach und von Pirate's Bank machte er doch gelegentlich halt im ›Wilden Eber‹ und trank ein oder zwei Glas, und Annie Condon, die dralle Schankwirtin, kannte ihn recht gut.

Er wählte einen Tisch weit hinten in dem schummerigen Gastraum, und Annie kam hüftschwingend auf ihn zu. Sie war ein lebenslustiges Mädchen, und man sagte, daß sie mit ihrer Gunst recht großzügig sei.

Sie stellte sich vor seinem Tisch mit in die Hüften gestemmten Händen auf. Ihre warmherzigen blauen Augen betrachteten ihn keß. »Nun, Master Molyneux, das is' ja 'ne Seltenheit, Sie mal hier zu sehen.«

»Bring mir eine Kanne Rum«, sagte er unwirsch.

»'ne ganze Kanne, sagten Sie?« fragte sie mit hochgezogenen Augenbrauen. »Was wird'n gefeiert?«

»Mein Bruder heiratet schließlich nicht jeden Tag«, antwortete er mit einem bitteren Lachen.

»Master Jacques? Davon hab' ich ja gar nichts gehört.«

»Warum solltest du auch?« Armand sah sie grimmig an. »Los, bring mir den Rum.«

»Immer mit der Ruhe, mein Guter.« Annie zog sich an den Schanktresen zurück.

Jetzt sah sich Armand zum erstenmal seit seinem Eintreten in der schummerigen Gaststube um. Um diese späte Stunde war sie fast leer, außer ihm saßen nur drei Männer allein an verschiedenen Tischen. Armand war darüber erleichtert. Er hatte nicht die geringste Lust auf eine gesellige Runde.

Annie kam zurück und brachte ihm den Rum auf einem Tablett. Als er bezahlt hatte, blieb sie unschlüssig stehen.

Er sah auf und fragte: »Was ist, Annie?«

»Ich hab' so gedacht . . .« Sie machte eine Handbewegung. »Draußen isses ungemütlich, kalt wie Hexenbrut. Eine richtige Nacht zum . . .« Sie unterbrach sich mit einem vielsagenden Grinsen.

»Eine Nacht wozu?« fragte er ungeduldig.

»Eine Nacht, um nich' allein zu sein, wollte ich sagen.«

»So, wolltetst du das? Nun, ich bin hergekommen, um etwas zu trinken, nicht um Gesellschaft zu haben. Wenn ich es mir anders überlege, lasse ich es dich wissen.«

»Schon gut, schon gut.« Mit einer Hand auf der Hüfte rauschte Annie davon.

Armand beobachtete einen Moment lang den verführerischen Schwung ihrer Hüften, dann nahm er die Kanne und trank den feurigen Rum. In Gedanken versunken saß er da, sein Grübeln kreiste unvermeidlich immer wieder um die Hochzeit und um Rebecca.

Wie schön sie ausgesehen hatte, wie glücklich! Er hätte alles gegeben, wenn sie ihn nur einmal so angesehen hätte, wie sie Jacques ansah. Wenn er doch an der Stelle seines Bruders wäre! Die Vorstellung, daß er mit Rebecca vereint sein könnte, erregte ihn nahezu, und ein lautes Stöhnen entfuhr ihm.

Waren sie und Jacques jetzt schon allein? Hatte sie schon erfahren, daß sie nur auf dem Papier Ehefrau war? Würde sie sich an das erinnern, was ihr Armand an jenem Tag in Les Chênes gesagt hatte? Wenn sie es tat, dann würde sie vielleicht ahnen, daß er über Jacques' Unvermögen Bescheid wußte. Und sie würde wenigstens wissen, daß er versucht hatte, sie zu warnen, wenn auch vergebens.

Warum hatte er sich nur in allem, was sie betraf, so ungeschickt angestellt? Vom Augenblick ihrer ersten Begegnung an hatte er sie nur vor den Kopf gestoßen. Wenn er liebenswürdiger, zärtlicher gewesen wäre, dann vielleicht . . . Nein! Es lag nicht nur an ihm allein! Sie hatte sich arrogant und hochnäsig verhalten, sie war es nun einmal gewöhnt, daß ihr die Männer zu Füßen lagen . . .

Sein Grübeln wurde jäh unterbrochen durch laute Stimmen, die vom vorderen Teil der Schenke zu ihm drangen. Neugierig blickte er auf und entdeckte Annie, die von einem grobschlächtigen Mann an einem Tisch festgehalten wurde.

Der Mann hatte das Mädchen am Arm gepackt und versuchte, es auf seinen Schoß zu zerren.

Armand erkannte den Mann undeutlich – ein Fischer namens Brock. Er war jedesmal, wenn Armand ihn gesehen hatte, roh und ausfallend gewesen. Jetzt war er offensichtlich betrunken.

Armand beobachtete die Szene einen Augenblick lang leicht amüsiert, während Annie sich gegen ihn wehrte. Im allgemeinen konnten diese Schankmädchen sich ganz gut behaupten, sonst würden sie es in einer Spelunke wie dieser nicht lange aushalten.

Annie keifte dem Mann zornige Worte ins Gesicht, und er beantwortete sie mit brüllendem Lachen und verstärkte nur noch den Griff um ihren Arm. Verzweifelt holte Annie aus und schlug ihm mit der flachen Hand ins bärtige Gesicht.

Brock stieß ein wütendes Bellen aus und verdrehte ihren Arm auf brutale Weise, wodurch er sie schließlich auf seinen Schoß zwang.

Ohne nachzudenken war Armand auf den Füßen, seine Wut und seine Enttäuschung brodelten in ihm, als ob er kurz vor dem Explodieren stand. Mit ein paar Sätzen war er am vorderen Ende des Raumes.

Er beugte sich über den Tisch und sagte mit drohender Stimme: »Laß sie los, du grober Klotz.«

Brock blinzelte ihn wie durch einen Schleier an. »Hau ab, Kerl. Scher dich um deine eigenen Sachen, verdammt!«

»Ich sage dir noch mal . . . laß sie los!«

»Geh zum Teufel! Ich denke nicht daran. Für das Geld, das ich für sie heute nacht ausgegeben habe, möchte ich auch noch ein bißchen Spaß haben.«

Ohne ein weiteres Wort packte Armand das breite Handgelenk des Mannes und drückte kräftig zu. Brock brüllte vor Schmerz, er lockerte dabei seinen Griff genügend, daß sich Annie befreien konnte. Sie machte sich blitzartig aus dem Staub.

Block starrte Armand mit seinen rotgeränderten Augen an. »Du hast kein Recht, deine Nase in meine Angelegenheiten zu stecken. Dafür breche ich dir den Hals.«

Er stützte sich mit beiden Händen auf dem Tisch ab, um sich zu erheben. Armand packte schnell den schweren Bierkrug, der auf dem Tisch stand, hob ihn mit beiden Händen hoch und ließ ihn mit aller Kraft auf Brocks Kopf krachen, als dieser sich gerade halbwegs auf die Füße erhoben hatte. Der Krug zerschellte, Bier spritzte über den Tisch, und Brock brach langsam zusammen, wobei der Stuhl unter seinem Gewicht zersplitterte und er polternd zu Boden fiel.

Armand stand einen Moment lang über ihn gebeugt, aber der Mann war bewußtlos. Ein Blutrinnsal zeigte sich in seinem dichten, stumpfen Haar. Armand beugte sich tiefer, nahm in jede Hand eins der Beine mit den derben Stiefeln und zog den Mann zur Vordertür. Er beförderte Brock auf die Straße hinaus und wischte sich die Hände in dem Gefühl tiefster Befriedigung. Was er getan hatte, war eine große Torheit, aber es war das richtige Mittel, um seinen Zorn zu besänftigen.

Als er sich umdrehte, sah ihn Annie schmachtend an. »Schönen Dank, Sir. Nich' auszudenken, was Brock getan hätte. Er is' von der ganz üblen Sorte.«

Armand lächelte sie an. »Im Moment kann er nicht viel anrichten, möchte ich wetten. Heute nacht wird er dich sicher nicht mehr belästigen.«

Er ging zu seinem Tisch zurück, um seinen Rum auszutrinken. Er hatte gerade seine Kanne zur Neige geleert und wollte sich eine neue bestellen, als sich Annie seinem Tisch näherte.

»Wir machen jetzt zu, Master Molyneux. Außer Ihnen is' kein Gast mehr da.«

Er sah sich um und stellte fest, daß sie recht hatte. Er stand auf. »Ich habe ohnehin genug getrunken. Es ist Zeit, daß ich zurück nach Les Chênes reite.«

»Das is' 'n weiter Weg, und es is' spät.« Sie sah ihn herausfordernd an. »Oben gibt's 'n paar Zimmer. Wenn Sie mögen, können Sie bleiben.«

Er zögerte und sah sie überlegend an. Wenigstens war sie sauber, einigermaßen hübsch und zweifellos willens. Das Bild Rebeccas erschien vor seinem inneren Auge, und seine Gefühle bäumten sich auf. Warum nicht? Niemand anderes schien ihn haben zu wollen, und was ihn hier erwartete, schien zumindest angenehmer, als nach Hause ins einsame, kalte Bett zu gehen.

Er deutete mit dem Kopf eine Verbeugung an. »Ich nehme dein Angebot an, Annie.«

Ein paar Minuten später folgte er Annies schwingenden Hüften die Treppe hinauf, die an der Außenseite des Hauses zum oberen Stockwerk führte. Die Nacht war kalt, ein eisiger Wind wehte von der Bucht herüber. Armand fröstelte, und zitternd stieß er auf sie, als sie anhielt und mit dem Schlüssel hantierte, um die Tür aufzuschließen. Aus dem kleinen Raum schlugen ihm die verschiedensten Küchendüfte entgegen, und sie waren keinesfalls alle angenehm.

Er wartete an der Tür, während sie hineinging und eine Kerze anzündete. Sie erhellte einen ärmlichen Raum mit einem ordentlich gemachten Bett und Kleidern, die an Haken an der Wand hingen. Außer dem Bett gab es keine Möbel, nicht einmal einen Stuhl.

Sie drehte sich zu ihm um und lächelte. »Ich weiß, daß du Besseres gewöhnt bist, aber wenigstens versuche ich, es sauberzuhalten.«

»Das genügt«, murmelte er.

Sie kam dicht an ihr heran, so dicht, daß er die Hitze spüren konnte, die von ihr ausging. Sie fuhr ihm mit der Hand unters Hemd und folgte mit den Fingern den Linien seiner Brust. »Ich habe dich immer bewundert, du bist ein sehr gut aussehender Gentleman.«

»Es gibt nicht viele, die so denken«, brummte er in sich hinein.

Er nahm ihr Gesicht zwischen die Hände und zog ihren Mund sanft zu seinem. Es überraschte ihn etwas, daß ihre Lippen so angenehm zart waren und ihr Mund süß schmeckte. Es erregte ihn, wie sich ihre vollen Brüste gegen seinen Brustkorb drückten.

Einen Augenblick später lagen sie auf dem Bett; ihre Röcke waren bis über die Taille hochgeschoben. Sie half ihm, die Hosen aufzuknöpfen, und dann führte ihre Hand seine Männlichkeit geschickt dorthin, wohin es ihn drängte.

Wieder war Armand ein wenig überrascht, mit welcher Hingabe sie ihm entgegenkam. Er wußte, daß ihre Leidenschaft nicht gespielt war, und das verstärkte seine eigene Lust.

Er drang in sie, wieder und wieder, und er hatte das Gefühl, als ob er dabei allen Zorn und allen Schmerz hinausschleuderte, den er in Worten nicht ausdrücken konnte. Mit jedem Stoß schien er sich zu entladen, doch sie beschwerte sich nicht. Im Gegenteil, sie war leidenschaftlich; sie hob den Unterleib, um sich seinen Stößen entgegenzurecken, bis sie schließlich einen Schrei äußerster Wonne ausstieß. Dabei krallten sich ihre Finger fest in sein Fleisch, und ihre Beine umklammerten seine Taille. Als fast im gleichen Augenblick Armands Lust ihren Höhepunkt erreichte, durchzuckte ein kräftiges Beben seinen ganzen Körper, und er schrie ebenfalls laut.

Nach einer Weile, als sie dicht nebeneinander lagen, sagte Annie sanft: »Vorhin hast du den Namen einer Frau geschrien.«

Seine Züge spannten sich. »Wirklich?«

»Ja. Es hörte sich wie ›Rebecca‹ an.«

Rebecca fiel die Rückkehr nach Pirate's Bank sehr schwer. Und obwohl sie den Schein wahren konnte, wenn es nötig war, so war sie doch kein Mensch, der seine Gefühle lange Zeit verstecken konnte, und es sah so aus, als ob ihre Lage es erforderte, daß sie noch lange Zeit ein falsches Spiel spielen mußte, indem sie ständig eine Rolle einnehmen mußte, die sie nahezu verabscheuungswürdig fand. Edouard und Felicity erwarteten, daß sie glücklich und erfüllt zurückkehren würde, eine zufriedene Frischvermählte.

Und außerdem war da noch Margaret. Obwohl Margaret kein besonders ausgeprägtes Empfinden für die Gefühle anderer Menschen hatte, war die Beziehung zwischen ihr und Rebecca doch so eng, daß es Margaret bestimmt auffallen würde, wenn Rebecca ihr Unglücklichsein und ihre Depression nicht mit aller Macht verbergen würde.

Die Wochen, die sie und Jacques in Savannah verbracht hatten, waren für Rebecca wie die Zeit der Genesung nach einer schweren Krankheit. Da die Leute nicht erwarteten, daß Jungvermählte ausgiebig an gesellschaftlichen Ereignissen teilnahmen, wurden sie, Gott sei Dank, im allgemeinen in Ruhe gelassen. Rebecca hatte die Zeit genutzt, um mit sich selbst ins reine zu kommen und um sich über die schmerzhafte Wahrheit ihrer Ehe klarzuwerden. Inzwischen glaubte sie, mit den Tatsachen einigermaßen umgehen zu können, obwohl in ihrem Inneren immer noch Enttäuschung und Wut dicht beieinander waren.

Ihr Zorn wurde dadurch geschürt, daß Jacques sich offenbar mit der Situation abfand. Nach seinem schrecklichen Geständnis schien er entschieden glücklicher zu sein, als ob er dadurch, daß er ihr alles erzählte, alle Qualen vertrieben hätte. Er war wie immer aufmerksam, liebenswürdig und charmant. Was Rebecca am meisten störte, war die Tatsache, daß er so tat, als seien sie ein vollkommen normales Paar, und er schien von ihr zu erwarten, daß sie das akzeptieren und sich entsprechend verhalten würde. Für Rebecca war seine offensichtliche Hinnahme dieser für sie fast nicht zu ertragenden Situation kaum auszuhalten.

Obwohl es noch sehr früh im neuen Jahr war und perlender Rauhreif die Bäume und die ganze Natur geisterhaft erscheinen ließen, war die Insel doch sehr reizvoll. Trotz ihrer ständigen inneren Beklemmung war sie glücklich, wenn sie die landschaftliche Schönheit auf sich einwirken ließ. Dies war von nun an ihr Zuhause, und das war gut so.

Sie hatte Margaret sehr vermißt. Es war wirklich sehr bedauerlich, daß sie nicht offen mit Margaret über Jacques sprechen konnte. Es wäre eine große Erleichterung gewesen, wenn sie ihr alles hätte erzählen können, aber das war natürlich undenkbar.

Im Maison de Rêverie wurden sie von der Familie mit offenen Armen empfangen, und Edouard machte ein paar dezent zweideutige Bemerkungen über das Frisch-Verheiratetsein. Er drückte auch seine Verwunderung darüber aus, daß sie so bald auf die Insel nachgekommen waren. »Ich hatte erwartet, daß ihr mindestens bis Ostern dort bleiben würdet«, sagte er mit einem schelmischen Grinsen. »So ist es normalerweise üblich. Ich hätte es bestimmt so gemacht, wenn ich an Jacques' Stelle wäre.«

Rebecca, die sich irgendwie ertappt vorkam, erzählte ihnen die Geschichte, die sie und Jacques sich gemeinsam zurechtgelegt hatten: Sie war einsam in der Stadt, sie fühlte sich als Fremde und vermißte sie alle so sehr, daß ihr nicht wohl war, wenn sie so lange von ihnen getrennt war. Sie spielte ihre Rolle überzeugend, und jeder schien sie ihr ohne Einschränkung abzunehmen.

Felicity hatte eine Einladung zum Tee im Wintergarten veranstaltet, und umgeben vom frischen Duft blühender Pflanzen hatte man sich über Belanglosigkeiten unterhalten. Doch plötzlich kam das Gespräch auf den Aufstand der Seminolen in Florida.

Im Herbst, kurz nach General Jacksons Erscheinen bei dem Fest in Savannah, hatten die Indianer das Kriegsbeil ausgegraben, und der Häuptling hatte Colonel Meigs gewarnt, auf keinen Fall den Flint-Fluß zu überqueren. Die Amerikaner hatten als Gegenschlag ein Dorf niedergebrannt und eine Anzahl von Indianern getötet. Einen Tag nach Weihnachten hatte General Jackson wieder den Oberbefehl über die amerikanischen Streitkräfte übernommen.

Edouard sprach mit Jacques über die Entwicklung im Gebiet der Seminolen.

»Heißt das, es wird wieder Krieg geben?« fragte Rebecca.

Edouard lächelte väterlich. »Ja, meine Liebe, und das wäre gar nicht das Schlechteste.«

Sie starrte ihn an. »Nicht das Schlechteste?«

»Das böte General Jackson Gelegenheit, seinen ursprünglichen Plan weiter zu verfolgen, nämlich Florida den Spaniern abzunehmen.«

Rebecca verfiel in Schweigen, da sie an die Kämpfe in Indien und an ihre Eltern dachte. Männer sprachen vom Krieg wie von einer Partie Schach, niemals von den Toten und Leidtragenden. Und sie dachte an Jacques und daran, wieviel Not der Krieg den Menschen zufügen konnte.

Edouard wandte sich wieder an seinen Sohn: »Glaubst du, du würdest dich wieder dem alten Hickory anschließen, Junge, wenn es wieder zum Kampf käme?«

»Nein, Vater«, sagte er steif. »Ich habe genug vom Kämpfen. Ich habe meine Pflicht erfüllt. Und außerdem muß ich an Rebecca denken.«

Er lächelte sie zärtlich an, und Rebecca fühlte, wie der Zorn mit altem Eifer in ihr hochstieg. Wie sehr sie sich wünschte, er *würde gehen*. Wenn er weg wäre, könnte sie leichter die pflichtbewußte Ehefrau spielen. Dann müßte sie nicht tagtäglich diese Fassade aufrechterhalten, als seien sie ein ganz normales, glückliches Paar!

Wenn Rebecca später auf diese Zeitspanne ihres Lebens zurückblickte, dann war es ihr, als ob ihre mißlungene Hochzeitsnacht der Auslöser für eine ganze Reihe tragischer Ereignisse gewesen war.

Sie und Jacques hatten sich kaum im Maison de Rêverie richtig eingerichtet, da kam ein Brief mit entsetzlichen Nachrichten aus Indien.

Im November hatte das Oberhaupt von Nagpur gemeinsame Sache mit dem Führer der geschlagenen Maharatten gemacht, was zur blutigsten Schlacht seit der britischen Besatzung Indiens führte. Die Opfer bei den Briten waren sehr zahlreich, eines davon war Margarets Vater.

Margaret war natürlich von großer Trauer erfüllt und verließ ihr Bett nicht mehr. Rebecca, die ihren Onkel sehr gemocht hatte, versorgte Margaret persönlich, und das nicht nur aus Liebe zu ihrer Cousine, sondern weil sie dadurch ihren eigenen Kummer zeitweise vergaß.

Margaret litt so furchtbar unter dem Verlust, daß sie hohes Fieber bekam und wie im Wahn war. Während ihr Rebecca die glühende Stirn kühlte, tobte sie oft und schrie, daß sie für den Tod ihres Vaters verantwortlich sei, da sie das Entsetzliche vorausgesehen und ihn nicht gewarnt habe. Margaret versuchte sie in solchen Momenten davon zu überzeugen, daß sie keine Schuld trüge, aber sie hörte ihr gar nicht zu.

Ein Gutes hatte Margarets Krankheit jedoch: Rebecca konnte viel Zeit mit ihr und weniger mit Jacques verbringen, und sie hatte dafür einen guten Vorwand. Sie war aus ihrem gemeinsamen Schlafzimmer ausgezogen, und man hatte ihr ein schmales Feldbett in Margarets Zimmer aufgestellt.

Eines Nachts, als Margarets Genesung schon ziemlich weit fortgeschritten war, hatte Rebecca endlich mit einer großen Dosis Beruhigungsmittel erreicht, daß ihre Cousine eingeschlafen war, und müde und deprimiert fiel sie selbst auf ihrem schmalen, unbequemen Feldbett in einen alptraumhaften, tiefen Schlaf.

Nach und nach wurde ihr bewußt, daß die Wirklichkeit in ihren Traum eindrang: Entfernte Klänge von Saitenmusik drangen in ihr Bewußtsein und zerrten sie aus dem Traum in einen halbwachen Zustand. Der Traum, der sich in ihrem Denken verflüchtigte, zog sie andererseits wieder hinüber in den Schlaf, doch die Musik wurde immer lauter und brachte eine Erinnerung zurück, die plötzlich von ihr Besitz ergriff und ihr Bewußtsein aufrüttelte.

Sie lag starr und hellwach da und dachte an jene Nacht im letzten Sommer, als jemand in ihr Zimmer eingedrungen war. Ihr Herz pochte heftig, während sie angestrengt auf ein ungewöhnliches Geräusch lauschte. Zunächst konnte sie außer der Musik nichts hören, doch dann lief ihr ein Schauder über den Rücken, denn sie hörte leise Tritte, als ob sich jemand mit Katzenpfoten auf dem Teppich anschlich.

Sie zitterte – plötzlich schien ein kalter Hauch durch das Zimmer zu wehen –, und dann bemerkte sie einen dunklen Schatten, der sich über sie beugte. Sie wußte, daß jemand an ihrem Bett stand.

Sie wollte den Mund öffnen, um zu schreien, aber die Kehle war ihr von eisigem Entsetzen zugeschnürt und ihre Stimme erstickt.

Jetzt konnte sie kaum noch atmen, und sie roch etwas ... Tabak, Alkohol und noch etwas anderes ... etwas Süßliches und Übelkeiterregendes.

Und dann berührte sie eine Hand. Eine männliche Hand, daran hatte sie keinen Zweifel. Zart und lustvoll legte sie sich über ihren Hals und fuhr tiefer, über ihre Brust, schob die Decke zurück, streichelte ihren Bauch, ging tiefer ...

Mit einemmal war der lähmende Bann gebrochen, und sie setzte sich mit einem Ruck aufrecht; gleichzeitig holte sie aus und schlug blind mit der Faust zu.

Sie hörte das zischende Geräusch von schnell ausgestoßener Luft, und ihre Faust traf einen menschlichen Rumpf. Anschließend hörte sie ein schlurfendes Geräusch, gefolgt von dem leisen Schließen einer Tür.

Zitternd gelang es Rebecca, eine Kerze anzuzünden. Sie hielt sie hoch und stellte fest, daß außer Margaret und ihr niemand im Zimmer war. War Margaret aufgestanden gewesen?

Sie brauchte ein paar Sekunden, bis sie auf die Füße kam, denn ihre Beine gaben nach und zitterten. Als sie zu dem anderen Bett ging, sah sie, daß sich Margaret nicht bewegt hatte, seit sie eingeschlafen war. Sie atmete ruhig und gleichmäßig. Rebecca dankte Gott, daß sie nicht aufgeschrien und ihre Cousine geweckt hatte. Ein weiterer Schock wäre das Schlimmste gewesen, was Margaret hätte passieren können.

Sie ging zu ihrem Bett zurück und stellte die Kerze auf den Nachttisch. Sie wußte, daß sie sich nicht trauen würde, für den Rest der Nacht noch ein Auge zuzutun. So konnte es auf keinen Fall weitergehen. Sie hätte Edouard und Felicity gleich beim erstenmal von dem Vorfall berichten sollen, anstatt zu versuchen, diplomatisch zu sein. In ihrer gegenwärtigen Gemütsverfassung würde sie jedenfalls den gleichen Fehler nicht noch einmal begehen. Gleich morgen würde sie den beiden davon erzählen.

»Willst du sagen, jemand sei in dein Zimmer gekommen? Mitten in der Nacht? rief Felicity erschüttert aus. »Bist du sicher, meine Liebe? Schließlich hast du gerade einen beträchtlichen Schock hinter dir, nachdem dein Onkel gestorben ist. Kann es sein, daß du geträumt hast?«

Rebecca kräuselte die Lippen und dachte daran, daß sie einen erheblich größeren Schock hinter sich hatte, als Felicity ahnte, und einen Augenblick lang drohte der Zorn, der sich seit der Hochzeitsnacht in ihr angestaut hatte, in einem temperamentvollen Ausbruch zu entladen. Es gelang ihr jedoch, ihre Stimme zu mäßigen und ihr nur einen leicht ironischen Tonfall zu geben. »Ich sagte dir doch, Felicity, es ist nicht der erste derartige Vorfall. Es ist schon zweimal passiert, einmal mir und einmal Margaret.«

Neben Felicity stand Edouard und sah Rebecca mit zusammengekniffenen Augen an. »Aber warum habt ihr uns nicht längst davon erzählt? Warum habt ihr bis jetzt gewartet?«

»Wir haben nichts davon gesagt, weil wir dachten, ein Familienmitglied könnte dadurch vielleicht peinlich berührt sein«, sagte sie leichthin; sie war seit langem über den Punkt hinweg, wo es ihr etwas ausgemacht hätte, die Gefühle ihrer Schwiegereltern zu verletzen. »Ich sage es euch jetzt, weil der gleiche Vorfall sich erneut ereignet hat, und ich finde, so kann es nicht weitergehen.«

»Und Margaret schlief während dieser ... dieser Heimsuchung?« fragte Edouard skeptisch.

»Margaret hatte vor dem Schlafengehen Beruhigungsmittel zu sich genommen«, antwortete Rebecca spitz. »Und letzte Nacht spielte sich das Ganze relativ lautlos ab, abgesehen von der Musik.«

»Das ist auch noch ein Punkt«, sagte Edouard. »Du sagst, du hättest den Klang eines gezupften Saiteninstrumentes gehört, wie von einer Harfe. Das verstehe ich überhaupt nicht, ganz und gar nicht. Die einzigen Instrumente im Haus, die eine derartige Musik hervorbringen könnten, sind die alten chinesischen, und wie gesagt, niemand von uns kann darauf spielen. Mir kommt das Ganze in der Tat sehr sonderbar vor.«

»Was glaubst du, wie sonderbar es mir erst vorkommt«, sagte Rebecca scharf. »Ich merke, daß du mir nicht glaubst.«

»Nein, das habe ich nicht gesagt, meine Liebe«, beschwichtigte Edouard sie. »Aber du mußt zugeben, daß du seit jenem Brief aus Indien ziemlich durcheinander bist.«

»Hast du Jacques davon erzählt?« wollte Felicity wissen.

Rebecca zögerte. Normalerweise wäre es für eine pflichtbewußte Ehefrau wohl das erste gewesen, ihrem Mann von so etwas zu berichten.

»Nein, ich bin zuerst zu euch gekommen, da es euer Haus ist. Ich hatte gehofft, ihr hättet eine Erklärung dafür.«

Felicitys Gesicht wurde rot. »Denkst du vielleicht, wir könnten von so etwas wissen und nichts dagegen unternehmen?«

»Ehrlich gesagt, ich weiß nicht genau, *was* ich denken soll«, sagte Rebecca. »Ich weiß nur, daß es aufhören muß. Ich kann euch gern einen Geheimgang zeigen, den Margaret und ich entdeckt haben, und sicherlich ist das nicht der einzige im Haus.«

»Ich werde Jacques rufen«, sagte Edouard, »und wir werden sofort mit den Nachforschungen beginnen.«

»Und so öffnet man sie«, sagte Rebecca und berührte das Blatt, wo die Feder versteckt war.

Langsam glitt die Holztäfelung zur Seite und gab die dunkle Öffnung des Geheimganges frei.

Jacques beugte sich vor und machte einen Schritt in die Dunkelheit. »Ich kann nicht die Spur eines Lichts entdecken.«

Er kam rückwärts in den Raum zurück und nahm Rebeccas Arm. »Rebecca, es tut mir leid. Ich wollte, du hättest mir früher davon erzählt, gleich als es das erstemal passierte. Ich werde mir den Gang genauer anschauen und herausfinden, wohin er führt.«

Er sah stirnrunzelnd zu der Öffnung. »Ich kann mir nicht vorstellen, wer Gebrauch davon machen könnte.« Er blickte seinen Vater an. »Hat Großvater dir nie etwas von Geheimgängen in diesem Haus erzählt?«

Edouard schüttelte den Kopf. »Nein, mein Junge, für mich ist das alles ebenso geheimnisvoll wie für dich. Dein Großvater war natürlich ein merkwürdiger Mann mit vielen Geheimnissen. Offensichtlich sind wir hier auf eines davon gestoßen. Aber wir sollten keine Zeit mit vielen Worten verlieren. Ich werde Dhupta bitten, eine Laterne zu bringen, und er und ich werden der Sache nachgehen.«

»Auf keinen Fall! Dhupta kann die Laterne bringen, aber *ich* werde die Sache untersuchen«, sagte Jacques bestimmt.

Einen Augenblick lang fühlte Rebecca einen Anflug von Zuneigung für Jacques, weil er so besorgt und bemüht war. Sie spürte, daß es für ihn äußerst wichtig war, den geheimnisvollen nächtlichen Besucher zu finden; das war etwas, das er für sie tun *konnte.*

Außerdem bemerkte sie, daß Edouard ein verdrießliches Gesicht machte. Sie ging dichter an ihren Mann heran und sagte leise zu ihm: »Hast du den Verdacht, daß Dhupta der Unhold sein könnte? Du sagtest, niemand in der Familie könnte die orientalischen Instrumente spielen, aber wäre es nicht möglich, daß Dhupta es kann? Er ist schließlich Inder, und die Musik war irgendwie indisch.«

Edouard sah sie verächtlich an und mischte sich ein. »Unsinn, meine Liebe. Es kann unmöglich Dhupta sein. Der Mann ist mir vollkommen ergeben, denn er verdankt mir sein Leben. Außerdem ist er, was dir sicher nicht entgangen ist, ein Mann von tadelloser Herkunft und Familie. Seinem Stand nach ist er nicht zum Dienen geboren.«

»Das ist offensichtlich«, sagte Rebecca unbeeindruckt. »Sein Benehmen ist manchmal sogar schon anmaßend. Er stammt jedoch, wie ich sagte, aus Indien, und Margaret und ich sind Engländerinnen. Ist es nicht möglich, daß er uns aufgrund der jüngsten Schwierigkeiten zwischen seinem und unserem Volk nicht gerade wohlgesonnen ist?«

»Sie hat recht, Vater«, sagte Jacques. »Das ist nicht von der Hand zu weisen.«

Edouard schüttelte den Kopf. »Wenn du Dhupta so gut kennen würdest wie ich, dann wüßtest du, daß das ausgeschlossen ist. Aber genug geredet. Ich lasse ihn eine Laterne bringen, und dann werden wir drei – du, Dhupta und ich – den Gang erforschen.«

Als die drei Männer in dem Gang verschwunden waren, ging Rebecca hinüber in den Salon zu Felicity. »Felicity, was weißt du über Dhupta? Ich wollte mich eigentlich gleich nach unserer Ankunft hier nach ihm erkundigen. Soweit ich mich jetzt in eurem Land auskenne, ist es sehr ungewöhnlich, daß eine Familie einen indischen Diener hat. In allen anderen Häusern habe ich nur schwarze Bedienstete gesehen.«

Felicity strich ihr Kleid glatt. Diese Frage war ihr offensichtlich unangenehm. »Ich weiß nicht viel über Dhupta, meine Liebe, nur daß Edouard ihn in Charleston getroffen hat, wo Dhupta sein Dasein fristete, nachdem er aus welchen Gründen auch immer in dieses Land gekommen war. Er hatte kein Geld, und da seine Haut auch noch dunkel war, lebte er in sehr ärmlichen Verhältnissen. Edouard war beeindruckt von seiner Intelligenz und seiner Herkunft, und er rettete ihn mehr oder weniger, indem er ihm eine Stelle als Diener hier bei uns anbot. Der Mann war überaus dankbar. Seit er bei uns ist, also seit etwa fünf Jahren, führt er das Haus zu unserer größten Zufriedenheit.«

Rebecca seufzte. »Es wäre für alle das beste, wenn *er* es wirklich gewesen wäre.«

»Wie meinst du das, mein Kind?«

»Nun, wenn er es nicht ist, wer ist es dann?«

Felicity griff sich mit der Hand an den Hals. »Ich glaube, ich sehe jetzt mal nach dem Tee. Die Männer werden nach ihrer Suche etwas zu sich nehmen wollen.«

Schnell verließ sie den Raum; Rebecca sah ihr verdutzt nach. Was für eine eigenartige Reaktion, dachte sie.

Gleich, nachdem die Männer von ihrer Erforschung zurückgekehrt waren, wurde der Tee serviert, und da Margaret an diesem Nachmittag nach vielen Tagen wieder zum erstenmal heruntergekommen war, wurde der Geheimgang zunächst nicht erwähnt. Erst nach dem Tee sprach man davon.

Margaret schien sich gut erholt zu haben. Ihr Gesicht hatte

wieder mehr Farbe, und sie zeigte mehr Energie als während der vergangenen Tage. Rebecca lächelte ihr häufig zu und verwöhnte sie mit üppigen Kuchenstücken, da sie entsetzlich abgenommen hatte.

Nach dem Tee entschuldigte sich Margaret, und Rebecca nahm sofort Jacques beiseite. Sie wollte mit ihm unter vier Augen sprechen, da ihr vager Verdacht gegenüber Edouard und Felicity immer mehr wuchs. Trotz allem, was Jacques ihr angetan hatte, er *war* ihr Ehemann. Er liebte sie, und sie hatte das Gefühl, daß sie ihm vertrauen konnte.

»Nun«, fragte sie neugierig, »was habt ihr gefunden?«

Jacques schenkte ihr eines seiner entwaffnend liebenswürdigen Lächeln. »Es war erstaunlich, Rebecca. Kannst du dir vorstellen, daß das ganze Haus mit solchen Geheimgängen wie Bienenwaben durchzogen ist? Ich wünschte, ich hätte das als Junge gewußt. Es wäre sehr aufregend gewesen, sie alle zu erforschen.«

»Aber habt ihr herausgefunden, wohin dieser spezielle Gang führt?«

Er schüttelte den Kopf. »Ich sagte dir, es ist ein totaler Irrgarten. Dieser besondere Gang verzweigt sich in ein Dutzend andere, und es gibt Ausgänge in fast alle Räume des Hauses, einschließlich aller Schlafzimmer.«

Rebecca schnappte bestürzt nach Luft. »Heißt das, daß der Unhold nicht unbedingt durch die Öffnung hereingekommen sein muß, die Margaret und ich gefunden haben. Er könnte durch eine andere Wandtäfelung direkt in unsere Zimmer gekommen sein?«

»So ist es. Das könnte er.«

»Dann gibt es also keine echte Möglichkeit, ihn abzuhalten, es sei denn, man verschließt sämtliche versteckten Wandöffnungen.«

Jacques zuckte mit der Schulter. »Wenn es möglich wäre, sie alle zu finden, aber ich bezweifle, daß uns das gelingen wird.«

»Dich scheint das alles erstaunlich wenig zu berühren.«

»O doch, das tut es, Liebling. Ich halte es nur für so aussichtslos, alle diese Gänge zu finden . . .« Er hielt inne und griff nach ihrer Hand.

Sie entzog sie ihm und setzte sich in einen Sessel. »Was sagt dein Vater dazu?«

»Er sagt, daß er nicht weniger erstaunt und ratlos ist, aber er versprach, daß er der Sache auf den Grund gehen werde. In der Zwischenzeit, glaube ich, solltest du in unsere gemeinsamen Gemächer zurückkehren, wo ich dich beschützen kann, und wir werden veranlassen, daß eins der Hausmädchen über Nacht bei Margaret bleibt.«

»Und Dhupta, wie hat er reagiert? Konntest du irgendwelche Zeichen von Schuldbewußtsein an ihm erkennen? Hat er sich auffällig verhalten? Oder hattest du den Eindruck, daß er über die Geheimgänge Bescheid wußte?«

Jacques sagte nachdenklich: »Nicht, daß es mir aufgefallen wäre. Er benahm sich wie immer. Wenn der nächtliche Besucher Dhupta ist, dann ist er zweifellos ein begnadeter Schauspieler.«

»Ist dir mal die Idee gekommen«, fragte Rebecca, »daß er genau das sein könnte?«

11

In dieser Nacht schlief Rebecca wieder in ihren ehelichen Gemächern, wie Jacques es vorgeschlagen hatte, und sie war sehr froh darüber. Die Ereignisse des Tages hatten ihre Einstellung gegenüber ihrem Mann etwas verändert. Obwohl sie sich seit seines Geständnisses in der Hochzeitsnacht verwirrt fühlte, hatten sich seither so viele Probleme aufgetürmt – der Tod ihres Onkels, Margarets Krankheit und die schaurige Episode der letzten Nacht –, daß sie sich nach jemandem sehnte, dem sie vertrauen und an dem sie sich festhalten konnte.

Rebecca war eine starke Frau, und sie hielt sich etwas darauf zugute, mit allen auftauchenden Widrigkeiten fertig zu werden, aber sie hatte bisher niemals mit echten Schwierigkeiten zu tun gehabt. Die Dinge waren ihr immer mehr oder weniger in den Schoß gefallen, und sobald ihre gewohnte Sicherheit nur im entferntesten gestört zu sein drohte, hatte sie immer jemanden, an den sie sich wenden konnte: ihre Eltern, Margaret oder eine Freundin. Jetzt, da ihre Eltern weit weg waren und Margaret krank war und sie gegenüber

Edouard und Felicity ein starkes Mißtrauen hegte, blieb ihr nur noch Jacques als Zuflucht.

Sie lag neben ihm in dem großen Himmelbett, und zu ihrer eigenen Bestürzung merkte sie, daß sie weinte.

Jacques drehte sich zu ihr auf die Seite, sah sie im flackernden Licht der Kerze an und wischte ihr zärtlich mit den Fingern die Tränen aus dem Gesicht. »Rebecca, mein Liebling«, sagte er sanft und nahm sie in die Arme.

Dankbar kuschelte Rebecca den Kopf an seine Schulter; sie fühlte sich behaglich in dieser Wärme und Geborgenheit. Als sie erwachte, lag sie noch immer in der gleichen Stellung.

Am nächsten Morgen berichteten alle übereinstimmend, daß sie in der Nacht nichts Ungewöhnliches vernommen hatten, und das gemeinsame Frühstück im Kreise der Familie war verhältnismäßig harmonisch. Margaret schien sich noch weiter erholt zu haben, und Rebecca fühlte, wie die ihr eigene gute Laune und ihr Optimismus zurückkehrte. Nachdem jetzt alle über die Situation Bescheid wußten, würde man sicher bald herausfinden, wer der nächtliche Besucher war, und das Problem wäre gelöst. Vielleicht, dachte Rebecca voller Hoffnung, war es ja wirklich jemand vom Personal.

Das Frühstück wurde jedoch durch schwere Schritte in der Eingangshalle unterbrochen, und gleich darauf stürmte Armand in den Raum; sein Auftreten hatte etwas Wildes und Drängendes. »Ich muß dich sprechen, Vater«, sagte er ohne ein Wort der Begrüßung.

Mit Armand drang die Kühle von draußen und der Geruch nach Holzfeuer herein und – für Rebeccas Empfinden – ebenfalls ein Hauch von Scham und Peinlichkeit.

Der Gedanke war unerträglich, daß er von der Situation zwischen ihr und Jacques wußte. Erinnerungen an jenen Nachmittag auf dem Hügel drängten sich wieder in ihren Sinn. Er hatte es natürlich damals schon gewußt. Deswegen hatte er sich auf jene Weise über seinen Bruder geäußert. Warum hatte er ihr nicht die volle Wahrheit gesagt, anstatt ihr nur vage Andeutungen zu machen? Andeutungen, mit denen sie damals überhaupt nichts anfangen konnte! War das Versprechen, das er seinem Bruder gegeben hatte, mehr wert als ihr zerstörtes Leben?

»Nun, du könntest immerhin zuerst einmal guten Morgen

sagen, Armand«, sagte Edouard tadelnd. »Was kann es so Wichtiges geben, daß du hier wie ein Wilder hereingestürmt kommst und alle guten Sitten vergißt?«

Armand stand steif vor seiner sitzenden Familie, fast in Habacht-Stellung, sein Gesicht war vom schnellen Lauf und der kalten Luft gerötet. »Ich muß dich unter vier Augen sprechen, Vater.«

»Alles zu seiner Zeit. Zuerst begrüßt du deine Mutter, wie es sich gehört, und dann nimmst du Platz und leistest uns Gesellschaft, bis wir unser Mahl beendet haben. Und *dann* erst gehen du und ich in mein Arbeitszimmer.«

Edouards Stimme war unnachgiebig und voller Hohn, und Armands Gesicht rötete sich noch mehr, während er widerwillig auf dem Stuhl Platz nahm, den ihm ein Diener zurecht schob.

Der Wortwechsel zwischen Vater und Sohn hatte Rebecca genug Zeit gelassen, sich über ihre eigenen Gefühle Klarheit zu verschaffen. Sie war zu dem Schluß gekommen, daß sie nur mit der Tatsache, daß Armand ihre Situation kannte, umgehen konnte, indem sie vorgab, es existiere keinerlei Problem. Das war eine Lösung, die ihr schon früher immer wieder in verfahrenen Situationen geholfen hatte.

Sie blickte auf und bemerkte, daß Armand sie anstarrte, eindringlich und forschend, aber es gelang ihr, Fassung zu bewahren und nicht zu blinzeln oder den Blick abzuwenden.

Armand nahm eine Tasse Tee entgegen und eine Kleinigkeit zu essen. Hastig schlang er es hinunter.

Rebecca beobachtete ihn und wurde immer zorniger auf ihn. Sie warf Felicity einen kurzen Blick zu. Es mußte sie sehr verletzen, daß ihr Sohn so wenig Anstand zeigte. Doch zu ihrer Überraschung war Felicitys Gesichtsausdruck ungerührt. Rebecca hatte bemerkt, daß sich die ältere Frau an diesem Morgen wieder einmal sehr schwerfällig bewegte, als ob sie an Rheumatismus oder ähnlichem litt. Rebecca fragte sich, wie schon so oft, welches Leiden ihre Schwiegermutter wohl plagte und warum es anscheinend nur hier, auf der Insel, auftrat.

Nach dem Frühstück ging Edouard mit dem ungeduldigen Armand in sein Arbeitszimmer, und Jacques begab sich in die Bücherei, um die neuesten Zeitungen aus Savannah zu sichten.

Rebecca, Felicity und Margaret gingen in den Wintergarten,

um sich hinter den Scheiben von den Sonnenstrahlen wärmen zu lassen und an ihren Stickereien zu arbeiten.

Der Weg in den Wintergarten führte an Edouards Arbeitszimmer vorbei, und als die Frauen auf der Höhe dieser Tür waren, hörten sie aus dem Inneren laute Stimmen. Felicity hastete mit abgewandtem Gesicht an der Tür vorbei.

Die Sonne hatte den Morgendunst weitgehend vertrieben, und der Wintergarten war angenehm erfüllt von dem Licht und duftete nach Pflanzen. Jede der drei Frauen nahm auf ihrem erklärten Lieblingsstuhl Platz und begann mit der Arbeit. Rebecca beschäftigte sich im allgemeinen nicht gern mit solcherlei Handarbeiten, aber die Petit-point-Arbeit, an der sie zur Zeit saß, machte ihr doch irgendwie Freude.

Felicity war an diesem Morgen sehr schweigsam, und Margaret war *immer* schweigsam, dadurch hatte Rebecca Ruhe, um ihren Gedanken nachzuhängen. Sie hätte gern mit Felicity noch einmal über die Geheimgänge gesprochen, aber in Gegenwart von Margaret schien das nicht ratsam.

Plötzlich tauchte in ihrem Gedächtnis die Erinnerung an jenen Tag in Les Chênes auf und an die Geschichte, die Jacques ihnen über die Bewohner des abgebrannten Herrschaftshauses erzählt hatte. Und sie erinnerte sich auch, daß Jacques die Geschichte unvermittelt abgebrochen hatte, als die Rede auf die unglückliche Tochter des im Feuer umgekommenen Ehepaars kam. Vielleicht konnte ihr ihre Schwiegermutter mehr über das Schicksal des Mädchens erzählen.

»Felicity, ich habe eine Frage«, fing sie an. »Als wir in Les Chênes waren, erzählte Jacques uns etwas über das Haus, das dort früher gestanden hatte und zerstört wurde.«

Felicity sah auf, plötzlich hatte sie einen wachsamen Ausdruck im Gesicht. »Ja, das war schrecklich. Eine sehr traurige Geschichte.«

»Jacques sagte, daß der Besitzer der Plantage und seine Frau dem Feuer zum Opfer fielen, aber ein Kind, eine Tochter, überlebte und daß sie und ihr Kindermädchen hierher ins Maison de Rêverie gebracht wurden. Soviel ich weiß, wurde die Kleine gemeinsam mit Edouard wie dessen Schwester aufgezogen.«

»Ja, das stimmt.«

Felicity sah immer furchtsamer aus, und Rebecca fragte

sich, warum. War das, was dem Mädchen geschehen war, so schrecklich?

»Nun, wir wurden damals an dieser Stelle unterbrochen«, sagte Rebecca und ging schnell über diese kleine Lüge hinweg, »und Jacques kam nicht mehr dazu, die Geschichte zu Ende zu erzählen. In diesem Moment fiel sie mir wieder ein, und ich frage mich, was aus dem Mädchen geworden ist. Hast du sie gekannt?«

Felicity ließ den Stickrahmen langsam in den Schoß sinken, und Rebecca bemerkte, daß ihre Hände leicht zitterten. Als sie sprach, war ihre Stimme ruhig, aber seltsam ausdruckslos. »Ja, ich kannte sie. Sie lebte noch hier, als Edouard und ich heirateten. Wie du sagtest, die beiden waren wie Geschwister aufgezogen worden, und das waren sie für mich auch.«

»Wie war sie? War sie hübsch?«

Felicitys volle Lippen wurden zu schmalen Strichen. »Ich denke, man hat sie dafür gehalten, ja.«

Margaret, die sich für diese Geschichte nicht sehr interessierte, hatte ihre Arbeit in den Schoß gelegt und schien vor sich hinzuschlummern.

Rebecca hingegen hatte das Gefühl, etwas Spannendem auf der Spur zu sein, und beugte sich vor. »War sie eine nette Person? Bist du gut mit ihr zurechtgekommen?«

Felicity nahm ihre Arbeit wieder auf und hob den Blick nicht, als sie weitersprach. »Ich glaube, man könnte sagen, daß sie nett war, und während der Zeit, die wir hier gemeinsam verbrachten, kamen wir ganz gut miteinander aus.«

»Was ist aus ihr geworden? Hat sie geheiratet und ist weggezogen?«

Felicity sah sie seltsam an. »Nein. Hat Jacques es dir nicht erzählt? Das Mädchen ist tot. Sie starb drei Jahre nachdem Edouard und ich geheiratet hatten.«

»Oh!« Rebecca überkam eine Woge von Mitleid für dieses Mädchen, das sie nicht kannte. »Wie entsetzlich! An einer Krankheit?«

»Ja. Die Ärzte haben nie richtig herausbekommen, an was sie eigentlich gestorben ist.«

»War ihr Kindermädchen damals noch am Leben? Für sie muß es ein schwerer Schlag gewesen sein.«

»Ja, Bess lebte noch. Sie hat hier geheiratet und selbst eine

Tochter bekommen, Lutie. Vielleicht bist du ihr in Les Chênes begegnet. Sie ist dort Haushälterin.«

Rebecca war überrascht. *Das* war also die schöne, hellhäutige Schwarze! Sie hatte das Gefühl, je mehr sie über die Huntoons erfuhr, desto komplizierter wurden die Zusammenhänge. Irgendwie schien es ihr, daß sie jedoch noch längst nicht alles wußte, daß noch etwas Finsteres und Böses dahintersteckte.

Erneut fragte sie sich, ob Lutie wohl Armands Geliebte war. Das Bild ihrer vereinten Körper, nackt und in Leidenschaft verflochten, erschien vor ihrem geistigen Auge und erweckte in ihr ein flüchtiges Verlangen, das sie unruhig auf ihrem Stuhl hin und her rutschen ließ. Dann wechselte die Szene, und sie sah Armand und sich selbst, und obwohl sie noch nie nackt in den Armen eines Mannes gelegen hatte, glaubte sie doch genau zu wissen, wie es sich anfühlte. In ihrem Körper und ihrem Gesicht stieg eine unangenehme Hitze hoch.

Sie versuchte, ihre aufgewühlten Gefühle unter Kontrolle zu bringen, und stach mit der Nadel schwungvoll in den Stoff. Niemals hätte sie ein solches verirrtes Verlangen, wenn ihre Ehe vollzogen wäre! Es war wie Hunger, dachte sie, ein Hunger, der sie genauso quälte wie Hunger nach etwas zu essen, und sie war verdammt, den Rest ihres Lebens zu hungern. Es war einfach nicht gerecht!

Unruhig und voller Wut auf sich selbst legte Rebecca ihre Handarbeit weg und stand auf. »Ich gehe einmal nachsehen, ob Edouard seine Unterhaltung mit Armand beendet hat. Ich möchte mit ihm über die . . .« Sie sah zu Margaret hinüber, die offensichtlich immer noch schlief, und senkte die Stimme zu einem Flüstern. »Über die Geheimgänge sprechen.«

»O ja, meine Liebe. Das ist wahrscheinlich eine gute Idee.« Felicity schien außerordentlich erleichtert, daß Rebecca das Thema gewechselt hatte, ein Umstand, der Rebecca nicht entging. Warum geriet ihre Schwiegermutter so aus der Fassung, wenn das Gespräch auf die Familie Huntoon kam? Und warum hatte sich Jacques so merkwürdig verhalten, als er ihr die Sache mit dem Feuer erzählte? Ja, hier mußte ein Geheimnis verborgen liegen, und es wäre interessant, es zu lüften!

Als sie den Flur erreichte, von dem aus es zu Edouards Arbeitszimmer ging, war klar, daß Edouard und Armand ihre

Unterhaltung keineswegs beendet hatten. Sie sprachen beide mit erhobenen Stimmen und schienen sehr wütend zu sein.

Ein schneller Blick in alle Richtungen überzeugte Rebecca, daß keine Dienstboten in der Nähe waren und sie niemand beobachtete, und so trat sie dicht an die Tür heran, um zu hören, was innen geredet wurde.

»Warum hörst du nie auf mich?« sagte Armand gerade. »Du weißt, wie hoch der Ertrag bei Baumwolle ist, und im Vergleich dazu bei Indigo und Reis. Und jetzt, mit den neuen Maschinen, kann ich den Anbau effektiver und gewinnbringender betreiben. Du hast mir die Verantwortung für Les Chênes übertragen, aber du gestattest mir nicht, meine Ideen in die Tat umzusetzen. Meine Ergebnisse sprechen für sich. Warum berücksichtigst du das nicht?«

»Ich kann hier den ganzen Tag stehen und mich mit dir streiten, Armand, aber am Ende läuft es darauf hinaus, daß ich mich nicht vor dir rechtfertigen muß. Immer noch bin ich der Herr im Haus und auf allen Molyneux-Besitztümern. Bis du etwas anderes von mir hörst, tust du also, was ich sage. Und jetzt möchte ich nichts mehr davon hören!«

Energische Schritte drangen aus dem Zimmer auf die Tür zu. Schnell zog sie sich zurück und versteckte sich hinter einer Topfpalme. Eine Sekunde später flog die Tür zum Arbeitszimmer krachend auf, und Armand stürmte wie ein Soldat im Angriff heraus, mit hochrotem Gesicht vor Zorn.

Rebecca sah ihm nach, bis er hinter einer Ecke des Korridors verschwunden war. Vielleicht war dies kein besonders günstiger Moment, um mit Edouard zu sprechen, aber sie mußte unbedingt wissen, ob hinsichtlich der Geheimgänge etwas Neues entdeckt worden war.

Etwas zögernd klopfte sie an die Tür. Nach einigen Sekunden Stille hörte sie Edouards unwirsche Stimme: »Herein!«

Als sie die Tür öffnete, sah sie Edouard mit dem Gesicht zum Fenster stehen, er hatte die Hände auf dem Rücken verschränkt und wippte auf den Absätzen.

»Cousin Edouard? Ich bitte um Verzeihung, daß ich dich störe, aber ich wollte fragen, ob du etwas Neues über die Geheimgänge herausgefunden hast?«

Wieder folgte Schweigen, das ihr sehr viel länger vorkam, als es eigentlich war. Schließlich drehte sich Edouard zu ihr um, und in seinem Gesicht war immer noch der Zorn zu sehen.

Doch er grüßte sie mit einem verbissenen Lächeln. »Ah, unsere hübsche Rebecca. Komm nur herein und nimm Platz.«

Eigentlich wollte sie sich nicht setzen, aber sie wollte ihn auch nicht vor den Kopf stoßen. Sie setzte sich auf den Platz, den Edouard ihr gewiesen hatte, eine kleine Couch, was sie sofort bereute, als Edouard sich neben ihr niederließ.

Aus dieser Nähe sah sie, daß seine Augen blutunterlaufen waren und sein Gesicht aufgedunsen und verlebt aussah. Sein Lächeln wurde ungezwungener, als er ihr forschend ins Gesicht sah. Während er sprach, ließ er den Blick nach weiter unten wandern und begutachtete schnell und verstohlen ihren Körper. »Du siehst gut aus, meine Liebe, blühend wie immer. Ich hoffe, daß sich Margaret auch bald wieder ganz wohl fühlt. Der Tod ihres Vaters war entsetzlich für sie.«

Rebecca neigte zustimmend den Kopf. »Ja, es ist sehr schlimm. Und was das Ganze noch schrecklicher macht, ist die Sorge um ihre Mutter und meine Eltern. Denn wir haben keine Ahnung, wie es zur Zeit um sie steht.«

»Nun, wie auch immer es um sie stehen mag, du kannst sicher sein, daß es für deine Eltern eine große Erleichterung ist, daß du hier bei uns bist, in Sicherheit. Das deutete dein Vater in seiner letzten Nachricht an.«

»Ich weiß. Und Margaret und ich sind euch beiden sehr dankbar für eure Gastfreundschaft.«

»Das ist selbstverständlich, meine Liebe. Außerdem gehörst du ja jetzt zum engsten Familienkreis.« Er beugte sich zu ihr und tätschelte ihr die Hand, und sie sah ein Glitzern in seinen Augen. Am liebsten wäre sie von ihm zurückgewichen, aber sie zwang sich dazu, es nicht zu tun.

»Mein Sohn ist ein wahrer Glückspilz, denn nur selten findet ein Mann eine Braut, die so schön und so charmant wie du ist. Ich beneide ihn, wirklich.«

»Vielen Dank, Edouard.«

Er war Rebecca jetzt so nah, daß sie seinen Atem riechen konnte, der etwas unangenehm war, und plötzlich fühlte sie seine Hand um ihre. Seine Haut brannte auf ihrer, und einen Augenblick lang glaubte sie, die Beherrschung zu verlieren. Sie war zwar daran gewöhnt, unliebsame Annäherungsversuche von Männern abzuwehren, aber dies war eine ungewöhnliche Situation. Gestern hatte sie in ihrer Wut kein Blatt vor den Mund genommen, als sie über den nächtlichen Besucher gesprochen hatte. Andererseits wollte sie sich nicht mit ihrem Schwiegervater überwerfen, denn dann könnte das Zusammenleben unter einem Dach äußerst unangenehm werden.

Immer noch lächelnd, versuchte sie, ihre Hand ganz nebenbei unter seiner hervorzuziehen, aber er umschloß sie nur um so fester und führte sie dann zu seiner Brust und legte sie sich aufs Herz.

Rebecca war jetzt drauf und dran, in Panik auszubrechen. Was, um alles in der Welt, sollte sie jetzt bloß tun? Es war klar, daß sie ihm Einhalt gebieten mußte, sonst würden seine aufdringlichen Berührungen zu einem Punkt gelangen, wo sie ein Affront gegen ihre Persönlichkeit wären.

»Rebecca«, sagte Edouard heiser und drückte ihre Hand fest gegen seine Brust. »Kannst du mein Herz schlagen fühlen? Es schlägt für dich von dem Moment an, als du mein Haus betreten hast, doch damals warst du ein unberührtes Mädchen, und ich beherrschte mich. Aber jetzt bist du verheiratet und hast die Wonnen der Ehe genossen.«

Die Wonnen der Ehe! Rebecca hatte alle Mühe, ihm nicht ins Gesicht zu lachen.

Er hauchte mit heißem Atem: »Sicher hast du jetzt eine Vorstellung von der Leidenschaft, die in mir für dich brennt.«

Unvermittelt zog er sie dicht an sich. Das tat er so ungestüm und plötzlich, daß sie kaum wußte, wie ihr geschah, und bevor sie begriff, was vorging, waren seine Lippen auf ihren, und seine Hand strich über ihre Brust.

Entsetzen und Widerwillen erfüllten sie, als sie seine heißen, feuchten Lipen auf ihren spürte und seinen ekelhaft süßlichen Atem roch. Instinktiv entwand sie sich ihm und rief: »Nein, Edouard. Bitte!«

Aber Edouard war jetzt so erregt, daß er nicht auf ihre Bitten achtete. Mit einer Kraft, die ihr Angst einjagte, zog er sie wieder an sich, murmelte ihr zärtliche Worte ins Ohr und strich ihr über die Brust, mit den Fingern ihre Brustwarze unter dem Stoff ertastend.

»Wie sehr ich mich nach dir gesehnt habe, meine alabasterweiße Rebecca. Wie oft habe ich mir deinen Körper vorgestellt, wie er in all seiner Pracht und Vollkommenheit unter meinen Händen erglühte. Ich kann einer Frau auf viele Arten Vergnügen bereiten, von denen du bis jetzt noch keine Ahnung hast. Jacques ist ein dummer Junge im Lichte meiner Erfahrungen. Ich werde deinen Körper vor Lust zum Explodieren bringen.«

Sie versuchte erneut, sich zu befreien, indem sie all ihre Kraft aufwandte, und in diesem Moment quietschten die beiden schweren Türflügel des Arbeitszimmers und öffneten sich langsam.

Auf der Stelle ließ Edouard sie los, und mit einer schnellen und geübten Handbewegung strich er sich das Haar zurecht, während er die Beine übereinanderschlug, um den offensichtlichen Zustand seiner Erregung zu verbergen.

Rebecca, verwirrt und zornig, konnte sich nur an die Lehne des Sofas zurückziehen, als Jacques auch schon den Raum betrat.

»Ah, mein Sohn!« sagte Edouard vergnügt. »Wir haben soeben über dich gesprochen. Ich habe Rebecca gerade versichert, daß wir bestimmt bald herausfinden werden, auf welchem Wege der nächtliche Wanderer sich heranschleicht und wer er ist.«

Rebecca mußte trotz ihrer Verwirrung Edouards schnelle Reaktion bewundern. Sie sah Jacques forschend an, aber sein Ausdruck war beinah unnatürlich gleichgültig. Hatte er gesehen, was sich hier abgespielt hatte, oder hatte Edouard sie rechtzeitig losgelassen, bevor die Tür ganz geöffnet war? Sollte sie etwas sagen? Nein, das würde eine unmögliche Situation schaffen. Der ganze Vorfall war zu unglaublich und peinlich.

»Das ist genau der Grund, warum auch ich mit dir sprechen möchte, Vater. Ich dachte, wir beide sollten vielleicht noch einmal versuchen, alle versteckten Öffnungen zu finden und sie zunageln. Das verrät uns zwar nicht, wer der Übeltäter ist, aber zumindest würde es verhindern, daß jemand weiterhin die Geheimgänge benutzt.«

Er sah Rebecca an. »Du siehst so bleich aus, Rebecca. Vielleicht solltest du dich eine Weile hinlegen. Wir wollen nicht, daß du auch noch krank wirst, wie Margaret.«

Rebecca erhob sich sofort, dankbar für den Vorwand, sich

entfernen zu können. »Ich fühle mich tatsächlich ein wenig erhitzt. Ich denke, ich werde deinen Rat befolgen, Jacques.«

Als sie auf seiner Höhe war, hob sie das Gesicht und gab ihm einen leichten Kuß auf die Wange, sowohl aus Dankbarkeit für sein rettendes Erscheinen als auch als deutliches Zeichen für Edouard.

Als sie aus dem Arbeitszimmer ging, konnte Rebecca die beiden Männer reden hören, und erneut packte sie eine so verzweifelte Wut, daß sie am liebsten wieder hineingegangen wäre und Edouard zur Rede gestellt hätte. Wie konnte ein Mann seinen Sohn so hintergehen und sich dann mit ihm unterhalten, als sei nichts geschehn? Was war er nur für ein Mensch? Und was sollte sie nur tun? Wie konnte sie verhindern, daß sich dieser Vorfall wiederholte, ohne daß die Familie davon erfuhr? Sollten denn ihre Probleme und Sorgen niemals enden?

In ihren Gemächern wusch sich Rebecca zunächst das Gesicht gründlich mit kaltem Wasser. Sie fühlte sich wirklich nicht sehr gut, aber das lag wahrscheinlich an ihrem Gemütszustand. War es keine Ironie des Schicksals, daß sowohl ihr Schwager als auch ihr Schwiegervater sie lieben wollten, nur ihr Mann war nicht dazu in der Lage? Wie sollte das nur enden?

12

Während der nächsten Tage vermied es Rebecca, allein zu sein. Dazu bedurfte es einer sorgfältigen Planung all ihrer Schritte, und es war mitunter sehr lästig, aber die Möglichkeit, daß Edouard wieder aufdringlich werde könnte, bestärkte sie in ihren Bemühungen.

Während dieser Zeit war Jacques noch umsichtiger und liebenswürdiger als sonst, und obwohl sie nicht darüber gesprochen hatten, schien er zu merken, daß sie nicht alleingelassen werden wollte. Rebecca fragte sich immer wieder, wieviel er wohl gesehen haben mochte, als er die Tür zu Edouards Arbeitszimmer öffnete.

Sie hätte ihn nur zu gerne gefragt, aber das war natürlich

unmöglich. Es war immerhin möglich, daß er nichts gesehen hatte, und Rebecca wußte, daß es einfach keine geeigneten Worte gab, mit denen eine Frau ihrem Ehemann eröffnen konnte, daß sich sein Vater Freiheiten bei ihr herausgenommen hatte!

Margarets Gesundheitszustand wurde immer besser, sie war fast wieder die alte. Sie nahm wieder Anteil an den Dingen, und Rebecca verbrachte einen großen Teil der Zeit mit ihr zusammen, um Karten zu spielen, zu sticken oder zu lesen.

Seit ihrer Krankheit hatte sich Margaret stärker der Religion zugewandt, und sie las immer häufiger in der Bibel. Rebecca zog Romane vor.

Bei Anlässen, zu denen die ganze Familie versammelt war, benahm sich Edouard Rebecca gegenüber wie immer, worüber sie sich sehr ärgerte.

Über den nächtlichen Unhold war nichts herausgekommen. Alle geheimen Öffnungen, die man finden konnte, waren zugenagelt worden.

Am dritten Abend nach Edouards gewaltsamem Annäherungsversuch spürte Rebecca, daß es sie immer nervöser machte, ständig auf der Hut zu sein; ein fast unerträglicher Druck lastete auf ihr. Die Sache für sie wurde noch schwerer, als Armand am Nachmittag gekommen war, um noch einmal mit seinem Vater zu sprechen.

An diesem Abend war die Stimmung beim Essen äußerst gespannt. Während des Essens hielt Rebecca die Augen gesenkt, so daß sie weder Armand noch Edouard ansehen mußte. Danach ging die ganze Familie in das Musikzimmer.

Margaret gab ihre Etüden von Chopin zum besten, Rebecca sang ein paar irische Lieder, begleitet von Jacques, und anschließend sang Edouard einige deutsche Weisen. Während seines Gesangs sah er Rebecca lüstern an, was sie außerordentlich ärgerte.

Sie drehte das Gesicht zur Seite, damit die anderen ihre Reaktion nicht bemerkten. Als sie sich wieder umdrehte, sah sie, wie Edouard auf einer Anrichte etwas Likörartiges aus einer schweren Kristallkaraffe in mehrere Gläser füllte.

»Bitte sehr«, sagte er vergnügt. »Ich habe etwas Port aus meiner letzten Lieferung eingegossen, und ich möchte, daß ihr ihn kostet.«

Er reichte Felicity ein Glas, die es mit einem nervösen Nikken annahm, und das nächste Jacques. Als er seinem jüngeren Sohn, Armand, eines anbot, schüttelte dieser den Kopf. »Du weißt sehr gut, Vater, daß ich nichts für Port übrig habe.«

Edouard lächelte weiterhin, aber seine Augen blickten eiskalt. »Diesmal kannst du ihn probieren. Ich möchte gern deine Meinung dazu hören.«

Armand war mürrisch wie immer, und er drehte sich um, als wolle er den Raum verlassen. Er fuhr seinen Vater wütend an. »Ich sagte, daß ich nichts dafür übrig habe! Außerdem möchte ich wissen, wann wir endlich übers Geschäft reden können.«

»Geschäft, immer Geschäft!« Mit der freien Hand machte Edouard eine wegwerfende Bewegung. »Bedränge mich heute abend nicht mit geschäftlichen Dingen. Wir werden morgen darüber sprechen. Hier, Rebecca, diesen Port mußt du unbedingt probieren. Er soll einer der besten sein.«

Sie vermied es sorgsam, ihn anzusehen, als sie das glitzernde Glas entgegennahm. Sie mochte Port nicht besonders, und schon gar nicht aus Edouards Hand, doch nach Armands Weigerung wäre es einfacher und würde weniger Aufmerksamkeit erregen, wenn sie es annähme. Selbst Margaret nahm ein Glas mit der dunkelroten Flüssigkeit.

Als alle außer Armand ein Glas hatten, brachte Edouard den Trinkspruch aus: »Auf uns alle, unser Glück und unsere Gesundheit. Mögen alle unsere geheimen Wünsche in Erfüllung gehen!«

Rebecca nippte nur an ihrem Glas. Edouards Toast war sehr geschmacklos. Wenn er gewußt hätte, wie widerlich ihr seine Annäherungen gewesen waren, würde er vielleicht nicht mehr so lächelnd dastehen und versteckte Anspielungen anbringen. Rebecca hätte ihm am liebsten ihr Glas ins Gesicht geschleudert und ihn vor seiner Frau und seinen Söhnen bloßgestellt.

Als sie getrunken hatten, bestätigten alle, daß der Port exzellent sei, obwohl Rebecca feststellte, daß Jacques der einzige war, der sein Glas in einem Zug geleert hatte und um ein zweites bat.

Nachdem sie sich noch kurz über belanglose Dinge unterhalten hatten, gab Felicity vor, müde zu sein, und entschuldigte sich. Rebecca ergriff die Gelegenheit, sich ebenfalls zurückzuziehen, und Margaret schloß sich ihr an.

Rebecca brachte Margaret bis zu ihrer Tür und begab sich dann erleichtert in ihr und Jacques' ruhiges, großes, gepflegtes Schlafgemach. Sie hielt die Tür fest verriegelt, während sie sich für die Nacht richtete und anschließend noch ein Kapitel las.

Es behagte ihr nicht, die Tür aufzuschließen, bevor Jacques zu Bett kam, aber die andere Möglichkeit wäre gewesen, wieder wach zu werden und ihm aufzuschließen. So schlummerte sie langsam ein.

Letzten Endes entschied sie sich aber doch dafür, die Tür abgeschlossen zu lassen. Sie blies die Kerze aus und kuschelte sich in ihre Kissen.

Sie schlief bereits tief, als sie von Jacques' Klopfen aufgeweckt wurde. Ohne ganz wach zu werden, glitt sie aus dem warmen Bett, um zu öffnen.

Sie murmelte Jacques irgend etwas zu, huschte über den kalten Boden und tauchte gleich wieder unter ihre gemütliche Decke, wo sie sofort wieder in tiefen Schlaf sank. Sie bewegte sich noch einmal und murmelte noch etwas, als das Bett unter Jacques' Körpergewicht nachgab. Jetzt fühlte sie sich vollends sicher und geborgen, da sie ihn neben sich wußte, und sie schlief weiter.

Eine plötzliche, erschreckende Feststellung riß sie aus dem Schlaf: Sie fror – ihre Decke war weggezogen worden –, und Hände streichelten ihren Körper.

Trotz des Schocks ihres abrupten Erwachens erkannte sie sofort, daß es Edouards Hände waren, und sie hörte seine Stimme, beschwörend und schmachtend, während seine Hände ihre Brüste drückten und über ihre Brustwarzen strichen. »Rebecca, Rebecca! Heute nacht ist Vollmond. Sieh nur, wie er deinen wundervollen Körper in sein Licht taucht. Dein weißer Körper in seinem fahlen Licht! Meine weiße Schönheit!«

Voller Entsetzen sah Rebecca seine Gestalt im Mondlicht, bekleidet mit einem Morgenmantel, die sich über sie beugte.

Mein Gott! Wo war Jacques?

Rebecca tastete zu seiner Seite hinüber und spürte Jacques Schulter unter ihrer Hand. Warum lag er so reglos da? Es war doch unmöglich, daß er noch schlief!

Sie wehrte die Hände ihres Angreifers ab und schrie: »Jacques! Jacques, hilf mir!«

Trotz ihrer Anstrengungen streichelten Edouards Hände weiterhin ihren Körper. Sie hörte scin leises Lächeln und roch seinen widerwärtigen süßen Atem, als er sein Gesicht auf sie herabsenkte.

»Es wird dir nichts nützen, ihn zu rufen, mein Kätzchen«, hauchte er ihr ins Ohr. »Er wird vor morgen früh nicht aufwachen. Dafür habe ich gesorgt, damit wir ungestört sind. Ungestört und ganz allein, damit wir all die Dinge tun können, von denen ich schon lange träume. Öffne dich für mich, Rebecca!«

Sie preßte die Beine fest zusammen und schaffte es, ihn über das Gesicht zu kratzen, aber er bekam mühelos ihre Hände zu fassen und hielt sie mit einer Hand fest.

»Du willst mich, Rebecca. Du weißt, daß es so ist. Aber wenn es dir Vergnügen bereitet, dich zu wehren, werde ich dir diesen Spaß nicht verderben. Die Kirschen schmecken süßer, je schwieriger sie zu erreichen sind.«

Wieder rief Rebecca Jacques' Namen, sie konnte es einfach nicht fassen, daß er sie nicht hörte. Doch plötzlich fiel ihr der Port wieder ein und wie Edouard darauf bestanden hatte, daß sie alle davon tranken. Nun begriff sie, daß Jacques ihr nicht helfen konnte. Er war betäubt! Bei dieser Erkenntnis packte sie eine heftige Panik, sie warf den Kopf zurück und schrie und schrie und schrie.

Einen Moment lang hielt Edouard inne, doch dann, als ob ihn der Klang der Schreie noch mehr erregte, lachte er wieder. Selbst in ihrer Verzweiflung entging ihr nicht, daß sich in seinem Lachen eine Spur von Wahnsinn verbarg.

»Schreie nur, meine Schöne. Schrei vor Wonne, denn ich werde dich bald nehmen, bald tief in dich eindringen.«

Die Finger seiner freien Hand griffen nach dem Halsausschnitt ihres Nachthemds, und dann riß er das Kleidungsstück von der Brust bis zum Saum entzwei. Dabei wurde sie gewaltsam vom Bett hochgerissen, und im Genick spürte sie den Schmerz des einschneidenden Stoffes.

Das Geräusch des zerreißenden Stoffes hallte laut durch den Raum. Strampelnd und tretend schrie sie erneut. Irgend jemand *mußte* sie doch hören!

Edouard ließ sich auf das Bett herabsinken, und dann saß er rittlings auf ihren Schenkeln. Sein Körper lastete schwer auf ihren Beinen.

Sein Morgenrock fiel auf, und jetzt keuchte er heftig, ein bedrohliches, tierisches Japsen. Wieder entrang sie sich einen Schrei aus ihrer Kehle, und diesmal erfolgte eine Antwort. Draußen im Korridor hörte sie herbeieilende Füße, und dieses Geräusch gab ihr neuen Mut und größere Kraft.

Sie befreite die Hände aus Edouards Griff und zerkratzte ihm das Gesicht. Diesmal blieben Hautfetzen unter ihren Nägeln hängen.

Edouard fluchte und ließ von ihr ab.

Jemand klopfte an die Tür und rief ihren Namen: »Rebecca! Rebecca!«

Es war Armands Stimme. Gott sei Dank!

Er rüttelte erneut an der Tür, als er immer wieder die Klinke drückte, dann erneut ein Pochen. Lieber Gott! Die Tür war verriegelt!

Edouard schien das Klopfen an der Tür und die Stimme seines Sohnes nicht zu hören, denn wieder stieß er dieses wahnsinnige, gespenstische Lachen aus und packte ihre Hände erneut.

Rebecca hob den Kopf. »Armand! Armand, hilf mir!«

Edouard, der jetzt mit einer Hand beide Handgelenke Rebeccas umklammert hielt, versuchte, ihre Schenkel auseinanderzudrücken. Sie wehrte sich mit aller Kraft dagegen, zitternd vor Anstrengung, und sie wußte nicht, wie lange sie ihm noch Widerstand leisten konnte.

»Armand!« Sie brüllte mit äußerster Lautstärke.

Edouard murmelte: »Nein! Nein! Nein!«

Stimmen drangen durch die Tür herein, und dann schlug jemand krachend dagegen – einmal, zweimal und immer wieder. Das Geräusch von splitterndem Holz folgte, und dann ein vehementes Bersten. Jetzt fiel ein heller Lichtstrahl herein, und plötzlich standen andere Menschen im Zimmer, umringten das Bett. Jemand packte Edouard und zerrte ihn von ihr weg. Endlich war sie von ihm befreit, frierend, den Blicken und der kalten Nachtluft ausgesetzt. Stimmen brüllten wild durcheinander, Flüche wurden ausgestoßen. Es fand ein Kampf statt, Möbel fielen um. Sie fühlte sich einem hysterischen Ausbruch nahe, doch ein Ziel beherrschte ihr Denken – sie mußte sich bedecken, man durfte sie so nicht sehen!

Jemand zog eine Decke über ihren geschundenen Körper. Margaret? War es Margaret?

Sie hörte, wie eine Faust auf Fleisch einschlug, bis der Kampf schließlich endete. In der darauf folgenden Stille war ein leises Wimmern zu hören, und jemand sprach murmelnd auf Rebecca ein.

Dann näherte sich das Licht ihrem Gesicht, und sie schloß die Augen, um sich gegen den hellen Schein zu schützen. Sie zog sich die Decke übers Gesicht und vergrub sich darunter, wie ein Fuchs, der sich in seinem Bau verkriecht.

Jetzt hörte sie Margaret sprechen, laut und in einem Ton, den Rebecca bei ihr nie zuvor gehört hatte, voller Zorn und Empörung. Und eine Männerstimme – zwei. Armand und Dhupta. Dhupta?

Schleppende Schritte, jemand wurde den Gang entlang geschoben und gezerrt. Und wieder Margarets Stimme, sanft jetzt, tränenerstickt.

»Rebecca . . . jetzt ist alles in Ordnung. Sie haben ihn mitgenommen. Oh, sag jetzt nichts. Bist du verletzt? Hat er . . .? Bitte, Rebecca, jetzt kann dir nichts mehr passieren?«

Und dann nur noch Weinen.

Während ihr Herz langsam wieder normal schlug und sie ihre Gedanken einigermaßen sammeln konnte, spürte Rebecca, wie sich ihre verkrampften Muskeln nach und nach entspannten. Vorsichtig, Zentimeter für Zentimeter, löste sie die zusammengezogenen Glieder, und schließlich zog sie sich langsam die Decke vom Gesicht.

Margaret war über sie gebeugt, blaß und mit tränenüberströmtem Gesicht, die Augen vor Entsetzen weit aufgerissen. »Rebecca, was ist mit Jacques los? Er liegt so still da?«

Rebeccas Kehle war zugeschnürt vor Schmerz, doch es gelang ihr, den Kopf zu schütteln. »Er hat ihm ein Schlafmittel gegeben. Mit dem Wein«, flüsterte sie.

Margarets Augen wurden noch größer, als sie nach und nach die Zusammenhänge begriff. Und ihr Gesicht wurde noch blasser. »Wenn nun Armand auch davon getrunken hätte?«

Sie sank aufs Bett und nahm Rebecca sanft in die Arme. Und bei der tröstenden Berührung ihrer Cousine spürte Rebecca, wie ihr endlich die Tränen der Angst, des Schreckens und der Wut über die Wangen rannen.

Viele Minuten lang weinten die beiden Frauen gemeinsam, und als schließlich der Tränenstrom versiegte, lehnte sich Rebecca mit einem letzten Aufschluchzen und einem tiefen Seufzer zurück. Ihre Augen und die Nasengegend fühlten sich geschwollen an, aber einiges von dem Grauen schien sie durch die Tränen leichter zu ertragen.

Sie hörte ein Geräusch von der Tür her, und ihr Herz schlug sofort wieder wie rasend. Als sie den Kopf wandte, erkannte sie, daß es Armand war, der einen kleinen Holzkasten trug.

Schnell wandte sie das Gesicht ab. Sie wollte nicht, daß er sie so sah, und sie legte keinen Wert auf sein Mitleid. Obwohl Armand sie gerettet hatte, waren die gegenwärtigen Umstände dermaßen peinlich für sie, daß ihr seine Gegenwart unangenehm war.

Sie hörte, wie er durch das Zimmer ging und an die Seite des Bettes trat, wo Jacques lag. Als Armand um das Bett herumkam und neben Margaret stand, wandte Rebecca das Gesicht wieder ab, diesmal zu der Seite, wo Jacques ahnungslos und leicht schnarchend lag.

Sie hörte, wie Armand das Kästchen auf den Nachttisch stellte. Als er sprach, war seine Stimme leise und sanft. »Jacques ist offenbar ganz in Ordnung. Wenigstens atmet er ganz normal. Er scheint unter einem Betäubungsmittel zu stehen.«

»Rebecca hat es mir gesagt.« Margarets Stimme war noch immer tränenbelegt. »Cousin Edouard hat ein Schlafmittel in seinen Portwein gemischt.«

Armand fluchte kurz vor sich hin.

»Gott sei Dank haben wir nicht alle davon getrunken. Margaret, ist mit Rebecca alles in Ordnung? Er hat nicht . . . er hat ihr keinen echten *körperlichen* Schaden zugefügt, oder?«

»Ich glaube nicht. Sie ist zerschunden, natürlich, und hat überall Kratzer von dem Kampf mit ihm.«

»Deshalb habe ich dies hier mitgebracht. Es ist der Arzneikasten der Familie. Er enthält Salben, Verbandsmaterial, falls das gebraucht wird, und eine Flasche Laudanum. Ich glaube, es wäre ganz gut, wenn sie davon etwas einnähme, damit sie etwas zur Ruhe kommt.«

»Ja, ich werde es ihr geben. O Armand! Das Ganze ist so entsetzlich, so beängstigend! Warum hat er das getan? Er war doch immer so freundlich zu uns.«

Armands Stimme klang bewegt. »Ich fühle mich in gewisser Weise verantwortlich. Ich kannte die Schwächen meines Vaters. Allerdings dachte ich, er hätte genug Würde und Verstand, sich im Fall seiner eigenen Verwandtschaft zu beherrschen. Ich muß jetzt erkennen, daß ich mich getäuscht habe.«

Rebecca spürte, wie Zorn in ihr aufstieg und die Peinlichkeit ihrer Lage überdeckte. »Was willst du damit sagen? Hat er so etwas schon zuvor getan? Bei anderen?«

Armand antwortete zögernd. »Nicht genau. Er . . .«

»Warum hast du uns nicht gewarnt?« fragte sie zornig. »Du mußtest doch wissen, wer nachts durchs Haus schleicht und die Geheimgänge benutzt!«

Armand starrte sie entgeistert an. »Was sagst du da? Niemand hat mir von solchen Vorfällen etwas erzählt. Willst du damit sagen, daß das nicht der erste Vorfall dieser Art ist?«

»Es war nie so schlimm wie heute nacht, nein, aber jemand ist nachts sowohl in Margarets als auch in mein Zimmer eingedrungen und hat uns zu Tode erschreckt.«

Armand schüttelte empört den Kopf. »Offenbar spielten sich diese Dinge immer nur ab, wenn ich nicht da war, und niemand hat mir etwas davon gesagt. Wenn ich es gewußt hätte, hätte ich ganz gewiß etwas dagegen unternommen, auch wenn es meinen eigenen Vater betroffen hätte.«

»Wußtest du von den Geheimgängen?«

Armand zögerte, dann nickte er. »Ja, davon habe ich gewußt. Als du in Les Chênes warst, hast du gehört, wie Jacques von Vaters Adoptivschwester, Elissa, sprach. Ihr Kindermädchen, Bess, war wie eine zweite Mutter für mich. Und Bess hat mir von den Geheimgängen erzählt, bevor sie starb.«

»Das verstehe ich nicht«, sagte Margaret. »Wenn *du* darüber Bescheid wußtest, warum wußte dann der Rest der Familie nichts davon?«

Armand schüttelte erneut den Kopf. »Nun, mein Vater wußte offenbar davon.«

Margarets Stimme war nur noch ein Flüstern. »Was habt ihr mit ihm gemacht? Mit Cousin Edouard, meine ich. Als ihr, du und Dhupta, ihn überwältigt habt, tobte er wie ein Wahnsinniger.«

»Er ist an sein Bett gebunden, und Dhupta bewacht ihn. Ihr solltet euch jetzt beide etwas ausruhen.«

Rebecca sagte verächtlich: »Ich bezweifle, daß ich mich in der nächsten Zeit hier entspannen kann.« Sie fühlte sich fiebrig, und als sie sich bewegte, um ihre unbequeme Lage etwas zu verändern, spürte sie einen stechenden Schmerz in der Schulter, so daß sie laut aufstöhnte.

»Was geschehen ist, tut mir verdammt leid, Rebecca«, sagte Armand. Er wandte sich an Margaret. »Du solltest ihr jetzt das Laudanum geben und ihre Wunden behandeln. Morgen früh werde ich gleich als erstes nach ihr sehen.«

Als er sich umdrehte, um hinauszugehen, hielt ihn Margaret am Ärmel fest. »Armand . . . wie geht es Cousine Felicity? Ist sie in Ordnung?«

»Sie hat ebenfalls von dem Wein getrunken, wie du sicher gesehen hast. Nicht soviel wie Jacques, aber es reichte, um sie in einen tiefen Schlaf zu schicken. Ich wage nicht daran zu denken, wie es auf sie wirken wird, wenn sie von den Vorfällen dieser Nacht hört. Aber das wichtigste ist jetzt Rebecca. Bleibst du bei ihr?«

»Selbstverständlich.«

Mit einem letzten langen Blick auf Rebecca verließ Armand den Raum.

Erschöpft legte sich Rebecca in ihre Kissen zurück. Sie wollte sich nicht mehr bewegen. Sie nahm das Laudanum und ließ ihre Cousine ihre Wunden behandeln. Dann streifte ihr Margaret ein frisches Nachthemd über den Kopf.

13

Als Armand den Gang entlang zu seinem eigenen Zimmer ging, hatte er das Gefühl, als ob das ganze Gewicht dieses großen Hauses auf seinen Schultern lastete. Er wußte, daß die Bilder der heutigen Nacht bis an sein Lebensende wie eingraviert in seinem Gedächtnis haften bleiben würden: Rebeccas kämpfender Körper, weiß und zart im Schein der Kerze; sein Vater, der rittlings auf ihr saß wie ein wildes Tier, die Krallen nach ihrem Körper ausgestreckt.

Wut und Schuldgefühle peinigten ihn. Wenn er nur früher von dem Tun des nächtlichen Übeltäters gewußt hätte, hätte er bestimmt vermutet, daß es sich dabei um seinen Vater handelte. Die Dinge, die Armand von Bess erfahren hatte, hatten nicht dazu beigetragen, seine Gefühle gegenüber seinem Vater zu verändern, im Gegenteil, sie hatten die Meinung, die er seit frühester Kindheit von seinem Vater hatte, nur noch verstärkt. Edouard umschwebte ein Hauch des Bösen, etwas Abgründiges und Abartiges. Ein Erbe seines Vaters, Jean Molyneux, wenn man der Geschichte Bess' glauben durfte, und Armand war davon überzeugt, daß sie die Wahrheit gesprochen hatte.

Jacques, der verwöhnte Lieblingssohn, wußte wenig oder gar nichts über die wahre Natur seines Vaters, und Armand hatte ihm nie erzählt, was er von der alten schwarzen Frau erfahren hatte. Er hätte damit nichts erreicht, und es hätte Jacques nur verletzt.

Armand lächelte bitter in sich hinein. O ja, er konnte Geheimnisse gut für sich behalten. Ein edler Zug, nur daß deswegen jetzt eine junge Frau in einer nur nach außenhin vollzogenen Ehe gefangen war und zu allem Überfluß auch noch beinah von einem Mann vergewaltigt worden wäre, in dem sie einen Freund und Beschützer gesehen hatte.

Und Felicity, die wahrscheinlich am meisten unter ihrem Mann zu leiden hatte? Sie mußte aus erster Hand wissen, zu welchen Grausamkeiten Edouard fähig war. Sicher hatte sie geahnt, wer des Nachts durch die Geheimgänge schlich und in die Zimmer der Mädchen drang. Warum hatte *sie* dem kein Ende bereitet? Natürlich wußte Armand, daß sie seinen Vater fürchtete, aber dennoch, wie konnte sie eine so beinahe selbstsüchtige Angst veranlassen, nicht den Mund aufzumachen, wenn das Wohlergehen der beiden jungen Frauen auf dem Spiel stand?

Er trat in sein Zimmer, stellte die Lampe ab und warf sich quer über sein Bett, während das Bild von Rebeccas weißem, nacktem Körper unlöschbar in seinem Kopf brannte. Scham stieg in ihm auf, als er bemerkte, wie ihn dieses Bild dennoch erregte. Begehrte er nicht das gleiche wie sein Vater? War er wirklich besser als Edouard?

Margaret, die auf einem Stuhl dicht an Rebeccas Bett saß, beobachtete den unruhigen Schlaf ihrer Cousine. Obwohl sie selbst kaum geschlafen hatte, fühlte sie sich kein bißchen müde. Vielmehr erfüllte sie eine große Energie, die aus ihrer Entschlossenheit und ihrem Willen entsprungen war.

Rebecca stöhnte und wimmerte im Traum, und Margaret fühlte, wie ihr Tränen in die Augen stiegen. Wie konnte so etwas nur geschehen? Ausgerechnet Cousin Edouard, der immer so freundlich um ihr Wohlergehen bemüht war? Es war schwierig, diesen gepflegten Gentleman mit den tadellosen Manieren mit der Kreatur in Verbindung zu bringen, die man gewaltsam von Rebeccas Körper hatte reißen müssen.

Margarets Gesicht brannte. Als sie Edouard weggezogen hatten, hatte sie es gesehen. Dieses bedrohliche, rot hervorstehende Etwas, das zwischen den Schößen seines Morgenmantels herausragte . . . Aber sie durfte nicht daran denken, an diese abscheuliche Bedrohung. Rebecca war jetzt sicher. Und bestimmt würde auch bald Nachricht von ihrer Mutter eintreffen, daß der Konflikt überstanden und die Familie in Sicherheit sei. Erst dann wäre ihr Alptraum vollends zu Ende. Das Leben würde wieder so werden, wie es war, als sie hier ankamen. Damals war alles so schön, so wunderbar gewesen. Wie kam es, daß jetzt alles derart aus den Fugen geriet?

Am Tag ihrer Ankunft hatte Rebecca gesagt, daß die Insel verzaubert zu sein schien, und vielleicht war es so, aber es gab auch finstere Zaubermächte. Das hatte Margaret jetzt erfahren. Sie hatte immer schon gewußt, daß das Böse in der Welt existierte, doch sie war ihm noch nie von Angesicht zu Angesicht begegnet. In wenigen alptraumartigen Augenblicken hatte sich das geändert, aber sie war fest entschlossen, sich davon nicht besiegen zu lassen. Es würde sie nicht anfechten, und sie war sich sicher, daß es weder Jacques noch Rebecca anfechten würde.

Sie stand auf und ging um das Bett herum, um Rebeccas schlafenden Ehemann zu betrachten. Er lag auf der Seite und hatte sich wie ein Kind zusammengekringelt, und sein Gesicht sah im Schlaf jung und verletzlich aus. Armer Jacques! Auch er war von dieser Niederträchtigkeit betroffen, und er war, genau wie sie selbst und Rebecca, ein unschuldiges Opfer.

Nach einem letzten langen Blick auf sein schlafendes Gesicht ging sie wieder auf die andere Seite des Bettes zu ihrer Cousine. Seltsam, immer hatte sie Rebecca als die stärkere von ihnen beiden angesehen, als diejenige, die die Dinge in der Hand hatte. Und jetzt waren ihre Positionen ins Gegenteil verkehrt. Sie mußte unwillkürlich lächeln. Jetzt war sie, Margaret, die stärkere, und mit Hilfe des Allmächtigen Gottes würde sie die ihr gestellte Aufgabe meistern, sich selbst und die Menschen, die sie liebte, vor Schaden zu bewahren.

Im ersten Moment, nachdem Rebecca aufgewacht war, schien es ein ganz normaler Morgen zu sein. Noch mit geschlossenen Augen streckte sie sich, aber die stechenden Schmerzen an verschiedenen Stellen ihres Körpers brachte ihr die Erinnerung an die Ereignisse der letzten Nacht mit brutaler Deutlichkeit ins Bewußtsein.

»Rebecca? Bist du in Ordnung, meine Liebe?«

Es war Jacques' Stimme, und als sie die Augen öffnete, sah sie ihn auf einem Stuhl neben dem Bett sitzen, auf dem Stuhl, wo Margaret während ihrer Nachtwache gesessen hatte. Sein Gesicht war sehr blaß, und seine Augen waren dunkel umrändert.

»Bist du in Ordnung?«

Rebeccas Kehle schmerzte und war ausgetrocknet, und als sie sprach, klang ihre Stimme rauh. »Ja. Kann ich bitte etwas Wasser haben?«

Schnell goß er ihr ein Glas aus der Kanne auf der Kommode ein und hob behutsam ihren Kopf an, damit sie trinken konnte.

Anschließend setzte er sich auf die Bettkante und strich ihr sanft das Haar aus der Stirn.

Sie ertrug seine Berührung, aber sie war ihr nicht angenehm. Ein paar goldene Sonnenstrahlen fielen durch den Spalt zwischen den Vorhängen vor den Fenstern, und sie fragte: »Wieviel Uhr ist es?«

»Beinah drei Uhr nachmittags. Ich habe Margaret heute morgen zu Bett geschickt, nachdem ich endlich aufgewacht war, und seither sitze ich hier bei dir.«

Zärtlich, etwas zögernd, berührte er ihr Gesicht.

»Rebecca, mir fehlen die Worte. Ich weiß nicht, was ich dir sagen könnte, um dir mein Gefühl zu beschreiben. Es wäre nicht genug, zu sagen, daß es mir leid tut. Das Ganze ist so unvorstellbar! Mein eigener Vater!«

Er schämte sich, und seine Wangen röteten sich. »Wie konnte er nur so etwas tun? Wie konnte das geschehen? Und ich war nicht in der Lage, dir zu helfen! Ich habe das Gefühl, völlig nutzlos zu sein, nur ein Narr!«

Rebecca sah den Schmerz in seinem Gesicht, aber irgendwie ließ sie das ungerührt. Sie wußte sehr wohl, daß es nicht seine Schuld war, daß er betäubt worden war, und doch beharrte ein Teil von ihr wider die Vernunft darauf, daß er ihr hätte helfen müssen, als sie ihn so dringend brauchte, und sie brachte es nicht über sich, ihm jetzt Erleichterung zu verschaffen, indem sie ihm sagte, daß sie ihn verstand.

Statt dessen fragte sie: »Was hat man mit ihm gemacht?«

»Er ist in seinem Zimmer eingeschlossen, und Dhupta bewacht ihn. Vater hat seinen schlimmsten Zustand offenbar überstanden, und er behauptet, sich an nichts mehr aus der vergangenen Nacht zu erinnern.«

Rebecca hob den Kopf zu schnell, so daß ihr Genick schmerzte. Doch sie achtete nicht auf den Schmerz und fragte: »Und du glaubst ihm?«

Jacques' Miene verfinsterte sich. »Ich bin nicht sicher. Es ist schwer zu glauben, daß mein Vater *wissentlich* etwas so Grauenvolles tun würde.«

Rebecca richtete sich im Bett auf, bis sie aufrecht an das Kopfende gelehnt dasaß. »Jacques . . . du bist ein intelligenter Mann.« Sie war so wütend auf ihn, daß sie kaum verständlich sprechen konnte. »Inzwischen hast du sicher erfahren, daß dir dein Vater ein Schlafmittel in den Wein geschüttet hat, und zu dem Zeitpunkt war er vollkommen Herr über seinen Verstand, denn er tat alles mit Vorbedacht. Das läßt doch keinen Zweifel daran, daß er sehr wohl wußte, was er zu tun beabsichtigte. Er plante es sogar mit großer Sorgfalt!«

Jacques stieg jetzt tiefe Röte ins Gesicht. »Natürlich, du hast recht, Rebecca. Ich habe mir auch schon meine Gedanken darüber gemacht, als ich hier saß und dir beim Schlafen zusah. Ich habe einen Plan gefaßt, was wir unternehmen können. Ich habe beschlossen, daß wir in das Haus in Savannah zurückkehren. Wir können nach den Ereignissen nicht mehr mit meinem Vater unter einem Dach leben. Ich dachte, wir reisen in einigen Tagen ab, wenn du dich dazu in der Lage fühlst.«

Rebecca dachte über den Vorschlag nach. Diese Lösung lag

natürlich auf der Hand, und sie fühlte sich sofort erleichtert. Es war wirklich seltsam, daß sie es vor ein paar Tagen nicht erwarten konnte, Savannah zu verlassen, um nicht mit Jacques allein sein zu müssen. Und jetzt erschien es ihr wie eine Zuflucht vor den Dingen, die ihr hier noch viel mehr zu schaffen machten als ihre nicht vollzogene Ehe.

»Wenn wir gehen, müssen wir Margaret mitnehmen. Wir können sie auf keinen Fall hier lassen.«

Jacques nickte. »Natürlich.«

»Und was wird aus deiner Mutter?«

»Ich habe noch nicht mit ihr darüber gesprochen«, sagte er schulterzuckend. »Sie ist den ganzen Tag noch nicht aus ihrem Zimmer gekommen und will mit niemandem sprechen, außer mit ihrer Zofe. Sie muß einen entsetzlichen Schock davongetragen haben. Sie war meinem Vater stets in Liebe ergeben. Du kannst dir vorstellen, wie sie sich fühlt.«

Rebecca nickte langsam. Das konnte sie wirklich.

»Ich muß mit ihr sprechen«, sagte sie. »Sie muß wissen, daß ich ihr keinerlei Verantwortung an der ganzen Sache gebe.«

Jacques machte ein zweifelndes Gesicht. »Fühlst du dich wirklich stark genug?«

Vorsichtig streckte Rebecca die Glieder aus. Ihr Körper schmerzte, und sie fühlte sich immer noch sehr erschöpft, schließlich war ihr seelisches Gleichgewicht ebenfalls stark angegriffen, aber sie hielt sich für fähig, aufzustehen und herumzulaufen.

»Mir geht es ganz gut«, versicherte sie ihm. »Und ich glaube, ich sollte unbedingt mit deiner Mutter sprechen. Würdest du mir bitte meinen Morgenrock reichen?«

Als Jacques sich umdrehte, um ihn zu holen, hob sie das Nachthemd von ihrem Körper, um sich selbst anzusehen. Häßliche Quetschungen und Kratzer zogen sich über ihre Brust und ihren ganzen Bauch, der zum Teil von einem Verband bedeckt war.

Als sich Jacques mit dem Morgenrock zu ihr umdrehte, ließ sie das Nachthemd schnell wieder fallen. Der Anblick der Flecken und des Verbandes hatten sie schwer schockiert, sie waren das sichtbare Zeugnis der Gewalt, die ihr angetan worden war. Auch wenn es nicht mehr zum Schlimmsten gekommen war, hatte Edouard etwas in ihr zerstört, das nie wieder gutzumachen war. In diesem Moment wünschte sie seinen Tod.

Zunächst wollte Felicity Rebecca den Zutritt zu ihren Gemächern nicht gewähren. Es war einige Überredungskunst nötig, sowohl von Rebecca als auch von Jacques, bis Felicitys Zofe, eine schlanke schwarze junge Frau, Rebecca schließlich einließ. Sie ging allein hinein.

Rebecca traf die ältere Frau im Bett liegend an, mit wirrem Haar, mattem Körper und vom Weinen geröteten Gesicht.

Trotz ihrer eigenen Schmerzen und Sorgen hatte Rebecca Mitleid mit ihrer Schwiegermutter, die sie für eine ehrliche, unkomplizierte Frau hielt, mit einem großen und guten Herzen.

Etwas steif ließ sich Rebecca auf Felicitys Bettkante nieder und nahm die schlaffe Hand der Frau in ihre. Felicity zuckte bei der Berührung zurück und schloß die Augen.

»Felicity«, sagte Rebecca sanft. »Ich mußte unbedingt mit dir sprechen. Ich wollte dir sagen, daß ich wohlauf bin und daß ich dich in keiner Weise für das Geschehene verantwortlich mache. Edouard hat nicht . . . er hat mich nicht ernsthaft verletzt. Und ich wollte dir außerdem sagen, wie leid es mir tut, daß du so verletzt worden bist. Ich glaube, ich kann verstehen, wie dir zumute ist.«

Tränen füllten Felicitys Augen, aus denen ein wortloses Flehen sprach. »Ich schäme mich so«, flüsterte sie. »Ich hätte ihn abhalten müssen, aber ich hatte solche Angst.«

Rebecca tätschelte liebevoll die Hand der anderen Frau. »Aber du kannst doch nichts dafür. Du warst immer so gut zu uns und hast uns behandelt wie eine Mutter.«

Felicitys Tränen flossen stärker, und ein Schluchzen entrang sich ihrer Kehle. »Aber ich habe es gewußt, verstehst du? Zumindest habe ich es geahnt.«

Eine schreckliche Vermutung nahm in Rebeccas Kopf Gestalt an. »Was hast du geahnt?«

»Daß es Edouard war, der sich nachts in eure Zimmer schlich. Aber ich *wollte* es einfach nicht wahrhaben. Und jetzt ist es zu dieser . . . zu dieser Greueltat gekommen. Gott bestraft mich für meine Feigheit!«

Rebecca hielt noch immer Felicitys Hand, aber sie rührte

sich jetzt nicht mehr, sie war ganz mit ihren eigenen Gedanken beschäftigt. Als sie auf ihre Schwiegermutter hinabsah, deren Nachtgewand sich etwas geöffnet hatte, bemerkte sie auf der weißen Haut ihrer Schulter eine große, dunkle, schmerzhaft aussehende Quetschung.

Plötzlich reimten sich die Dinge in Rebeccas Kopf zusammen: Felicitys merkwürdige ›Krankheit‹, die Art, wie sie sich manchmal bewegte und ging, als ob sie Schmerzen hätte, die Tage, die sie in ihrem Zimmer zurückgezogen verbrachte, die unvermittelte Veränderung ihrer Persönlichkeit, die offensichtliche Spannung in Gegenwart ihres Mannes.

»Er schlägt dich, nicht wahr?« fragte Rebecca. »Deswegen hast du Angst vor ihm.«

Schnell zog Felicity ihre Hand zurück und knöpfte ihr Gewand zu. »Ja«, flüsterte sie. »Aber ich beschwere mich nicht. Vielleicht habe ich die Züchtigung verdient. Es ist die Pflicht einer Frau, getreu zu ihrem Mann zu stehen. Und er ist ein guter Ehemann, in vieler Hinsicht. Aber ich weiß, daß ich dich und Margaret hätte vor ihm schützen müssen. Das wäre auch meine Pflicht gewesen, und ich habe versagt . . .«

Sie streckte die Hände aus und umfaßte Rebeccas Schultern. Ihre Finger gruben sich in ihr Fleisch. »Du . . . du darfst ihm nicht sagen, daß du das alles erfahren hast.« Sie nahm eine Hand von der Schulter der jungen Frau und deutete auf das Mal, das Rebecca bei ihr entdeckt hatte. »Obwohl ich dir gegenüber dieses verhängnisvolle Versäumnis begangen habe, bitte, du darfst mich nicht verraten.«

Mit einem Gefühl des Unwohlseins nickte Rebecca. Es war unbegreiflich für sie, wie sich eine Frau von einem Mann mißbrauchen lassen konnte. Aber sie sagte: »Ich werde ihm nichts davon erzählen. Ich glaube übrigens sowieso nicht, daß ich es je wieder über mich bringe, mit ihm zu sprechen. Aber ich kann einfach nicht verstehen, warum du ihn weiterhin so beharrlich verteidigst! Wie kannst du getreu zu einem Mann stehen, der dich mißhandelt, der dich schlägt und dir ein Leben in ständiger Angst beschert?«

Felicity sank in ihre Kissen zurück und schloß die Augen. »Es ist nicht ausschließlich seine Schuld, verstehst du? Es gibt Dinge, von denen du keine Ahnung hast, meine Liebe. Dinge, die ihm seine Eltern angetan haben. Aber um auf die Sache selbst zurückzukommen, was kann ich tun? Ich habe nur dieses Leben hier bei Edouard und in diesem Haus.«

»Aber du hättest deinen Söhnen von seinen Grausamkeiten berichten und um ihren Schutz bitten können.«

Felicity schüttelte den Kopf. »O nein. Das hätte unsere Familie zerrissen. Ich wollte nicht, daß sie etwas davon wußten. Es ist etwas, das nur Edouard und mich angeht.«

»Du hättest deine Söhne bitten können, dich von hier wegzubringen.«

Felicity lächelte traurig. »Und wie hätten wir alle dann leben sollen? Alles, was wir haben, kommt von Edouard. Er ist der alleinige Besitzer der Molyneux-Ländereien und des Vermögens. Wenn Jacques mit seinem Vater meinetwegen gestritten hätte, hätte Edouard ihn möglicherweise enterbt.«

»Und Armand ebenso.«

»O ja, natürlich«, beeilte sie sich zu sagen. »Ich habe Jacques zuerst erwähnt, weil er der ältere ist. Rebecca, du mußt mir versprechen, daß du weder Jacques noch Armand irgend etwas von dem sagst, was du jetzt erfahren hast. Wenn du es tätest, würdest du mit einem Schlag alles zunichte machen, was zu erhalten ich mich so lange und so qualvoll bemüht habe.«

Zögernd willigte Rebecca ein. »Natürlich, wenn es dein Wunsch ist, verspreche ich es. Aber gibt es denn keine andere Verwandtschaft, zu der du gehen könntest?«

Felicity lächelte Rebecca sonderbar geheimnisvoll und traurig an. »Meine Eltern sind tot. Ich habe einen Bruder, aber glaubst du wirklich, er wäre entzückt, wenn ich meinen rechtmäßigen Ehemann verließe und ihm und seiner Familie zur Last fiele? Ich wäre auf seine Barmherzigkeit angewiesen. Du bist jung, Rebecca, und voller Energie und Tatendrang. Ich möchte dir nicht zu nahe treten, wenn ich sage, daß du erst noch einige Erfahrungen mit dem Leben machen mußt.«

Rebecca kräuselte trotzig die Lippen. Natürlich war sie jung, aber sie konnte sich nicht vorstellen, daß sie ein Leben der Demütigung, wie es Rebecca offensichtlich zu führen gezwungen war, erdulden würde. Doch sie hielt ihre instinktive Antwort zurück und wechselte wieder zu einem der Punkte über, über die sie eigentlich mit Rebecca sprechen wollte. »Felicity, Jacques und ich gehen weg. Wir gehen zurück nach Savannah. Du mußt verstehen, daß es uns unter den gegebenen Umständen unmöglich ist, hier zu bleiben.«

Felicity nickte. »Natürlich, das ist zweifellos das beste.«

»Margaret wird mit uns kommen, und wir würden uns freuen, wenn auch du mit uns kämst.«

Felicity hob schwach die Hand, wie zum Protest. »Mein liebes Kind, du hast mich offenbar nicht verstanden. Ich werde Edouard niemals verlassen, was er auch tut und wie er sich auch benimmt. Ich billige sein Handeln keineswegs, aber ich bin seine Frau, und mein Platz ist an seiner Seite. Ich glaube, daß es ganz sicher richtig ist, wenn ihr, du und Margaret, weggeht, und natürlich muß Jacques mit dir gehen, aber ich werde bleiben.«

Rebecca seufzte. Felicity hatte recht, dachte sie. Das verstehe ich wirklich nicht.

Sie sagte: »Dann kann ich nur beten, daß er dich nicht mehr mißhandeln wird. Wir werden in einem oder zwei Tagen abreisen, sobald wir unsere Sachen gepackt haben.«

Felicity nahm Rebeccas Hand. »Ich werde euch vermissen, meine Liebe. Du und Margaret, ihr habt mir soviel Freude beschert. Es hat mir so gutgetan, euch zu behandeln, als ob ihr meine Töchter wärt. Ich selbst hatte ja nie welche.«

Gerührt schlang Rebecca die Arme um die Frau. »Solltest du es dir doch noch anders überlegen, versprich mir, daß du zu uns nach Savannah kommst.«

»Ich werde es mir niemals anders überlegen. Aber wir werden in Verbindung bleiben. Ich werde schreiben. Außerdem sollt ihr so viel von der Dienerschaft mitnehmen, wie ihr braucht.«

»Danke, Felicity. Jetzt muß ich Margaret eröffnen, daß wir abreisen, und die Mädchen anweisen zu packen.«

Zwei Tage später standen Rebecca und Margaret an einem Fenster des großen Salons und sahen hinaus auf das Grundstück der Maison de Rêverie. All ihr Hab und Gut war verpackt und wurde soeben auf einen großen Wagen geladen, der es zur Anlegestelle bringen sollte. Die Kutsche stand vor dem Haupteingang und wartete darauf, daß sie einstiegen.

»Es ist eigenartig«, sagte Rebecca nachdenklich, »aber trotz allem, was geschehen ist, werde ich die Insel vermissen. Sie ist so wundervoll.«

Margaret runzelte die Stirn. Sie sah heute blaß und nervös aus, und Rebecca war ihretwegen ebenso froh wie um ihrer selbst willen, daß sie abreisten.

»Wahrscheinlich werde ich sie auch vermissen«, sagte Margaret. »Aber du sprichst so, als ob du niemals hierher zurückkehren wolltest. Schließlich wird Jacques das alles einmal erben, und es wird euch beiden, dir und ihm, gehören.«

»Ja, du hast wohl recht. Doch in diesem Moment kommt mir der Abschied irgendwie endgültig vor. Merkwürdig, nicht wahr? Eigentlich fühle ich mich weder hier noch dort richtig zu Hause, wenigstens zur Zeit nicht, aber ich muß gestehen, daß ich es trotzdem kaum erwarten kann, von hier wegzukommen.«

Bevor Rebecca sich umdrehte, warf sie noch einen letzten Blick aus dem Fenster und sah die Gestalt eines Mannes, der stolpernd auf das Haus zugerannt kam.

»Margaret«, rief sie. »Sieh nur! Wer ist das?«

Margaret, die schon fast an der Tür war, kam zurück zum Fenster. Der Mann war jetzt nahe genug, daß sie sein Gesicht sehen konnten. Rebecca erkannte ihn als einen der Hilfsgärtner. Seine Augen und sein Mund waren in offensichtlicher Angst weit aufgerissen. Dann rannte er um die andere Seite des Hauses, aus ihrem Blickfeld.

Die beiden Frauen sahen sich verdutzt an, als ein lautes Pochen von der Hintertür des Hauses vernehmbar wurde, und gemeinsam rannten sie aus dem Raum, Rebecca voran.

In der Eingangshalle trafen sie Jacques, der gequält und blaß aussah. »Gut, ihr seid also fertig . . .« Er brach ab und wandte den Kopf in die Richtung hinter das Haus, von wo aufgeregte Stimmen hereindrangen. »Was zum Teufel soll dieser Spektakel?«

Rebecca nahm seinen Arm. »Margaret und ich haben beobachtet, wie einer der Sklaven auf das Haus zugerannt kam und sehr erschreckt aussah. Irgend etwas muß passiert sein. Vielleicht sollten wir sehen, was es ist, bevor wir gehen.«

Einen Moment lang schwiegen alle und lauschten auf die Stimmen, die immer lauter wurden, und plötzlich fing jemand an, dem Klang nach eine Frau, wehzuklagen.

Ohne ein weiteres Wort liefen Jacques und die beiden Frauen in Richtung des Tumults.

Im hinteren Teil des Hauses gab es einen mittelgroßen Raum, im dem die Speisen aufbewahrt wurden, die aus dem Kochhaus hereinkamen. Hier fanden Jacques und die beiden Frauen eine Gruppe von Dienern um Dhupta herumstehen, der mit dem Hilfsgärtner sprach, den Margaret und Rebecca durch das Fenster gesehen hatten. Der Mann, der seinen zerlumpten Hut in den Händen zerknüllte, schien unter einem grauenvollen Schock zu stehen.

Jacques bahnte sich einen Weg in die Mitte der Gruppe und wandte sich an Dhupta. »Was geht hier vor? Was will dieser Mann?«

Dhupta, dessen gewöhnlich unbewegtes Gesicht in diesem Moment betroffen und gequält aussah, machte eine leichte Verbeugung. »Ich bedauere zutiefst, was ich Ihnen mitteilen muß, Sir. Falls dieser Mann die Wahrheit sagt, dann ist Ihr Vater tot. Er berichtet, daß er in der Nähe eines der kleinen Pavillons gearbeitet hat, gleich beim Teich, und dort den Leichnam des Herrn gefunden hat.«

Hinter ihnen ertönte Armands Stimme: »Was zum Teufel ist denn hier los?«

Jacques sah ihn mit Tränen in den Augen an. Mit erstickter Stimme sagte er: »Dieser Mann sagt, Vater sei tot.«

14

Vom gleichen Fenster aus, von dem sie und Margaret den heraneilenden Gärtner gesehen hatten, beobachtete Rebecca jetzt, wie der Leichnam Edouards ins Haus getragen wurde.

Armand und Dhupta trugen ihn – ein unförmiges Bündel, eingehüllt in Segeltuch –, während Jacques mit gesenktem Kopf und hängenden Schultern neben ihnen herging. Bei dem Anblick verkrampfte sich Rebeccas Magen, und langsam wandte sie sich vom Fenster ab.

Sie haßte Edouard für das, was er ihr angetan hatte. Während der letzten beiden Tage hatte sie häufig seinen Tod gewünscht, aber nun, da ihr Wunsch in Erfüllung gegangen war, plagten sie Schrecken und Schuldgefühle, als ob sie durch ihre Gedanken seinen Tod herbeigeführt hätte. Sie erkannte jetzt, daß die wirkliche Begegnung mit dem Tod grausam und kalt war, ganz anders, als die Vorstellung, die man hat, wenn man im Zorn jemand den Tod wünscht.

Schwach und mit einem Gefühl der inneren Leere ging sie zum Kamin, wo Margaret zusammengesunken in einem Sessel saß. Margaret war in Ohnmacht gefallen, als sie hörte, daß Edouard tot sei. Mittlerweile sah sie zwar blaß, aber doch einigermaßen gefaßt aus.

»Sie bringen ihn gerade ins Haus«, sagte Rebecca leise und setzte sich in den Sessel neben Margaret. »Also hat der Arbeiter offenbar die Wahrheit gesagt. Edouard . . . sein Körper ist in Segeltuch gehüllt.«

Übelkeit stieg in ihrer Kehle hoch, und sie hatte Mühe, sich nicht übergeben zu müssen.

»Jetzt brauchen wir das Maison de Rêverie nicht mehr zu verlassen!« sagte Margaret.

Diese nüchterne Feststellung überraschte Rebecca. »Was?«

»Ich sagte, wir brauchen jetzt nicht mehr von hier fortzugehen. Wenn Edouard tot ist, sind wir hier sicher.«

Rebecca starrte ihre Cousine fassungslos an. Was sie sagte, stimmte, doch wäre es Rebecca niemals in den Sinn gekommen, einen solchen Gedanken auszusprechen. Es schien ihr unpassend, zu erwähnen, welchen Vorteil Edouards Tod brachte. Aber vielleicht war es einfach nur der Schock, der Margaret so reagieren ließ.

»Nein, jetzt werden wir wohl nicht mehr gehen müssen«, sagte sie langsam. »Aber Margaret, ich fühle mich so schuldig. Ich habe ihm den Tod gewünscht. Aber jetzt . . .«

Margaret stand auf, strich über Rebeccas Haar und berührte ihr Gesicht. »Sei nicht töricht, Rebecca«, sagte sie beinah gutgelaunt. »Du weißt genau, daß das Unsinn ist. Wenn die Menschen daran sterben würden, daß andere ihnen den Tod wünschten, würde die halbe Weltbevölkerung sterben. Quäle dich doch nicht selbst mit solchen Gedanken! Und außerdem, Edouard war ein schlechter Mensch. Du solltest das am besten wissen. Sein Tod ist zweifellos eine Strafe Gottes.«

Rebecca sah sie stirnrunzelnd an. Obwohl Margaret immer ein wenig zu Binsenweisheiten neigte, schien ihr diese Bemerkung doch unangemessen hart. Margarets Charakter hatte sich in den letzten Wochen nicht geändert, die gewisse Härte und Strenge mußten schon immer dagewesen sein, dachte Rebecca. Und sie war sich nicht sicher, ob sie auch diesen Zug an ihrer Cousine schätzte.

In diesem Moment wurden ihre Gedanken durch Jacques unterbrochen, der zur Tür hereinkam. Seine Stiefel und seine Reithose waren schlammverschmiert, und sein Gesicht war vor Kummer eingefallen.

Eine Weile stand er schweigend vor ihnen, bevor er sprach. »Vater war in dem Pavillon, genau wie Thomas sagte; er lag auf dem Boden.«

Rebecca stand auf und ging zu ihm. Sie nahm seine Hand und sagte: »Jacques, es tut mir leid, wirklich. Egal was er getan hat, das hätte nicht geschehen sollen. Woran ist er gestorben? War es ein Schlaganfall?«

Jacques schien durch sie hindurchzublicken. »Nein, ein Messer war ihm mitten ins Herz gestochen. Seine eigene Hand hielt es umklammert.«

Rebecca rang nach Luft, sie fühlte, wie ihr das Blut aus dem Kopf wich. »Heißt das, er hat sich selbst umgebracht?«

Jacques schüttelte den Kopf. »Ich weiß es nicht. Niemand kann das genau sagen. Aber ich vermute, daß es so war.«

Er grub den Kopf in die Hände und ließ sich in einen Sessel fallen. »Wie soll ich es nur Mutter sagen?« Er nahm die Hände vom Gesicht und sah Rebecca voller Verzweiflung an. »Ich konnte es zunächst gar nicht glauben. Erst als ich ihn da liegen sah mit dem Messer in der Brust . . . Ich habe natürlich schon Tote gesehen, im Krieg, aber das ist etwas anderes. Gleichgültig was er getan hat, er war mein Vater!«

»Ich weiß, Jacques. Ich weiß«, murmelte sie. Sie zog seinen Kopf an sich und bettete ihn an ihre Brust.

Es regnete bei Edouards Beerdigung, ein leichter Nieselregen unter grauen Wolken, was die Düsternis des Anlasses noch verstärktte.

Felicity, dicht verschleiert, um ihr vom Weinen verquollenes Gesicht zu verbergen, stützte sich schwer auf Jacques' Arm. Sie bewegte sich sehr schwerfällig, wie eine Kranke.

Armand ging mit starrem Gesicht neben Rebecca und Margaret her. Sie näherten sich dem Familienmausoleum der Molyneux', wo Edouard neben seiner Mutter und seinem Vater beigesetzt werden sollte. Hinter ihnen ging Dhupta, dann folgten die Bediensteten und die Arbeiter. Alle Bewohner der Insel waren erschienen.

Es war kein Priester anwesend. Felicity hatte einen kommen lassen wollen, aber Armand hatte sie überzeugt, daß es unter den gegebenen Umständen nicht nur unpassend, sondern regelrecht scheinheilig sei. Edouard hatte nach seinen eigenen Worten nie an irgendeinen Gott geglaubt, und er hatte nie eine Kirche von innen gesehen, außer als er und Felicity heirateten. Also sprach Jacques statt dessen einige Worte bei der Beisetzung, und dann begab sich die Familie zurück zum Haus.

Der einzige Fremde, der der kurzen Zeremonie beiwohnte, war Edouards Anwalt, Harold Frank, ein großer, griesgrämiger Mann, der ständig eine Miene der Mißbilligung zur Schau trug.

Er war gekommen, um Edouards Testament zu verlesen. Die Eröffnung fand in Edouards Arbeitszimmer statt, und die ganze Familie und Dhupta waren anwesend.

Rebecca hatte den ganzen Tag über schon ein unbehagliches Gefühl, als ob ihr Geist neben ihrem Körper stand. Sie saß neben Jacques, und als Harold Frank mit trockener, monotoner Stimme sprach, hörte sie ihm nur mit halbem Ohr zu.

Er schien endlos lange dafür zu brauchen, das Testament zu verlesen, das keine Überraschungen enthielt. Abgesehen davon, daß Dhupta sehr großzügig bedacht worden war, für seine ›treuen und aufopfernden Dienste‹, ging alles an Jacques als den älteren Sohn.

Aus England kannte Rebecca das Recht des Erstgeborenen. Also war sie über diese Verfügung nicht überrascht. Sie warf einen verstohlenen Blick zu Armand hinüber, der zu ihrer Rechten saß. Er blickte mürrisch und finster vor sich hin.

Als das Testament schließlich vollständig verlesen war, stand Jacques auf und ging zu seinem Bruder. »Es tut mir leid, Armand. Ich hatte keine Ahnung, daß Vater alles mir vermachen würde. Ich hatte angenommen, daß dir zumindest Les Chênes zugesprochen würde.«

Armand sagte mit unbewegtem Gesicht: »Du kannst nichts

dafür. Es ist seine Schuld. Ich hätte es wissen müssen, daß er mir nichts hinterläßt. Es war töricht von mir, jemals etwas anderes anzunehmen.«

»Eines kann ich tun«, sagte Jacques nachdenklich. »Ich kann dich Les Chênes nach deinen Vorstellungen führen lassen; du kannst alle Veränderungen durchführen, die dir immer vorschwebten.«

Armand starrte ihn ungläubig an. »Das würdest du tun?«

»Natürlich. Es ist dein gutes Recht.« Jacques zuckte mit den Schultern.

»Das ist sehr großzügig von dir.« Armand griff seinem Bruder an die Schulter. »Ich danke dir, Jacques.«

Harold Frank kam hinter Edouards Schreibtisch hervor. »Nun, ich muß Sie jetzt verlassen. Mein herzliches Beileid Ihnen allen.«

Als Jacques den Anwalt hinausbegleitet hatte und in den Raum zurückkam, machte Dhupta ein paar Schritte in die Mitte des Zimmers. Er machte eine tiefe Verbeugung mit aneinandergelegten Händen, dann richtete er sich wieder auf und sagte: »Sirs und Madams, ich möchte Sie untertänigst um Ihre Aufmerksamkeit bitten.«

Jedes andere Gespräch wurde unterbrochen, und Jacques nickte dem Diener seines Vaters zu. »Natürlich, Dhupta, sprich!«

Dhupta verbeugte sich erneut. »Vielen Dank, Sir. Zunächst möchte ich Ihnen sagen, daß ich dank der großzügigen Hinterlassenschaft Ihres Vaters bald in mein Heimatland zurückkehren werde. Aber vorher sollte ich Ihnen unbedingt noch einige Dinge sagen, Dinge, über die ich zu Lebzeiten des Herrn niemals hätte sprechen können. Ich verdanke ihm mein Leben, wie Sie wissen, und ich konnte sein Vertrauen nicht mißbrauchen.«

Rebecca bemerkte, daß sich Felicity von ihrem Platz erhoben hatte.

Dhupta verbeugte sich wieder. »Ich möchte Madam nicht beleidigen, aber ich glaube, es dürfte auch Sie interessieren, was ich zu sagen habe. Ich glaube, es ist für Sie alle wichtig, diese Dinge zu erfahren. Die beiden jungen Damen« – er nickte in Richtung Rebecca und Margaret – »haben eine Zeit der Angst und des Schreckens durchlebt, und zweifellos hegen sie keine freundlichen Gefühle gegenüber dem Herrn. Deshalb halte ich es nur für gerecht, daß auch sie die Wahrheit kennen.«

Felicity stand jetzt erhobenen Hauptes da und richtete die Hände gegen Dhupta, wie um seine Worte abzuwehren. »Betrifft das, was du zu sagen hast, meinen Mann?«

»Ja, Madame. Ihren Mann und meine armselige Person.«

Felicity schüttelte entschlossen den Kopf. »Dann will ich nichts davon hören. Was immer es ist, ich will es nicht wissen. Es war alles zuviel. Einfach zuviel. Wie kann es mir helfen, wenn ich noch mehr weiß? Erzähle es den anderen, wenn du es für nötig hältst. Ich werde mich jetzt zurückziehen.«

»Mutter!« sagte Jacques und ging zu ihr.

Felicity wehrte ihn ab. »Nein, Jacques. Ich meine es sehr ernst. Ihr könnt euch anhören, was er zu sagen hat, wenn er glaubt, es sei so wichtig. Ich brauche jetzt ein wenig Ruhe.«

Nachdem seine Mutter den Raum verlassen hatte, sah Jacques Rebecca und Margaret zweifelnd an. »Seid ihr sicher, daß ihr hören wollt, was Dhupta zu sagen hat?«

»Ja«, sagte Rebecca mit einem schnellen Nicken. »Mir wäre entschieden wohler, wenn die Dinge einmal offen ausgesprochen würden. Wenn es Dinge gibt, die einer Erklärung bedürfen, so sollten wir sie hören. Was meinst du, Margaret?«

Margaret zögerte einen Moment, bevor sie sagte: »Nun gut, wenn du es für klug hältst.«

»Danke«, sagte Dhupta. »Nun, wie soll ich beginnen? Es ist eine sehr schwierige Geschichte, wissen Sie.«

Er sah jetzt Rebecca und Margaret direkt an. »Zunächst möchte ich mich bei den beiden jungen Damen entschuldigen, die, so befürchte ich, einen schlechten Eindruck von mir bekommen haben. Das tut mir leid. Obwohl Sie Engländerinnen sind und ich Inder bin, hege ich keine Feindschaft Ihnen gegenüber. Wenn ich Ihnen kalt und unfreundlich erschien, so lag das daran, daß der Herr meine ganze Kraft und Energie beansprucht hat. Solange er lebte, mußte ich mich vor allem um sein Wohlergehen sorgen, das war Teil unserer Vereinbarung.«

»Vereinbarung«, fuhr Armand unwirsch dazwischen. »Was für eine Vereinbarung?«

»Wie gesagt, Ihr Vater hat mir das Leben gerettet. Ich

möchte Sie nicht mit Einzelheiten darüber belasten. Nur soviel: Ich bin Brahmane, Sohn einer einflußreichen Familie. Ich habe in jungen Jahren eine große Dummheit begangen und den Namen meiner Familie befleckt. Ich mußte aus meiner Heimat fliehen und einen fremden Namen annehmen. Lange Zeit trieb mich das Schicksal in viele Länder der Erde, bis meine Mittel schließlich erschöpft waren. Ich strandete hier in Ihrem Land.

Es war eine grausame Zeit für mich. Ich, der ich zu Hause zur aristokratischen Schicht gehörte, wurde hier wie ein Ausgestoßener behandelt, nur wegen meiner Hautfarbe.

In dieser Zeit, am Tiefpunkt meines Lebens, fand mich Edouard Molyneux. Er erkannte meine wahre Herkunft und schlug mir einen Handel vor. Er nahm mir das Versprechen ab, daß ich ihm in bedingungsloser Treue ergeben sein würde, und nur ihm. Dafür gewährte er mir Schutz und eine Existenz in seinem Haus. Ich sollte Diener sein, aber kein gewöhnlicher Diener, und nicht wie ein Sklave behandelt werden. Und so kam ich auf diese Insel und in das Maison de Rêverie.«

Er hielt inne, und Armand fragte gleich: »Aber das ist doch sicher nicht alles, was du uns erzählen wolltest.«

»Nein, Sir.« Dhupta seufzte. »Das ist nicht alles.

Ihr Vater weihte mich in viele Dinge ein, Dinge, über die er nie mit einem anderen Menschen gesprochen hatte. Er wußte, daß ich Geheimnisse bewahren konnte, und jeder Mann hat das Bedürfnis, sich irgendwo seiner Last zu entledigen, besonders wenn die Last so schwer wiegt wie die von Edouard Molyneux.

Er sprach oft von seiner Kindheit, die, so deutete er an, recht . . . ungewöhnlich war. In gewisser Weise hat er sehr unter seinen Eltern gelitten. Er ging nicht allzusehr in Einzelheiten. Doch die Ängste seiner Kindheit quälten ihn immer noch. Aus diesem Grund nahm er Zuflucht zu Rauschgift und wurde schließlich abhängig. Davon und von anderen Drogen, die ihn vergessen ließen.

Wenn er Haschisch rauchte, war er entspannt und ruhig, doch einige der anderen Mittel machten ihn wild und ruhelos, manche trieben ihn an den Rand des Wahnsinns. Und unter dem Einfluß dieser Drogen streifte er durch die Geheimgänge, das dunkle Labyrinth seiner Kindheit, das nur er allein kannte, wie er sagte.«

»Dann wußten Sie also, daß er es war«, sagte Rebecca vorwurfsvoll. »Und Sie haben ihn nicht abgehalten oder uns gewarnt.«

Dhupta nickte mit ernstem Gesicht. »Das stimmt. Ich kann es nicht leugnen. Aber, wie ich versucht habe zu erklären, mir waren die Hände gebunden. Ihm, Edouard Molyneux, mußte ich treu ergeben sein. Ich bedaure zutiefst, daß Sie deswegen leiden mußten, aber ich hatte keine andere Möglichkeit.«

Rebecca fuhr auf: »Lächerlich. Dieser ganze Unsinn von Ehre und Versprechen! Und unterdessen wurden Margaret und ich seine Opfer. Wenn es Edouard nun gelungen wäre, in jener entsetzlichen Nacht sein Ziel zu erreichen? Glauben Sie, die einfache Bitte um Entschuldigung hätte dann genügt?«

Während ihrer aufgebrachten Tirade stand Dhupta mit gesenktem Kopf da. Jetzt spürte sie Jacques' beschwichtigende Hand auf ihrem Arm, und sie erkannte, daß sie zu diesem Zeitpunkt mit ihrer Wut nichts erreichte. Also gab sie es auf.

Dhupta hob den Kopf wieder und fuhr fort, als ob sie gar nicht gesprochen hätte. »Wenn er nicht schlafen konnte, wollte er die alten Instrumente hören, die sein Vater aus China mitgebracht hatte. Da ich eine musikalische Begabung besitze und diese Instrumente nicht viel anders als die meiner Heimat sind, spielte ich für ihn darauf.«

»Das war also die Musik, die wir hörten!« rief Margaret aus. »Sie waren das also!«

»Ja, Mylady.«

»Aber warum diese Geheimnistuerei?« fragte Armand. »Warum wollte Vater nicht, daß wir erfuhren, daß du die Instrumente spielen kannst?«

Dhupta zuckte mit der Schulter. »Seine Seele war etwas sehr Kompliziertes, Sir. Ich glaube, daß auch das etwas mit seiner Kindheit zu tun hatte, vielleicht, weil sein Vater diese Instrumente spielte. Er liebte Spiele, Ihr Vater. Wie ein Kind.«

»Spiele!« sagte Rebecca höhnisch.

Dhupta warf ihr einen durchdringenden Blick zu. »Er war kein schlechter Mensch, trotz der Dinge, die er getan hat. Vielleicht ein schwacher Mensch, in der Kindheit verdorben. Sicher eine kranke Seele. Meine Aufgabe war, mich um ihn zu kümmern, wenn seine Seele auf unheilvolle Wanderschaft ging, aber er hat nicht einmal mir all seine Geheimnisse anvertraut. Manchmal begab er sich an seinen ›geheimen Ort‹, wie er es nannte. Nicht einmal mich nahm er dorthin mit.«

»Ein ›geheimer Ort‹?« fragte Jacques verständnislos. »Was für ein geheimer Ort?«

»Das weiß ich nicht, Sir. Vielleicht eine versteckte Kammer irgendwo in den Geheimgängen. Ich weiß nur, daß er dort stets allein hinging, und wenn er zurückkam, brauchte er viele Pfeifen Haschisch, um seinen Geist zu beruhigen. Ich habe ihn oft gefragt, warum er an einen solchen Ort gehe, der ihm soviel Seelenschmerz bereite, aber er beachtete die Frage gar nicht. Meine persönliche Meinung ist, daß ihn etwas in seinem Wesen dazu trieb, etwas Finsteres, Zwingendes. So wie wir alle von unserem Schicksal getrieben werden.«

Ein langes Schweigen folgte, und Dhupta wartete reglos auf ihre Reaktion.

Schließlich ergriff Jacques das Wort. »Ich danke dir, Dhupta, sowohl dafür, daß du meinem Vater ein treuer Freund warst, als auch dafür, daß du uns das alles erzählt hast. Zumindest wird dadurch das Verhalten meines Vaters etwas verständlicher.«

Dhupta lächelte. »Zu verstehen heißt zu vergeben, sagt man bei uns.«

»Du sagtest, du wolltest in deine Heimat zurück. Ist denn das Problem, vor dem du damals flohst, inzwischen gelöst?«

Wieder lächelte Dhupta, ohne die Zähne dabei zu entblößen. »Keineswegs, Sir. Doch *ich* habe mich geändert, und ich habe erkannt, daß es mein Schicksal ist, zurückzukehren und zu dem zu stehen, was ich getan habe. Was mich auch bei meiner Rückkehr erwarten mag, Kashi, die Stadt des Lichts, wird meine Erlösung sein.«

»Deine Erlösung?« fragte Jacques.

»Ja, Sir. Sie kennen den Glauben der Hindu nicht. Jedenfalls werde ich mich im Heiligen Fluß, dem Ganges, reinwaschen und mein Schicksal entgegennehmen, das *Siva* für mich vorgesehen hat. *Rama mama satya hai.*«

»Wirst du noch so lange bei uns bleiben, bis wir jemanden zur Führung des Hauses gefunden haben?« fragte Jacques. »Ich fürchte, Mutter wird vorerst nicht dazu in der Lage sein, und wir brauchen jemanden, der sich im Haus auskennt und mit fester Hand schaltet und waltet.«

Dhupta legte die Hände aneinander und verneigte sich tief. »Selbstverständlich, Sir. Ich bleibe so lange, wie Sie mich benötigen. Mutter Indien ist sehr geduldig.«

15

Während der nächsten Wochen kehrte im Maison de Rêverie wieder so etwas wie der normale Alltag ein. Niemand hatte die grauenvollen Umstände von Edouards Tod vergessen, aber die Belange des täglichen Lebens schufen eine Atmosphäre von Normalität, hinter der sich die einzelnen Familienmitglieder mit ihren jeweiligen persönlichen Gefühlen verstecken konnten.

Nach den ersten paar Tagen kam Felicity wieder zu den Mahlzeiten aus ihren Gemächern herunter, und langsam zeigte sie Anzeichen, daß sie wieder zu der warmherzigen, aufgeschlossenen Frau wurde, die Rebecca und Margaret bei ihrer Ankunft auf Pirate's Bank kennengelernt hatten.

Jacques war vollkommen damit in Anspruch genommen, sich in die geschäftlichen Angelegenheiten seines Vaters einzuarbeiten, und er war sehr froh über diese Beschäftigung, weil sie ihn vom Grübeln abhielt.

Rebecca litt immer noch unter den Auswirkungen von Edouards Überfall und dem folgenden Schock über seinen Tod, sie fühlte sich insgesamt schwach, wie eine Kranke, die sich von einer schlimmen Krise erholen muß. Sie hatte sich, zumindest im Moment, mit ihrer Ehe abgefunden. Obwohl es niemals eine echte Ehe sein würde, bedeutete sie ihr doch einiges. In ihrer derzeitigen Situation waren Jacques' liebevolle Fürsorge und Zuneigung wie ein Schutzschild, hinter dem sie sich geborgen fühlen konnte, und dafür war sie dankbar.

Natürlich gab es Momente, wo der Zorn wieder die Oberhand gewann. Wenn sie nachts neben Jacques im Bett lag und seine Wärme spürte, wurde der Schmerz des ungestillten Verlangens schier übermächtig.

Manchmal, wenn Jacques tief schlief, berührte sie sich selbst – ihre Brüste, ihren Körper – und stellte sich vor, es wäre Jacques. Und oft ertappte sie sich voller Scham dabei, wie sich das Bild Jacques' langsam in das Armands verwandelte.

Manchmal konnte sie sich auf diese Weise eine gewisse Erleichterung verschaffen, aber es war, als ob sie immer nur trockenes Brot bekäme. Sie brauchte, sie wollte wirkliche Liebe, einen Mann, den sie berührte und der sie berührte, der ihr seine Liebe körperlich bewies. Aber es gab auch Zeiten, da war sie fast zufrieden. Sie versuchte, nicht daran zu denken, wie es sein würde, wenn sie wieder vollkommen gesund wäre und ihre ganze Lebenskraft zurückkehrte.

Armand hielt sich immer noch im Maison de Rêverie auf. Abgesehen von den ausfallenden Bemerkungen, die er bei der Testamentseröffnung gemacht hatte, hatte sich sein Benehmen erheblich gebessert, der Umgang mit ihm war angenehmer geworden. Vielleicht lag das daran, dachte Rebecca, daß ihn sein Vater nicht mehr dauernd mit seinen verächtlichen Bemerkungen zum Gespött machte.

Ein Grund, warum Armand immer noch auf der Insel war, war, daß er seinem Bruder beim Sichten der Unterlagen über die geerbten Ländereien behilflich war. Die beiden Brüder schienen ein engeres Verhältnis zu haben als je, seit Rebecca sie kannte.

Armand hatte ihr gesagt, daß er bald nach Les Chênes zurückkehren wollte, aber nach den Gesprächen zwischen Jacques und ihm, die sie mitgehört hatte, hatte er offenbar die Absicht, so oft wie möglich nach Pirate's Bank zu kommen. Das rief in Rebecca zugleich Freude und Besorgnis hervor. Sie wußte, daß es für sie gefährlich werden könnte, wenn sie Armand zu oft sähe. Sie dachte oft an jenen Nachmittag auf dem Hügel oder, noch schlimmer, an das, was sich in der Dunkelheit der Nacht in ihrer Fantasie abspielte.

Margaret blühte überraschend auf. Sie zeigte keine Spur von Trauer über Edouards Tod. Sie betrachtete ihn als gerechte Strafe für sein Verhalten, wie sie zu Rebecca bereits gesagt hatte.

Auch die Trauer über den Tod ihres eigenen Vaters ließ langsam etwas nach, ebenso wie die Sorge um ihre Mutter und Rebeccas Eltern. Sie schöpfte Energie aus dem Bewußtsein, daß Rebecca immer noch geschwächt war und ihren Beistand brauchte. Das war eine ganz neue Erfahrung für sie, die sie fast genoß.

Felicity brauchte sie ebenfalls, da sie auf dem Weg war, den Tod ihres Mannes zu überwinden, und Margarets Gesellschaft und ihren Rat in häuslichen Dingen suchte, obwohl Dhupta noch immer die Aufsicht über die Führung des großen Hauses hatte. Margaret hielt an ihrer Vorstellung fest, daß Edouard ein Teufel war, der ihrer aller Leben vergiftet hatte; jetzt, nachdem er gegangen war, konnten sie alle wieder befreit leben, gesund an Geist und Körper.

»Glaubst du wirklich, sie eignet sich dazu?« fragte Felicity zweifelnd. »Ich weiß, daß sie Les Chênes schon seit vielen Jahren versorgt, aber das ist ein sehr kleines Haus, gar nicht zu vergleichen mit dem Maison de Rêverie.«

»Ich glaube, sie eignet sich hervorragend, Madame«, antwortete Dhupta. »Ich weiß von Master Jacques, daß sie ihre Kindheit hier verbracht hat, sie kennt das Haus demnach gut. Und Sie selbst sagten, daß ihre Mutter eine kluge und fleißige Frau war.«

»Ich weiß nicht. Für mich ist sie nie in Betracht gekommen. Jacques, was meinst du dazu?«

Die Familie war im kleinen Salon versammelt, um darüber zu beraten, ob man Lutie, Armands Haushälterin, die Führung des Maison de Rêverie übertragen sollte.

»Ich finde diesen Vorschlag ausgezeichnet, Mutter«, sagte Jacques. »Lutie ist außerordentlich fähig, und für uns wäre es auf jeden Fall angenehmer, jemanden zu haben, der sich im Haus und mit dem Personal auskennt, als einen Fremden einweisen zu müssen. Natürlich würde das bedeuten, daß sich Armand jemand anderen für Les Chênes suchen müßte.« Jacques sah seinen Bruder fragend an.

Armand zuckte gleichgültig mit der Schulter. »Natürlich werde ich Lutie vermissen. Sie ist bei mir, seit ich die Verantwortung für die Plantage übernommen habe. Aber ich möchte ihr nicht im Wege stehen, wenn sie die Chance hat, sich zu verbessern.«

»Also gut«, sagte Jacques. »Dhupta, du kannst anfangen, deine Reise vorzubereiten. Und Armand, würdest du dann Luties Umzug in die Wege leiten?«

Armand nickte. »Ich werde gleich heute nachmittag einen der Hausdiener hinüberschicken.«

Rebecca saß schweigsam da und starrte in ihre Teetasse. Lutie hier? Die schöne Frau mit der hellbraunen Haut hatte in Rebecca einen Stich hinterlassen, seit sie ihr zum erstenmal in Les Chênes begegnet war. Sie wurde den Verdacht nicht los, daß sie Armands Geliebte sein könnte, und der Gedanke daran erfüllte sie mit völlig ungerechtfertigter Eifersucht.

Aber Armand hatte nicht gezögert, Lutie gehen zu lassen, sagte sie sich. Das konnte doch nur bedeuten, daß sie kein Verhältnis hatten. Andererseits, flüsterte eine innere Stimme ihr zu, könnte das auch gerade darauf hindeuten, daß sie ein Verhältnis hatten, weil ihm so sehr an ihrem Weiterkommen gelegen war. Außerdem verbrachte Armand die meiste Zeit ja neuerdings hier, so daß er reichlich Gelegenheit haben würde, sie zu sehen und ...

Sie riß sich aus ihren Gedanken und ärgerte sich über sich selbst. Warum, um Himmels willen, dachte sie so etwas. Sie hatte kein Recht, wegen Armand eifersüchtig zu sein.

Jacques' Worte brachten sie wieder in die Realität zurück. »Nun, Rebecca, es scheint, unser Problem ist gelöst. Wir werden Lutie hierher holen, und Dhupta kann in seine Heimat zurückkehren. Das ist die perfekte Lösung.«

Zwei Tage später kam Lutie an, majestätisch wie eine afrikanische Königin, obwohl sie auf einem Pritschenwagen reiste, umgeben von Kisten und Koffern.

Da es ein warmer Tag war, saßen Rebecca, Margaret und Felicity auf der Veranda und arbeiteten an ihren Handarbeiten, als Lutie eintraf.

Rebecca begutachtete Luties Gepäck. Für eine Sklavin schien sie eine ganze Menge Sachen zu besitzen. Natürlich, sie war Armands Geliebte, das erklärte alles. Als Lutie ausstieg und die Treppen zur Veranda heraufkam, mußte sich Rebecca zähneknirschend eingestehen, daß sie sich mit einer Anmut bewegte, um die sie viele beneidet hätten.

Zu Felicity geneigt sagte sie in süßlichem Ton: »Meine Güte, was sie alles mitgebracht hat. Ich dachte immer, Sklaven hätten normalerweise keinen Besitz.« Sie hatte noch nicht zu Ende gesprochen, da erkannte Rebecca, wie falsch ihre Worte klangen, und sie hätte sie am liebsten zurückgenommen.

Felicity lächelte. »Grundsätzlich hast du recht, meine Liebe. Aber jemand wie Lutie, die ihr ganzes Leben bei unserer Familie verbracht hat, hat andere Privilegien. Sie gehört sozusagen zur Familie.«

Rebecca hatte keine Zeit mehr zu antworten, denn die schöne Frau stand jetzt vor ihnen und machte vor Felicity einen kleinen Knicks.

»Wie schön, Sie wieder mal zu sehen, Mistreß Molyneux. Es ist lange her seit dem letzten Mal.«

Ihre Stimme war ziemlich tief und sehr angenehm, wie Rebecca mit Mißfallen zur Kenntnis nahm. Aus der Nähe betrachtet war ihr Gesicht sogar noch aufregender, als es Rebecca in Erinnerung hatte. Sie hatte ohne Zweifel eine starke Ausstrahlung.

Felicity stand auf und legte Lutie leicht die Hände auf die Schultern. »Ich freue mich ebenfalls sehr, dich zu sehen, Lutie. Ich habe dich die ganze Zeit über sehr vermißt, weißt du.«

»Ich habe die Sache mit Master Edouard erfahren. Es tut mir leid für Sie.«

Rebecca nahm mit Interesse zur Kenntnis, daß sie nicht sagte, daß sie den Tod ihres Herrn bedauerte.

Einen Moment lang war Felicitys Gesicht wie versteinert. »Ich danke dir, Lutie. Es war Gottes Wille.«

»Nun, von jetzt ab werde ich für Sie sorgen und versuchen, Ihnen die alltäglichen Dinge leichter zu machen.«

»Unsere beiden Cousinen aus Indien hast du ja, glaube ich, bereits in Les Chênes kennengelernt. Margaret Downing und Rebecca Trenton-Molyneux, Jacques' junge Frau.«

Rebecca ertappte sich dabei, wie sie in Luties intelligente, dunkle Augen starrte. War da eine Spur von Belustigung in ihrem Blick? Auf jeden Fall war Neugier darin. Rebecca, die selbst mit Vorliebe Menschen analysierte, fühlte sich jetzt selbst einer solch genauen Betrachtung ausgesetzt.

»Guten Tag, verehrte Damen. Herzlichen Glückwunsch zu Ihrer Vermählung, Madam Molyneux. Ich habe davon gehört und mich sehr für Master Jacques gefreut.«

Rebecca kniff die Augen zusammen. Im stillen sagte sie

sich: Ich möchte wetten, daß du das hast, denn das bedeutet, daß ich hinsichtlich Armand keine Bedrohung mehr für dich darstelle.

Felicity sagte: »Und natürlich kennst du Dhupta.«

Dhupta war aus dem Haus gekommen und hatte sich vor der Neuangekommenen verneigt. »Willkommen, Miß Lutie. Ich habe Ihr Zimmer schon gerichtet. Es ist mein ehemaliger Raum, ich bin in einen kleineren umgezogen.«

Lutie schüttelte den Kopf. »Das hätten Sie nicht tun sollen.«

Zum erstenmal lachte Dhupta so, daß seine weißen Zähne zwischen den Lippen hervorblitzten, wie Rebecca mit grimmiger Belustigung feststellte. Lutie schien wirklich ein Talent zu sein, wenn sie sogar einem Griesgram wie Dhupta ein Lachen entlocken konnte.

»Es war mir ein Wunsch«, antwortete er. »Ich werde ohnehin bald abreisen, und dann brauchen Sie nicht noch einmal umzuziehen.«

Als Dhupta Lutie ins Haus führte, sagte Felicity: »So, jetzt bin ich sehr erleichtert, daß dieser Übergang so reibungslos vonstatten ging. Ich bin überzeugt, Lutie wird ihre Sache gut machen.«

»Ja, sie sieht sehr tüchtig aus«, bestätigte Margaret. »Und im übrigen ist sie außergewöhnlich hübsch.«

»Ja, das ist sie«, sagte Felicity. »Auch ihre Mutter, Bess, war eine außergewöhnliche Frau, zudem sehr intelligent.« Einen Moment hielt sie inne, und ihr Gesicht nahm einen nachdenklichen Ausdruck an. »Obwohl ich nicht sagen kann, daß mir viel an ihrer Mutter lag. Sie vergaß manchmal, wer sie war. Aber Lutie habe ich immer gemocht. Ich bin sicher, sie wird ihre Aufgabe hier hervorragend meistern.«

Bei den Worten ihrer Schwiegermutter überkam Rebecca ein gewisses Mißfallen. Sie fand den Gedanken, daß Lutie hier nun den Haushalt führte, äußerst unerfreulich. Wenn Armand und sie wirklich Liebende waren? Aber was zum Teufel ging sie das an?

Abrupt legte sie ihre Handarbeit zur Seite und stand auf. Sie mußte eine Weile allein sein. »Ich glaube, ich mache einen kleinen Spaziergang. Ich werde nicht lange wegbleiben.«

Margaret sah sie fürsorglich an und fragte: »Soll ich mitkommen?« Aber Rebecca lehnte mit einem überzeugenden Lächeln ab. »Bis später dann«, sagte sie leichthin.

Mit schnellem Schritt ging sie davon, bis sie außer Sichtweite des Hauses auf einem der gewundenen Feldwege war. Hier verlangsamte sie ihren Schritt und genoß die Natur rings um sie herum.

Armand kam gerade noch rechtzeitig auf die Veranda, um Rebecca auf einem der Feldwege als kleine Gestalt vor dem grünen Horizont verschwinden zu sehen.

Er hätte zu gern gefragt, wohin sie ging, aber er wagte nicht, das so direkt zu tun, also begann er wie nebenbei: »Ich sehe, daß Lutie gut angekommen ist und Dhupta sie bereits in die Alltagsroutine des Haushalts einweist.«

»Ja«, antwortete Felicity. »Ich habe gerade den beiden Mädchen gesagt, wie erleichtert ich bin, Lutie hier zu haben.«

»Und wie geht es dir heute, Margaret?« fragte Armand.

Margaret sah ihn etwas überrascht an. »Nun, sehr gut. Nett, daß du fragst. Ich fühle mich inzwischen wirklich sehr erholt.«

»Gut, sehr gut.« Armand wippte auf den Fersen und sprach im gleichen Plauderton weiter: »War das Rebecca, die ich dort in der Landschaft gesehen habe?«

Felicity antwortete: »Ja, sie hatte Lust, sich ein bißchen Bewegung zu verschaffen.«

»Aha. Nun, ich denke, ich begebe mich wieder an meine Arbeit. Ich gehe ein paar Zahlen durch, während Jacques in Beaufort ist. Ich möchte damit fertig sein, bevor er heute nachmittag zurückkommt.«

Als er ins Haus ging, lächelte Armand vor sich hin. Mein Gott, was für ein Heuchler er geworden war! Harmlose Fragen zu stellen, um herauszufinden, wohin Rebecca ging! Nur um ihr nachschnüffeln zu können! Wohin sollte das führen?

Doch trotz dieser Selbsterkenntnis eilte er in die Küche, damit er sehen konnte, welchen Pfad sie einschlug.

Dann ging er hinaus und folgte ihrem blauen Sonnenschirm in gemessenem Abstand, so daß sie ihn nicht sehen konnte. Während der ganzen Zeit versuchte er sich darüber klar zu werden, was er da tat, aber ein Teil von ihm wußte es genau, und auch warum er es tat, und so stritten zwei Seelen in seiner Brust:

Jacques ist dein Bruder, und Rebecca ist seine Frau.

Ja, aber sie ist nur auf dem Papier seine Frau!

Das ändert nichts daran. Nach dem Gesetz ist sie seine Frau, und er liebte sie. Ich weiß, was du willst. Und wenn du es bekommst, wirst du ihn sehr verletzen.

Ich möchte ihn nicht verletzen. Seit Vaters Tod haben wir ein besseres Verhältnis denn je. Ich weiß, daß ich ihn in zweifacher Hinsicht verletze, wenn ich ihn jetzt betrüge. Aber Rebecca ist unglücklich. Das kann jeder sehen.

Das geht dich nichts an.

Aber sie ist es. Und sie empfindet etwas für mich. Das weiß ich. Ich kann es in ihren Augen lesen. Ich kann es zwischen uns fühlen, wie eine magnetische Kraft, wie die Macht der Gezeiten.

Gezeiten hin oder her, es wäre unrecht. Du hast dich immer für einen Ehrenmann gehalten. Ist es vielleicht eine ehrenhafte Tat, der Frau deines Bruders durch die Landschaft zu folgen wie ein gemeiner Dieb?

Ich habe ja versucht, von ihr zu lassen. Du weißt genau, wie sehr ich es versucht habe. Aber ich kann es nicht, verdammt!

Armand schlug sich mit der Faust auf den Schenkel und hoffte, daß der Schmerz die inneren Stimmen zum Schweigen bringen würde. Für einen Moment hatte er Rebecca aus den Augen verloren, doch dann blitzte wieder das Blau ihres Schirms durch die Bäume, und er sah, daß sie zu einem der alten, versteckten Pavillons abbog, zu jenem, der von Pflanzen so überwuchert war, daß man ihn vom Weg aus nicht sehen konnte. Sein Herz fing mit einer beinah unerträglichen Heftigkeit an zu schlagen bei dem Gedanken, daß er in wenigen Sekunden mit ihr allein sein könnte, zum erstenmal allein seit jenem Tag auf dem Festland, bei den Ruinen des ehemaligen Plantagenhauses.

16

Im Inneren des zierlichen Pavillons lehnte sich Rebecca an einen der Eckpfeiler.

Dieser Pavillon war nicht sehr gepflegt, und es gab Stellen, wo das Holz gefährlich verfault war, aber er war abgeschieden, und Rebecca fand ihn besonders hübsch.

Der weiße Anstrich von früher war längst von Sonne und Regen abgetragen. Das Holz, aus dem er errichtet worden war, war zu einem blassen Grau verwittert, das sich den Bäumen und Pflanzen der Umgebung anpaßte und den Pavillon wie einen Teil der Natur erscheinen ließ, als ob er hier gewachsen wäre. Die Sonne zeichnete durch das Blattwerk ringsum ein zartes Muster auf dem Boden des Pavillons.

Rebecca schloß die Augen und zwang sich zu entspannen, indem sie den Geräuschen ringsum lauschte: dem Rauschen des leichten Windes in den Blättern, dem Knacken der Eichhörnchen. Und den Vögeln ... sie hörten sich an, als hätten sie sich ganz dem Frühling hingegeben, die vielen verschiedenen Melodien. Es war unvorstellbar, daß so kleine Körper solch einen Klang zustande brachten. Doch ihr Gesang konnte heute Rebeccas Depresssion nur verstärken. Es war Frühling, die Natur erwachte, aber sie hätte genausogut eine alte Frau sein können, im Herbst ihres Lebens.

Langsam drangen Tränen unter ihren geschlossenen Augenlidern hervor, und sie gab sich ganz ihrer melancholischen Stimmung hin.

Ein lautes Krachen, das Geräusch von zerbrechendem Holz und eine leichte Erschütterung des Pavillons veranlaßten sie, die Augen zu öffnen. Vor ihr stand Armand. Er kam nicht näher auf sie zu, stand einfach nur da und sah ihr in die Augen.

Seine Augen ... aus seinen Augen sprach etwas so Eindringliches, so Vielsagendes und Inniges, daß ihr Blick dem seinen nur mit Mühe standhalten konnte. In ihren Adern schien das Blut zu kochen. Sie war so aufgewühlt, daß sie kaum noch Luft bekam, obwohl sie hastig atmete.

»Rebecca?« sagte er und machte einen Schritt auf sie zu.

Das Wort war ein Flehen und Befehlen gleichzeitig, und Rebecca wußte, daß sie ihn nicht aufhalten würde. Er würde näher kommen. Er würde sie berühren. Er würde ...

Sein Blick ruhte noch immer eindringlich auf ihr. Er machte einen weiteren Schritt, und noch einen. Jetzt stand er dicht vor ihr, sah zu ihr herunter, tief in ihre Augen, und noch immer sprach sie nicht, konnte nicht sprechen, konnte ihn nur ansehen. Sie wußte, wenn er sie jetzt küßte, wäre sie verloren, doch sie wollte verloren sein. Nichts war jetzt mehr von Bedeutung, Jacques nicht, Margaret nicht, Felicity nicht und ihre Eltern nicht. In diesem Augenblick gab es weder Gut noch Böse, es gab nur ein übermächtiges Verlangen.

Langsam beugte er sich zu ihr herunter, und so selbstverständlich, wie eine Blume der Sonne entgegenkam, legte sie den Kopf in den Nacken und bot ihm ihr Gesicht dar.

Als seine Lippen ihre berührten, brauste eine Woge der Leidenschaft durch ihren Körper.

Ohne den Mund von ihrem zu nehmen, legte Armand die Arme um sie und hob sie hoch, so daß ihre beiden Körper aneinandergedrückt waren. Sein Griff war fest, fast schmerzhaft. Seine Hände auf ihrem Rücken drückten sie fest an ihn, bis sie das Gefühl hatte, daß ihr Körper mit seinem verschmolz. Und dann streichelten seine Hände ihre Haare und ihre Brüste, während seine Zunge ihre Lippen öffneten und ihre suchte, und sie erbebte, denn es war, als ob dadurch ein unbändiges Verlangen in ihr wuchs. Es war zuviel, zu stark.

Sie nahm ihre Lippen von seinem Mund und schnappte wie eine Ertrinkende nach Luft, während er seine Wange an ihre drückte.

Sie fühlte den harten Druck seines Körpers gegen ihren Unterleib, und sie spürte, wie auch er von Verlangen bebte. Alles an ihm verriet seine heiß entfachte Leidenschaft, und es steigerte ihre eigene Erregung, als sie merkte, wie sehr er sie begehrte.

Mit einem Finger unter ihrem Kinn hob er ihr Gesicht an, und sein Mund suchte wieder den ihren, während seine andere Hand zu den Knöpfen ihres Kleides glitt. Doch die kleinen Knöpfchen widersetzten sich seinen vor Aufregung ungeschickten Fingern. Mit einem ungeduldigen Stöhnen ließ er sie einen Augenblick los, beugte sich nach unten und hob ihren Rock hoch. Dann waren seine Hände, aufgeregte, suchende Hände, auf ihrem Bauch und bald tiefer unter ihrer Wäsche, und ohne nachzudenken streifte sie sie ab und stieß sie mit dem Fuß zur Seite, während seine Hände ihre Schenkel und Hüften streichelten.

Er zog sie hinunter auf den laubbedeckten Boden des Pavillons; seine Finger erforschten zärtlich jeden Winkel ihres Körpers, sein Mund und seine Zunge hatten ganz Besitz von ihr genommen.

Rebecca hatte jetzt jede Hemmung verloren, so überwältigend war ihre Erregung, und sie streckte die Hand aus und berührte auch ihn ohne Scheu; sie sehnte sich nach Erfüllung, nach Befriedigung.

Bei ihrer Berührung lockerte Armand seine Kleidung, und dann hob er sich auf die Knie über sie. Jetzt lag sie unter ihm, sie atmete keuchend, bis sie ihn heiß auf sich spürte. Ohne Zögern öffnete sie sich für ihn.

Ihre Erregung war so stark, daß sie kaum den kurzen Schmerz fühlte, der den ersten Stoß begleitete. Als er sich in gleichmäßigem Rhythmus zu bewegen begann, paßte sie sich seinen Bewegungen an. Sie wurde davongetragen von einer Woge der Liebe zu diesem Mann, dessen Körper jetzt zu einem Teil von ihr geworden war.

Rebecca hatte keine Ahnung, wieviel Zeit vergangen war. Sie wußte, daß sie geschlafen und daß ein Geräusch außerhalb des Pavillons sie geweckt hatte. Erschreckt sah sie sich um. Wenn jemand sie so hier überraschen würde . . .

Aber es war niemand zu sehen, und außer den natürlichen Geräuschen war nichts zu hören.

Armand lag neben ihr, sein linker Arm lag schützend auf ihrem Körper, ihr Kopf war auf seine rechte Schulter gebettet. Er atmete gleichmäßig, und sie hielt ihn für schlafend, doch als sie ihm ins Gesicht sah, bemerkte sie, daß er sie anblickte. Sein Gesicht – das sie immer ernst kannte – zeigte ein leichtes Lächeln. Er sah jetzt viel jünger aus, kam ihr plötzlich in den Sinn, fast wie ein Knabe.

»Rebecca«, sagte er zärtlich. »Meine schöne, wunderschöne Rebecca.«

Sie lächelte ihn an. Oh, wie gut sie sich fühlte! Müde und befriedigt, und genommen wie eine Frau! Das war die Erfüllung, die sie sich so lange ersehnte.

»Ich kann nicht behaupten, daß es mir leid tut«, sagte er

langsam. »Das wäre eine Lüge. Es wird mir niemals leid tun. Aber du sollst wissen, daß ich es eigentlich nicht geplant habe. Ich bin dir nicht nachgekommen, um dich zu verführen. Ich habe einfach die Beherrschung über meine Gefühle verloren.«

Rebeccas Lächeln wurde spitzbübisch. »Ich glaube, mir geht es genauso.«

Er zog sie heftig an sich. »O Rebecca! Ich habe mich so lange nach dir gesehnt. Gott allein weiß, wie sehr ich mich bemüht habe, mich von dir fernzuhalten, aber nur ein Heiliger hätte es geschafft, trotz solchen Begehrens nicht deine Nähe zu suchen . . . Rebecca?«

Seine leidenschaftlichen Worte berührten sie zutiefst, und sie küßte ihn zart auf die Lippen. »Ja, Armand?«

»Laß uns zusammen weggehen. Verlasse Jacques, und komme mit mir. Wir werden einen Ort finden, wo uns niemand kennt. Dies ist ein großes Land.«

Rebecca verbarg das Gesicht an seiner Brust, ihr Atem ging schnell, so sehr überraschte sie sein Vorschlag. Daran hatte sie nie gedacht! Diese Möglichkeit war ihr überhaupt nicht in den Sinn gekommen. Seit er im Pavillon aufgetaucht war, hatte sie tatsächlich überhaupt nichts mehr gedacht. Obwohl sie sich bewußt war, daß sie Armand begehrt hatte, so war doch das, was geschehen war, ohne Plan, ohne Nachdenken geschehen. Jacques verlassen? Könnte sie das überhaupt? Es würde einen entsetzlichen Skandal geben.

»Rebecca?« Er wich etwas zurück und sah ihr in die Augen.

Sie schüttelte den Kopf. »Armand, ich bitte dich! Ich kann in diesem Moment keinen klaren Gedanken fassen.«

Er sah sie eindringlich an und beobachtete ihr Gesicht genau, als wollte er es sich für ewig ins Gedächtnis bannen.

»Wirst du wenigstens darüber nachdenken? Ich meine es ernst.«

Erleichtert, daß sie sich nicht sofort entscheiden mußte, nickte sie schnell. »O ja. Ich überlege es mir. Das verspreche ich.«

Er lächelte breit, mit kleinen Fältchen in den Augenwinkeln.

Er sah so knabenhaft aus, so hübsch, daß sie etwas in

ihrem Inneren anschwellen fühlte, und sie küßte ihn auf seinen Mund. Er schmeckte so süß, und sie war in seinen Armen so glücklich und zufrieden. Wie konnte sie ihn nur jemals für einen ungehobelten Klotz halten?

Er zog sie heftig an sich, bis sie fürchtete, er könnte ihr die Rippen brechen, und küßte sie wild und leidenschaftlich. Sie spürte nichts mehr von der Unbequemlichkeit ihres Lagers, sondern erwiderte seinen Kuß mit der gleichen Intensität. Und willig kam sie ihm entgegen, als er sie ein zweites Mal nahm, diesmal eine Spur härter in seiner wilden Lust, was genau ihren eigenen Gefühlen entsprach. Da sie ihn jetzt gefunden hatte, seine Liebe erfahren, wie könnte sie ihn da aufgeben?

Rebecca und Armand kamen auf verschiedenen Wegen und zu verschiedenen Zeiten zum Haus zurück. Sie schlich sich ins Haus, um nicht gesehen zu werden. Ihr Kleid war vom Laub des Pavillonbodens schmutzig, und ohne Spiegel und Kamm hatte sie es nicht geschafft, ihr Haar wieder in Ordnung zu bringen.

Sie fühlte sich schuldig und glücklich gleichzeitig, als sie das Haus durch den Hintereingang betrat und sich verstohlen zu ihrem Zimmer schlich, wo sie schnell das Kleid auszog und es zu der anderen Wäsche legte, die das Mädchen mitnehmen würde.

Als sie sich im Spiegel betrachtete, konnte sie nicht umhin zu lächeln. Sie fühlte sich so lebendig wie schon seit Wochen nicht mehr. Sogar ihr Schuldgefühl trug dazu bei. Rasch wusch sie sich ein wenig. Es wäre nicht gut, wenn Jacques hereinkäme und sie so sähe. Sie hatte das Gefühl, daß ihr in großen Buchstaben auf die Stirn geschrieben stünde, was sie gerade getan hatte.

Sie hatte sich gewaschen und frische Unterwäsche angezogen, als ein Klopfen an der Tür ihr schuldbewußtes Herzflattern bereitete. Sie wirbelte herum, ihr Puls raste. Aber es konnte nicht Jacques sein, er wäre einfach ins Zimmer gekommen. Außerdem würde er nicht so früh aus Beaufort zurück sein.

»Wer ist da?« rief sie und wunderte sich, daß ihre Stimme ganz normal klang.

»Ich bin's, Margaret. Darf ich reinkommen?«

Rebecca zögerte. Obwohl sie wußte, daß man Margaret leicht etwas vormachen konnte – sie hatte es oft genug getan –, fühlte sie sich im Moment außerstande, ihrer Cousine vor die Augen zu treten. Oh, wie sehr sie sich wünschte, Margaret wäre ein Mensch, dem man ein solches Geheimnis anvertrauen könnte! Aber Margaret war so gut, so unschuldig und rein, daß allein ihre Anwesenheit schon wie ein Tadel war. Doch sie konnte sie unmöglich abweisen, das hätte nicht zu ihrer Art der Freundschaft gepaßt.

»Natürlich, Margaret. Komm herein«, sagte sie und versuchte, so einladend wie möglich zu klingen.

Die Tür öffnete sich, und Margaret trat ein. Rebecca fand, daß sie sehr ernst und nachdenklich aussah. Sie setzte sich auf die Truhe am Fuße des Bettes und fragte: »Hast du einen schönen Spaziergang gemacht?«

Rebecca, die so tat, als hätte sie gerade ihre Haare gerichtet, strahlte ihre Cousine an. »O ja. Es war sehr schön. Es schien Tausende von Vögeln zu geben. Ich fühle mich wie neugeboren.«

»Nun, ich habe nicht gesehen, wie du ins Haus zurückgekommen bist«, sagte Margaret. »Und Felicity bat mich, dich zum Tee zu holen.«

Rebecca spürte, wie ihre Spannung etwas nachließ. Schließlich war es ja nur Margaret. Sie sagte vergnügt: »Ich habe den Hintereingang benutzt. Auf dem Weg war es stellenweise matschig, und als ich den Vögeln nachsah, bin ich versehentlich hineingetreten. Ich wollte nicht mit so schmutzigen Schuhen die Wohnräume betreten. Was gibt's zum Tee?«

Margaret sah sie forschend an. »Frisches Brot und Butter, süße Kartoffelbiskuits, Konfitüre und Beeren mit Sahne.«

Rebecca seufzte. »Klingt himmlisch. Ich habe das Gefühl, ich könnte alles allein aufessen. Mein Spaziergang hat mir ziemlich Appetit gemacht.«

Sie nahm ein zartrosafarbenes Kleid vom Bett, das sie sich bereitgelegt hatte, bevor sie mit der Toilette anfing. Während sie hineinschlüpfte, dachte sie wieder an Armands Hände auf ihrem Körper, und sie fühlte förmlich seine Berührung. Erneut durchflutete sie ein heißes Begehren, und sie wandte sich ab, damit Margaret ihr Gesicht nicht sähe. Sie hätte sich eigentlich schämen sollen, aber sie konnte nicht. Sie mußte sich jedoch große Mühe geben, sich besser zu beherrschen.

Gelassen wandte sie sich wieder Margaret zu. »So. Jetzt bin ich endlich fertig. Laß uns hinuntergehen und über den Tee herfallen!«

Als Rebecca sich zum erstenmal wieder dem Kreis der Familie gegenüber sah, war ihr sehr unbehaglich zumute, da sie nicht wußte, wie sie reagieren würde, wenn sie Armand sähe. Armand war jedoch distanziert und höflich, und die anderen waren alle so natürlich wie immer, daß ihre Spannung rasch nachließ.

Jacques war etwas früher als geplant von seiner Reise zurückgekehrt. »Ich habe heute in Beaufort mit Joshua Sterling gesprochen«, erzählte er gerade.

»Dieser Dummkopf«, sagte Armand mit einem Knurren, ohne seinen Bruder anzusehen. »Ich nehme an, er hatte wieder einen Klatsch auf Lager, wie immer.«

Jacques grinste. »Natürlich. Wann hätte er das je nicht? Aber diesmal waren es wenigstens handfeste Neuigkeiten, und sie wurden von anderen Leuten, mit denen ich gesprochen hatte, bestätigt.«

Er wandte sich an Felicity. »Kann ich bitte noch eine Tasse Tee haben, Mutter? Es scheint, daß General Jackson vorhat, weiter ins Innere von Florida vorzudringen. Es sieht so aus, als hätte Vater mit seiner Vermutung recht gehabt. Jackson nimmt die Seminolen als Vorwand, um die Spanier aus Florida zu vertreiben.«

»Noch mehr Kämpfe!« Felicity seufzte, während sie vorsichtig Jacques Tee eingoß.

»Es wird niemals Frieden geben, solange die Spanier in Florida sind, Mutter. General Jackson selbst hat das gesagt. Sie sind zu dicht an unseren Grenzen. Wenn wir Florida einnehmen, gibt uns das eine gewisse Sicherheit und Stabilität. Niemand will Krieg, aber manchmal ist er einfach unvermeidlich.«

Felicity verzog das Gesicht und sah zu Rebecca und Margaret. »Das wollt ihr Männer uns immer weismachen. Aber oft frage ich mich, ob das stimmt. Ich bin genauso patriotisch wie jede andere Frau, aber ich möchte meine Söhne nicht auf dem

Schlachtfeld opfern. Ich kann mir nicht vorstellen, daß es Frauen gibt, die anders empfinden.«

»Es ist eine Frage der Ehre, Mutter«, sagte Jacques gelassen.

Rebecca, die Armand unter gesenkten Wimpern ansah, bemerkte dessen Stirnrunzeln. Auch er fühlt sich schuldig, dachte sie. Und da schwirrte wieder dieses Wort herum. »Ehre.« Normalerweise hielt sie mit ihren Gedanken nicht hinter dem Berg, aber in diesem Augenblick schien es ihr weise zu schweigen.

»Nun, ich hoffe, du denkst nicht etwa daran, dich General Jackson anzuschließen«, sagte Felicity. »Du mußt jetzt an Rebecca denken und an das Maison de Rêverie.«

Jacques sah schnell zu Rebecca und dann wieder weg.

»Hab keine Angst, Mutter. Ich habe gewiß nicht die Absicht, noch einmal in den Krieg zu ziehen. Ich glaube, ich habe meinem Vaterland genug gedient.«

Rebecca träumte Tag und Nacht von Armand. Ihre Gedanken kreisten immer wieder um ihre Erlebnisse im Pavillon. Jedesmal, wenn sie das Geschehene im Geiste noch einmal erlebte, wallte heißes Begehren in ihr auf, und trotzdem wußte sie, daß es nicht wieder passieren durfte. Was sie getan hatten, war unrecht, aber es geschah unabsichtlich. Wenn sie es wiederholten, wäre es in voller Absicht, mit Vorbedacht. Und es wäre gefährlich. Die Insel war klein, es gab viele Bedienstete, und Bedienstete klatschten gern. Obwohl sie sich nach Armand sehnte, hatte die Leidenschaft ihren gesunden Menschenverstand nicht überwältigt.

Als sie anfangs an Armands Vorschlag dachte, hielt sie ihn manchmal für realistisch, aber je länger sie es sich überlegte, desto klarer wurde ihr, daß es nicht möglich war. Der Gedanke an den Skandal und die Reaktion der Familie war beängstigend. Wenn sie und Armand zusammen fliehen würden, müßten sie für alle Zeiten derer entsagen, die sie liebten. Ihre Eltern, Felicity, Margaret – sie alle würde sie nie mehr wiedersehen.

Und Jacques! Welches Leid er ihr auch zugefügt hatte, er hatte es getan, weil er sie liebte. Wenn sie mit Armand weglaufen würde, wären die Scham und die Würdelosigkeit möglicherweise unerträglich.

Bei ihren Überlegungen kamen ihr auch wieder Felicitys Worte in den Sinn, warum sie bei Edouard blieb. Sie erinnerte sich sehr gut, daß sie erwähnte, sie habe keinerlei Vermögen außer dem, das von Edouard kam. Soweit Rebecca wußte, besaß auch Armand kein eigenes Geld, und wenn er mit ihr wegliefe, verlöre er jeden Anspruch auf das Molyneux-Vermögen. Auch ihre Eltern könnte sie nach einem solchen Schritt niemals um Geld bitten. Sie und Armand wären Ausgestoßene. Könnte sie so leben? So groß ihre Liebe zu Armand auch war, sie mußte sich eingestehen, daß das unmöglich war.

Zwei Tage gingen für Rebecca voller Sehnsucht und Sorge dahin. Sie wollte, daß Armand zu ihr kam, und gleichzeitig fürchtete sie sich davor. Sie wollte, daß sie sich wieder liebten wie im Pavillon, und doch wußte sie, daß es unmöglich war. Sie kam sich vor wie eine Seiltänzerin auf einem schwankenden Seil.

Als sich Armand ihr schließlich wieder näherte, war sie völlig unvorbereitet. Es war ein wundervoller Frühlingstag gewesen, klar und strahlend, doch nicht zu warm. Die Frische und Schönheit der Natur erfüllten sie ganz. Rebecca hatte nach langer Zeit wieder Lust zu malen.

Es war jetzt Abend, und sie stand auf der Veranda und beobachtete, wie sich über den Himmel eine unglaubliche Farbenpracht zog. Der Anblick war so schön, daß ihr Tränen in die Augen stiegen. Wie gern hätte sie diesen Augenblick mit Armand gemeinsam genossen!

»Rebecca?«

Überrascht drehte sie sich um und sah Armand hinter sich stehen. Die letzten Strahlen der Sonne tauchten sein Gesicht und sein Haar in einen goldenen Schein. Einen Augenblick lang drohte ihr Herz stillzustehen.

Sie sah sich schnell um, aber niemand war zu sehen. »Armand«, flüsterte sie und hielt dann hilflos inne. Sie konnte nicht!

»Die anderen sind alle im Haus«, sagte er ruhig. »Felicity und Margaret ziehen sich noch für das Abendessen um, und Jacques sitzt im Arbeitszimmer über den Büchern. Wir haben einen Moment für uns.«

Als sie ihm in die Augen sah, spürte Rebecca, wie ihre Willenskraft schwand. Vielleicht *konnten* sie sich ja doch heimlich treffen, ohne daß jemand etwas merkte. War er gekommen, um ihr das vorzuschlagen?

»Rebecca.« Er kam ein wenig näher zu ihr her, berührte sie aber nicht. »Das ist die erste Gelegenheit, daß ich dich allein treffen konnte. Hast du über das nachgedacht, was ich dich gefragt habe?«

Rebecca hatte das Gefühl, als ob sich eine Schlinge um ihren Hals legte.

»Nun, hast du?«

Sie nickte schnell. »Ich habe die ganze Zeit nichts anderes gedacht, so daß ich schon fürchtete, den Verstand zu verlieren.«

Seine Stimme klang plötzlich drängend. »Also, gehst du mit mir fort? Wenn du ja sagst, werde ich sofort mit den Vorbereitungen beginnen!«

Was sollte sie antworten? Wie *konnte* sie antworten? Sie wünschte sich von ganzem Herzen, ja sagen zu können, und doch wußte sie, daß es unmöglich war.

»Rebecca?« Er streckte die Hand aus, berührte zart ihre Wange und sah ihr tief in die Augen. »Wie lautet deine Antwort?«

Langsam schüttelte sie den Kopf. »O Armand, wie sehr ich mir wünsche, ich könnte es. Es hört sich alles so leicht an, so schön. Aber ich könnte es Jacques niemals antun. Und kannst du dir vorstellen, was das für deine Mutter bedeuten würde? Und Margaret? Und außerdem ist da auch noch meine Familie. Es würde Schande über sie alle bringen. Jacques hat schon genug ...« Ihre Stimme versagte, und Schmerz verdunkelte seine Augen.

»Ja«, sagte er rauh. »Ich weiß Bescheid über Jacques. Ich weiß, daß er verletzt wurde, und ich weiß, daß er dir niemals ein wirklicher Ehemann sein kann. Es war unrecht und grausam von ihm, dich zu heiraten, obwohl er das wußte. Wie kannst du weiter ein so verlogenes Leben führen? Es wird im Laufe der Zeit nur noch schlimmer werden. Eines Tages wirst du Kinder haben wollen. Und dann?«

Rebecca sehnte sich danach, ihn zu berühren, sich an ihn zu schmiegen und in seinen Armen zu liegen, aber sie wagte es nicht. Jeden Moment konnte einer von den anderen aus dem Haus kommen.

»Ja, er hat mir Unrecht getan, und doch *ist* er mein rechtmäßiger Ehemann. Er war immer gut zu mir, soweit es in seiner Macht stand. Und wenn wir diese Verrücktheit nun wirklich begehen würden, wohin sollten wir gehen? Wie würden wir leben? Ich bin das einfache Leben nicht gewöhnt. Ich . . . ich liebe dich, Armand. Vielleicht ist es sehr selbstsüchtig von mir, aber ich kann es einfach nicht tun. Jetzt nicht.«

Armands Lippen wurden schmal, und Rebecca wußte, daß sie ihn verletzt hatte. »Ja«, sagte er schwach. »Es ist wahr, daß ich kein eigenes Geld besitze, oder zumindest nicht viel. Das Leben wäre sicher nicht leicht für uns, aber ich wäre bereit, das für uns auf mich zu nehmen.« Seine Stimme klang jetzt vorwurfsvoll. »Ich bin kräftig und intelligent. Ich könnte Arbeit finden, um uns zu ernähren.«

Rebecca fühlte, wie ihr Tränen in den Augen brannten. Oh, warum hatte er ihnen beiden diese Qual nicht ersparen können?

Sie sah ihn flehentlich an und schüttelte heftig den Kopf. »Es tut mir leid, Armand. Es tut mir so leid!«

In diesem Moment ging die Tür schwungvoll auf, und in dem Licht, das von innen herausfiel, stand Jacques und blickte angestrengt in die aufsteigende Dunkelheit auf der Veranda.

»Oh, da bist du ja, meine Liebe. Ich habe dich überall gesucht.«

Rebecca zwang sich zu einem Lächeln und eilte an seine Seite. »Ich habe gerade den Sonnenuntergang bewundert. Er war großartig. Du hättest herauskommen und ihn dir ansehen sollen, anstatt in dem trostlosen Arbeitszimmer über deinen Zahlen zu sitzen.« Sie wußte, daß sie zuviel redete, aber sie konnte sich nicht bremsen. »Armand hat ihn auch verpaßt, er ist auch gerade erst herausgekommen. Wirklich, ihr nehmt diese Schönheit, die euch hier umgibt, gar nicht mehr wahr. Ihr beachtet sie gar nicht mehr.«

Jacques lächelte zu ihr herab, anbetend, nachsichtig, als ob sie ein hübsches kleines Mädchen sei, und nahm ihren Arm. »Vielleicht hast du recht. Bruder, wir müssen uns ändern.«

Armand trat in den Lichtstrahl, der durch die Tür auf die Veranda fiel. »Ich glaube, das habe ich schon getan. Ich würde gern etwas mit dir besprechen. Seit du über General Jacksons jüngste Unternehmungen berichtet hast, spiele ich mit dem Gedanken, mich ihm anzuschließen . . .«

»Du, Armand?« fragte Jacques überrascht. »Ich hätte nie geglaubt, daß du in den Krieg ziehen würdest.

»Nun, er braucht Männer, und dieser Krieg ist besonders wichtig für uns und für Georgia. Das bedeutet natürlich, daß du dich während dieser Zeit sowohl um Les Chênes als auch um Middlemarsh kümmern müßtest. Aber ich habe gute Aufseher in Les Chênes, so daß die Dinge dort beinah von allein laufen.«

Rebecca hielt sich krampfhaft an Jacques' Arm fest, um nicht umzufallen. Armands Worte hatte sie wie ein Blitzschlag getroffen. Das war genau das, was er wollte, vermutete sie, sonst hätte er das Thema erst aufgegriffen, wenn er mit Jacques allein gewesen wäre.

Armand wollte in den Krieg ziehen! Allein den Gedanken daran konnte sie nicht ertragen!

Jacques schüttelte etwas ratlos den Kopf. »Davon hast du bisher nie gesprochen, Armand, und ich muß gestehen, daß es mich etwas unvorbereitet trifft. Du weißt, wie sehr ich auf dich und deine Hilfe baue.« Er seufzte tief. »Laß mich darüber nachdenken, und dann reden wir erneut darüber, nach dem Abendessen.«

»Wir können darüber reden, aber ich werde es mir nicht anders überlegen«, sagte Armand beharrlich. »Ich habe mich entschlossen. Ich werde gleich morgen früh bei Tagesanbruch aufbrechen.« Ohne Rebecca noch einen Blick zu schenken, ging er ins Haus.

»Also nein!« Jacques hielt die Luft an und starrte seinem Bruder nach. »Ich muß schon sagen, daß ist eine große Überraschung für mich. Findest du nicht auch, dieser Entschluß kommt ein bißchen plötzlich, meine Liebe?«

Rebecca fühlte sich innerlich leer, aber sie schaffte es, mit ruhiger Stimme zu antworten: »Ja, wirklich sehr plötzlich.«

17

Rebecca war in der Küche und beobachtete die Zubereitung eines bestimmten Gerichtes, das sie angeblich interessierte. Darcy, die Köchin, rollte gerade unter Anleitung von Lutie Teig aus.

Doch wesentlich mehr beobachtete Rebecca die Haushälterin, denn seit Armands Abreise war ihre Neugier hinsichtlich dieser Frau fast zur Unerträglichkeit gestiegen.

Armands Weggehen hatte in Rebecca ein Gefühl der Trauer und Verlassenheit hervorgerufen, und dieses Gefühl wurde noch dadurch verstärkt, daß alle anderen im Maison de Rêverie ganz zufrieden zu sein schienen.

Natürlich fehlte Armand seinem Bruder Jacques sehr, aber dieser war so intensiv damit beschäftigt, die beiden Plantagen zu leiten und sich um die übrigen Geschäfte zu kümmern, daß wenig Zeit für andere Gedanken übrig blieb.

Margaret, die sich nie viel aus Armand gemacht hatte, schien sehr zufrieden zu sein, daß er weg war. Sie war damit beschäftigt, in der Bibel zu lesen, zu handarbeiten oder gelegentlich einen Spaziergang oder einen Ritt durch die Landschaft zu unternehmen.

Und Felicity . . . nun, Rebecca fand es irgendwie merkwürdig, daß ihre Schwiegermutter nicht im geringsten beunruhigt zu sein schien über die Tatsache, daß ihr jüngster Sohn in der Schlacht gegen die Seminolen stand und jederzeit verwundet oder getötet werden konnte. Seit dem Tode Edouards blühte Felicity auf wie eine Blume im Herbst. Rebecca hatte das untrügliche Gefühl, daß sie am liebsten ein großes Gartenfest arrangiert hätte, wenn es der Anstand so kurz nach dem Tod ihres Mannes erlaubt hätte. Erst am Abend zuvor hatte sie noch bedauert, daß sie zur Zeit keine großen Einladungen geben konnten.

Mitten in dieser harmonischen Häuslichkeit kam sich Rebecca deplaziert vor und langweilte sich entsetzlich. Sie machte sich große Sorgen um Armand, aber es gab niemanden, mit dem sie über diese Gefühle hätte sprechen können. Verzweifelt hielt sie sich stets mit irgend etwas beschäftigt, damit sie nicht den Verstand verlor. Sie hatte wieder angefangen zu malen, und sie ritt viel; sie raste dann über die Wege dahin, wo sie früher Armand hatte reiten sehen, als ob sie vor ihrer eigenen Angst selbst fliehen könnte.

Und dann war da immer Lutie. Sie hatte jetzt die volle Verantwortung für das Haus, nachdem Dhupta in sein geliebtes Indien zurückgekehrt war. Man spürte ihre Gegenwart überall, alles lief wie geschmiert. Immer wenn Rebecca ihr begegnete, fragte sie sich, welche Beziehung diese Frau wohl zu Armand gehabt haben mochte. Aber das war nicht alles, es war mehr als Eifersucht auf eine Frau, die vielleicht Armands Geliebte war. Es ging etwas ungemein Faszinierendes von dieser schönen Schwarzen aus. Zum Teil beruhte das vielleicht auf ihrer Vergangenheit, vermutete Rebecca, auf der Tatsache, daß ihr Schicksal eng verknüpft mit dem des Maison de Rêverie und der Familie Molyneux war. Sie war die Tochter der Sklavin Bess, die wiederum das Kindermädchen der geheimnisvollen Elissa Huntoon war, Edouards Adoptivschwester. Da Lutie älter war als Jacques, mußte sie Elissa gekannt haben, als diese noch eine junge Frau war. Von jenem Tag in Les Chênes an, als Jacques ihr über Elissa und den tragischen Tod ihrer Eltern erzählt hatte, ließ deren Geschichte Rebecca nicht los, und ihr fiel auf, daß niemand darüber Genaues wußte oder sich zumindest dafür interessierte, was aus ihr geworden war.

Rebecca hätte gern mit Lutie gesprochen, ihr Fragen gestellt, aber irgendwie konnte sie sich nicht dazu überwinden. Nicht, daß sie vor der anderen Frau Angst gehabt hätte, es war nur einfach so, daß sie sie nicht durchschauen konnte, so wie sie andere Menschen durchschaute. Außerdem hatte Lutie eine Art, sie, Rebecca, anzuschauen, mit einem gewissen verständnisvollen Lächeln, das Rebecca ungeheuer ärgerte.

Rebecca sah noch eine Weile mit geheucheltem Interesse der Köchin zu. Dann nickte sie und sagte: »Ich glaube, jetzt habe ich es verstanden, Darcy. Danke. Und vielen Dank, Lutie, daß ich zuschauen durfte.«

Luties dunkle Augen hatten wieder diesen leicht belustigten Ausdruck. »Gern, Madam Molyneux. Es freut mich, daß Sie sich für die Rezepte unserer Heimat interessieren.«

Rebecca bemühte sich, ihre Gereiztheit zu verbergen. »Nun, mich interessiert alles an eurem schönen Georgia. Schließlich ist es jetzt auch meine Heimat.«

Lutie erwiderte ernst: »Das ist eine große Ehre für Georgia, Madam.«

Rebecca war unsicher, wie dieses Kompliment gemeint war, und sie sah die andere Frau forschend an. War es ironisch? Aber nein, Luties dunkle Augen sahen sie offen an, und zum erstenmal zeigten sie keine versteckte Belustigung. Zum erstenmal erkannte Rebecca, daß sie und diese Frau möglicherweise Freundinnen werden konnten.

Unter dem Vorwand, kochen lernen zu wollen, traf Rebecca Lutie jetzt regelmäßig und redete viel mit ihr. Lutie hatte immer sehr viel zu tun, und zunächst beschränkten sich die Gespräche auf den Austausch von freundlichen Belanglosigkeiten. Aber im Laufe der Zeit merkte Rebecca, daß sich diese Frau gerne mit ihr unterhielt, und zwar über die verschiedensten Themen. Rebecca war überrascht, wie gut sich Lutie in Bereichen auskannte, die sie bei einer Sklavin nie für möglich gehalten hätte. Sie hatte den Eindruck, daß sich Lutie schon auf ihre Begegnung freute und daß auch sie einsam war.

Und während Rebecca die Bekanntschaft mit der Haushälterin immer weiter vertiefte, stellte sie fest, daß ihr Gedankenaustausch mit Margaret immer dürftiger wurde. Ihre Zuneigung zueinander hatte zwar nicht nachgelassen, und Margaret hätte immer noch alles für ihre Cousine getan. Aber Rebecca merkte, daß Margaret immer verschlossener wurde. Sie war niemals sehr gesprächig oder lebhaft gewesen, aber jetzt schien sie sich ganz in sich selbst zu verkriechen. Sie machte einen ganz zufriedenen Eindruck dabei, sie hatte auch etwas zugenommen, was ihr sehr gut stand, aber sie verspürte offenbar keinerlei Bedürfnis nach Unterhaltung. Am glücklichsten war sie, wenn sie in ihrer Bibel las oder sich mit ihrer Stikkerei beschäftigte.

Abends, wenn die Familie beisammen war, saß Margaret schweigend dabei und hörte den anderen zu, vor allem Jacques, an dessen Lippen sie förmlich hing, aber sie selbst trug so gut wie nie zur Unterhaltung bei.

Rebecca hatte längst bemerkt, daß Margaret Jacques gegenüber besondere Empfindungen verspürte, jedenfalls soweit ihre Natur das zuließ, und Rebecca fand das irgendwie rührend und traurig zugleich. In einem Augenblick der Einsicht hatte sie erkannt, daß Jacques Margaret hätte heiraten sollen.

Sie wären wie geschaffen füreinander gewesen. Er konnte den Liebesakt nicht vollziehen, und Margaret hatte kein Verlangen danach, während sie, Rebecca ...

Aber solche Gedanken ließen in Rebecca nur wieder die Sehnsucht nach Armand aufsteigen.

Unterdessen vertiefte sie ihre Freundschaft zu Lutie, die sie sehr genoß, und sie hoffte, daß sie bald so vertraut miteinander sein würden, daß sie ihr die Fragen stellen konnte, die sie schon so lange bewegten.

Ein anderer Zeitvertreib Rebeccas bestand darin, daß sie Edouards versteckte Kammer ausfindig zu machen versuchte. In ihrem ständigen Bemühen, sich zu beschäftigen, war ihr wieder eingefallen, was Dhupta darüber erzählt hatte.

Als ihr zum erstenmal die Idee gekommen war, danach zu suchen, hatte sie Margaret davon erzählt, doch Margaret hatte mit ungewöhnlicher Heftigkeit darauf reagiert.

»Rebecca, wie kannst du überhaupt auf eine solche Idee kommen? Manchmal kann ich dich wirklich nicht verstehen. Nach all dem Entsetzlichen, was hier passiert ist, solltest du doch mehr als jeder andere froh sein, daß all das überstanden ist. Warum, um alles in der Welt, willst du es wieder aufrollen?«

Überrascht von Margarets Heftigkeit, fehlten Rebecca einen Moment lang die Worte. Das war nicht der sonst übliche halbherzige Widerstand, den ihre Cousine aufbrachte, und der rasch Rebeccas Überredungskünsten unterlegen war. Margarets Augen blickten finster vor Mißbilligung, und sie sprach mit großer Bestimmtheit.

Rebecca fühlte sich gezwungen, sich ihrer Cousine gegenüber zu rechtfertigen. »Ich möchte doch nur die Antworten auf einige Fragen haben. Was ist daran so schlimm?«

Margarets Lippen bildeten eine dünne Linie. »Daran ist schlimm, daß du dich mit Dingen beschäftigst, die dich nichts angehen. Edouard ist tot. Es ist nicht nötig zu wissen, was dort in diesem Raum war, falls es einen solchen Raum überhaupt gibt. Was bezweckst du damit?«

Rebecca zuckte mit den Schultern. Wie hätte sie das Margaret erklären können? Also sprach sie nicht weiter über das Thema.

Natürlich konnte sie auch weder mit Jacques noch mit Felicity darüber sprechen. Sie beide wollten die unerfreuliche Vergangenheit möglichst vergessen, das wußte Rebecca.

So begann sie ihre Suche allein, aber die Gänge waren dunkel und verwirrend, und sie hatte keine Lust, sich zu verlaufen oder zu verletzen, also brauchte sie *jemanden*.

Schließlich fiel ihre Wahl auf einen jungen Schwarzen, der sich um die Pferde kümmerte, Jeremy. Er war ein aufgeweckter, intelligenter Junge von zwölf oder dreizehn Jahren, klein für sein Alter, aber stark und wendig.

Rebecca erklärte dem Stallmeister gegenüber, daß sie Jeremys Eignung für einen Posten im Haus prüfen wollte und daß sie ihn deswegen in Zukunft öfter anforderte. Das war nichts Ungewöhnliches und erweckte keinen Argwohn, zum Teil entsprach es schließlich auch der Wahrheit, denn sie hatte Jeremy irgendwie ins Herz geschlossen und eine andere Aufgabe für ihn vorgesehen als das Ausmisten der Ställe.

»In diesem Teil waren wir schon mal, Miß Rebecca.« Jeremys hohe junge Stimme hallte gespenstisch in dem hölzernen Gang wider.

Es war sehr stickig und eng hier. Rebecca verlangsamte den Schritt und sah angestrengt nach vorn. Im gelben Schein der Lampe konnte sie Balken, Querträger, Spinnweben und Staub erkennen.

»Bist du sicher?«

Der Junge, auf dessen Gesicht sich durch das flackernde Licht hervorgerufene Schatten bewegten, nickte schnell. »So sicher wie nur was. Sehen Sie, dort ist das Zeichen, das Sie angebracht haben.«

Rebecca seufzte. Es stimmte. Sie waren wieder in die Gegend der Bibliothek geraten. Sie erkannte die Zeichen, mit denen sie die Wand neben der Tür markiert hatte. Sie hatte sich ein System ausgedacht, nachdem sie Buchstaben auf die Wand schrieb, so daß sie immer wußte, in welchem Teil des Hauses sie sich befanden. Es war gut dafür geeignet, daß sie sich nicht verliefen, aber es brachte sie im Entdecken neuer Gänge nicht unbedingt weiter. Auch der Plan, den sie anfertigte, half da nicht viel.

Sie seufzte. »Weißt du, Jeremy, ich werde den Verdacht nicht los, daß es hier noch irgendwo einen anderen Gang gibt, den mein Mann damals nicht gefunden hat. Wenn mein Plan stimmt, dann gibt es noch einen ganzen Teil des Hauses, in dem wir noch nicht waren. Und da der übrige Teil des Hauses vollständig mit Gängen durchzogen ist, liegt es doch nahe, daß es auch dort Gänge gibt. Bist du müde, oder sollen wir noch ein bißchen weitermachen?«

Jeremys Zähne blitzten in der Dunkelheit auf, als er lächelte. »Ich bin nicht müde, Miß Rebecca. Ich werde nie müde. Momma sagt, ich bin stark wie ein Pferd.«

Rebecca mußte lachen. »Nun, *ganz* so stark bist du vielleicht doch nicht. Aber laß uns noch etwas weitermachen, und dann gehen wir zurück. Ich werde dafür sorgen, daß du ein paar schöne Stück Kuchen oder Obst bekommst, die du für deine Mutter mitnehmen kannst, und auch etwas Schokolade, die ich extra für dich aufgehoben habe.«

Jeremy grinste noch mehr. »Sie sind schrecklich gut zu mir, Miß Rebecca. Meine Mom sagt, Sie sind eine nette Lady, und ich kann froh sein, daß Sie mich mögen.«

Rebecca streckte die Hand aus und berührte liebevoll seinen kleinen, runden Kopf. »Nun, *irgendeine* Belohnung steht Schatzsuchern doch zu, oder nicht?«

Er sah sie mit weit aufgerissenen Augen an. »Danach suchen Sie also, Miß Rebecca? Nach einem echten Schatz, so wie die alten Piraten sie auf der Insel versteckt haben?«

Wieder lachte Rebecca. »Nicht ganz so, höchstens im übertragenen Sinne.« Und dann, als ihr einfiel, daß der Junge sie wahrscheinlich nicht verstand, fügte sie hinzu: »Aber alles, wonach man sucht, könnte man als Schatz bezeichnen, meinst du nicht?«

Jeremy legte pfiffig den Kopf schief. »Kann schon sein, Miß Rebecca. Wenn Sie es sagen.«

Trotz der Hitze und des Staubes war das Erforschen der dunklen Geheimgänge die einzige Gelegenheit, bei der sie ihre anderen Probleme fast vergaß. Obwohl die Suche äußerst mühsam war, war sie doch aufregend. Jedesmal, wenn sie eine neue Öffnung entdeckte, war es, als wäre sie einem neuen Geheimnis auf die Spur gekommen. Und jedesmal schöpfte sie wieder neue Hoffnung, daß sie auf dem richtigen Weg zu Edouards Zuflucht sein könnte, seinem ›Allerheiligsten‹, wenn man es so nennen wollte.

Die meisten Öffnungen waren nicht schwer zu entdecken, wenn man erst einmal in den Gängen war, da es Gucklöcher gab. Diese Gucklöcher waren auf der anderen Seite in den Ornamenten der Wandtäfelung verborgen und so gut wie unsichtbar von den Räumen aus, in die sie den Blick freigaben. In den dunklen Gängen waren sie an den schmalen Lichtstrahlen, die durch sie hereinfielen, erkennbar.

Rebecca System war, immer wieder durch die Löcher in die Räume zu sehen, um sich zu orientieren, wo sie war. Während sie so ungesehen Zeuge der Vorgänge in den jeweiligen Zimmern wurde, konnte sie fast verstehen, daß es einigen Menschen Spaß bereitete, aus dem Versteck heraus ahnungslose Opfer zu beobachten. Es verlieh einem eine gewisse Macht.

Bei jedem neuen Raum machte sie sich auf der Innenseite der Wand eine Notiz dazu, neben dem Zeichen, mit dem sie festhielt, daß sie an dieser Stelle schon gewesen waren. Schließlich übertrug sie alles in ihren Plan.

Sie bewegten sich jetzt weiter voran, Jeremy war vor ihr. Er hielt die Laterne so hoch es ging, damit sie etwas sehen konnte. Als Rebecca über einen ziemlich großen Balken am Boden kletterte, wurde ihr plötzlich bewußt, daß Jeremy angehalten hatte und die Laterne dicht an die Wand zur Rechten hielt.

»Was ist, Jeremy? Hast du etwas gefunden?«

Jeremy antwortete aufgeregt: »Ich weiß noch nicht genau, Miß Rebecca. Vielleicht, es könnte sein.«

Rebecca trat neben ihn und betrachtete den Teil der Wand, den die Laterne ausleuchtete. Ein langer Riß schien an dieser Stelle die Wand zu durchziehen, ein Riß, der sich in einer geraden Linie von der Decke bis zum Boden erstreckte.

»Leuchte ein bißchen mehr nach links, Jeremy«, sagte sie mit wachsender Aufregung.

Der Junge tat es, und etwa einen Meter weiter links sahen sie einen zweiten Riß. »Jeremy, ich glaube, wir haben etwas gefunden. Laß mich so lange die Laterne halten, während du gegen die Wand hier drückst.«

Jeremy reichte ihr die Lampe und stemmte sich gegen die Stelle, auf die sie gedeutet hatte. Staub und Dreck bröselten von der Wand, die zwar ächzte, aber sonst geschah nichts.

»Versuche es weiter hier drüben«, sagte Rebecca und hielt die Laterne höher.

Jeremy versuchte es noch einmal, diesmal näher bei dem zweiten Riß. Ein lautes Quietschen belohnte seine Bemühung, und die Wand gab unter seinen Händen leicht nach.

Rebecca stellte das Licht auf den Boden und half Jeremy. Als sie mit vereinten Kräften gegen das Wandstück zwischen den Rissen drückten, gab die Mauer plötzlich nach und fing an, sich um die eigene Achse zu drehen, erst langsam, dann schneller, bis sie einen weiteren Gang freigab.

Rebecca bückte sich nach der Laterne und hob sie hoch. Der gelbe Lichtstrahl beleuchtete nur einen kurzen Ausschnitt des Ganges. Er schien sich nicht von dem zu unterscheiden, in dem sie sich eben noch befanden, aber sie war sicher, daß es sich um einen handelte, den sie bis jetzt noch nicht kannten.

Jeremy sah zu ihr auf und grinste breit. »Ich glaube, das ist ein neuer, Miß Rebecca. Glaub' nicht, daß wir hier schon waren.«

Rebecca sah angestrengt hinein, soweit der Lichtstrahl es zuließ, und nickte. »Ich glaube, du hast recht, Jeremy.«

»Gehen wir rein?«

Rebecca zögerte. Sie war sehr begierig, diesen neuen Tunnel zu untersuchen, aber der Tran in der Laterne ging zur Neige, und sie waren schon eine ziemlich lange Zeit in dem Labyrinth. Wenn sie zu lange verschwunden wären, würde man ihr Fragen darüber stellen, und mit Rücksicht auf Jacques und Felicity wollte sie ihre Untersuchungen so lange wie möglich geheimhalten.

»Ich glaube, wir warten noch damit«, sagte sie langsam. »Die Laterne hat nicht mehr viel Tran, und ich bin sicher, daß du Hunger hast, Jeremy. Wir markieren diese Öffnung und lassen sie einen Spalt offen, damit wir sie beim nächsten Mal leicht finden.«

Am folgenden Tag wurde Jeremy in den Ställen gebraucht, und Rebecca wagte nicht, ihn für Arbeiten im Haus anzufordern.

Sie und Jacques ritten am Morgen aus, und am Nachmittag, als Jacques im Arbeitszimmer zu tun hatte, dachte Rebecca an Lutie. Nach einigem Suchen fand sie sie im Küchengarten hinter dem Haus.

Lutie und der Hauptgärtner waren in ein Gespräch vertieft,

deshalb schlenderte Rebecca weiter in den Blumengarten, wo Beete mit Schnittblumen für das Haus angelegt waren. Ein schwerer Duft hing in der feuchten Luft, und das Summen der Bienen in der Wärme des Nachmittags machte sie etwas schläfrig.

An einer Seite des Gartens stand eine hübsche kleine Weide mit einer Steinbank darunter. Rebecca setzte sich und lehnte sich an den Baumstamm. Während sie durch den grünen Schleier des Laubwerks blickte, mußte sie wieder an den Pavillon im Wald denken, an das zarte Grün des Nachmittags mit Armand.

Unwillkürlich traten ihr Tränen in die Augen. Wo mochte Armand jetzt sein? Nachrichten trafen hier mit großer Verspätung ein, auch aus so nahegelegenen Gebieten wie Florida. Ging es ihm gut? War er vielleicht verletzt worden? Der Gedanke an das, was Jacques in New Orleans widerfahren war, ließ sie erschaudern. Ob Armand noch jemals an sie und den Nachmittag im Pavillon dachte? O Gott, wie sie ihn vermißte, sich nach ihm sehnte? Ob er sie wohl auch vermißte?

»Miß Rebecca?«

Aus ihren Gedanken gerissen, öffnete Rebecca die Augen und sah Lutie vor sich stehen.

»Ruhen Sie sich im Schatten etwas aus?«

Mit einem schnellen Blinzeln versuchte Rebecca, sich die Tränen aus den Augen zu vertreiben. Sie lächelte: »Eigentlich habe ich auf dich gewartet, Lutie.«

»Oh, das ist nett. In dem Fall, denke ich, setze ich mich auch eine Weile hin. Es war ein sehr anstrengender Tag, Madam Molyneux hat Gäste zum Abendessen eingeladen. Es wird nur eine kleine Gesellschaft sein, aber es wird die erste Einladung seit Master Edouards Tod sein.«

Rebecca sah die andere Frau überrascht an. »Ich wußte gar nichts davon. Ich habe sie heute morgen beim Frühstück nicht gesehen. Aber es wird ganz angenehm sein, zur Abwechslung einmal einige andere Gesichter um sich herum zu haben.«

Lutie nickte. »Das glaube ich auch. Ich kann mir vorstellen, daß es hier für Sie manchmal recht einsam ist. Nun, Sie sagten, Sie hätten auf mich gewartet. Haben Sie ein spezielles Anliegen?«

»Nun ja, das habe ich. Ich möchte nicht unverschämt erscheinen, Lutie. Ich meine, ich möchte mich nicht in deine privaten Angelegenheiten mischen oder so etwas, aber es gibt ein paar Dinge, die ich dich fragen möchte.«

Lutie lächelte, diese Spur von versteckter Belustigung lag wieder in ihren Augen. »Das habe ich mir gedacht. Und die Antwort lautet nein.«

»Nein?« Rebecca war verdutzt und überrumpelt. Sie hatte keine so strikte Ablehnung erwartet.

Luties Lächeln wurde breiter, und ihre Augen funkelten. »Ich meine nicht, daß ich Ihre Fragen nicht beantworte, Miß Rebecca. Ich meine, daß die Antwort auf Ihre Frage nein lautet. Ich war niemals Master Armands Geliebte. Das *ist* es doch, was Sie fragen wollten, nicht?«

Rebecca war vollkommen aus dem Konzept gebracht; sie konnte die andere Frau nur noch mit weit aufgerissenem Mund anstarren. Noch nie hatte sie jemand so sehr mit einer Antwort überrascht, und sie sah, wie Lutie leise vor sich hinlächelte.

»Oh, jetzt sollten Sie mal Ihr Gesicht sehen, Miß Rebecca! Es tut mir leid, wenn ich Sie beleidigt habe, aber das *wollten* Sie doch fragen, nicht wahr?«

Rebecca versuchte, ihre übliche Schlagfertigkeit wieder zu finden, doch ihr fiel keine passende Antwort ein. Hier ging jemand mit ihr so um, wie sie es mit anderen Menschen zu tun pflegte, und das brachte sie völlig aus der Fassung.

Doch plötzlich stimmte sie in Luties Lachen ein. Einerseits, weil sie froh war, daß sich ihr Verdacht nicht bestätigt hatte, und zum anderen, weil Lutie wirklich umwerfend war. Und natürlich hatte Lutie recht. Vielleicht war das nicht die Frage, die sie gleich als erstes gestellt hätte, aber sie hatte sie sicher sehr stark beschäftigt, und Lutie hatte das erkannt.

Sie schüttelte kleinlaut den Kopf und sagte: »Lutie, du bist wirklich ein ungewöhnlicher Mensch. Wie lange hast du es schon gewußt?«

Luties Gesicht wurde ernst. »Seit dem ersten Tag, als Sie uns in Les Chênes besuchten. Die Frage war Ihnen deutlich an den Augen abzulesen.«

»Nun ja, ich war immer schon sehr neugierig, und du mußt zugeben, daß die Frage nahelag, für jeden. Du bist eine sehr schöne Frau, Lutie. Und das weißt du bestimmt auch.«

Lutie senkte den Kopf. »Das mag schon sein, aber wenn man als Sklavin schön ist, ist das nicht unbedingt ein Glücksfall.«

»Was willst du damit sagen? Ich kann mir vorstellen, daß jede Frau gerne schön sein möchte.«

Lutie zuckte leicht mit den Schultern. »Für eine schwarze Frau bedeutet Schönsein im allgemeinen, daß sie zum Spielzeug eines weißen Mannes wird. Ich hatte Glück. Meine Momma hat mich davon bewahrt, als ich jung war, und nach ihrem Tode hat mich Master Armand nach Les Chênes geholt, damit Master Edouard . . . nun, ich glaube, ich kann es Ihnen ruhig sagen, da Sie ja wissen, wie er war. Der Grund, warum mich Master Armand bei sich aufnahm, war sein Vater. Er wußte, daß ich ihn umgebracht hätte, wenn er noch mal Hand an mich gelegt hätte.«

Rebecca verspürte ein Grauen bei dieser weiteren Enthüllung über Edouard Molyneux' finstere Vergangenheit. Gleichzeitig empfand sie aber auch eine Aufregung, die ihre Neugierde anstachelte, denn dies gehörte zur Geschichte des Maison de Rêverie, hinter deren Geheimnisse sie kommen wollte.

Lutie zögerte, dann legte sie eine Hand auf die Rebeccas. Ihre Hand war lang und schmal, mit kräftigen Fingern. Rebecca war die Berührung durchaus nicht unangenehm. »Ich bin gute zehn Jahre älter als Mr. Armand, Miß Rebecca, und doch hat er für mich gesorgt und mich während der vielen Jahre wie eine gute Freundin behandelt. Meine Momma, Bess, war wie eine Mutter für ihn, und ich glaube, man kann sagen, ich war wie eine ältere Schwester. Wenn sich Mr. Armand meiner nicht angenommen hätte, wer weiß, wie mein Schicksal ausgesehen hätte. Vielleicht wäre es mit mir soweit gekommen wie mit . . . nun, egal. Master Edouard ist jetzt tot, und einige Dinge sollte man am besten vergessen, wenn man kann.«

Rebecca hätte gern gewußt, was Lutie sagen wollte, als sie sich unterbrach. Aber sie fand, daß es besser sei, sie nicht noch weiter zu bedrängen. Außerdem gab es noch einen weiteren Grund, warum sie Lutie heute sprechen wollte.

Lutie erhob sich langsam. »So, ich muß jetzt zurück zu meinen Pflichten . . .«

Rebecca fragte schnell: »Lutie, hast du von den Geheimgängen im großen Haus gewußt? Vorher schon, meine ich?«

Luties Gesichtsausdruck wurde wachsam. »Als Kind habe ich nichts davon gewußt, nur meine Mutter kannte sie. Vor ihrem Tod war sie einige Zeit krank und redete viel über die alten Zeiten. Dabei erwähnte sie auch die Geheimgänge, aber ich habe nie gewagt, sie zu betreten.«

»Hat deine Mutter jemals eine geheime Kammer erwähnt, einen Ort, an den sich Edouard zurückzog?«

Lutie machte ein starres Gesicht und sah weg. »Ich glaube nicht. Nein, ich kann mich nicht an so etwas erinnern. Warum? Gibt es eine solche Kammer?«

Rebecca sah Lutie forschend ins Gesicht. Sie hatte den Eindruck, daß die andere Frau ihr aus irgendeinem Grund auswich, aber sie war sich nicht sicher. »Dhupta hat von einem solchen Raum gesprochen, einem geheimen Ort, an den Edouard von Zeit zu Zeit ging. Mich würde das einfach interessieren.«

»Also, ich würde mir keine Gedanken darüber machen, Miß Rebecca«, sagte Lutie schroff. »Es ist Zeit, in die Zukunft zu blicken, nicht in die Vergangenheit. Ich glaube nicht, daß dieser Raum, falls es ihn gibt, irgend etwas Erfreuliches enthält.«

Das war fast wörtlich das, was Margaret gesagt hatte. Aber Lutie wußte etwas, und Margaret nicht. Die Tatsache, daß Lutie nicht darüber sprechen wollte, machte das Ganze um so beunruhigender. Immerhin, einiges hatte ihr Lutie heute verraten. Vielleicht würde sie ihr ein andermal noch mehr erzählen.

Diesmal stand Lutie wirklich auf. »So, jetzt muß ich aber in die Küche und sehen, wie Darcy vorankommt. Würden Sie mich entschuldigen, Miß Rebecca?«

Rebecca nickte und sah der anderen Frau nach, die anmutig davonschritt. Das Wissen, daß Lutie und Armand kein Verhältnis miteinander hatten, nahm Rebecca eine schwere Last von der Seele. Sie überlegte, ob Lutie wohl ahnte, welche Gefühle sie, Rebecca, für Armand hegte, und kam zu dem Schluß, daß es bei Luties Scharfsinn sicher so war. Doch sie vertraute Luties Verschwiegenheit.

Rebecca war seit Tagen nicht mehr so guter Laune gewesen. Sie ging ins Haus und wollte in ihrem Zimmer etwas Passendes zum Anziehen für das Abendessen auswählen. Da die Familie nach außen hin noch immer Trauer trug, mußte es etwas Dunkles sein, da es aber lange her war, daß sie sich bei einem gesellschaftlichen Anlaß gezeigt hatte, wollte sie besonders hübsch aussehen.

Als sie sich der Treppe näherte, sah sie Margaret dort starr stehen, wie eine Säule. Ihr Gesicht hatte einen sonderbaren Ausdruck.

Rebecca ging weiter auf sie zu, doch Margaret rührte sich immer noch nicht, und Rebecca war beunruhigt. Was war nur los mit ihr?

»Margaret«, sagte sie und legte die Hand auf den Arm ihrer Cousine. Sie zeigte keine Reaktion bei der Berührung. »Margaret? Fehlt dir etwas?«

Margaret starrte geradeaus. Schließlich blinzelte sie und bewegte den Kopf. Sie schien überrascht, Rebecca neben sich zu sehen.

»Rebecca?«

»Natürlich, ich bin's, Rebecca. Du siehst mich doch direkt an, um Himmels willen. Was fehlt dir, Margaret? Du stehst da wie eine der Statuen im Garten, völlig versteinert. Geht es dir nicht gut?«

Margaret schien verdutzt. »War es wirklich so? Wie seltsam. Ich wollte gerade hinaufgehen, weißt du, und dann ... nun, so schlimm wie diesmal hat es mich noch nie überfallen.«

Rebecca sah ihre Cousine nachdenklich an. »*Was* hat dich noch nie so überfallen?«

»Du weißt doch. Die Dinge, die ich fühle. Meine Ahnungen.«

Rebecca spürte, wie ihr ein eisiger Schauer über den Rükken lief. »Hattest du gerade eine Vorhersehung?«

Margaret nickte, und ihre Stimme klang abwesend. »Ja. Normalerweise sind es nur Gefühle, ich *weiß* dann einfach, daß etwas nicht stimmt oder dieses und jenes geschehen ist. Aber diesmal war es fast so, als ob ich selbst dabei wäre. Ich habe es im Geiste gesehen, wie in einem Traum. Nein, es war mehr als ein Traum, ich habe es mit eigenen Augen gesehen.«

»Was, Margaret? Was hast du gesehen?«

Margarets Gesichtsausdruck war immer noch abwesend, ihre Stimme ein Flüstern. »Ich habe Männer kämpfen sehen. Indianer und Soldaten.«

Rebecca spürte Angst in sich aufsteigen. Sie drängte: »Ja, und? Weiter!«

»Ich sah, wie Armand fiel, er fiel sehr tief. Er fiel in den Tod.«

18

Armands Gefühle waren völlig durcheinander, und er war zornig, als er in Richtung Süden wegritt.

Seine Erleichterung, sich Andrew Jackson anzuschließen, war in dem Moment gefallen, als Rebecca es ablehnte, mit ihm wegzugehen. Sie war der Wut und Enttäuschung entsprungen, aber auch dem Bedürfnis, sich von dem Grund seines Schmerzes zu entfernen.

Vor jenem Tag im Pavillon war es schon eine große Qual gewesen, Rebecca mit Jacques zu sehen, ihr nah zu sein und sie nicht berühren zu können. Nun, nachdem er sie in den Armen gehalten hatte und sie in Liebe vereinigt gewesen waren, war sein Verlangen unerträglich geworden. Er konnte an nichts anderes mehr denken als an sie. Selbst wenn er arbeitete, quälte seinen Geist das Bild ihres Körpers. Ihr Gesicht, entspannt und gelöst, schwebte ihm ständig vor Augen und nahm ihm den Blick für alles andere. Unter diesen Umständen hier zu bleiben, war einfach unmöglich.

Sich Andrew Jacksons Marsch auf Florida anzuschließen, bedeutete eine annehmbare Alternative, vor allem eine, die Felicity und Jacques ohne Fragen hinnahmen und die Rebecca verletzen würde. Er war sich selbst gegenüber ehrlich genug zuzugeben, daß das seine Absicht war . . . sie sollte ebenfalls etwas von dem Schmerz empfinden, der ihn erfüllte.

Natürlich wären enorme Schwierigkeiten aufgetreten, wenn sie zugestimmt hätte, mit ihm wegzugehen. Alle ihre Argumente waren nicht von der Hand zu weisen, und doch war er wütend auf sie, daß sie sie angeführt hatte. Wenn sie ihn wirklich liebte, wäre alles andere Nebensache. Es war unverständlich für ihn, wie eine Frau, die so leidenschaftlich war, mit einem Mann zusammenleben konnte, der ihr niemals mehr als ein liebevoller Bruder sein konnte. Aber sie hatte nun mal die Entscheidung getroffen zu bleiben, und deshalb mußte er, Armand, gehen. In seinem jetzigen Zustand schreckte ihn nicht einmal der Gedanke an den Tod. Vielleicht wäre das sogar die beste Lösung. Jedenfalls begab er sich jetzt in eine Situation, wo seine Enttäuschung und Wut einer guten Sache dienen konnte.

Er gab seinem Pferd die Sporen und ritt schneller.

Armand erreichte das ehemalige Negro Fort am Apalachicola-Fluß in der letzten Märzwoche. General Jackson war dort seit Mitte März; fast zweitausend Männer standen unter seinem Befehl. Er hatte das alte Fort wieder errichten lassen und es in Fort Gadsden umbenannt.

Der Frühling war sehr regnerisch gewesen, und die Flüsse, die Armand hatte überqueren müssen, führten viel Wasser, ein großer Teil des Landes war beinah sumpfartig aufgeweicht.

Jackson empfing Armand in seinem Zelt und begrüßte ihn väterlich. »So, da werde ich also einen zweiten Molyneux unter meinem Befehl haben, wie? Nun, wenn du so gut kämpfst wie dein Bruder, Armand, dann wirst du dir und deinem Vater zur Ehre gereichen.«

»Mein Vater ist tot«, sagte Armand steif.

Jackson war bestürzt. »Mein Beileid, Armand. Dein Vater war ein interessanter Bursche. Ich habe ihn nie ganz verstanden, aber . . .«

Wer hat Edouard Molyneux überhaupt verstanden, dachte Armand.

Der General fuhr fort: »Leider kann ich dir keinen höheren Dienstgrad anbieten, wie ich es bei deinem Bruder tat. Die Umstände haben sich gewandelt. Manchmal denke ich, ich habe mehr Offiziere als Soldaten.«

»Das macht nichts, Sir. Ich möchte nur einfach in Ihren Dienst treten, ganz gleich als was.«

»Das kannst du gern, und ich empfinde es als Ehre, dich in meinen Reihen zu haben. Laß dir vom Quartiermeister eine Pistole, ein Gewehr und Munition geben. Ich fürchte, die Vorräte sind nicht allzu üppig, aber wann waren sie das je? Im Augenblick sind wir auf halbe Ration gesetzt. Wir werden übrigens in Kürze losmarschieren.«

Jackson trat in den geöffneten Zelteingang, verschränkte die Hände auf dem Rücken und blickte hinaus. »Wir haben viele Gegner, die es zu schlagen gilt. Unter anderem Woodbine, den britischen Offizier, und Arbuthnot, den Schotten. Alles Schurken, aber beim Allmächtigen, wir werden sie schlagen!« Der General drehte sich um und schlug sich mit der Faust auf die flache Hand.

Obwohl Armand die Namen unbekannt waren, sagte er respektvoll: »Ich bin überzeugt, das werden wir, General.«

»Solange ich Burschen wie dich unter meinem Befehl habe«, sagte Jackson mit einem Grinsen, »wie können wir da fehlschlagen?«

Am Tage nach Armands Ankunft in Fort Gadsden erhielt General Jackson eine Nachricht, daß die Indianer vermutlich die Stadt St. Marks eingenommen hatten. Der General setzte seine Streitkräfte sofort in Marsch und schickte auch einige Kanonenboote mit dem Befehl los, die Westküste Floridas zu blockieren, damit niemand auf dem Seewege entkommen konnte.

Die Truppen trafen in St. Marks nur auf geringen Widerstand, und Armand gab keinen einzigen Schuß ab. Die spanische Flagge konnte auf dem steinernen Fort schnell eingeholt werden, da die meisten Seminolen in den Süden der Halbinsel Florida geflüchtet waren.

Armand wurde hier jedoch Zeuge einer feindseligen Begegnung zwischen Jackson und dem Schotten Arbuthnot, die der General mit den Worten beendete: »Bei Gott, Sir, ich werde dafür sorgen, daß Sie vernichtet werden!«

Am nächsten Morgen, dem zweiten April, führte Jackson seine Truppen weiter. Er hoffte, die Indianer im Dorf von Billy Bowleg überfallen zu können.

Armand hatte noch nie etwas vergleichbar Schlimmeres durchgemacht. Ein Kamerad, ein grobschlächtiger Mann aus Tennessee mit Namen Rath Carpenter, grinste hämisch, als er Armands Unbehagen bemerkte. »Noch nie is' 'ne weiße Armee über diesen Boden marschiert. Unser alter Hickory, der geht hin, wo noch keiner war.« Dabei lachte er bellend.

Armand glaubte ihm aufs Wort. Es gab keinen Pfad hier, nur Dschungel und Sumpf. Überall waren Alligatoren, Insekten umschwirrten die Soldaten in dichten Wolken, vor allem Moskitos, die das Schlafen bei Nacht unmöglich machten.

Armand tröstete sich damit, daß er sowieso nicht viel zum Schlafen gekommen wäre. General Jackson schonte sich und seine Männer nicht. Sie legten die Strecke in acht Tagen zurück. Unterwegs mußten sie sich zweimal mit Indianern auseinandersetzen, und Armand gab seine ersten Schüsse dabei ab. Diese kleinen Zwischenkämpfe konnten jedoch den Vormarsch der Truppen nicht aufhalten.

Als sie das Indianerdorf erreichten, wurden sie enttäuscht – die Strohhüten waren leer. Statt desssen fielen ihnen zwei Engländer in die Hände. Bei einem fanden sie einen Brief von Alexander Arbuthnot an seinen Freund Billy Bowlegs, in dem er diesen vor den überlegenen Streitkräften des General Jackson warnte. Daraufhin waren die Indianer in die Sümpfe geflohen.

Wutentbrannt befahl er den sofortigen Rückmarsch nach St. Marks. Diesmal legten sie den Weg in fünf Tagen zurück. Der General war wie besessen davon, sich an Arbuthnot zu rächen.

Armand begann, sich immer mehr von dieser Besessenheit des Generals und der Unmenschlichkeit des Krieges zu distanzieren. Er dachte jetzt wieder häufig an das Maison de Rêverie und an das Opfer, das der Krieg von seinem Bruder Jacques gefordert hatte. Als er bei einer Gelegenheit seine Kritik laut werden ließ, grinste ihn Carpenter auf seine hämische Art an: »Is' wohl alles 'n bißchen viel für deinen schwachen Magen, wie? Oder sympathisierst du vielleicht mit dem Feind? Is' doch 'n französischer Name, den du da hast, oder? Molyneux!« Dabei brach er in bellendes Gelächter aus.

Armand hatte keine Lust, mit diesem groben Klotz Carpenter weiter zu streiten. Er wandte sich ab und ließ ihn einfach stehen. Doch Carpenter war jetzt in Fahrt. »Laß dein Gemekkere ja nich' den General hören, der braucht nämlich Männer um sich, richtige Männer, verstehste, Franzosenbubi?«

Bei diesen Worten dachte Armand wieder voll Bitterkeit an Jacques. Richtige Männer! Und mit einemmal war alles zuviel für ihn – der Verlust Rebeccas, die Entbehrungen, das grausame Töten. Er machte zwei Schritte auf Carpenter zu und schrie ihn an: »Fahr zur Hölle, du verdammter Mistkerl.«

Die Augen des anderen wurden groß und blickten wild. Er holte mit dem Gewehr aus und schlug damit wie mit einer Keule auf Armand ein. Armand gelang es, dem anderen das Gewehr zu entreißen und es weit weg zu schleudern. Doch dabei stolperte er und verlor für einen Moment das Gleichgewicht. Das nutzte Carpenter zu einem Faustschlag aus, doch Armand fing sich gerade noch rechtzeitig, um ihn abzufangen. Im Nu war die Schlägerei im Gange.

Von den Männern um sie herum mischte sich keiner in den Kampf ein. Sie standen im Kreis um die beiden herum und feuerten sie mit Rufen an. Die meisten Rufe galten Carpenter, was verständlich war, da Armand für viele noch ein Fremder war.

Carpenter gelang es, durch einen Schlag mit der gespannten Hand in Armands Genick ihn in die Knie zu zwingen. Dabei umklammerte er jedoch die Taille des anderen und zerrte ihn mit nach unten. Wie zwei Ringkämpfer kämpften sie jetzt gegeneinander.

Plötzlich donnerte eine Stimme hinter ihnen: »Was soll das? Ein Kampf zwischen meinen eigenen Leuten? Ich dulde das nicht!«

Starke Hände ergriffen Armand und zerrten ihn hoch. »Reicht dir der Kampf gegen die Rothäute noch nicht?« brüllte ihm eine Stimme entgegen. Armand drehte sich um und sah in das zornrote Gesicht des Generals.

»Molyneux! Von dir hätte ich das nicht erwartet, sich wie Straßenköter im Dreck zu balgen!«

Armand schwieg.

»Komm jetzt, Armand«, sagte der General und nahm ihn am Arm, um ihn beiseite zu schieben, außer Hörweite der anderen. »So, jetzt erzähle mir, worum es bei dem Streit ging.«

Einen Moment lang zögerte Armand. Doch dann platzte er heraus: »Wir waren über die Grausamkeit des Krieges unterschiedlicher Meinung.«

»Das war es also.« Eine der buschigen Augenbrauen des Generals hob sich. »Da dein Gegner einer meiner Freiwilligen aus Tennessee ist, nehme ich an, daß es nicht ihm zu grausam zugeht, sondern dir!«

Armand, der auf einen weiteren Wutausbruch des Generals gefaßt war, antwortete: »Ja, Sir.«

Aber statt dessen legte er einen Arm um Armands Schulter. »Der Krieg *ist* grausam, mein Junge. Niemand weiß das besser als ein Soldat, besonders in meiner Position, wenn man oft über Leben und Tod entscheiden muß. Doch bald wird alles vorüber sein. Bald werden wir in Pensacola einmarschieren, und unser Ziel ist erreicht. Dann kannst du all dieses hier hinter dir lassen und nach Hause zurückkehren, glücklich darüber, deine Pflicht getan zu haben. Doch jetzt ist es Zeit, daß wir uns auf den Weg zurück nach Fort Gadsden machen.«

Während er dem sich entfernenden General nachsah, hatte Armand plötzlich das Bedürfnis, einfach wegzugehen. Er war aus eigenem Entschluß zur Armee gegangen – wer konnte ihn also aufhalten, einfach wieder zu gehen?

Auf der anderen Seite schien ihm der Gedanke, jetzt nach Hause zu kommen, doch nicht so vernünftig. Das Problem, vor dem er geflüchtet war, existierte noch. Zu Hause würde er wieder Rebecca und Jacques zusammen sehen müssen und wissen, daß sie für ihn verloren war, obwohl sein Bruder sie nicht berührte.

Der Marsch zurück nach Fort Gadsden dauerte vier Tage. Armand ging Carpenter aus dem Weg, so gut es ging. Wenn er ihm jedoch trotzdem begegnete, warf ihm der Mann einen unheilvollen Blick aus seinem rauhen Gesicht zu.

Wie angekündigt, marschierte General Jackson mit seinen Truppen ein paar Tage später westwärts, genau am 7. Mai. Es war der beschwerlichste Marsch von allen. Der Boden war schlammig aufweicht, und sie legten den größten Teil des Weges nach Pensacola in Wasser und Matsch zurück. Die Pferde der Offiziere strauchelten und stürzten häufig, eines nach dem anderen mußte den Gnadenschuß bekommen, bis schließlich sogar die Offiziere gezwungen waren, zu Fuß weiterzugehen. Die Stiefel der Männer hielten den Anforderungen kaum stand, und die Hälfte erreichte ihr Ziel barfuß.

Am fünfundzwanzigsten griffen sie Pensacola an. Der Widerstand war gering, aber an einigen Stellen wurde doch erbittert gekämpft, als sie weiter in die Stadt vordrangen.

Am zweiten Tag wurde auf Armand geschossen von einem Mann, der sich in einem dunklen Eingang versteckt hatte. Armand sah gerade noch rechtzeitig, wie er den Lauf seines Gewehres aus dem Eingang schob, und er warf sich in letzter Sekunde zu Boden und rollte sich hinter einen umgekippten Karren auf der Straße.

Mit dem Gewehr im Anschlag spähte er über seine provisorische Barrikade. Offensichtlich in der Annahme, daß er getroffen habe, trat der Mann aus dem Eingang. Der Uniform nach zu schließen, war es ein spanischer Soldat. Armands Kugel traf ihn in die Brust, und er sackte zu Boden, wo er regungslos liegenblieb.

Armand senkte das Gewehr, um nachzuladen, als eine weitere Gewehrkugel genau dort in den Karren einschlug, wo er eben noch war. Es dauerte einen Moment, bis ihm klarwurde, daß die Kugel *hinter* ihm abgefeuert wurde.

Er warf sich zur Seite und sah über die Schulter zurück. Etwa zwanzig Meter hinter ihm stand ein Mann in der Uniform der Tennessee-Freiwilligen. Armand sah ihn nur kurz, bevor er um eine Ecke bog und außer Sicht verschwand.

Armands erster Instinkt war, die Verfolgung aufzunehmen, doch dann gab er den Gedanken auf. Wer immer der andere war, er hatte inzwischen einen zu großen Vorsprung, um noch eingeholt zu werden. Zwei Fragen beschäftigten Armand. Hatte der Mann auf ihn geschossen, oder war die Kugel ein Querschläger gewesen? Und war der Mann Rath Carpenter?

Sollte er Carpenter zur Rede stellen, ihn offiziell beschuldigen? Aber mitten in einem Gefecht war wohl kaum die Zeit, persönliche Zwistigkeiten auszutragen. Er würde eben in Zukunft auf der Hut sein müssen.

Während der nächsten Zeit war Armand zu sehr mit dem Kämpfen in den Straßen und über die Dächer hinweg beschäftigt, um an Carpenter denken zu können. Er begegnete dem Mann aus Tennessee auch nicht mehr.

Am achtundzwanzigsten war alles vorbei – Pensacola ergab sich. Am folgenden Tag besetzte Jackson die königlichen Gebäude, bestellte einen seiner Offiziere zum zivilen und militärischen Gouverneur des Staates Florida und verlas eine Proklamation, mit der erklärt wurde, daß von nun an die Gesetze der Vereinigten Staaten in Kraft treten.

Am dreißigsten Mai reiste Andrew Jackson in feierlichem Triumph ab – einen Teil seiner Leute ließ er als Besatzung von

Pensacola zurück –, um in seine Heimat Tennessee zurückzukehren und seine Frau Rachel wiederzusehen.

Armand wußte, daß er jetzt ebenfalls nach Hause gehen konnte, aber er zögerte noch. Um nicht darüber nachdenken zu müssen, kletterte er auf das Dach des höchsten Gebäudes von Pensacola, von wo er eine besonders gute Sicht auf General Jackson hatte, der an der Spitze seiner Truppe aus der Stadt ritt.

Er war an den Punkt gelangt, daß er, wenn er auch nicht mit den ethischen Maßstäben des Generals übereinstimmte, seine militärischen Entscheidungen doch akzeptierte.

Er war so in seine Gedanken versunken, daß er erst zu spät die Geräusche hinter sich auf dem Dach bemerkte – das Schlurfen von Schritten. Eher neugierig drehte er sich langsam um. Doch bevor er noch ganz nach hinten sah, packten ihn zwei Hände mit unsanftem Griff und schoben ihn an die Kante des Daches. Er verlor das Gleichgewicht und konnte sich nirgendwo mehr festhalten.

Er stürzte auf die Pflastersteine unten, und das letzte, was er hörte, war dieses bekannte bellende Lachen.

19

»Meine beste Felicity, ich kann Ihnen gar nicht sagen, wie entzückt ich bin, zu diesem Kreis heute abend zu gehören«, sagte Joshua Sterling. »Ganz Beaufort war zutiefst erschüttert über Edouards viel zu frühes Dahinscheiden, und viele lassen Sie ganz herzlich grüßen. Ich weiß, daß es eine schreckliche Zeit für Sie war, aber ich freue mich außerordentlich, daß Sie sich jetzt wieder soweit erholt haben, daß Sie Ihre Freunde empfangen können.«

Felicity nickte lächelnd. »Vielen Dank, Sir. Ja, die letzte Zeit war eine schwere Prüfung, aber sie ist jetzt vorbei.«

Felicity hatte Sterling zu ihrer Rechten plaziert, und zu Rebeccas Leidwesen war ihr der Platz ihm gegenüber zugedacht worden. Die anderen Gäste – insgesamt acht – waren ebenfalls aus Beaufort oder von einer der anderen Inseln der Umgebung, und obwohl Rebecca nicht alle gut kannte, war sie ihnen doch schon hier und da bei früheren Gelegenheiten begegnet. Es war nicht gerade ein unangenehmer, aber doch ein etwas langweiliger Kreis, eher Felicitys Freunde denn Edouards, vermutete sie. Und das war auch richtig so. Edouards manchmal zu Zügellosigkeit und Ausschweifungen neigenden Freunde wären sicher nicht die richtigen Leute für Felicitys ersten Schritt zurück ins gesellschaftliche Leben gewesen.

Sterling wandte sich zu Rebecca und ließ sie in den Genuß seines breiten Lachens kommen. »Ah, Rebecca! Schön wie eh und je. Die Ehe scheint Ihnen gut zu bekommen!« Er rollte mit den Augen und heftete den Blick wie so oft auf den Ausschnitt ihres Kleides, was Rebecca maßlos ärgerte.

Obwohl sie sich auf diesen Abend gefreut hatte, da er den Trott der letzten Zeit unterbrechen würde, war ihre aufkeimende gute Laune durch das Gespräch mit Margaret erstickt worden, sie konnte den Abend nicht genießen. Es war eine Qual, zwanglos zu plaudern, während ihr Bilder von Armand durch den Kopf gingen, Bilder eines verwundeten, sterbenden oder toten Armand!

Zum erstenmal wünschte sie sich, daß Margaret ihre Vision, oder was immer es war, für sich behalten hätte. Sie blickte zum anderen Ende des Tisches, wo ihre Cousine saß und sich angeregt und guter Dinge mit dem Gentleman zu ihrer Linken unterhielt. Rebecca fühlte, wie Wut zu ihrem Schmerz hinzukam. Es störte sie, daß Margaret – die im allgemeinen traurig war, wenn sie ihre Erscheinungen gehabt hatte – in diesem speziellen Fall nicht besonders darunter zu leiden schien. Rebecca wußte, daß ihre Cousine nicht viel von Armand hielt, aber sie hatte absolut keinen Grund, ihm gegenüber feindliche Gefühle zu hegen. Ihre Einstellung erschien Rebecca unverständlich.

Den ganzen Abend über redete Rebecca sich ein, daß Margarets Voraussagen nicht immer eintrafen, aber dieser Gedanke tröstete sie nur schwach, ihre Angst überwog. Das einzige, was sie tun konnte, war, sich so normal wie möglich zu verhalten, damit sich Jacques und Felicity nicht fragen würden, warum sie so deprimiert sei. Sie hätte ihnen niemals erzählen können, was Margaret gesagt hatte. Nach den tragischen Ereignissen der letzten Zeit hätte das bestimmt eine schlimme Wirkung auf sie gehabt. Nein, sie mußte ihren

Schmerz und ihre Sorge für sich behalten und diesen Abend irgendwie hinter sich bringen.

Joshua Sterling, so stellte Rebecca mit Erleichterung fest, hatte sich wieder Felicity zugewandt und gab sich alle erdenkliche Mühe, ein guter Unterhalter zu sein. Rebecca kam der Verdacht, daß der alte Lebemann auf ziemlich plumpe Art um ihre Schwiegermutter buhlte. Was für eine entsetzliche Vorstellung! Das sah Sterling ähnlich, daß er jetzt, nachdem Edouard tot war, den Witwentröster spielte! Schließlich war Felicity immer noch eine attraktive Frau, und obwohl Jacques der alleinige Erbe des Vermögens seines Vaters war, war er doch verpflichtet, seiner Mutter ein Leben in Wohlstand zu ermöglichen. Was könnte es für einen alternden Gentleman mit bescheidenem Einkommen Angenehmeres geben? Wenn er – was hoffentlich nie geschehen würde – Felicity heiraten sollte, bedeutete das für ihn, daß er in einem schönen Haus leben könnte, alle seine Bedürfnisse befriedigt würden und er nie mehr einen Finger krumm zu machen brauchte.

Rebecca wußte nicht, ob sie lachen oder weinen sollte. Obwohl sie Sterling einfältig, aufgeblasen und oft beleidigend fand, mußte sie sich doch eingestehen, daß sie seine Fähigkeit bewunderte, aus jeder sich bietenden Gelegenheit das Beste zu machen. Felicity hätte allerdings etwas Besseres verdient. Aber sicher würde sie nicht auf die Schmeicheleien dieses alternden Fauns hereinfallen. Sie mußte doch einiges von Edouards Verderbtheit in ihm erkennen.

Rebecca wandte entschlossen den Blick von Sterling und Felicity ab und betrachtete die Runde um den Tisch. Sie studierte die Anwesenden – angenehme, aber ziemlich leere Gesichter, aus denen keine besondere Intelligenz oder Begabung sprach. Nette, langweilige Leute, mit denen sie vermutlich den Rest ihres Lebens verbringen mußte.

O Armand, dachte sie, vielleicht hätte ich auf deinen Vorschlag eingehen und mit dir weggehen sollen. Wenigstens wären wir dann zusammen, und ich brauchte mich nicht mit der schrecklichen Frage zu quälen, ob du irgendwo tot oder verwundet liegst!

Am nächsten Morgen erwachte Rebecca aus einem ruhelosen Schlaf, deprimiert und mit einer inneren Spannung. Sie wußte, daß sie etwas unternehmen mußte, um sich zu beschäftigen und ihre Gedanken von Armand abzulenken. Gleich nach dem Frühstück schickte sie eines der Hausmädchen zu den Ställen, um Jeremy zu holen.

Kurze Zeit darauf kam er, von einem zum anderen Ohr grinsend, in ihr Zimmer. Rebecca wußte, daß er an ihren Erkundigungen den größten Spaß hatte, und nicht nur deswegen, weil ihn das für einige Zeit vom Ausmisten der Ställe erlöste.

»Gehen wir wieder auf die Jagd, Miß Rebecca? Untersuchen wir heute den neuen Gang?«

»Aber klar, Jeremy.«

Er neigte den Kopf mit einem breiten Lächeln. »Meine Momma sagt danke für die Früchte und den Kuchen.«

»Aber bitte, ich habe es gern getan. Also, heute nehmen wir besser zwei Laternen mit. Eine gibt nicht genug Licht. Wir gehen gleich durch die Öffnung in der Bibliothek und zu dem neuen Gang. Sehen wir mal, was uns erwartet.«

Jeremy stand die Freude im Gesicht. »Vielleicht entdecken wir heute den Schatz.«

Seine gute Laune übertrug sich auch auf Rebecca, und obwohl nichts außer der Rückkehr des unversehrten Armands ihre Stimmung vollkommen aufhellen konnte, ging es ihr in der Gegenwart dieses fröhlichen Jungen erheblich besser.

Sie strich ihm über seinen dunklen Kopf. »Vielleicht. Aber erst möchte ich noch mit meinem Mann sprechen. Hier, ich habe von Darcy etwas Milch und Plätzchen für dich holen lassen. Ich bin in wenigen Minuten zurück.«

Jeremy stürzte sich mit dem üblichen Hunger kleiner Jungen auf die Plätzchen und die Milch, und Rebecca ging hinunter ins Arbeitszimmer, wo Jacques bereits am Schreibtisch saß. Sie hatte ihm bis jetzt noch nichts davon gesagt, daß sie die Gänge erforschte, denn sie hielt es für besser, wenn er nichts davon wußte. Bevor sie sich auf Expedition begab, ging sie immer erst nachsehen, ob er beschäftigt war und es vermutlich noch einige Zeit sein würde.

Als sie das Arbeitszimmer betrat, saß er mit in den Händen vergrabenem Kopf da. Beim Klang ihrer Schritte sah er auf.

»Rebecca. Mit was wirst du dir heute morgen die Zeit vertreiben?«

»Oh, ich weiß noch nicht«, sagte sie leichthin. »Vielleicht

werde ich ein bißchen nähen. Oder etwas malen. Du siehst besorgt aus, Jacques. Stimmt etwas nicht?«

Er lächelte schwach. »Nicht direkt. Jedenfalls ist es nichts Ernstes. Es ist einfach so, daß nach Armands Weggehen ... nun, ich habe nie gewußt, wieviel er in Les Chênes gearbeitet hat und wie sehr ich mich auf seine Hilfe bei Erledigung der übrigen geschäftlichen Angelegenheiten verlassen habe. Armand hat eine Ader für solche Dinge, und ich muß gestehen, mir fehlt sie. Nun ja, ich werde trotzdem damit fertig werden, schätze ich. Es beansprucht nur eben einen großen Teil meiner Zeit.«

Rebecca beugte sich zu ihm hinunter und küßte ihn auf die Stirn. Er lächelte sie dankbar an. »Du bedeutest mir sehr viel, Rebecca. Ich hoffe, du weißt das.«

Sie nickte. »Ja, ich weiß, mein Liebling. So, jetzt überlasse ich dich deiner Arbeit. Wir sehen uns heute mittag.«

Sie verließ den Raum, während er sich wieder über seine Papiere beugte, und sie fühlte sich wie ein kleines Mädchen, das gerade seine Eltern ausgetrickst hatte. Jacques würde den ganzen Morgen in seinem Arbeitszimmer verbringen, und sie und Jeremy konnten ungestört die Gänge durchforsten, ohne befürchten zu müssen, daß er sie suchen würde.

»So, hier ist es, Jeremy. Laß uns reingehen.« Mit hoch erhobener Laterne blickte Rebecca neugierig in den neuentdeckten Teil der Gänge.

»Sieht auch nicht anders aus als der Rest«, sagte Jeremy vergnügt und betrat die Öffnung vor ihr. Da er jung, beweglich und nicht durch Röcke behindert war, ging er immer voraus.

Sie bewegte sich langsam vorwärts, denn in den engen Gängen lagen oft Bretter und anderer Schutt herum, über die man bei der dämmrigen Beleuchtung nur allzu leicht stolperte. Außerdem achtete sie beim Vorangehen auf die Stellen, wo schmale Lichtstrahlen einfielen, die auf die versteckten Öffnungen hinwiesen.

Sie waren noch gar nicht weit gekommen, da stieß Jeremy einen leisen Schrei aus. »Sehen Sie nur, Miß Rebecca. Wir sind an eine Treppe gekommen.«

Rebecca spähte über die Schulter des Jungen und überzeugte sich von seinen Worten. Vor ihnen hörte der Gang abrupt auf, der Weg ging eine extrem schmale Treppe hoch.

»Wird nicht leicht sein, da hochzuklettern, noch dazu im Dunkeln«, sagte Jeremy zweifelnd. »Die Stufen sind unheimlich schmal, und nicht sehr tief.«

Rebecca legte ihm leicht die Hand auf die Schulter. »Du hast recht, es wird nicht leicht sein, aber gemeinsam schaffen wir es. Wir können doch jetzt nicht aufgeben, oder?«

»In Ordnung, Miß Rebecca. Ich bin nich' schlecht im Klettern, aber Sie sollten vorsichtig sein.«

Die Stufen erwiesen sich tatsächlich als schwierig, denn es gab kein Geländer, und Rebecca mußte das Gleichgewicht halten, indem sie sich beim Steigen mit einer Hand an der Wand abstützte.

Die Treppe schien endlos lang zu sein, aber schließlich kamen sie doch oben an, wo sich der Gang fortsetzte.

In diesem Moment lief Rebecca zum erstenmal ein leichter Angstschauer über den Rücken, denn sie hatte nicht die leiseste Ahnung, wo sie sich befanden oder wo der nächste Ausgang war. Was mochte sie wohl erwarten?

Sie waren jedoch noch gar nicht weit gegangen, als sie wieder an eine Tür gelangten. Sie öffneten sie und fanden sich in einem Schlafzimmer wieder, das Rebecca zunächst nicht erkannte. Erst als sie in den Kleiderschrank sah und darin Edouards Kleider fand, erkannte sie, daß sie in dessen Zimmer geraten waren.

Schnell brachte sie ihre üblichen Zeichen an und ging zurück in den Gang; in Edouards Zimmer zu sein hatte sie mit einem Gefühl der Angst und des Schreckens erfüllt.

Während der nächsten halben Stunde entdeckten sie noch verschiedene andere Öffnungen, die in anderen Schlafzimmern herauskamen, unter anderem auch in Margarets und in dem, das sie vor ihrer Heirat bewohnt hatte, und ein Ausgang führte in den kleinen Salon zwischen den beiden Schlafzimmern.

Kurz darauf, als sie sich ihren Weg zurück durch den Gang bahnten, hielt Jeremy, der langsam vorangegangen war, plötzlich an.

»Ich glaub', da is' noch 'ne Öffnung, Miß Rebecca, aber anders wie die unten.«

Rebeccas Herz klopfte heftig vor Aufregung, und sie trat schnell neben ihn, um den Mauerabschnitt zu untersuchen, auf den jetzt das Licht der Laterne fiel. Es sah so aus, als würde sich hier die Täfelung ebenfalls drehen lassen, wie sie es unten schon entdeckt hatten. Ihr Puls ging schneller; sie hatte das Gefühl, als wären sie endlich zum Ziel ihrer Suche gekommen.

Sie stellte ihre Laterne auf den Boden, und Jeremy folgte ihrem Beispiel. Als sie gegen die Wand drückten, gab sie sofort nach, und ohne den geringsten Laut drehte sie sich um die eigene Achse.

»Dieser Durchgang muß regelmäßig benutzt worden sein«, sagte Rebecca. »Laß sehen, wohin er uns führt.«

Jeremy trat als erster durch die Öffnung und blieb plötzlich wie versteinert stehen, so daß Rebecca fast über ihn gefallen wäre.

»Jeremy!« rief sie. »Was ist los?«

Er sah sie mit großen Augen an. »Sehen Sie doch nur, Miß Rebecca! Hier is' alles anders. Richtig fein.«

Rebecca sah nach vorn, wo die Laterne den Gang beleuchtete. Auch sie hielt den Atem an. Jeremy hatte recht – dieser Abschnitt war vollkommen anders als alle bisherigen. Anstelle roher Bretter, nackten Gesteins, Staub und Spinnen tat sich vor ihnen ein vollständig mit Stoff verkleideter und dadurch edel wirkender Bereich auf.

Die Wände und die Decke waren mit dickem roten Samt ausgeschlagen, der mit einer goldenen Borte eingefaßt war, und auf dem Boden lag ein langer, schmaler persischer Läufer, der sich bis an den Saum eines dunkelroten Samtvorhangs erstreckte.

Sechs vergoldete Leuchter, drei auf jeder Seite, hingen an den Wänden. Als Rebecca die Laterne höher hob, stellte sie fest, daß die Kerzen darauf mit rubinroten Kristallglaskolben geschützt waren.

Zwischen den Leuchtern hingen sechs kleine Gemälde mit reich verzierten, vergoldeten Rahmen.

Sie hob die Laterne noch ein Stück höher und betrachtete das Gemälde, das ihr am nächsten hing. Sie hielt vor Staunen die Luft an. So etwas wie dieses Bild hatte sie noch nie gesehen. In der Mitte prangte vor einem schwarzen Hintergrund ein goldener Kreis mit einem fünfzackigem Stern darin. In dem Stern war die Gestalt eines nackten Mannes abgebildet, mit einem großen, aufgerichteten Penis und ausgebreiteten Armen und Beinen, so daß sein Kopf und seine Glieder in die fünf Zacken des Sterns paßten. Die Augen des Mannes schienen sie anzustarren, rote Augen, die im Schein der Laterne wie Feuer glühten.

Schnell ließ Rebecca die Laterne sinken und hoffte, daß Jeremy das Bild nicht gesehen hatte. Als sie sich nach ihm umsah, stellte sie fest, daß er in ein anderes Bild versunken war. Das kleine Gesicht war nach oben gerichtet, und der Mund brachte nur ein überraschtes ›Oh!‹ heraus.

Dieses Gemälde, das, wie sie jetzt erkannte, ebenso wie das erste von Polydoro ausgeführt worden sein mußte, zeigte einen großen schwarzen Ziegenbock, der auf den Hinterbeinen stand, aufrecht wie ein Mensch. Mit einer der Vorderhufen hielt er einen verdrehten Stab, um den sich eine riesige grüne Schlange wand. In der anderen hielt er einen Menschenschädel. Und genau wie bei dem Bildnis des Mannes war der Penis in aller Deutlichkeit dargestellt, beinah übertrieben, so daß es das ganze Bild beherrschte.

Sie fühlte sich zutiefst angewidert und zog Jeremy schnell weg. Sie hatte jetzt keinen Zweifel mehr daran, daß dies der Teil der Geheimgänge war, der zu Edouards versteckter Kammer führte, die sich hinter dem Samtvorhang befinden mußte. Als sie an die Bilder dachte, stieg ihr Hitze ins Gesicht und durchflutete ihren Körper. Sie waren ekelerregend, und doch besaßen sie die Faszination des Verbotenen. Was mochten sie bedeuten, und warum hatte Edouard so etwas zeichnen lassen? Eine düstere Ahnung überkam sie, gemischt mit aufgestachelter Neugier. Wenn schon der Zugang zu Edouards Geheimkammer solche Darstellungen barg, wie mochte dann erst der Raum an sich aussehen? Auf keinen Fall durfte Jeremy diese Dinge zu Gesicht bekommen, soviel stand fest.

»Glauben Sie, daß das noch 'ne Tür is', Miß Rebecca?« Er deutete auf den Vorhang.

Seine Stimme klang erstickt, und Rebecca sah, daß er entsetzliche Angst hatte. Sie wußte, daß Sklaven oft abergläubisch waren, und der Anblick dieser Bilder mußte für den Kleinen ein gehöriger Schock gewesen sein. Sollte sie mit ihm ins Haus zurückkehren, ihn in die Stallungen schicken und später allein wieder herkommen?

Sie zögerte, denn auch sie selbst empfand nicht viel anders als Jeremy. Nein, allein wollte sie auf keinen Fall herkommen, und es gab niemand anderen, den sie bitten konnte, sie zu begleiten.

Sie beugte sich zu dem Jungen hinunter und legte ihm zart die Hand auf die Schulter. »Jeremy, hab keine Angst. Es ist doch nur ein Bild, wenn auch ein ganz besonders häßliches. Wir werden einfach nicht hinsehen. Auch zu den anderen nicht, einverstanden?

Also, ich glaube, du hast recht. Ich bin sicher, es gibt eine Tür hinter diesem Vorhang, und ich werde jetzt mal nachsehen. Aber ich möchte, daß du hier, direkt davor, wartest. Du mußt jetzt ganz tapfer sein, Jeremy, weil ich mich vollkommen auf dich verlasse. Ich werde nicht lange bleiben, nur ein paar Minuten, das verspreche ich dir. Und dafür sollst du mir auch etwas versprechen. Du darfst nicht zu den Bildern hinsehen, Jeremy, schau zum Teppich hinunter oder auf den Vorhang. Glaubst du, du schaffst das? Kannst du so tapfer sein?«

Jermy nickte, aber seine Augen verrieten seine Angst und Besorgnis.

Rebecca nahm sich die Kette vom Hals, ein Silbergehänge in Herzform, und legte es dem Jungen um. »Hier, das wird dich beschützen. Wenn dich die Angst überkommt, dann berühre es einfach, und du wirst wieder Mut haben.«

Jeremy drückte sich die Kette an die Brust und stieß einen tiefen Seufzer aus. »Es funktioniert, Miß Rebecca. Wirklich, ich spür' es.«

Sie klopfte ihm sanft auf die Schulter. »Gut. Also, ich bleibe nicht länger als ein paar Minuten.«

Sie erhob sich und hielt mit der rechten Hand die Laterne hoch; mit der linken schob sie vorsichtig den Vorhang beiseite. Dahinter war noch ein Bild verborgen. Schnell ließ sie den Stoff wieder fallen und wandte sich zu Jeremy um, der ihr fragend ins Gesicht sah.

»Jeremy, noch eins. Würdest du bitte einen Moment lang die Augen schließen? Schließ die Augen und zähle langsam bis zwanzig. Kannst du bis zwanzig zählen?«

Jeremy nickte und drückte die Augen fest zu. Während

seine Stimme laut zählte, schob Rebecca den Vorhang erneut beiseite und enthüllte ein prächtiges Gemälde, in das die Tür eingearbeitet war. Das Bild, etwa einen Meter fünfzig hoch und einen Meter breit, vor dem sie jetzt ganz dicht stand, hatte eine noch schrecklichere Wirkung auf sie als die vorherigen. Sie sah wieder diese aufrecht stehende Bockgestalt, und diesmal hielt sie eine nackte Frau mit weißer Haut an der Hand; die Frau hatte langes schwarzes Haar und Brüste mit rosafarbenen Brustwarzen. Als Augen des Bockmannes waren Rubine eingesetzt, die gespenstisch im Schein der Laterne glitzerten, und sein Glied war aus dunklem Holz geschnitzt und an der Spitze ebenfalls mit einem Rubin geschmückt. Es stach aus der Fläche des Bildes heraus, und mit Abscheu begriff sie, daß es den Türgriff darstellte. Mit schimmernden Korallen waren die Brustwarzen der Frau dargestellt, und ihre Augen – kalte blaue Saphire – schienen Rebecca mit einer wissenden Grausamkeit anzustarren.

Hinter den beiden Figuren erstreckte sich ein gemalter Wald, und dazwischen schien eine Art Prozession hindurchzuziehen, eine lange Kette von vagen, kaum erkennbaren Figuren, die zugleich abstoßend häßlich als auch von kalter Schönheit waren. Am Himmel stand ein gehörnter Mond, dessen blasses Licht die Gestalten schwach beleuchtete.

Trotz ihrer Sorge, daß Jeremy einen Blick auf das Bild erhaschen würde, konnte Rebecca einen Moment lang die Augen nicht davon abwenden. Voller Angst dachte sie daran, was sie hinter dieser Tür erwarten würde.

Widerstrebend drückte sie an dem abstoßenden Griff die Tür nach innen.

Sie fand sich in einem ziemlich großen Raum wieder. Die Decke und die Wände waren mit dem gleichen roten Samt ausgeschlagen, mit dem der Gang verkleidet war, und es schien keinen weiteren Zugang zu dem Raum zu geben.

Rebecca war im ersten Moment von der Flut der Dinge, die sich hier befanden, erstaunt: Statuen, Gemälde, goldbestickte Wandbehänge, Kandelaber, etwas, das wie eine Art Altar aussah, und dahinter wieder ein Bildnis des Bockmannes.

Ihr Herz raste, und sie nahm den schweren, übelkeiterregenden süßlichen Duft von Räucherkerzen wahr.

Rebecca kämpfte gegen ein Schwindelgefühl an. Sie öffnete

die Laterne und entzündete mit der Flamme eine der Kerzen und damit die übrigen in dem Kandelaber auf dem Altar. In dieser Beleuchtung schien sich das Bild hinter dem Altar zu bewegen, und einen Augenblick lang schien Rebeccas Herz vor Entsetzen stillzustehen.

Doch nach dem ersten Schrecken gewann sie wieder die Beherrschung über sich und betrachtete das Gemälde eingehend. Es stellte einen Bockmann dar, der auf einem Thron saß; seine linke Hand war erhoben, in der rechten hielt er eine brennende Fackel. Hinter seinen behaarten Schultern sah man zwei riesige ausgebreitete Fledermausflügel, und seine Stirn zierte das Zeichen des fünfzackigen Sterns im Kreis. Am Fuß des Throns standen zwei gehörnte menschliche Gestalten, ein Mann und eine Frau.

Sie hatte Edouards geheimen Ort gefunden, und es wunderte sie nicht, daß er von hier verwirrt und in aufgewühltem Zustand zurückkehrte. Fragen wanderten durch ihren Kopf. Warum war dieser Raum gebaut worden? Welchem Zweck diente er?

Sie wußte, daß sie nicht lange genug bleiben konnte, um all das zu erforschen. Sie hatte Jeremy versprochen, daß sie nur ein paar Minuten wegbleiben würde, und überdies wurde ihr immer schwindeliger und übler.

Sie sah sich schnell um, in der Hoffnung etwas zu entdekken, was der Erklärung dieses Raumes dienen konnte. Zur Rechten des Kandelabers sah sie zwei Bücher, beide ungewöhnlich groß und in schwarzes Leder eingebunden. Auf den Einbänden fand sich wieder jenes Zeichen – den eingekreisten Stern. Könnte sie die beiden Bücher mitnehmen? Sie glaubte, daß sie es schaffen konnte, wenn Jeremy beide Laternen trug.

Sie nahm das obere Buch mit hinaus in den Gang, wobei sie mit der anderen Hand die Laterne hielt. Sie legte es neben Jeremy ab, der mit dem Rücken gegen die Wand dasaß, mit gesenktem Kopf und um sich selbst geschlungenen Armen, als ob er sich gegen etwas schützen wollte. Als er sie sah, leuchtete sein Gesicht auf.

Schnell erhob er sich. »Gehn wir jetzt, Miß Rebecca?«

»Ja, nur noch eine Minute. Dort drin ist noch ein Buch, das ich mitnehmen möchte. Öffne dieses hier auf keinen Fall, Jeremy, ich bin gleich zurück.«

Sie eilte nochmal in den Raum, nahm das andere Buch, blies die Kerzen aus und ging zurück in den Gang. Als sie die Tür hinter sich schloß, gab sie sorgsam acht, daß der Junge das Bild nicht zu Gesicht bekam.

»So, jetzt können wir gehen«, sagte sie und reichte Jeremy ihre Laterne. »Du müßtest leider beide Laternen schleppen, Jeremy, damit ich die Bücher tragen kann. Wir werden die Gänge durch die Öffnung in den kleinen Salon verlassen, einverstanden? Es hat wenig Sinn, den gleichen Weg zurückzugehen, den wir gekommen sind.«

Jeremy legte den Kopf schräg. »Jawohl, Miß Rebecca.«

Mit schnellen Schritten ging Jeremy den Gang entlang voraus, und Rebecca fühlte sich schuldig, weil sie spürte, daß der Junge große Angst ausgestanden haben mußte und sich so tapfer verhalten hatte. Sie würde ihm die silberne Kette schenken, beschloß sie. Das war das mindeste, was sie als Entschädigung für ihn tun konnte.

20

Obwohl es Rebecca kaum erwarten konnte, in ihre eigenen Gemächer zu gelangen, wo sie die Bücher ungestört studieren konnte, beachtete sie sorgsam ihre üblichen Vorsichtsmaßnahmen, um nicht dabei ertappt zu werden, wie sie aus den Gängen kamen.

Bevor sie den Ausgang in den kleinen Salon, der zwischen ihrem ehemaligen und Margarets Schlafzimmer lag, spähte sie durch das Guckloch, um sich zu versichern, daß sich niemand in dem Zimmer befand, und bevor sie den Salon verließ, ging sie in die Halle, um nachzusehen, ob sie leer war.

Es machte nicht viel aus, wenn sie jemandem vom Personal begegnet wären, da sie sich vor ihnen nicht zu rechtfertigen brauchte, wenn sie jedoch Jacques, Margaret oder Felicity begegnen würde, müßte Rebecca eine Erklärung über die Laternen und die Bücher abgeben, und dazu hatte sie nicht die geringste Lust. Sie wußte, daß die anderen niemals etwas von dem erfahren durften, was sie in der Geheimkammer entdeckt hatte. Der einzige, dem sie etwas davon hätte erzählen können, wäre Armand gewesen, denn sie hatte schon immer den Eindruck, daß er weit mehr über die Geschichte der Familie wußte als die anderen. Aber Armand war nicht hier . . .

Nein, sie durfte nicht an ihn denken. Sie mußte sich darauf konzentrieren, in ihre Räume zu gelangen, ohne gesehen zu werden.

»Ich nehme an, Sie haben gefunden, was Sie gesucht haben, Miß Rebecca?« fragte Jeremy hoffnungsvoll, während er die beiden Laternen in dem Schrank verstaute, wie ihn Rebecca angewiesen hatte. »Ich nehme an, jetzt suchen Sie nicht mehr weiter?«

Ihr entging nicht der Beiklang, der in seiner Frage schwang, und erneut fühlte sie sich schuldig. »Ja, Jeremy. Ich habe gefunden, was ich suchte, wenn es auch nicht genau das ist, was ich erwartet hatte. Es tut mir leid, daß es sich als etwas so . . . etwas so Schreckliches herausstellte.«

Jeremy entgegnete mannhaft: »Es war gar nicht so schrecklich, Miß Rebecca. Es ist nur so, der alte Sampson wird mich in den Ställen brauchen.«

Rebecca lächelte zu ihm hinab. Das arme Kind! Er wollte ihr gegenüber nicht zugeben, daß er sich beinahe zu Tode gefürchtet hatte.

»Hör zu, Jeremy. Ich habe dir versprochen, daß ich mich darum bemühen werde, daß du eine Arbeit hier im Haus bekommst. Ich habe mit Lutie gesprochen, und sie sagte, daß sie einen so klugen Burschen wie dich gut gebrauchen kann.«

Er sah sie fragend an.

»Du brauchst nie mehr in die Geheimgänge zu gehen, das verspreche ich dir. Du kannst das Ganze vergessen.«

Unbewußt griff er sich an den Hals und berührte das silberne Herz.

»Und du kannst das als Talisman behalten, der dich gegen das Böse schützt. Was sagst du dazu?«

Jeremys Gesicht verzog sich zu einem breiten Lächeln. »Wenn Sie mich im Haus brauchen, Miß Rebecca, dann bleib' ich. Meine Momma wird sich freuen. Sie sagt, aus mir kann was werden, wenn ich mir nur Mühe gebe.«

Rebecca drückte seine Schulter. »Du *bist* schon was, Jeremy, etwas ganz Großartiges, und ich bin richtig stolz auch darauf, wie du mir geholfen hast. So, jetzt geh zu Darcy und laß dir das Päckchen geben, das ich für dich herrichten lassen habe. Und morgen meldest du dich bei Lutie.«

Nachdem Jeremy gegangen war, eilte Rebecca in ihre und Jacques' Räume und versteckte die Bücher in ihrem Kleiderschrank. Dann warf sie sich aufs Bett und streckte sich seufzend aus. Ihr Rücken schmerzte vom Tragen der schweren Bücher, aber sie war kein bißchen müde. Im Gegenteil, Unruhe und Aufregung erfüllten sie. Sie war neugierig wie eine Katze darauf, zu erfahren, was in den Büchern stand, doch andererseits hatte sie Angst, sie zu öffnen.

Sie schloß die Augen für einen Moment, und vor ihr war wieder dieses Bild des Bockmanns und der anderen Figuren. Was für ein Raum war das? Welchem Zweck hatte er gedient? Sie dachte an den Altar. War es eine Art schwarze Kapelle? Vielleicht zur Anbetung des gehörnten Gottes? War Edouard dem Bösen verfallen?

Rebecca war aufgrund ihrer Erziehung wenig vertraut mit den Hintergründen der Teufelsanbetung. Sie wußte ein wenig über Hexenkult und Magie, da die Briten die Religion der Inder für eine Form des Aberglaubens hielten, und in Indien war es in der Tat schwer, *nicht* an Magie zu glauben. Außerdem hatte sie die üblichen Gerüchte darüber gehört, vom Fluch des Bösen und dem Bösen Blick und so weiter. Dieser Raum jedoch, mit seinen abscheulichen Bildern und der Atmosphäre des Bösen, war etwas, das vollkommen außerhalb ihrer Erfahrung stand. Sie wollte diese Bilder vergessen, doch sie brannten mit einer fiebrigen Faszination in ihrem Gedächtnis. In gewisser Hinsicht hatte sie gefunden, was sie suchte – Edouards Geheimkammer –, aber indem sie sie gefunden hatten, taten sich ihr nur wieder neue Rätsel auf. Aber sie hatte ja die Bücher. Vielleicht enthielten sie die Antworten auf einige ihrer Fragen.

Als sie sich vom Bett erhob, merkte sie, daß sich ihr Gesicht heiß anfühlte und daß ihr Kleid voller Staub aus den Gängen war. Ein Blick auf die vergoldete Uhr auf dem Kaminsims zeigte ihr, daß es schon beinahe Zeit zum Mittagessen war, und sie hatte Margaret und Felicity versprochen, am Nachmittag mit ihnen Karten zu spielen. Heute würde sie also keine Zeit mehr finden, sich ungestört mit den Büchern zu befassen, und sie konnte es nicht wagen, am Abend in den Büchern zu lesen, da sie nicht wußte, wann Jacques auftauchen würde. Es führte kein Weg daran vorbei, sie mußte ihre Neugier bis zum nächsten Tag bezähmen.

Sie ging in ihr Ankleidezimmer und goß Wasser aus dem großen Krug in die Waschschüssel. Dabei betrachtete sie ihr gerötetes Gesicht im Spiegel. Wie war es möglich, daß ein Mensch Erleichterung und diese Neugier zur gleichen Zeit empfinden konnte?

Am späten Vormittag des folgenden Tages bot sich ihr endlich eine Gelegenheit. Jacques war in seinem Arbeitszimmer, Felicity im Garten, und Margaret saß im Wintergarten und beschäftigte sich mit ihrer Handarbeit. Rebecca wußte, daß sie mindestens eine oder zwei Stunden ungestört für sich sein konnte.

Sie erklärte Margaret, daß sie etwas an ihrer Garderobe richten wolle, und eilte in ihr Zimmer, wo sie die Tür verschloß und die Bücher aus dem Schrank holte.

Sie trug sie zu einem kleinen Tisch, da hier das Licht gut war, und legte sie darauf, glatte, schwarze Lederbücher mit diesem sonderbaren Zeichen auf dem Einband. Wenn sie nicht gewußt hätte, daß sie aus jenem Raum stammten, hätte sie nichts Besonderes daran gefunden, ja, sie hätte sie sogar hübsch gefunden. Aber da sie ihre Herkunft kannte und sie dort das Zeichen so häufig gesehen hatte, erfüllte sie der Anblick der Bücher mit einer Mischung aus Faszination und Abscheu.

Während sie dem Umriß des Sterns mit einer Fingerspitze nachfuhr, lief ein Schauder durch ihren Körper. Sie dachte, daß die Neugier etwas Dunklem, Abgründigem in der menschlichen Natur entspringen mußte. Es gab Dinge, die anzusehen einem widerstrebten, und doch sah man sie an. Sie war einmal in London Zeuge eines Unfalls geworden, bei dem ein Wagen eine alte Frau umgefahren hatte. Sie erinnerte sich, wie die Leute darum herumgestanden waren und wie sie selbst den Anblick der auf den Pflastersteinen liegenden blutenden Frau nicht ertragen konnte. Und doch *hatte* sie hingesehen. Nur einen Moment lang, und sie hatte es gleich darauf bereut.

In Indien gab es viele Dinge, vor denen man am besten die

Augen schloß – ein Leprakranker, der keine Nase mehr hatte, eine verkrüppelte Frau, ein Kind, das an Hunger stirbt. Einige Leute vermieden es hinzusehen, oder zumindest gelang es ihnen so zu tun, als gäbe es solche Dinge nicht, aber Rebecca sah sie immer, und ihr Anblick machte sie traurig.

Mit den Büchern war es das gleiche. Nachdem sie Edouards Raum gesehen hatte, wußte sie, daß der Inhalt der Bücher nicht angenehm sein konnte, und dennoch mußte sie einfach wissen, was darin stand.

Sie setzte sich in einen bequemen Korbstuhl und zog das erste Buch zu sich heran. Es war ein bißchen dicker als das andere und das schwerere von beiden. Behutsam schlug sie den Deckel auf.

Auf der Titelseite aus dickem, edlem Pergament war ein Name in roten Lettern eingraviert, kunstvoll verziert mit Ranken, Blumen und kleinen gehörnten Gestalten mit bösen Gesichtern und gierigen Mäulern – eine Mischung aus Abscheulichkeit und Schönheit. Der Name war Polydoro.

Sie blätterte weiter und sah keinen Text vor sich, sondern ein Bild, das ähnlich war wie die in dem Gang vor der Geheimkammer und in der Kammer selbst.

Die Farben waren kräftig, und das Dargestellte schien ihr aus dem Papier entgegenzuspringen, als ob es lebte: ein Mann und eine Frau, die beide auf einem Thron saßen, und hinter ihnen in der Dunkelheit wieder das Zeichen des fünfzackigen Sterns im Kreis. Der Mann war in einen tiefroten Umhang gehüllt und trug eine Krone mit goldenen Blättern auf dem gehörnten Kopf. Die Frau trug einen ähnlichen Umhang, und ihre Krone war an der Stirnseite mit der Sichel des aufgehenden Mondes verziert. Die Sitzenden waren umgeben von weiteren Gestalten – Männern und Frauen, die ähnlich bekleidet waren, und vor ihnen sah sie zwei kleine Kinder, einen Jungen und ein Mädchen, deren nackte Körper in einem seltsamen Licht schimmerten.

Rebecca zog das Buch dichter zu sich heran und schaute sich die Gesichter genau an, doch plötzlich fuhr sie überrascht zurück. Sie war sicher, daß der Mann und die Frau Jean und Mignon Molyneux waren, denn die Gesichter glichen eindeutig jenen, die auf den Bildern an der Wand zur Treppe abgebildet waren.

Sie beugte sich wieder vor, um auch die Gesichter der Kinder zu studieren. Der Junge hatte ein schmales, olivfarbenes Gesicht, fast wie das Gesicht einer Frau. Rebecca atmete schwer ein. Das Kind mußte Edouard sein, es sah ihm sehr ähnlich.

Jetzt betrachtete sie das andere Kind – das Mädchen: schlank, zierlich, ihr üppiges Haar schien einen goldenen Kranz um ihren Kopf zu bilden.

Während Rebecca so in die Betrachtung der Bilder versunken war, hatte sie das Gefühl, daß die Gesichter sie anstarrten. Sie trugen alle einen ähnlichen Ausdruck leichter Belustigung und geheimen Wissens, verbunden mit finsterer Befriedigung. Rebecca erschauderte. Sogar das Gesicht des Jungen trug diesen Ausdruck, wodurch um so mehr auffiel, daß das bei dem Mädchen nicht der Fall war. Als einzige in der Gruppe trug das Gesicht des Mädchens Trauer, so tiefe Trauer, wie sie ein kleines Kind sicherlich nicht ertragen konnte, doch zugleich ging strahlende Unschuld von dem Mädchen aus. Dieser Gegensatz ließ das Bild sehr eindrucksvoll werden, und Rebecca betrachtete es lange. Sie vermutete, daß es Jean und Mignon Molyneux und ihre Freunde bei einem ihrer ›Spiele‹ darstellte, die – davon war sie jetzt überzeugt – entschieden geheimnisvoller und abartiger waren als jenes Treiben, was man im allgemeinen darunter verstand. Was sie vor allem entsetzte, waren die Kinder. Nahmen sie wirklich an diesem Treiben teil, oder hatte Polydoro sie hineingeschmuggelt, sozusagen aus künstlerischer Freiheit.

Sie blätterte auf die nächste Seite um und fand ihre Frage bis zu einem gewissen Grad beantwortet.

Das zweite Bild zeigte zwölf Gesichter, die im Kreis angeordnet waren, wie die Ziffern auf einer Uhr. Tatsächlich, es *war* die Darstellung eines obszönen Zifferblatts, bei dem die Zeiger männliche Glieder waren, die auf zwölf Uhr zeigten. Der Mittelteil des Zifferblattes war üppig ausgeschmückt mit Ornamenten der gleichen Art, wie sie auf dem Innentitel um den Namen Polydoro herum waren – Dämonen, seltsame Blumen und Ranken in kräftigen Farben, Schlangen und Kröten. Am höchsten Punkt, an der Stelle der Zahl zwölf, war das Gesicht von Jean Molyneux, und gegenüber, wo normalerweise die Sechs steht, das von Mignon.

Drei Uhr und neun Uhr waren durch die Gesichter der Kinder gekennzeichnet. Die anderen Gesichter waren Rebecca unbekannt, aber sie bemerkte, daß neben Jeans Gesicht, an der Stelle der Eins, das Gesicht einer sehr schönen Frau seinen Platz hatte. Sie war sehr attraktiv, oder vielmehr schien es einmal gewesen zu sein, denn jetzt hatte das Gesicht einen bösen Zug um die Augen und um den Mund. Die Frau hatte die gleichen goldenen Haare und blauen Augen wie das kleine Mädchen, und Rebecca fragte sich, ob sie wohl dessen Mutter war.

Rebecca stieß einen Laut des Entsetzens aus. Wenn diese Frau wirklich die Mutter war, wie konnte sie zulassen, daß ihr Kind in solche lasterhaften Ausschweifungen mit hineingezogen wurde? Es war schwierig, sich vorzustellen, daß eine Frau das wirklich über sich bringen konnte.

Das Gegenstück zu der blonden Frau bildete ein dunkler Mann mit hinterlistigen Zügen um den Mund und zornigen Augen. Rebecca fragte sich, ob die beiden, die ihre Plätze an Jeans Seite hatten, eine besondere Stellung in der Hierarchie der Gruppe einnahmen.

Rebecca schüttelte den Kopf und blätterte fest mit einer gewissen Erleichterung weiter. Diese Bilder waren beunruhigend, aber bisher noch nicht annähernd so schlimm wie die in dem Gang und in der Geheimkammer, und sie verrieten ihr immerhin einiges. Wenn sie alle betrachtet hätte, hätte sie wahrscheinlich ziemlich klare Vorstellungen von dem, was sich in dem Raum einmal abgespielt hatte.

Als sie zu dem dritten Bild kam, krampfte sich ihr Magen unwillkürlich zusammen, und sie mußte schnell wegsehen. Doch dann sah sie doch wieder hin. Das Gemälde war wunderschön und im Detail liebevoll ausgeführt, die Figuren waren lebensecht und hoben sich eindrucksvoll vom Hintergrund ab. Auf einer roten Samtliege, auf der weiche, farbenprächtige Kissen lagen, waren ein Mann und ein Kind im Liebesakt vereint, ihre Körper waren miteinander verschlungen. Der Mann war offensichtlich Jean Molyneux, und das Kind war das Mädchen mit den goldenen Haaren. Polydoro hatte den Ausdruck der Gesichter deutlich wiedergegeben. Jeans finsteres Entzücken und seine Befriedigung, aber auch die Scham und das Leiden des Kindes waren offenkundig.

Rebecca befürchtete, daß ihr schlecht würde. Langsam blätterte sie auf die nächste Seite, und dann wieder auf die nächste. Jedes Bild zeigte Menschen beim Geschlechtsakt: Jean und die blonde Frau, den dunklen Mann und Mignon, die anderen alle, zu zweit, zu dritt und schließlich alle zwölf zusammen.

Rebecca konnte keinen klaren Gedanken mehr fassen, so schockiert war sie, aber sie wußte, sie mußte alles sehen. Sie war an einen Punkt gelangt, wo sie glaubte, etwas Schlimmeres könnte sie nun nicht mehr erwarten. Und dann sah sie das Bild der beiden Kinder; zwei Kinder, die unter normalen Umständen unschuldig und voller Frische hätten sein können, statt dessen jedoch verdorben waren, weil sie in den Schmutz gezogen wurden. Das Bild zeigte sie, wie sie das Treiben der Erwachsenen nachahmten.

Rebecca war froh, daß es nur noch eine weitere Seite gab. Sie blätterte um und sah, daß sie den eigentlichen Kern des ganzen abscheulichen Treibens von Jean und Mignon zeigte.

Da, auf der gleichen roten Samtliege, lag Mignon mit ihrem Liebhaber, ihrem eigenen Sohn. In diesem Gemälde drückte Edouards kleines Gesicht aus, was zu seinem Wahn geführt haben mußte: die Vision von Schrecken und das beschämende Wissen um die finsteren Abgründe der menschlichen Seele.

Rebecca schlug das Buch zu und schob es von sich fort. Margaret und Lutie hatten recht gehabt. Sie hatte durch die Entdeckung dieses furchtbaren Raums nichts von dem erfahren, was sie wirklich wissen wollte.

Sie fühlte sich krank und lehnte sich mit geschlossenen Augen im Sessel zurück. Und sofort sah sie wieder die abscheulichen Bilder. Dieser arme verdrehte kleine Junge! Welche Chance hatte er noch? Unter diesen Umständen war es unmöglich für ihn, normal heranzuwachsen. Und das kleine Mädchen? Wer war sie? Was war aus ihr geworden?

»Rebecca? Bist du krank?«

Rebecca sprang auf. Jacques! O Gott! Er durfte die Bücher nicht sehen.

Sie stand schnell auf und sah Jacques auf sich zukommen. Sie stellte sich so hin, daß sie den Tisch verdeckte, und hoffte, daß er die Bücher nicht bemerken würde.

»Was machst du denn, meine Liebe? Margaret sagte, du wärst nach oben gegangen, um deine Kleider durchzusehen oder so etwas. Du siehst blaß aus.«

Rebecca lächelte ihn nervös an. »Ich habe meine Garderobe geordnet. Das heißt, ich hatte es vor, aber dann fühlte ich mich etwas müde und setzte mich für ein paar Minuten hin. Aber jetzt geht es mir besser. Wie kommt es, daß du deine Arbeit liegen läßt?«

»Oh, für heute hatte ich genug davon. Ich hatte das Bedürfnis nach einer kleinen Abwechslung. Ich dachte, wir könnten einen Ausflug an den Strand und ein Picknick machen. Ich habe es Margaret vorgeschlagen, und sie fand die Idee ausgezeichnet.«

»Nun ja, das hört sich verlockend an. Ich ziehe mich nur eben um. Es dauert nur eine Minute.«

Er sah sie forschend an, etwas verdutzt, denn sie hatte sich keinen Millimeter von ihrem Fleck vor dem Tisch weggerührt.

Langsam ging er auf sie zu, und ihr Herz fing wie verrückt an zu rasen. Er würde die Bücher entdecken, und sie konnte nichts dagegen tun!

Als er die Arme nach ihr ausstreckte, spähte er ihr über die Schulter. »Das sind sehr merkwürdig aussehende Bücher, Rebecca. Ich glaube, ich habe sie noch nie gesehen. Hast du sie in der Bibliothek gefunden?«

Rebecca, der die Worte fehlten, zögerte, dann sagte sie schnell: »Ja, ja. Das sind ein paar alte Bücher, die ich irgendwo in der hintersten Ecke entdeckt habe. Nichts Interessantes, wirklich nicht.«

»Aha. Also, du solltest dich jetzt umziehen. Dieses Kleid eignet sich wirklich nicht für ein Picknick in den Dünen.«

»Ja, Jacques. Natürlich.« Sie konnte nicht mehr auf der gleichen Stelle stehen bleiben. Das würde ihn nur noch neugieriger machen.

Sie ging zu ihrem Kleiderschrank und ließ ihn über die Schulter hinweg nicht aus den Augen. Mit Unbehagen sah sie, wie er die Hand nach einem der Bücher ausstreckte, stellte jedoch mit Erleichterung fest, daß es das andere Buch war, das sie sich noch nicht angesehen hatte. Wenn es doch nur nichts Schreckliches, nichts so Schockierendes enthielt.

Sie griff blind in den Schrank und hielt den Blick auf Jacques gerichtet, der das Buch öffnete. Er runzelte die Stirn. »Rebecca, kannst du Lateinisch lesen?«

»Ehm, ja, wenn auch nicht allzu gut.«

»Weißt du, was das für ein Buch ist?«

»Nicht genau«, gab sie wahrheitsgemäß zu und fragte sich verzweifelt, was er wohl gesehen haben mußte.

Jacques' Stimme klang etwas schockiert. Er hielt das Buch in der Hand und las laut vor: »*Liber spirituum.* Buch der Worte, Buch der Taten, gepriesen seist du, Buch der Künste! Rebecca, dies ist ein Buch der finsteren Mächte. Eine Hexenbibel. Du sagst, du hast es in *unserer* Bibliothek gefunden?«

Er drehte sich um und sah sie ungläubig an.

Jetzt fühlte sich Rebecca völlig in die Enge getrieben, und ihr fiel keine passende Antwort ein. »Ich . . . habe es gefunden. Ich war neugierig. Der Einband sah so sonderbar aus, und gerade eben wollte ich mal hineinsehen. Wenn ich gewußt hätte, was es ist . . .«

Jacques schüttelte gereizt den Kopf, legte das Buch auf den Tisch und griff nach dem anderen. Er hatte das Buch mit Polydors Gemälden geöffnet und betrachtete das erste Bild. Alle Farbe wich aus seinem Gesicht, er knirschte mit den Zähnen, aber er brachte kein Wort heraus, und er sah sie auch nicht an. Sie stand zitternd da, während er weiterblätterte, Seite um Seite, sein Gesicht wurde immer fahler, bis er schließlich das Bild mit seiner Großmutter und seinem Vater sah. Er starrte lange Zeit darauf, dann legte er das Buch auf den Tisch. Er wankte leicht und hielt sich am Tisch fest. Als er sich schließlich Rebecca zuwandte, konnte sie ihn nicht ansehen.

»Wo hast du diesen Schmutz gefunden, Rebecca? Es war ganz bestimmt nicht in der Bibliothek. Ich kenne jedes einzelne Buch in den Regalen, und diese hier habe ich noch nie gesehen. Sage mir, woher du sie hast!«

Rebecca wollte schlucken, aber ihr Mund war ausgetrocknet. Sie konnte ihn immer noch nicht ansehen.

»Sag es mir«, befahl er mit einem unheilvollen Zischen. »Ich verlange, daß du es mir sagst!«

Endlich hatte sie ihre Stimme wiedergefunden. »Ich habe Edouards Geheimkammer entdeckt, von der Dhupta uns erzählt hat. Dort bin ich auf die Bücher gestoßen. Ich habe sie mitgenommen, weil ich dachte, sie könnten erklären . . . Oh, es tut mir leid, Jacques! Ich weiß, er war dein Vater, und du hast ihn geliebt. Es muß schrecklich sein zu erfahren . . .«

Im gleichen unheilvollen Ton forderte er: »Bring mich hin!«

Jetzt sah ihm Rebecca doch ins Gesicht. »O nein, Jacques! Du kannst nicht wirklich dorthin wollen! Es ist . . . Nun, es ist wie diese Bilder hier, ein Ort der Perversion und des Grauens.«

»Und doch bist du hingegangen!«

Sie hob die Hände und sah ihn flehentlich an. »Ja, das bin ich. Aber ich hatte keine Ahnung, was ich dort finden würde. Ich weiß nicht, was ich eigentlich erwartete. Die Suche nach diesem Raum war nichts als ein Zeitvertreib. Jetzt wünsche ich, ich hätte diese Dinge ruhen lassen. Ich gäbe alles dafür, ihn nicht gefunden zu haben, diese . . . diese Bilder nicht gesehen zu haben.«

Jacques' Gesicht war jetzt das eines Fremden, seine Stimme kalt und streng. »Führe mich zu dem Raum, Rebecca!«

»Aber Margaret wartet auf uns, damit wir zum Picknick aufbrechen . . .«

»Ich werde hinuntergehen und ihr sagen, daß du dich nicht gut fühlst und daß ich bei dir bleiben werde und wir deshalb das Picknick verschieben müßten. Richte dich, bis ich zurückkomme.«

Er drehte sich um und verließ den Raum, wobei er die Tür leise hinter sich schloß. Rebecca stand mitten im Zimmer und bewegte sich nicht. Was hatte sie nur angerichtet? Sie kam sich vor wie Pandora in der griechischen Mythologie; sie hatte mit ihrer Neugierde eine Menge Übel über die Welt gebracht. Aber was sie getan hatte, konnte nicht mehr rückgängig gemacht werden. Sie hatte keine Wahl, sie mußte tun, was Jacques von ihr verlangte.

Die Wanderung durch die Geheimgänge war für Rebecca diesmal nichts Aufregendes. Sie mußte den Schmerz und die grauenvolle Erkenntnis in Jacques' Gesicht mit ansehen, als er den Wandschmuck des Korridors, das Gemälde auf der Tür und das Innere des Raumes erblickte. Er führte seine Untersuchungen systematisch durch, als entledigte er sich einer lästigen Pflicht. Es hatte den Anschein, als wolle er alles genau erforschen, nichts auslassen, damit ihm keine Einzelheiten von der Schande und Erniedrigung seines Vaters und seines Großvaters entging.

Endlich gab er mit einem Kopfnicken zu verstehen, daß er

bereit sei zu gehen. Sie hatten seit Verlassen ihrer Gemächer kein Wort mehr miteinander gesprochen.

Als sie schließlich wieder in ihren Räumen waren, wandte sich Rebecca an ihn. »Jacques, ich bitte dich, sprich mit mir! Ich weiß, daß du zutiefst verletzt bist und daß ich in gewisser Weise die Ursache dafür bin. Aber glaube mir, ich hatte nicht die Absicht, dir weh zu tun. Ich hatte keine Ahnung, was ich finden würde.«

Ihr flehender Blick prallte an seinem steinernen Gesichtsausdruck ab. »Ich möchte nicht darüber sprechen, Rebecca. Ich möchte nie mehr etwas davon hören, verstehst du? Du darfst niemandem erzählen, was du entdeckt hast, besonders Mutter nicht. Ich bin sicher, es würde sie umbringen.«

Rebecca fuhr sich mit der Hand an die Kehle. Trotz der Situation zwischen ihr und Jacques mochte sie ihn, und es tat ihr weh, daß er diesen eiskalten Ton ihr gegenüber anschlug. Schließlich war es ja nicht sie, die diese entsetzlichen Dinge begangen hatte, sondern sein Vater. Alles, was sie getan hatte, war, sie ans Tageslicht zu bringen.

»Jacques, wie kannst du nur annehmen, daß ich irgend jemandem davon erzählen könnte? Für was hältst du mich denn?«

Sein finsterer Blick ließ sie erkennen, daß er es in diesem Moment selbst nicht wußte, und sie erinnerte sich an etwas, das sie einmal gelesen hatte. In alten Zeiten hatten Könige und Kriegsherren häufig die Überbringer schlechter Nachrichten getötet. Wohl keine besonders gerechte Art, den eigenen Ärger abzureagieren, aber vielleicht in gewisser Weise verständlich. Auch Jacques war jetzt wütend und verletzt, aber nach einer Weile, wenn er sich von seinem Schock etwas erholt hätte, würde er sicher wieder vernünftiger reagieren.

»Ich schlage vor, du bleibst hier, bis ich wiederkomme«, sagte er mit der gleichen kalten Stimme.

Sie sagte nichts, sondern sah ihm nur zu, wie er sich zu dem Tischchen umdrehte, die Bücher mit Abscheu aufnahm und den Raum verließ.

Rebecca fühlte sich leer und geschlagen, sie warf sich quer über das Bett. Tränen der Wut und Verbitterung brannten ihr in den Augen. Die Sehnsucht nach Armand brach über sie herein, und ihre tränenvollen Augen entluden sich unter

Schluchzen. Das Gefühl der Einsamkeit wurde in ihr übermächtig, verbunden mit einer Spur Selbstmitleid.

Sie fiel in einen leichten Schlummer, während Gedanken an Armand wie Geister durch ihren Halbtraum schwebten.

21

Am Nachmittag war es warm und ziemlich stickig, als sich Rebecca auf die Steinbank unter der Weide im hinteren Teil des Gartens setzte. Sie hoffte, Lutie abfangen zu können, wenn sie herauskam, um nach dem Gemüse im Garten zu sehen.

Sie war gereizter Stimmung, dessen war sie sich bewußt. Doch es war fast, als ob sie diese schlechte Laune gar nicht störte.

Es waren einige Tage vergangen, seit Jacques sie mit Edouards Büchern ertappt hatte, aber Rebeccas Hoffnung, daß ihr Mann vergessen könnte, was er gesehen hatte, daß er seine übliche Gelassenheit wiedererlangte, hatte sich leider nicht erfüllt. Im Laufe der Zeit war er nur noch düsterer geworden. Er verbrachte jetzt immer mehr Zeit in seinem Arbeitszimmer, und Rebecca hatte den Verdacht, daß er es nicht nur tat, um seinen Geschäften nachzugehen.

Mehr als einmal hatte sie den Alkohol in seinem Atem gerochen, wenn er zu den Mahlzeiten kam, und während des Essens oder bei anderen Gelegenheiten, zu denen sich die Familie versammelte, war er wortkarg und eigenbrötlerisch.

Seine Stimmung schien auf Margaret übergegriffen zu haben. Oft bemerkte Rebecca, daß ihre Cousine sie vorwurfsvoll ansah, wenn Jacques besonders niedergedrückt war, als ob sie ihr die Schuld an seinem Zustand geben wollte. Das ärgerte Rebecca ziemlich. Selbst wenn es ihre Schuld gewesen wäre, was ginge das Margaret an? Sie fragte sich, wie Margaret wohl reagieren würde, wenn sie wüßte, was Jacques ihr, Rebecca, angetan hatte.

Aber eigentlich konnte man sich das ausmalen. Margaret wäre der Meinung, daß Jacques ihr überhaupt keinen direkten Schaden zugefügt habe. Nach ihrer Einschätzung führten sie wahrscheinlich so die ideale Ehe, eine geistige Vereinigung ohne diese unerfreulichen physischen Triebe, die sie beeinträchtigen könnten.

Während der letzten Tage hatte Rebecca viel nachgedacht. Als Jacques zu ihr ins Zimmer kam, um ihr den Vorschlag mit dem Picknick zu machen, hatte er bereits mit Margaret darüber gesprochen; er hatte sie zuerst gefragt, ob sie Lust hätte. Es gab noch einige andere, ähnliche Dinge, wenn es auch nur Kleinigkeiten waren. Zum Beispiel die Art, wie Margaret förmlich an Jacques' Lippen hing, wenn er sprach. Rebecca wußte sehr wohl, wie sehr sich Männer durch eine gute Zuhörerin geschmeichelt fühlten. Auf eine für sie typische vergeistigte Art flirtete Margaret mit Jacques, und Jacques – der unter den gegebenen Umständen vielleicht noch empfänglicher dafür war als jeder andere Mann – ging darauf ein.

Diese Erkenntnis rief in Rebecca Erstaunen hervor. Sollte Margaret ihre Rivalin sein? Eine sonderbare Vorstellung! Und ebenso sonderbar war, daß sie, Rebecca, obwohl sie Jacques nicht mehr begehrte, wie eine Frau ihren Mann begehrt, sich dadurch verletzt fühlte. Was immer sich zwischen Jacques und Margaret abspielen mochte, es war sicher nichts Körperliches, und doch fühlte sich Rebecca irgendwie betrogen. Was für merkwürdige Geschöpfe wir Menschen doch sind, dachte sie, merkwürdig und widersprüchlich.

Die einzige, die in diesen Tagen ständig eine ungetrübt gute Laune zur Schau trug, war Felicity. Sie hatte noch einmal ein kleines Abendessen im engsten Kreis gegeben, und obwohl die meisten Gäste andere als beim erstenmal waren, war Joshua Sterling dabei. Felicity hatte dafür gesorgt, als sie die Gästeliste zusammenstellte. Rebecca freute sich, daß Felicity ihre Trauer überwunden zu haben schien, wenn auch ihre Vorbehalte gegen ihren neuen Verehrer noch bestanden. Aber vielleicht sollte sie sich einfach für Felicity freuen. Wenigstens einer im Haus war glücklich, und sie verdiente es am meisten.

Aus Florida gab es noch immer keine Nachrichten. Jedesmal, wenn wieder ein Schiff ankam, ging Rebecca zur Anlegestelle, um Neuigkeiten zu erfahren. Kein Brief von Armand kam, nicht einmal an seine Mutter. Manchmal glaubte Rebecca, die Sehnsucht nach ihm müsse ihr das Herz brechen.

Und dann, zu allem Überfluß, hatte ihr Margaret wieder einmal eine von ihren Predigten gehalten.

Sie waren im Garten, der frisch und duftend in der Morgenluft vor ihnen lag, und pflückten Blumensträuße fürs Haus. Margaret, die bis dahin sehr schweigsam gewesen war, wandte sich plötzlich an Rebecca.

»Rebecca, ich weiß, daß es dich wütend machen wird, aber ich muß dir einfach etwas sagen.«

Diese Worte kamen wie aus heiterem Himmel, und Rebecca legte behutsam die Rose, die sie gerade geschnitten hatte, in ihren Korb und sah Margaret stirnrunzelnd an. »Bitte, Margaret, wenn das wieder eine deiner Predigten ist, dann verschone mich. Ich möchte nichts davon hören. Ich bin einfach nicht in Stimmung dafür. Es würde mich höchstens deprimieren.«

Rebeccas Lippen wurden schmal wie eine Linie. »Es gibt Dinge, die wichtiger sind als Glück, Rebecca. Dinge wie Pflicht und Ehre!«

Rebecca gab sich keine Mühe, ein Stöhnen zu unterdrükken. Schon wieder Ehre!

Doch bevor Rebecca eine passende Antwort fand, fuhr Margaret unbeirrt fort: »Ist dir nicht aufgefallen, wie unglücklich der arme Jacques ist? Kannst du keine Rücksicht darauf nehmen, daß er zur Zeit sehr schwierige geschäftliche Dinge zu regeln hat?«

Rebecca sah sie erstaunt an. »Geschäftliche Schwierigkeiten? Wovon redest du? Soweit ich weiß, gehen seine Geschäfte blendend. Jedenfalls hat er mir nie etwas Gegenteiliges erzählt.«

Margaret lächelte verächtlich. »Vielleicht möchte er dir jeden Kummer ersparen. Wenn du nur ein bißchen mehr Interesse zeigen würdest . . .«

Rebecca war nicht danach, sich von ihrer Cousine sagen zu lassen, wie sie ihren Mann zu behandeln habe. »Mir scheint«, sagte sie spitz, »daß du dir etwas anmaßt, wenn du mir sagst, wie sich eine Ehefrau zu verhalten hat. Schließlich warst du nie verheiratet.«

Margaret wurde rot, und sie verzog schmollend den Mund. »Das mag sein. Aber ich weiß, was ich sehe. Und ich sehe, daß Jacques schrecklich unglücklich ist.«

»Jacques! Jacques!« rief Rebecca aufgebracht. »Kannst du von nichts anderem reden? Ist dir vielleicht auch aufgefallen, daß *ich* unglücklich bin? Warum kümmert dich nur Jacques' Unglücklichsein?«

»Warum solltest *du* unglücklich sein?« entgegnete Margaret. »Edouard wurde davon abgehalten, dir wirklichen Schaden zuzufügen, und jetzt, da er tot ist, wovor solltest du dich noch fürchten? Du hast den Mann geheiratet, den du wolltest, einen wundervollen Mann. Du bist Herrin über ein schönes Heim und riesige Ländereien, die neuesten Nachrichten aus Indien sind gut, und deine Eltern sind wohlauf. Worüber könntest du schon unglücklich sein? Du solltest auf die Knie fallen und deinem Herrgott danken für das Schicksal, das er dir beschert hat.«

Diese Worte kamen mit so viel innerer Überzeugung, daß Rebecca nichts anderes übrigblieb, als zu schweigen. Was hätte sie darauf entgegnen sollen? Sie konnte Margaret schlecht die Wahrheit über Jacques sagen, oder über Armand. Wenn sie das täte, würde sie sie alle ins Unglück stürzen. Zum erstenmal hatte Margaret sie geschlagen.

Sie seufzte. »Margaret, laß uns nicht streiten. Wir hatten doch immer ein so enges Verhältnis zueinander. Doch in letzter Zeit habe ich das Gefühl, daß wir uns voneinander entfernen. Komm, laß uns die Sache beilegen. Ich verspreche, ich werde mich bemühen, Jacques' Stimmung zu heben, wenn dich das glücklich macht.«

»Es geht nicht um mein Glück.« Margarets angespannte Lippen lockerten sich ein wenig, aber sie lächelte nicht. »Es tut mir leid, wenn du nicht glücklich bist, Rebecca, aber vielleicht liegt das an dir selbst. Und natürlich bin ich noch immer deine Freundin. Deswegen wollte auch ich mit dir reden, weil ich sehe, daß du dir durch dein Verhalten selbst schadest. Das kannst du doch verstehen, oder?«

»Ich bin nicht ganz sicher, ob ich alles verstehe«, sagte Rebecca. Ein Verdacht keimte in ihr auf. Wußte Margaret womöglich von der Sache zwischen ihr und Armand? Aber nein, ihre Cousine war nicht der Typ, dem Veränderungen im Verhalten anderer Menschen auffielen. Aber was könnte sie wohl gemeint haben, als sie sagte, Rebecca schade sich durch ihr Verhalten selbst? Sie konnte doch nichts über Edouards Geheimkammer wissen? Jacques würde gewiß nicht darüber sprechen, und *sie* hatte doch wohl nicht ...

Rebeccas Gedanken wurden abrupt durch das Geräusch einer zugeschlagenen Tür unterbrochen. Sie blickte auf und sah Lutie die Treppe herunterkommen, offensichtlich in Richtung Garten. Sie begegnete gerade noch Margaret, die in ihr Zimmer ging.

Schnell rief sie Luties Namen und winkte ihr zu.

Die schwarze Frau legte sich die Hand schützend gegen die blendende Sonne über die Augen. »Rebecca, bist du das?« Rebecca hatte ihr längst angeboten, daß sie sie nicht immer ›Miß Rebecca‹ zu nennen brauchte.

»Ja, Lutie. Hast du ein paar Minuten Zeit, damit wir reden können?«

Lutie kam auf sie zu, und Rebecca war wie immer von ihren anmutigen Bewegungen und ihrer stolzen Haltung beeindruckt.

»Ich denke, ich kann für die Herrin des Hauses ein paar Minuten erübrigen«, sagte Lutie lächelnd.

Sie stand jetzt im Schatten des Baumes. Mit einem Seufzer ließ sie sich auf der Steinbank neben Rebecca nieder. »Worüber wolltest du sprechen?«

Rebecca zögerte einen Moment lang und dachte noch einmal darüber nach, was sie im Begriff war zu tun. Sie wußte zwar, daß sie ein Versprechen gegeben hatte, aber sie hatte das Gefühl, daß sie unbedingt mit jemandem sprechen *mußte*. Sie versuchte sich einzureden, daß es kein direkter Vertrauensbruch sei, wenn sie mit Lutie spräche, da sie wußte, daß sie absolut verschwiegen war.

»Lutie, als ich vor einiger Zeit mit dir über die Geheimgänge sprach, hatte ich irgendwie den Eindruck, daß du mehr darüber wußtest, als du mir zu jenem Zeitpunkt sagen wolltest.«

Luties Augen zogen sich etwas zusammen, aber sie antwortete nicht.

Rebecca fuhr schnell fort: »Ich habe damals auch erwähnt, daß Dhupta von einem ›geheimen Ort‹ gesprochen hat, an den Edouard zu gehen pflegte. Ich fange noch einmal damit an, weil ich unbedingt mit jemandem sprechen muß, und du bist der einzige Mensch, dem ich vertraue.«

Lutie legte ihre schmale braune Hand auf Rebeccas Arm. »Bist du ganz sicher, daß du darüber reden möchtest?«

»Ja. Ich brauche einen Rat, die Meinung eines anderen zu meiner eigenen. Willst du mir zuhören?«

Lutie seufzte. »Ich habe das deutliche Gefühl, daß du eine Dummheit begangen hast, Rebecca, aber ich werde alles tun, um dir zu helfen. Das mußt du wissen.«

Rebecca lächelte sie an. Sie zitterte vor Aufregung. »Ich danke dir, Lutie. Also, ich habe diesen Raum gefunden, den geheimen Ort, und es war entsetzlich. Du kannst es dir nicht vorstellen!«

»Ich glaube, ich habe eine vage Vorstellung«, sagte Lutie langsam. »Ich habe dir ja gesagt, als meine Momma krank war und schon im Sterben lag, erzählte sie mir eine Menge schrecklicher Dinge. Einiges davon erzählte sie mir, weil sie meinte, ich sollte die Wahrheit wissen, anderes war im Fieberwahn gesprochen. Aber wenn ich alles zusammensetzte, glaube ich, kommt ein ziemlich deutliches Bild vom Wesen des alten Jean Molyneux heraus.«

Rebecca atmete erleichtert aus. »Gut! Denn ich weiß nicht, ob ich dir hätte beschreiben können, was ich gesehen habe, außer daß es schrecklich, krankhaft, pervers und beängstigend war. Und nachdem ich es gesehen hatte, konnte ich verstehen, warum Edouard so war, wie er war, Lutie. Sie haben ihn dazu gebracht, Dinge zu tun . . . nun, du sagst, du hast eine Ahnung. Sie müssen wahre Ungeheuer gewesen sein, einem Kind so etwas anzutun. Und er war auch nicht das einzige Kind dabei. Es gab da noch ein kleines Mädchen, ein zartes, kleines blondes Mädchen. Ihr Gesichtchen verfolgt mich, ich glaube, ich werde es für den Rest meines Lebens nicht mehr vergessen. Ich denke ständig daran, wer sie wohl gewesen sein mochte und was aus ihr geworden ist.«

Lutie verschränkte die Hände im Schoß. »Das kleine Mädchen war Elissa Huntoon. Ihre Eltern waren enge Freunde von Jean und Mignon Molyneux, und sie verbrachten die meiste Zeit hier. Als Momma im Fieber sprach, nannte sie die beiden ›die rechte und linke Hand des Teufels‹.«

»Ja, ja«, sagte Rebecca aufgeregt. »Es gibt ein Gemälde, auf dem sie zur Rechten und zur Linken von Jean Molyneux abgebildet sind. Wahrscheinlich hat deine Mutter das gemeint.«

»Rebecca, da du nun schon so viel weißt, kannst du auch den Rest über die Huntoons erfahren. Offenbar empfand Master Jean Molyneux eine leidenschaftliche Liebe zu Elizabeth Huntoon, Elissas Mutter. Er pflegte intime Kontakte mit allen Frauen seines kleinen verschworenen Kreises, den er seinen Hexenkreis nannte. Aber Elizabeth war seine Favoritin, mehr noch als seine eigene Frau, Mignon.

Nachdem Elizabeth Huntoon schließlich nach zwei oder drei Jahren das Leben leid war, das sie und ihr Mann und ihre Tochter als Mitglied von Jean Molyneux' Gruppe geführt hatten, wurde sie plötzlich religiös und bangte plötzlich um ihre Seele.

Momma hatte gewußt, daß sich seltsame Dinge hier im Maison de Rêverie abspielten. Sie hatte Gerüchte von der Dienerschaft der Molyneux' gehört, und sie hatte beobachtet, wie verstört die kleine Elissa jedesmal war, wenn sie mit ihren Eltern von einem Besuch dort zurückkam, und wie sehr sich die Kleine wehrte und weinte, wenn sie wieder hin sollte.

Momma wußte, daß diesem Kind etwas Niederträchtiges angetan wurde. Sie liebte die Kleine wie ihr eigenes Kind. Momma war gut befreundet mit Madam Huntoon, die ihr vollkommen vertraute, und sie versuchte, die Frau zu beeinflussen, daß sie ihre Lebensweise änderte.

Schließlich eröffnete Madam Huntoon Jean Molyneux ohne Umschweife, daß sie und ihre Tochter bei seinen ›Spielen‹ nicht mehr mitmachen würden. Ich weiß nicht, wie sich Master Huntoon dazu stellte, das hat mir Momma nicht erzählt.

Aber Jean Molyneux war zornig. Er war reich und verwöhnt und so daran gewöhnt, alles zu bekommen, was er wollte, daß er es nicht vertragen konnte, daß jemand nein zu ihm sagte. Momma erzählte, daß es niemand offen auszusprechen wagte, weil Jean Molyneux so reich und mächtig war, aber es war allgemein bekannt, daß er wahnsinnig war. Er benahm sich schon immer ziemlich verrückt, aber es gab Zeiten, da drehte er vollkommen durch und machte furchtbare Dinge. Momma wußte mindestens von zwei Fällen, in denen Master Jean eigenhändig Sklaven zu Tode geprügelt hatte. Nicht, daß sie versucht hätten zu fliehen oder etwas Ähnliches, es war irgendeine Kleinigkeit, die ihm an ihnen nicht paßte.

Sie sagte, er war ein grausamer, böser Mensch, und sie wußte genau, daß er das Herrschaftshaus in Les Chênes niedergebrannt und den Tod von Elizabeth und Richard Huntoon verursacht hatte. Momma behauptet, daß sie ihn gesehen habe, wie er vom Haus wegrannte, kurz bevor das Feuer ausbrach. Wenn sie nicht zufällig wachgelegen hätte, weil die kleine Elissa in dieser Nacht quängelte, dann wären sie und Elissa ebenfalls ums Leben gekommen.«

»Bei unserem Besuch in Les Chênes sagte Armand, daß Jean und Mignon in derselben Nacht ebenfalls starben.«

Lutie nickte düster. »Das stimmt. Momma hat die Geschichte von einigen Dienern der Molyneux' erfahren. Sie wurden irgendwann nach Mitternacht durch die Schreie ihrer Herrin aufgeweckt. Eine Frau erzählte später, daß die Schreie so durchdringend gewesen seien, daß sie sich die Decke über den Kopf ziehen mußte, weil sie es nicht ertragen konnte.«

»Warum sind sie dann nicht sofort nachsehen gegangen, was los war?«

Lutie schüttelte den Kopf. »Sie hatten Schreie dieser Art schon früher gehört, und sie wußten, daß es besser für sie war, in ihren Unterkünften zu bleiben und sich nicht darum zu kümmern. Ich glaube, du begreifst immer noch nicht ganz, was das Los eines Sklaven ist, Rebecca. Wir haben keine Rechte, und ein Herr kann mit uns anstellen, was er will. Wir sind sein Eigentum, verstehst du, wie sein Vieh und seine Pferde. Wenn einige von ihnen in dieser Nacht versucht hätten einzugreifen, hätten sie bestimmt bitter dafür büßen müssen.

Jedenfalls, die Schreie hörten bald auf, und die Diener legten sich wieder schlafen. Der kleine Edouard fand sie am nächsten Morgen. Zuerst seine Mutter, im Turmzimmer, die Brust mit Blumen bestreut und das Haar um sie herum ausgebreitet, wie ein Bild in einem Buch. Und dann seinen Vater im Jagdzimmer, der mit einem langen schwarzen Lederriemen um den Hals von der Decke hing.

Die Diener berichteten, daß Mignons Gesicht verzerrt war von Schmerz oder Angst und daß sie keinen leichten Tod gehabt haben mußte. Momma erzählte, daß unter dem Personal das Gerücht ging, sie sei vergiftet worden, aber die Ärzte haben das nie bestätigt. Da die Molyneux' so reich und mächtig waren, wurde die ganze Tragödie so gut es ging vertuscht.«

»Du sagst also, Elizabeth Huntoon habe Jean Molyneux eröffnet, daß sie nichts mehr mit ihm zu tun haben wollte und daß er in seinem Wahn daraufhin das Haus der Huntoons angezündet habe, dann ins Maison de Rêverie zurückgekehrt sei und seine Frau und sich selbst umgebracht habe?«

»So hat es meine Momma angenommen, und sie wußte zur damaligen Zeit über die Vorgänge mehr als jeder andere.«

Trotz der Hitze überkam Rebecca ein eiskaltes Schaudern, und sie fror. »Was für eine schreckliche Geschichte! Und doch paßt sie genau zu allem anderen, was ich erfahren habe. Weißt du, manchmal fällt es mir wirklich schwer zu glauben, daß all das tatsächlich geschehen ist. Das hört sich an wie der schlimmste Gruselroman. Wie ein Alptraum, aus dem man irgendwann aufwacht.«

»Es ist kein Alptraum, leider«, sagte Lutie seufzend. »Es gibt unvorstellbare Grausamkeiten, und ich bin sicher, es gibt Menschen, die sie tun, oder sogar Schlimmeres. Ich glaube, du hast noch nicht viel von dem Übel der Welt gesehen, Rebecca.«

Rebecca lächelte schwach. »Das mag sein, Lutie. Aber ich habe das Gefühl, ich hole das alles jetzt mit einemmal nach.«

Die beiden Frauen saßen schweigend nebeneinander, jede in Gedanken versunken, bis Rebecca schließlich sagte: »Weißt du, es war ein großes Glück für die kleine Elissa, daß sie deine Mutter hatte. Sie müssen ein sehr enges Verhältnis zueinander gehabt haben.«

»Das hatten sie. Meine Momma war der einzige Mensch, dem Elissa vertraute. Ihre eigenen Eltern hatten ihr Schreckliches angetan. Aber auf Bess konnte sie sich verlassen.«

»Und dann kamen deine Mutter und Elissa ins Maison de Rêverie. Hatte deine Mutter keine Bedenken? Und bedrückte es Elissa nicht, in dem Haus zu leben, wo ihr so schlimme Dinge widerfahren waren?«

Lutie zuckte mit den Schultern. »Sie hatten keine Wahl. Es gab für sie keinen anderen Weg. Es wurde beschlossen, daß die Plantage der Huntoons den Molyneux-Besitztümern angeschlossen und das Vermögen so lange treuhänderisch für Elissa verwaltet wurde, bis sie ihre Volljährigkeit erreicht hatte. Diese Übernahme betraf natürlich auch die Sklaven, einschließlich Momma. Und was Elissa betraf, ihre Eltern waren tot, und sie hatte keine engeren Verwandten, die sie aufgenommen hätten. Sie konnte nirgendwo anders hingehen.«

»Aber wie kamen Edouards Onkel und Tante dazu, Elissa aufzunehmen?«

»Soviel ich weiß, war das Edouards Idee. Er und Elissa waren seit frühester Kindheit Freunde, und obwohl er erst ein Knabe war, so war er doch der zukünftige Herr des Hauses, und sein Onkel und seine Tante fügten sich seinen Wünschen. Wahrscheinlich dachten sie auch, es würde Edouard helfen, besser über den Tod seiner Eltern hinwegzukommen.«

Wieder erschauderte Rebecca, da sie an das Bild der beiden Kinder in dem Buch dachte, und Lutie bemerkte ihren Gesichtsausdruck.

»Inzwischen weiß ich, wie sich die Beziehung zwischen Edouard und Elissa entwickelte, aber Momma wußte nicht in allen Einzelheiten, was sich bei den ›Spielen‹ wirklich zugetragen hatte. Erst später sah sie, was aus Edouard wurde und welchen Einfluß er auf Elissa hatte. Aber da war es schon zu spät, sie konnte nur noch versuchen, das Mädchen zu beschützen, soweit es ging. Ich glaube, Momma kannte niemals das ganze Ausmaß von Edouards Perversität. Oder vielleicht wollte sie es nicht wahrhaben, wie Felicity.«

»Was geschah letztendlich mit Elissa? Niemand möchte darüber sprechen. Irgend jemand, ich glaube, es war Felicity, erzählte einmal, daß sie jung gestorben sei, aber das war alles.«

Lutie senkte den Blick auf die Hände, die sie immer noch im Schoß liegen hatte. »Es tut mir leid, Rebecca. Aber ich habe dir alles gesagt, was ich weiß. Ich würde dich nicht anlügen und würde es dir sagen, wenn ich mehr wüßte. Aber was ich dir erzählt habe, ist der größte Teil der Geschichte. Am besten gibst du dich damit zufrieden, du würdest höchstens noch andere Menschen belasten.«

Rebecca sah sie einen Moment lang eindringlich an und nahm dann ihre Hand. »Ich danke dir für alles, was du mir erzählt hast. Meine Neugier hat mir Entsetzliches vor Augen geführt. Aber wenigstens habe ich jetzt eine Erklärung für Edouards Verhalten, und für seinen Tod. Was du mir erzählt hast, so abscheulich es auch war, macht mir das Herz leichter.«

»Dann bin ich froh. Aber du sagtest, du wolltest meine Meinung und meinen Rat hören.«

»Ja, richtig. Nun, ich habe versucht, meine Entdeckung vor Jacques und Felicity geheimzuhalten, da ich wußte, daß es sie traurig machen würde. Unglücklicherweise hat Jacques die Bücher zu Gesicht bekommen, die ich in der Geheimkammer gefunden habe, und dann hat er von mir verlangt, daß ich ihn in den Raum führe . . .«

»Und dort hat er zum erstenmal gesehen, was sein Vater für ein Mensch war?«

Rebecca nickte traurig. »Und seither benimmt er sich sehr sonderbar. Ich glaube, die Wahrheit über seinen Vater hat ihn noch mehr erschüttert, als ich befürchtet hatte. Er verbringt die meiste Zeit jetzt in seinem Arbeitszimmer, und ich habe den Verdacht, daß er anfängt zu trinken.«

»Es ist sehr schlimm, daß er diesen Raum und alles, was sich darin befindet, gesehen hat«, sagte Lutie düster. »Aber es läßt sich nicht mehr rückgängig machen. Ist er jemals wieder hingegangen?«

Rebecca sah sie überrascht an. Die Idee, daß Jacques in jenen Raum zurückkehren könnte, war ihr nie gekommen. »Das weiß ich nicht. Ehrlich gesagt, ich habe an diese Möglichkeit überhaupt nicht gedacht. Er machte einen so traurigen Eindruck. Er warnte mich auch nachdrücklich, irgend jemand etwas davon zu sagen oder auch es ihm gegenüber noch einmal zu erwähnen. Ich dachte, er wollte das Ganze ein für allemal verdrängen und ganz bestimmt nicht noch einmal dorthin gehen. Welchen Grund könnte er dafür haben?«

»Rebecca, es fällt mir nicht leicht, es auszusprechen, aber wie gesagt, sein Vater und sein Großvater waren eindeutig wahnsinnig.«

Rebecca fuhr erschreckt zusammen. »Und man sagt, Wahnsinn sei erblich! O nein! Ich kann nicht glauben, daß Jacques . . .«

Lutie sah ihr fest in die Augen. »Ich glaube, du solltest ihn gut beobachten und versuchen, ihn nicht aufzuregen. Wenn du ihn dazu bringen könntest, einen Arzt aufzusuchen, dann könnte der ihm vielleicht etwas geben, wenn es nötig wäre. Und ich an deiner Stelle würde herausfinden, ob er in diesen Raum geht. Dieser Raum, scheint mir, ist das Zentrum des Bösen, das mit Master Jean in die Welt kam und auf dessen Sohn überging. Er müßte vernichtet werden. Wenn Master Jacques ihn aufsucht, wird er ihm nur Schaden zufügen.«

22

Als Rebecca nach ihrem Gespräch mit Lutie ins Haus zurückging, war sie entschlossen, Jacques zur Rede zu stellen. So konnten die Dinge auf keinen Fall weitergehen!

Luties Gedanke, daß Jacques in die Geheimkammer gehen könnte, war sicher nicht ganz abwegig. Trotz des Ekels beim Betrachten des Buches und des Raumes an sich, trotz seiner Weigerung, über das Thema zu sprechen, könnte etwas Dunkles in seiner Seele – der Wahnsinn, unter dem sein Großvater und sein Vater gelitten hatten – ihn dorthin ziehen.

Und ein anderer Gedanke beschäftigte Rebecca. Was war mit Armand? Wenn Jacques die unheilvolle Veranlagung von seinem Großvater und seinem Vater geerbt hatte, könnte es sich auf Armand nicht auch übertragen haben? Vielleicht würde das sein ewig grübelndes Wesen und seine düstere Stimmung erklären.

Einen Moment lang wünschte sie sich, sie könnte allen Stolz überwinden und das nächste Schiff nach Indien nehmen. Sie wußte, daß ihre Eltern sich über ihre Rückkehr freuen würden, aber sie würde als Versagerin zurückkommen, als Frau auf der Flucht vor einer mißglückten Ehe. Natürlich, es war schon anderen Frauen vor ihr so ergangen, aber ausgerechnet ihr, die sich ihren Ehemann nur auszusuchen brauchte, die bekannt war für ihre Schönheit und Intelligenz? Oh, wie sich die Freunde der Familie das Maul darüber zerreißen würden, und wie ihre eigenen Freundinnen sie insgeheim auslachen würden. Nein! Sie wollte sich einer solchen Demütigung nicht aussetzen. Dann war es immer noch besser, sich mit den Problemen hier auseinanderzusetzen, so unüberwindlich sie auch erschienen.

Außerdem könnte sie niemals abreisen, ohne Armand noch einmal gesehen zu haben. Sie wußte jetzt, wenn er je zurückkäme und sie immer noch liebte, würde sie mit ihm weggehen. Sie hatte erkannt, daß das Leben zu kurz war, um es mit jemandem zu verbringen, den man nicht wirklich liebt und der einen nicht wirklich lieben kann. Wenn sie und Armand in Armut zusammen leben müßten, dann sollte es eben so sein. Die Armut wäre sicher nicht angenehm, aber sie war überzeugt, daß sie nicht so sehr darunter leiden würde wie unter den jetzigen Lebensumständen.

Vor der Tür zu Jacques' Arbeitszimmer blieb sie stehen und lauschte. Als sie nichts hörte, öffnete sie langsam die Tür und spähte hinein. Das Zimmer war leer.

Sie überlegte, wo er sein könnte, und machte sich im ganzen Haus auf die Suche.

Margaret traf sie im Musikzimmer an, wie sie Klavier übte. Felicity saß lesend im kleinen Salon. Keine von beiden hatte Jacques gesehen oder wußte, wo er war.

Vielleicht, dachte Rebecca, war er in ihren Räumen. Aber auch im oberen Stockwerk war keine Spur von ihm, und sie spürte den schrecklichen Verdacht auf sich lasten. Sie hoffte inständig, daß er irgendwo außerhalb des Hauses wäre. Vielleicht machte er einen Spaziergang oder hatte sich zu einem Ausritt entschlossen.

Schließlich verdrängte sie die Wahrheit nicht mehr länger, denn eigentlich wußte sie genau, wo er war. Sollte sie in die Geheimkammer gehen und nach ihm sehen? Nur so würde sie ein für allemal Gewißheit erlangen. Doch es könnte schwierig werden, sich dem Raum zu nähern, ohne daß er sie sähe oder hörte, und trotz ihres festen Entschlusses, ihn zur Rede zu stellen, mußte das nicht gerade in jenem Raum stattfinden. Wenn sie vernünftig miteinander reden wollten, mußte es anderswo geschehen.

Bedrückt und unruhig ging sie im Schlafzimmer auf und ab. *Sollte* sie nach ihm sehen? Oder war es besser zu warten und ihn später mit ihrem Verdacht zu konfrontieren?

Wie eine Raubkatze im Käfig strich sie auf und ab und betrachtete zwischendurch ihr Gesicht in dem reich verzierten Spiegel über der geschnitzten Truhe, in der Jacques einige seiner Sachen aufbewahrte. Sie war blasser denn je zuvor, ihre Augen hatten dunkle Schatten. Die Ereignisse der vergangenen Wochen hatten ihr Kraft und Lebenslust geraubt. Sie mußte besser auf sich aufpassen. Wenn Armand zurückkäme, wollte sie ihm nicht blaß und erschöpft entgegentreten.

Ihr Blick fiel vom Spiegel auf die Truhe hinunter, und plötzlich interessierte sie ihr Inhalt. Zu ihrer großen Überraschung war die Truhe verschlossen. Jacques hatte niemals etwas vor ihr verborgen, und es entsprach gar nicht seiner Art,

Schränke, Schreibtische oder sonst etwas abzuschließen. Warum also diese Truhe?

Sie überlegte sofort, wo er wohl den Schlüssel haben mochte. Ob er ihn bei sich trug? Das war unwahrscheinlich, denn sie konnte sich erinnern, daß es ein großer, unhandlicher Schlüssel war, der gewöhnlich im Schlüsselloch der Truhe steckte.

Sie verriegelte die Tür und begann hastig den Raum zu durchsuchen; sie sah in all den kleinen Ecken und Winkeln nach, in den sie und Jacques Dinge abzulegen pflegten, all den Schubladen der Kommoden und Tische. Sie sah sogar in den Vasen auf dem Kaminsims nach, aber sie entdeckte nichts.

Als letztes untersuchte sie schließlich sämtliche Taschen seiner Jacken und Hosen im Schrank. Dort fand sie den Schlüssel auch, tief in den Taschen eines dicken Mantels.

Voller Angst, daß Jacques jeden Moment an der Tür klopfen könnte, eilte sie zur Truhe zurück und schob den Schlüssel ins Loch. Er ließ sich schwer drehen – das Schloß war sehr schwergängig und alt –, doch schließlich öffnete es sich mit einem Klick.

Ungeduldig hob sie den Deckel und schaute hinein. Zu ihrer großen Enttäuschung sah sie zunächst nur zusammengelegte Kleidungsstücke, aber wenn Jacques etwas verbergen wollte, würde er es wohl auch nicht so unterbringen, daß man mit dem ersten Blick daraufstieß. Nachdem sie die Kleidungsstücke etwa bis zur halben Höhe herausgenommen hatte, fand sie, was sie suchte. Es war wieder ein Buch, kleiner als die anderen beiden, aber ebenfalls in schwarzes Leder gebunden, mit dem ihr inzwischen bekannten Zeichen.

Mit zitternden Händen öffnete sie es und dachte, daß das der eindeutige Beweis dafür sei, daß Jacques die Geheimkammer aufgesucht hatte. Das Buch mußte von dort stammen. Aber warum hatte er es mitgebracht und hier versteckt?

Sie überprüfte noch einmal, ob die Tür auch wirklich verschlossen war, dann nahm sie das Buch mit zu dem Sessel am Fenster und öffnete es voller Angst, was sie wohl zu sehen bekäme.

Das Buch war auf französisch geschrieben, das sie gut beherrschte. Auf dem Innentitel stand: ›Jean Vincent Molyneux. Mein Tagebuch.‹ Zuerst blätterte sie schnell durch die Seiten und stellte fest, daß die Eintragungen nicht regelmäßig gemacht wurden. Jean hatte sein Tagebuch nicht täglich geführt, nur wenn ihn die Lust dazu überkam, so schien es. Dann blätterte sie zurück zur ersten Seite und begann zu lesen:

»Dienstag, 2. Mai 1764, Charleston in Carolina:

Heute beginne ich ein neues Tagebuch, zu Ehren meines neuen Lebens in den Colonies.

Dies hier ist ein wunderschönes Land; weitläufig und reich an natürlichen Schätzen. Der Teil, wo ich gelandet bin, Carolina, bietet gutes Land, um einen Lebensunterhalt zu erwirtschaften, und für einen Mann, der aus seiner Heimat fliehen mußte, könnte es Schlimmeres geben, als sich hier niederzulassen. Es ist noch immer ein primitives Land, und doch hat es viele Menschen angelockt. Hier in Charleston, einem Küstenort von beträchtlicher Größe, habe ich die Gesellschaft Gleichgesinnter gefunden; und jetzt mache ich mich daran, ein gutes Stück Land für mich zu suchen, wo ich ein Gut errichten kann. Solange ich hierher verbannt bin, bin ich fest entschlossen, das beste daraus zu machen.

Ich habe Novela Polydoro kennengelernt, den berühmten italienischen Maler, der jetzt in Charleston lebt, und er hat mir erzählt, daß es vor der Küste viele größere Inseln gibt, die sehr schön sind. Er schlug vor, daß wir uns mit einigen unserer Freunde zusammentun sollten und uns auf die Suche nach der, wie er sie nannte, ›Zauberinsel‹ zu machen, wo ich ein Haus meiner Träume errichten könnte. Das ist eine schöne Vorstellung, die meine Fantasie beflügelt.

Andere Leute haben mir erzählt, daß man hervorragendes Anbauland erwerben kann, sowohl in Carolina als auch in Georgia, das sich für Indigo und Reis eignet. Man sagt, daß die Siedler in Savannah, Georgia, versuchen, Seidenraupen zu kultivieren, mit der Absicht, aus der Gegend ein bedeutendes Seidenzentrum zu machen. Wenn wir uns auf die Suche nach meiner privaten Insel machen, werde ich darauf bestehen, daß wir auch Savannah besuchen, da ich gehört habe, daß der Engländer, Oglethorpe, der die Stadt gegründet hat, mit seiner Gesellschaft dort einen experimentellen Garten betreibt, den ich mir gerne ansehen möchte.

Ich denke nur noch selten an mein früheres Leben in Paris. Ich habe keine Nachricht von meinem Vater erhalten und habe auch keine an ihn geschickt. In Anbetracht der Gefühle, die wir füreinander hegen, ist es nur zu gut, daß die ganze Weite eines Ozeans zwischen uns liegt. Er wird mich niemals verstehen können, und ich vermute, ich kann noch dankbar sein, daß er mich nicht mit leeren Taschen davongejagt hat, sondern mir eine stattliche Summe ausgesetzt hat mit der Auflage, daß ich Frankreich für immer verlasse.

Ich bin sicher, daß er dachte, ich würde das ganze Geld in kürzester Zeit für Frauen, Alkohol und Spiele ausgeben, aber entgegen seiner schlechten Meinung über mich bin ich kein totaler Narr und verspüre keinerlei Neigung, mein Leben in Armut zu fristen. Dies ist eine neue Welt, und das Land hat einiges zu bieten, ich bin entschlossen, daraus meinen Vorteil zu ziehen. Ein Mann, der hier Geld investieren kann, kann sich ein Imperium schaffen. Das zu tun habe ich die Absicht.«

Rebecca sah einen Moment lang vom Buch auf und seufzte erleichtert. Nun, dachte sie, so schlimm ist das ja nicht. Bis jetzt stand nichts Schockierendes, nichts, das Jacques betrüben könnte, darin. Dies schienen die Aufzeichnungen eines ziemlich normalen, wenn auch zu hochtrabenden Ideen neigenden jungen Mannes zu sein. Vielleicht etwas anspruchsvoll, was seinen Geschmack betraf, auch ein wenig eitel und überspannt, aber beileibe kein Ungeheuer.

Sie las weiter:

»Montag, 18. Juni 1764, Charleston in Carolina:

Heute habe ich ein Königreich gekauft, und es wird ganz mir gehören. Ich werde der oberste Herrscher und alleinige Machthaber sein, und mein Wort wird hier Gesetzeskraft haben.

Polydoro sagt, daß ich einen Hang zum Größenwahn habe, aber er sagt es lächelnd, und ich antworte ihm, daß er in mir höchstens einen verwandten Geist entdeckt.

Die Insel heißt ›Pirate's Bank‹, ein Name, der auf der Überlieferung beruht, wonach sie in der Vergangenheit ein Paradies für Plünderer auf See war, und man hat mir berichtet, daß Schätze hier verborgen sein sollen – gewiß eine aufregende Vorstellung. Meine Insel liegt vor der Küste des südlichen Carolinas, seewärts vor der großen Insel Port Royal, auf der die Stadt Beaufort liegt.

Thomas Hilliard, ein junger Dichter, der erst kürzlich zu unserem kleinen gesellschaftlichen Kreis gestoßen ist, hat vorgeschlagen, daß wir eine Schatzsuche veranstalten sollten, und Polydoro hat ihn natürlich darin bekräftigt. Das wird bestimmt ein angenehmer Zeitver-

treib, und außerdem bietet sich mir damit die Gelegenheit, die schöne junge Frau einzuladen, die ich letzte Woche in Charleston kennengelernt habe.

Sie heißt Mignon Dubois, und sie ist gerade erst in den Colonies angekommen. Ihr Vater ist sehr wohlhabend, aber unausstehlich, und ich habe deutlich gemerkt, daß er mich nicht leiden kann – ohne Zweifel deshalb, weil seine Tochter sich offensichtlich für mich interessiert. Diese eifersüchtigen Väter sind doch alle gleich, wie ich festgestellt habe. Im Inneren ihrer Seele wollen sie doch nur selbst mit ihren Töchtern schlafen, und sie hassen jeden jüngeren Mann, von dem sie befürchten, er könne die heranreifende Frucht vom elterlichen Baum pflükken!

Der Genuß dieser speziellen Frucht wäre bestimmt ein großes Vergnügen, denn sie ist eine wahre Schönheit, jung und frisch, und sie verlangt geradezu danach, gepflückt zu werden wie eine reife Pflaume. Ich habe die Absicht, sie bei der nächsten Gelegenheit zu verführen, und ein Ausflug nach Pirate's Bank in der Gesellschaft einer Gruppe von wohlbeleumundeten Leuten, so daß ihr Vater sich keine Sorgen macht, wäre eine ideale Gelegenheit.«

»Mittwoch, 9. Juli 1764, Pirate's Bank:

Hurra! Was für ein herrlicher Tag, denn ich habe gleich zwei Schätze entdeckt! Während die anderen die Strände meiner neuen Insel umgruben, weil sie dachten, daß Schatzkisten schwer seien und deshalb sehr wahrscheinlich gleich in der Nähe der Küste vergraben würden, lockte ich Mademoiselle Dubois an ein verschwiegenes Plätzchen, gut versteckt hinter Bäumen und Buschwerk, und raubte ihr das, was ihr guter Papa so sorgsam behütet hatte. Im allgemeinen hege ich gemischte Gefühle über den Vorzug, Jungfrauen zu verführen, denn um einen genußreichen, leidenschaftlichen Liebesakt zu erfahren, braucht man einen geübten, möglichst ungebundenen Partner, doch Jungfrauen bieten einen gewissen einzigartigen Genuß. Der besteht vor allem darin, daß man der erste ist, daß man ihnen nimmt, was sie wie ein Heiligtum bewahrt haben, ihre Unschuld, die sie als eine tugendhafte junge Dame erscheinen läßt. Gewöhnlich neigen sie dazu, hinterher zu weinen, aber Mademoiselle Dubois war ausgesprochen gut gelaunt, und ich bin überzeugt, sie hatte sich brennend nach diesem Erlebnis gesehnt. Wenn ich sie weiterhin so erfreulich finde, könnte es sogar passieren, daß ich das Mädchen heirate, denn es ist höchste Zeit für mich, daß ich mich in einen festen Hafen begebe und den Namen Molyneux weitergebe. Mein Vater – gepriesen sei seine reine Seele – hat mich vor meiner Abreise aus Frankreich gewarnt, Kinder zu zeugen.

Da er sich nie herabgelassen hat, mir diese Forderung zu erklären, kann ich nur annehmen, daß er mein Verhalten so verwerflich fand, daß er nicht wünschte, daß sich mein Erbe fortsetzte. Doch wie jeder andere Mann habe auch ich den Wunsch, etwas zurückzulassen, mir ein Denkmal zu setzen sozusagen. Man kann das männliche Eitelkeit nennen, wenn man will.

Aber jetzt zum anderen Schatz. Zwei meiner jungen Freunde, die in der Nähe einer großen Eiche am seewärts gerichteten Strand der Insel gruben, legten eine Holzkiste frei, die eine beträchtliche Menge von Goldmünzen sowie Juwelen von einigem Wert enthielt. Sie entdeckten außerdem die Gebeine von mindestens zwei Männern, die in der gleichen Grube lagen.

Ich und meine Begleiter waren natürlich hocherfreut, und aus Dankbarkeit belohnte ich jeden von ihnen mit mehreren Münzen. Den Rest, der mir als rechtmäßigen Eigentümer der Insel zustand, beabsichtige ich für den Bau eines palastartigen Herrensitzes zu verwenden, den ich Maison de Rêverie nennen werde. Im Geiste beschäftige ich mich schon angeregt mit Plänen und Ideen. Ich stelle mir die ganze Insel wie einen Spielplatz vor, ein Paradies, wo ich und Gleichgesinnte tun und lassen können, was wir wollen, ohne die neugierigen Blicke und das Flüstern der steifen Leute in der Stadt. Es wird das großartigste Haus in ganz Nord- und Süd-Carolina sein, ja, ich möchte sogar sagen, in den Colonies überhaupt. Ich kann es kaum erwarten, die Pläne zu zeichnen und das Material zu bestellen.«

Rebecca, der bewußt wurde, wieviel Zeit inzwischen schon vergangen war, blätterte flüchtig über die nächsten paar Eintragungen, die sich in langweiliger Ausführlichkeit mit der Konstruktion des Hauses befaßten, und machte einen Sprung zu einer späteren, interessanteren Eintragung:

Montag, 16. September 1766, Maison de Rêverie:

Endlich! Maison de Rêverie ist fertiggestellt, und Pirate's Bank ist jetzt tatsächlich eine verzauberte Insel!

Trotz hinterwäldlerischer Arbeiter und vieler Rückschläge und Schwierigkeiten beim Bauen steht das Haus jetzt, entsprungen allein – wenn ich so sagen darf – meiner Fantasie.

Die Leute der Gegend sind ganz versessen darauf, es aus der Nähe zu sehen, weil es hier bisher noch kein Haus im orientalischen Stil gab, und ich muß gestehen, das Aufsehen ist so groß, wie ich gehofft hatte.

Umgeben von Parkanlagen, verschlungenen Pfaden und versteckten Pavillons liegt das Haus ausgesprochen anmutig in der Landschaft und überblickt das alles.

Trotz der ungewöhnlichen Architektur – zumindest ungewöhnlich an dieser Stelle und zu dieser Zeit – ist das Haus sehr gemütlich, mit vielen großen Räumen und natürlich meinen Geheimgängen und der verborgenen Kammer.

Ich und ein paar meiner engsten Freunde werden den Raum eigenhändig einrichten und dekorieren. Ich habe mir meine Truhe aus Paris bringen lassen, die die meisten Accessoires für meine Interessen enthält. Es ist ein Jammer, daß einige zurückgeblieben sind, besonders einige der Bücher. Aber es hat keinen Sinn, sich zu beschweren, ich muß mit dem zurechtkommen, was ich habe.

Ich habe die Art meiner Interessen einigen meiner Freunde dargelegt, von denen ich annahm, daß sie am ehesten dafür aufgeschlossen wären, und die meisten von ihnen waren sehr angetan davon. Sogar Mignon, von der ich befürchtet hatte, daß sie meine Ideen abstoßend fände, weil sie das Opfer ihrer Jugend und Unschuld verlangten, scheint fasziniert davon zu sein. Ich kann mir wohl selbst schmeicheln, daß das der Einfluß meines einfühlsamen Wesens ist. Sie ist ein wirklich ganz entzückendes und zugängliches Geschöpf, und ich freue mich über meinen Entschluß, sie zu heiraten. Sogar ihr Vater hat sich einigermaßen damit abgefunden, was sich an seiner Hochzeitsgabe zeigt, einem hübschen Haus in Savannah, für das ich mich als äußerst dankbar erwiesen habe. Savannah liegt viel näher an Pirate's Bank als Charleston, und es ist viel leichter, von dort aus die Arbeiten auf der Insel zu beaufsichtigen.

Ich habe außerdem kürzlich noch eine Plantage von beträchtlicher Größe in der Nähe der Küste Georgias erworben. Ein Teil des Landes eignet sich zum Anbau von Reis, und auf dem anderen plane ich, Indigo zu ziehen. Alles entwickelt sich bis jetzt aufs beste, und manchmal wünsche ich, mein Vater könnte sehen, wie vortrefflich sein mißratener Sohn sein Leben gestaltet, denn es würde mir in der Seele wohl tun, wenn der alte Bastard zugeben müßte, daß er sich getäuscht hat!«

Rebecca warf erneut einen Blick auf die Uhr auf dem Sims und schloß das Tagebuch. Also war Jean Molyneux' Neigung zu den Künsten des Bösen schon seit langem vorhanden, etwas, das er aus seinem Heimatland Frankreich mitgebracht hatte.

Sie dachte an die Bemerkung, daß sein Vater ihn gewarnt hatte, Kinder zu zeugen. Bedeutete das, daß sich Jeans Geisteszustand schon früher bemerkbar gemacht hatte? War das einer der Gründe, weshalb ihn sein Vater fortgeschickt hatte? Offenkundig hatte Jean etwas so Schreckliches getan, daß das seine Verbannung zur Folge hatte – was das genau war, war jetzt eigentlich nebensächlich. Entscheidend dagegen war die Tatsache, daß er das Böse in irgendeiner Form mitgebracht hatte, hier an diesen Ort, um dann einen Kult daraus zu machen.

Rebecca beschloß, daß sie es nicht riskieren konnte, in diesem Moment noch weiter in dem Tagebuch zu lesen. Es ging auf die Teestunde zu, und Jacques konnte jeden Moment in ihre Gemächer zurückkommen. Eilends legte sie das Buch wieder in die Truhe und steckte den Schlüssel in die Manteltasche. Dann zog sie sich zum Tee um.

Sie, Margaret und Felicity saßen bereits am Tisch, als sich Jacques zu ihnen gesellte. Er sah gehetzt aus, dachte Rebecca. Er hatte dunkle Schatten unter den Augen, und sein Blick war leer, nach innen gerichtet. Rebecca empfand eine Spur von Mitleid für ihn.

Als er sich zwischen Margaret und Rebecca hingesetzt hatte, fing Felicity gleich an, munter draufloszuplappern, und Margaret sah Rebecca mißbilligend an.

In Rebecca stieg Wut auf. Wer glaubte Margaret eigentlich zu sein? Hielt sie sich für Jacques' Schutzengel? Das war doch wirklich lächerlich! Jacques war ein erwachsener Mann und durchaus selbst für sein Tun verantwortlich.

»Hier, mein Lieber, ich habe dir bereits Tee eingegossen«, sagte Felicity. »Und nimm eines von diesen köstlichen Törtchen. Darcy hat sie heute morgen frisch gebacken, mit Beeren aus dem Garten. Meine Güte, du siehst mitgenommen aus, mein Lieber. Hast du wieder soviel gearbeitet? Rebecca, findest du nicht, daß er ziemlich blaß aussieht?«

Jacques lächelte seine Mutter mechanisch an. »Ich bin nur ein wenig müde, Mutter. Du brauchst dir keine Sorgen zu machen.«

Margaret funkelte Rebecca immer noch vorwurfsvoll an, und Rebecca spürte, wie die Spannung in ihr zunahm. Hatte sie nicht genug Probleme, mußte ihr Margaret auch noch das Leben schwer machen?

»Du siehst wirklich etwas blaß aus, Jacques«, sagte sie, um Felicity einen Gefallen zu tun. »Vielleicht solltest du nicht ganz soviel arbeiten. Ruh dich doch mal ein bißchen aus!«

»Dic Arbeit muß gemacht werden«, sagte er schroff, ohne ihrem Blick zu begegnen.

»Aber du mußt etwas mehr auf dich aufpassen, Cousin Jacques«, sagte Margaret ernst und beugte sich vor, so daß er gezwungen war, sie anzusehen.

Er schenkte ihr ein herzliches, wenn auch müdes Lächeln. »Ich danke dir, daß du dir solche Sorgen um mich machst, Margaret. Ich werde deinen Rat beherzigen.«

Während Felicity weiterhin daherschwatzte über den Garten und die letzte Einladung zum Abendessen – Rebecca fiel auf, daß der Name Joshua Sterling beunruhigend oft fiel –, sagten die anderen kaum noch ein Wort. Rebecca fühlte sich unbehaglich und war schlecht gelaunt. Sie *wußte,* daß Margaret sie nach dem Tee wieder mal zur Seite nehmen und ihr eine ihrer unvermeidlichen Predigten halten würde, und sie wußte auch, daß sie diesmal die Beherrschung verlieren würde.

23

Rebecca und Margaret saßen immer noch im Salon und tranken eine letzte Tasse Tee.

Felicity hatte sich in ihr Zimmer zurückgezogen, und Jacques war wieder in sein Arbeitszimmer gegangen, so hatte er jedenfalls behauptet.

Rebecca hatte sich ebenfalls erhoben und wollte gehen, in der Hoffnung, Margaret zu entkommen, bevor sie wieder ihre Maßregelungen anbringen konnte. Doch Margaret hatte sie am Arm festgehalten. »Ich muß etwas mit dir besprechen, Rebecca.«

Entnervt sah Rebecca sie an. »Also gut, Margaret. Ich vermute, du willst mir wieder Verhaltensmaßregeln in bezug auf Jacques erteilen. Ich dachte, ich hätte deutlich zum Ausdruck gebracht, wie ich in dieser Hinsicht denke. Werden diese Predigten von dir jetzt zu einer täglichen Einrichtung?«

Margaret hatte einen entschlossenen Zug um den Mund

und wischte die Einwände ihrer Cousine mit einer Handbewegung weg. »Hast du gesehen, wie er aussah? Du mußt einfach etwas unternehmen, Rebecca. Du bist schließlich seine Frau! Du hast ihn geheiratet, um in guten wie in schlechten Zeiten an seiner Seite zu stehen, in gesunden wie in kranken Tagen. Die Bibel sagt . . .«

Rebecca machte eine ärgerliche Bewegung und unterbrach ihre Cousine. Ihre Nerven waren gespannt wie Saiten. »Du tust gut daran, dich zu erinnern, daß *ich* seine Frau bin, und nicht du! Um Himmels willen, Margaret, kannst du dich nicht um deine eigenen Angelegenheiten kümmern? Glaubst du vielleicht, ich weiß nicht, daß es ihm nicht gutgeht?«

Dunkle Röte stieg Margaret ins Gesicht und zeichnete Flekken auf ihren Hals. »Warum tust du dann nichts für ihn?«

Rebecca seufzte resigniert. »Margaret, ich *kann* nichts für ihn tun. Jacques' Krankheit, wenn du sie so nennen willst, hat nichts mit mir zu tun und kann auch nicht durch mich geheilt oder gelindert werden. Du hast einfach nicht die geringste Ahnung, was vor sich geht.«

Margaret erwiderte trotzig: »Dann sag mir doch, was vor sich geht. Vielleicht verstehe ich dann eine Frau, der so wenig am Wohlergehen ihres Mannes liegt.«

Rebecca stellte ihre Tasse und Untertasse mit solcher Wucht auf den Tisch, daß das zarte Porzellan beinah zu Bruch gegangen wäre. Einen Moment lang war sie drauf und dran, die Wahrheit hinauszubrüllen. Doch sie beherrschte sich mit aller Mühe. »Das kann ich dir nicht sagen, Margaret. Ich kann dir nur sagen, daß du vieles von dem, was sich in diesem Haus abgespielt hat, nicht ertragen könntest, wenn du davon erfahren würdest. Nur soviel kann ich dir sagen . . . Es besteht die Möglichkeit, daß Jacques an der gleichen Geisteskrankheit leidet, an der sein Vater litt, und dessen Vater vor ihm!«

Margaret schnappte nach Luft und starrte sie mit zusammengezogenen Augen an. »Geisteskrankheit? Willst du damit sagen, Jacques sei *verrückt*?«

Rebecca wandte den Blick ab. »Vielleicht ist es noch nicht soweit, aber er befindet sich zweifellos in einem ungesunden Seelenzustand, dessen Gründe ich dir nicht erklären kann; ich kann dir nur sagen, daß es das beste für ihn wäre, aus diesem Haus fortzukommen! Ich werde versuchen, ihn dazu zu überreden, mit mir nach Savannah zurückzukehren und dort den Arzt aufzusuchen.«

»Dieses Haus?« fragte Margaret ungläubig. »Wie kann sein Problem etwas mit diesem Haus zu tun haben? Er liebt es doch, und du weißt das.«

Rebecca hätte ihrer Cousine am liebsten eine Ohrfeige verpaßt. Wie konnte sie nur so engstirnig sein, und so unwillig oder unfähig, etwas einzusehen, das im Widerspruch zu ihrer eigenen Auffassung stand? »Ja, ich weiß, daß er dieses Haus liebt. Aber es gibt hier etwas, daß seinen Zustand nur noch verschlimmert. Es hatte auf seinen Vater die gleiche Wirkung.«

Margaret zog die Brauen hoch. »Jacques ist völlig anders als Edouard. Wie kannst du so etwas nur sagen? Sein Vater war . . . war böse. Jacques ist gut.«

»Ja, Jacques ist gut, sicherlich. Aber er hat auch etwas von seinem Vater in sich. Glaube mir, allen Anzeichen nach war Jean Molyneux geisteskrank, und Edouard war mit Sicherheit ebenfalls geisteskrank. Wenn ich Jacques nicht von diesem Ort wegbringe, kann es leicht passieren, daß mit ihm ähnliches geschieht.« Sie erhob sich abrupt. »So, das ist alles, was ich zu diesem Thema sagen werde!«

Rebecca drehte sich um und eilte aus dem Zimmer. Ihr Kopf dröhnte, und sie war fest entschlossen, bei der nächsten Gelegenheit Jacques vorzuschlagen, daß sie nach Savannah umziehen sollten. Der Gedanke war ihr gerade erst während des Gespräches mit Margaret gekommen, doch sie war sicher, daß das eine vernünftige und gute Lösung wäre. Sie mußte Jacques aus dem Einflußbereich dieser Geheimkammer bringen, weg von den Erinnerungen und Fantasiebildern, die sie hervorrief.

Sie machte sich auf die Suche nach Jacques und fand ihn im Arbeitszimmer, wie er gesagt hatte.

Lächelnd ging sie auf ihn zu und küßte ihn auf die Stirn. Er wich ihrer einlenkenden Zärtlichkeit mit einem Stirnrunzeln aus.

Sie tat so, als bemerkte sie es nicht, und begann strahlend: »Jacques, ich möchte dir einen Vorschlag machen. Deine Mutter hat recht, wenn sie sagt, daß du überanstrengt aussiehst, und du hast viel zuviel Zeit mit Arbeiten zugebracht. Laß uns für ein paar Wochen nach Savannah umsiedeln. Ich weiß, daß es nicht unbedingt üblich ist, in dieser Jahreszeit dorthin zu gehen, aber ich glaube, es täte dir gut, eine Zeitlang von hier wegzukommen. Es gibt hier zu viele Erinnerungen . . .«

Sie hielt inne, denn sein Gesichtsausdruck wurde von Minute zu Minute finsterer. »Du weißt, daß ich jetzt nicht von hier weg kann«, sagte er schroff. »Ich habe dir angedeutet, daß ich Probleme in geschäftlichen Dingen habe. Wie kommst du überhaupt dazu, so etwas vorzuschlagen?«

Rebecca versuchte mit aller Mühe, mit ruhiger Stimme weiterzusprechen. »Weil deine Gesundheit mehr wert ist als deine Geschäfte, und weil ich nicht möchte, daß du krank wirst.«

Mit Mißfallen beobachtete sie, wie seine Finger auf den Tisch trommelten, als ob ihn starke Nervosität und Ungeduld quälten. Jacques war immer die Ruhe selbst gewesen, dachte sie erschüttert, er hatte stets seine Gefühle unter Kontrolle gehabt. Dieser Mann, der da vor ihr saß, war wie ein Fremder.

»Wie kommst du darauf, ich könnte krank sein?« fragte er.

»Nun, sieh dich doch einmal an. Schau dich mal genau im Spiegel an, und dann denke darüber nach, wie du dich in den letzten Tagen verhalten hast. Du bist einfach nicht mehr du selbst! Wenn wir nach Savannah gehen, kannst du dich entspannen, einen Arzt aufsuchen . . .«

Er lächelte sie höhnisch an, wobei sie zusammenzuckte, denn es hatte nichts mehr gemein mit seinem üblichen leicht melancholischen Lächeln.

»Vielleicht *bin* das ich selbst. Mein wirkliches Ich.«

In ihr stieg eine böse Ahnung auf. Sie legte ihm eine Hand auf die Schulter und spürte, wie sich seine Muskeln unter der Berührung spannten. »Nein, Jacques. Dein wahres Ich ist der sanfte, liebenswürdige Mensch, der du bisher warst, und alle, denen du etwas bedeutest, möchten, daß du wieder dieser Mensch wirst.«

Wieder kam das schreckliche Hohnlächeln. »Ihr drei Damen habt also über mich gesprochen, wie?«

»Nein, Jacques, so ist es ganz und gar nicht, und wenn du bei Sinnen wärst, dann wüßtest du das. Jedem von uns ist klar, daß etwas mit dir nicht stimmt, und wir möchten dir nur helfen.«

In seinen Augen funkelte es auf. »Und ihr glaubt wirklich, ihr seid dazu in der Lage?«

»Ja, wenigstens hoffe ich das, und ich glaube, der erste Schritt wäre, daß du von diesem Raum läßt, und allem, was darin ist. Es hat keinen Sinn, es abzustreiten, Jacques. Ich weiß, daß du wieder hingegangen bist, und ich sehe, welche Wirkung es auf dich hat.«

Er schob sich vom Schreibtisch weg und stand auf. Der Blick in seinen Augen ließen sie unwillkürlich zurückzucken. »So, tust du das?«

Mit einer Bewegung, die ihr drohend erschien, beugte er sich zu ihr. Seine Augen hatten jetzt einen fiebrigen Glanz – leuchtend und wild. »Ich habe dir gesagt, Rebecca, du hast diesen Raum zu vergessen. Wenn du ihn je wieder erwähnst ... wenn du ihn *jemals* wieder erwähnst, bin ich für die Folgen nicht verantwortlich. Verstehst du?«

Rebecca lag noch vieles mehr auf der Seele, aber ihr Instinkt warnte sie davor, weiterzusprechen. Zum erstenmal hatte sie Angst vor Jacques, Angst vor dem, was er tun könnte.

»Wenn du mich jetzt bitte allein lassen würdest, wäre ich dir sehr dankbar. Ich habe viel Arbeit.« Er drehte ihr den Rücken zu.

Ohne ein weiteres Wort eilte Rebecca aus dem Zimmer. Draußen im Garten versuchte sie, ihren aufgewühlten Zustand bei einem Spaziergang wieder zu normalisieren und die Eiseskälte loszuwerden, die ihr trotz des heißen Tages in Mark und Bein gefahren war.

Einige Zeit später, als sie ihre Gefühle wieder einigermaßen unter Kontrolle hatte, ging sie ins Haus zurück und zum Arbeitszimmer. Vorsichtig drückte sie die Türklinke. Die Tür war abgeschlossen, und es drang kein Geräusch nach außen. Sie war sicher, daß er wieder in Edouards Zimmer gegangen war.

Sie ging hinauf in ihre Räume und an Jacques' Kleiderschrank. Sie holte den Schlüssel zur Truhe heraus, und wenige Momente später hielt sie Jean Molyneux' Tagebuch in der Hand. Da sie nicht wußte, wieviel Zeit sie zur Verfügung hatte, schlug sie eine Seite gegen Ende des Buches auf und begann zu lesen:

»Freitag, der 25. September 1772, Maison de Rêverie:

Gerade habe ich unsere neuen Nachbarn kennengelernt, Richard und Elizabeth Huntoon, die sich vor kurzem in dem neu errichteten Herrenhaus auf der Plantage niedergelassen haben, die Madame Huntoon, eine Französin, Les Chênes genannt hat, weil es auf dem Gelände so viele Eichen gibt.

Das Haus ist nicht schlecht, aber in keiner Weise zu vergleichen mit Maison de Rêverie. Elizabeth Huntoon ist eine fantastische Frau, neben der sogar meine süße Mignon verblaßt. Richard Huntoon ist ein ziemlich typischer Engländer, schwerfällig, mit bulligem Körperbau, etwas ungeschliffen in seinen Manieren. Zufällig haben sie ein fünfjähriges Mädchen, Elissa, das genau zwei Monate nach meinem Sohn Edouard geboren wurde.

Ich beabsichtige, sie für unseren kleinen Kreis zu gewinnen. Seit die Almsways Carolina verlassen haben, fehlen uns zwei Leute zu den wünschenswerten zwölf, und nach meiner Meinung wäre Elizabeth eine sehr willkommene Bereicherung. Ihr Gatte scheint ein ziemlich geiler Bursche zu sein, und ich bin sicher, ich kann ihn über seine niederen Triebe für die Sache gewinnen. Was Elizabeth betrifft, so nehme ich an, wenn erst einmal ihr Mann überzeugt ist, sie wie alle braven Ehefrauen sich seinen Wünschen fügen wird. Außerdem glaube ich bei ihr eine gewisse Neugier und Zugänglichkeit zu verspüren, aufgrund derer sie unsere kleinen Spielchen wahrscheinlich gar nicht mehr so abstoßend finden wird, wenn sie erst einmal auf den Geschmack gekommen ist. Alles in allem sehr erfreuliche Aussichten.«

Rebecca hob den Blick von der verschwimmenden Schrift vor ihren Augen. So bgann also die Beziehung zwischen den Huntoons und den Molyneux'. Sie sah wieder hinunter und blätterte weiter auf der Suche nach anderen Stellen, wo die Huntoons erwähnt würden. Aber es folgten nur noch ein paar wenige Eintragungen, und keine davon beschäftigte sich mit den Huntoons und den geheimen Zeremonien.

Sie schloß das Buch und legte es hin. Es mußte weitere Tagebücher geben. Sicher hatte Jean nicht aufgehört, sie zu führen. Sie durchsuchte Jacques' Truhe gründlich und gab acht, daß alles wieder an seinen Platz kam, aber sie fand nichts mehr.

Sie mußten also noch in der Geheimkammer sein. Einen Moment lang dachte sie daran, sich auf die Suche nach ihnen zu machen, doch dann versuchte sie schnell – entsetzt über sich selbst –, klare Gedanken zu fassen. Warum hatte sie diesen Drang, noch mehr zu erfahren? Sie wußte doch genug. Jetzt war wichtig, daß sie ernsthaft über ihre Probleme nachdachte und sich einen Ausweg einfallen ließ.

Nach ihrem Gespräch mit Jacques stand fest, daß sie ihn nicht dazu bringen würde, Maison de Rêverie freiwillig zu verlassen. Welche Krankheit es auch sein mochte, die sich über die Generationen der Molyneux' vererbte, beim Anblick jenes Raumes und durch das Kennenlernen der wahren Geschichte seines Großvaters und Vaters war sie bei Jacques ausgebrochen. Jetzt hatte dieser Raum und die Vergangenheit, die er dokumentierte, von ihm mit einer Macht Besitz ergriffen, gegen die Rebecca nicht ankam.

Welche Alternativen hatte sie? Die Möglichkeit, nach Indien und zu ihren Eltern zurückzukehren, hatte sie bereits verworfen. Was nun?

Oh, wenn doch nur Armand hier gewesen wäre! Wenn er doch nur zurückkäme. Margaret hatte nie wieder ein Wort über ihre furchtbare Vorahnung verloren, aber sie überschattete Rebeccas Denken wie eine dunkle Wolke, allgegenwärtig, immer kalt und bedrohlich. Aber wenn Armand wirklich tot war, hätte dann seine Familie nicht Nachricht davon erhalten? Sie mußte also in ihrer Nähe bleiben, bis irgendeine Nachricht eintraf, aber andererseits konnte sie es nicht ertragen, noch länger in diesem Haus zu bleiben.

Als sie das Tagebuch aufnahm, um es zurück in die Truhe zu legen, stockte ihr der Atem. Die Holztäfelung neben dem Kamin glitt langsam zur Seite.

Rebecca umklammerte das Buch so fest, daß ihre Finger schmerzten. Eine unheimliche Angst erfüllte sie, griff mit eisigen Klauen nach ihr, und sie erwartete beinah, daß Edouard durch die Wand geschritten käme, blaß und lüstern in seinem Totenhemd.

Aber es war Jacques, der durch die Öffnung kam; mit finsterem Gesicht und kaum weniger unheimlich wie der Geist, den sie erwartet hatte.

Er starrte auf das Tagebuch, das sie vor der Brust hielt, und sie wußte, daß er sie durch das Guckloch beobachtet hatte. Wie lange schon?

Langsam kam er auf sie zu, und sie wich vor ihm zurück, bis ihr Rücken die Wand berührte. Sie stieß einen erstickten Schrei aus, als er die Hand ausstreckte und das Buch aus ihrer Umklammerung riß.

»Du kannst die Dinge einfach nicht auf sich beruhen lassen, was?« sagte er mit grausamer Stimme. »Ich habe es dir so oft gesagt. Vergiß den Raum, vergiß, was du gesehen und erfahren hast. Aber du bestehst darauf, weiter zu forschen. Jetzt hast du sogar meine persönlichen Dinge durchstöbert!«

Er schwenkte das Buch dicht vor ihrem Gesicht hin und her. »Dies war nicht für deine Augen bestimmt. Es war für meinen Vater und für mich bestimmt, die rechtmäßigen Erben von Jean Molyneux. Wie konntest du wagen, es zu öffnen! Wie konntest du wagen, es zu lesen?«

Jacques schrie jetzt, und Rebecca drückte sich so fest wie möglich an die Wand. »Ich wollte nur alles wissen, alles verstehen.«

Ohne Warnung schlug er ihr ins Gesicht. Er hatte sicher nicht seine ganze Kraft aufgewendet, aber Rebecca fühlte, wie ihr Kopf ruckartig zur Seite fiel und sich ein stechender Schmerz über ihre Wange verbreitete.

»Verstehen! Wie könntest du jemals verstehen?« brüllte er wild. »Du bist nur eine Frau, und nicht mal eine echte Molyneux. Wie kannst du etwas von der Macht ahnen, die von meinem Großvater und meinem Vater Besitz ergriffen hat? Ihrem dunklen Glanz? Du möchtest, daß sie mich verschont, nicht wahr? Du denkst immer daran, daß ich zu einer fleischlichen Vereinigung nicht fähig bin. Du hältst mich nicht für einen vollwertigen Mann. Du verachtest mich deswegen und gönnst mir nicht die Wonnen der Macht, die mein Großvater und mein Vater erfahren haben. Nun, ich durchschaue deine Absichten, Frau, und du wirst mir nicht im Weg stehen. Bei den Göttern der Finsternis, das wirst du nicht!«

Rebecca war vor Angst erstarrt und sah ihn mit weit aufgerissenen Augen an; sie konnte nicht glauben, daß dieser rasende Wahnsinnige jener Jacques war, den sie kannte. Ihr kam mit entsetzlicher Deutlichkeit zu Bewußtsein, daß er keinelei Beherrschung über sein Handeln mehr hatte und sie sich in ernster Gefahr befand.

Als er sie packen wollte, täuschte sie eine Drehung nach

rechts vor, dann schwenkte sie nach links und duckte sich unter seiner ausholenden Hand hindurch. Angst und Schrecken trieben sie voran, und sie erreichte die Tür, schob den Riegel zurück und war in dem langen Gang, bevor er sie aufhalten konnte.

Sie floh den Gang entlang, Hinter sich hörte sie seine schweren Schritte auf dem Holzboden. Schließlich erreichte sie die Treppe und raste hinunter, ohne die Stufen unter den Füßen zu spüren.

Sie war sich nicht sicher, wann Jacques die Verfolgung aufgegeben hatte, jedenfalls war er nicht mehr hinter ihr, als sie keuchend in die Küche stürmte, von der sie wußte, daß sie dort mit Sicherheit jemanden antreffen würde. Sie hielt an und rang um Atem, während Darcy und das übrige Küchenpersonal sie völlig verdutzt anstarrten.

»Aber er *ist* gefährlich, Margaret. Ich sage die Wahrheit, bitte glaube mir, in Gottes Namen! Ich habe versucht, ihn dazu zu bringen, daß er mit mir nach Savannah geht, aber er weigert sich. Jetzt hat er mich sogar gewaltsam bedroht! Mein Entschluß steht fest, ich gehe nach Savannah, und ich möchte, daß du mitkommst.«

Rebecca und ihre Cousine waren in dem kleinen Salon vor Margarets Schlafzimmer. Rebecca schritt aufgeregt auf und ab, während Margaret am Fenster stand und in den Park hinuntersah.

Sie antwortete Rebecca, ohne sich umzudrehen. »Das ist doch alles nur ein Mißverständnis, Rebecca. Du weißt, daß Jacques kein gewalttätiger Mann ist. Wenn er die Beherrschung verloren und dich bedroht hat, dann war das sicher, weil du etwas Falsches gesagt hast.«

Einen Moment lang befürchtete Rebecca, selbst den Verstand zu verlieren. Sie packte die andere Frau bei den Schultern und drehte sie heftig herum, so daß sie sich von Angesicht zu Angesicht gegenüberstanden. »Hör mir zu! Jacques ist nicht mehr der Mensch, als den wir ihn kannten. Sieh den Fleck in meinem Gesicht. Er hat mich geschlagen!«

Maragets Lippen wurden schmal, und ihr Gesicht nahm einen Ausdruck an, der Rebecca neuerdings verhaßt war. »Dann mußt du ihn gereizt oder provoziert haben. Du weißt, daß du sehr schwierig sein kannst, und Männer lassen sich so ein Verhalten nicht ewig gefallen.«

Rebeccas Wut hatten ihren Höhepunkt erreicht. Sie schüttelte ihre Cousine unsanft, und ihre Worte zischten wie Peitschenhiebe: »Margaret! Ich glaube, du bist genauso wahnsinnig wie er. Bist du denn vollkommen blind! Es ist gefährlich für uns, weiter hier zu bleiben. Es wird täglich schlimmer. Man kann überhaupt nicht voraussehen, was er als nächstes tun wird.«

Mit überraschender Kraft umfaßte Margaret Rebeccas Handgelenke und schob ihre Hände weg. Sie machte ein paar Schritte zurück und strich sich unbeeindruckt das Kleid glatt, während Rebecca sie hilflos anstarrte.

»Felicity ist seine Mutter, und sie scheint sich keine Sorgen wegen seines Geisteszustandes zu machen, sondern nur wegen seines körperlichen. Du reagierst übertrieben, Rebecca. Das war schon immer so. Es ist deine Pflicht als Ehefrau, hier zu bleiben und für ihn zu sorgen, und ich bin sicher, du wirst selbst einsehen, daß das das beste ist, was du machen kannst.«

Durch die Beharrlichkeit und Engstirnigkeit ihrer Cousine aufs äußerste gereizt, verlor Rebecca alle Geduld. »Seine Ehefrau bin ich nur auf dem Papier, Margaret. Er wird niemals ein wirklicher Ehemann für mich.«

»Ich möchte nichts davon hören . . .«

Doch Rebecca war jetzt nicht mehr aufzuhalten. »Er ist unfähig, für irgend jemanden ein wirklicher Ehemann zu sein, Margaret. Er wurde im Krieg verwundet. So, jetzt weißt du, daß wir gar nicht richtig Mann und Frau sind.«

Margaret drehte sich weg. »Ich weigere mich, mir solchen Unrat anzuhören. Ihr wurdet in der Kirche getraut. In den Augen Gottes seid ihr verheiratet!«

»Selbst Gott würde unsere Ehe nicht für eine richtige Ehe halten, und ich werde Jacques verlassen. Und was hast du vor? Bleibst du hier und kümmerst dich um ihn? Oh, du brauchst nicht zu glauben, daß mir nicht aufgefallen ist, wie du ihm schöntust. Wiederholst du deswegen immer wieder und wieder, daß ich seine Frau bin, weil du dich selbst an diese Tatsache erinnern mußt? Nun, wenn das so ist, brauchst du dich nicht länger zu quälen, denn ich überlasse ihn dir freiwillig. Er dürfte der ideale Ehemann für dich sein!«

Margaret warf den Kopf in den Nacken, ihr Gesichtsausdruck hatte sich nicht geändert. »Ich streite nicht ab, daß ich Jacques liebe, aber es ist eine Liebe, die du niemals verstehen würdest. Es ist eine Liebe des Geistes, der Seele.«

Mit einemmal verflog Rebeccas Wut und erschöpfte Resignation machte sich breit. Margaret war auf ihre Weise so uneinsichtig wie Jacques.

»Margaret«, sagte sie leise, »es ist nichts Schlechtes, nichts Schändliches an der körperlichen Liebe zwischen Mann und Frau. Gott hat sie erschaffen. Er hat gewollt, daß wir Kinder bekommen. Geistige Liebe ist etwas Schönes, aber die Menschen brauchen beides. Begreifst du das nicht? Ich hatte nicht die Absicht, Jacques' Ansehen in den Schmutz zu ziehen? Er kann nichts für seinen Zustand. Und du kannst nichts dafür, daß du ihn liebst. Es läßt sich nicht steuern, wen man liebt, aber du solltest ihn nicht anbeten wie eine Gottheit. Bitte, komm mit nach Savannah, ich mache mir Sorgen um dich, wenn du hier bleibst.«

Margaret sah sie kalt an. »Ich werde dennoch bleiben. Jacques braucht mich, und Felicity verläßt sich auf mich. Tu du, wie dir beliebt. Das tust du sowieso immer!«

In dieser Nacht schlief Rebecca in ihrem früheren Schlafzimmer, das an den kleinen Salon angrenzte.

Das Abendessen war quälend für sie gewesen. Jacques war zum Essen nicht erschienen. Statt dessen hatte er mitteilen lassen, daß er zu arbeiten habe und das Abendessen in seinem Arbeitszimmer einnähme. Margaret saß beleidigt mit sturem Schweigen da.

Nur Felicity plauderte munter drauflos, offenbar ohne jedes Empfinden für die Spannung zwischen Rebecca und Margaret.

Rebecca verspürte einen Anflug von Schuldbewußtsein, als sie über den Tisch hinüber zu Felicity sah. Wären sie und Margaret in Gefahr, wenn sie sie allein mit Jacques hier zurückließ? Sie glaubte eigentlich nicht, denn nur sie, Rebecca, schien Jacques' Raserei heraufzubeschwören. Aber wie konnte sie Felicity ihren Entschluß begreiflich machen? Sie mußte sich etwas Einleuchtendes einfallen lassen, damit es nicht merkwürdig erschien.

Vielleicht konnte sie sagen, daß sie ausgedehnte Einkäufe machen wollte und ein wenig Zerstreuung brauchte.

Sie lächelte ihre Schwiegermutter an und sagte leichthin: »Felicity, wir haben seit einer Ewigkeit die Insel nicht mehr verlassen, und ich muß unbedingt ein paar Einkäufe machen. Ich würde gerne für einige Zeit nach Savannah gehen. Würde es zu viele Umstände machen, wenn ich eine Zeitlang dort in dem Haus wohnen würde? Ich brauchte nicht viel Personal, höchstens Jeremey, Hector und Molly.« Hector und Molly waren ein Ehepaar, beide sehr tüchtig, und Molly war außerdem eine ausgezeichnete Köchin.

Felicity sah überrascht aus und dann nachdenklich. »Nun, ich denke, dagegen ist nichts zu sagen. Hast du schon mit Jacques darüber gesprochen? Will er denn um diese Jahreszeit die Insel verlassen?«

Rebecca schüttelte den Kopf. »Nein, Jacques kommt nicht mit. Er meint, er hat zur Zeit zuviel Arbeit, aber er sagte, ich solle nur fahren. Er hat im Moment soviel zu tun, daß er sowieso nicht viel Zeit mit mir verbringen kann.«

Die Lüge kam ihr leicht von den Lippen, und sie ignorierte Margarets giftigen, mißbilligenden Blick.

Felicity begann zögernd: »Nun, ich denke, wir könnten alle drei gehen. Ich hätte nichts dagegen, mal wieder durch die Geschäfte zu bummeln. Ich brauche eine ganze Menge Dinge, und ich kann mir vorstellen, daß es für euch beide jungen Frauen hier mit der Zeit langweilig wird.« Sie sah Margaret fragend an.

»Ich langweile mich nicht im geringsten«, erwiderte Margaret steif. »Eigentlich würde ich es vorziehen hierzubleiben.«

Felicity sah wieder zu Rebecca und schenkte ihr ein strahlendes Lächeln. »Nun gut, Rebecca, dann fahren nur du und ich. Ich wäre selbst nie auf die Idee gekommen, gerade jetzt nach Savannah zu gehen, aber nachdem du es vorgeschlagen hast, freue ich mich darauf.«

Sie wandte sich an Margaret. »Bist du sicher, daß du dich nicht einsam fühlen wirst, meine Liebe? Natürlich wird sich Lutie ums Haus kümmern und dich gut versorgen, aber dir wird vielleicht etwas Gesellschaft fehlen.«

Dunkle Röte stieg Margaret ins Gesicht. »Ich werde alle

Gesellschaft haben, die ich brauche, Cousine Felicity. Mach dir keine Sorgen um mich.«

»Na gut, dann nicht«, sagte Felicity mit einem strahlenden Lächeln.

Rebecca dachte, daß Menschen mit einem unkomplizierten Wesen durchaus ihre Vorzüge hatten. Eine etwas kritischere Person als Felicity hätte bestimmt jede Menge peinlicher Fragen gestellt.

24

»So, das hat richtig Spaß gemacht.« Felicity, die sich die Nadeln aus dem Hut zog, lächelte Rebecca milde an.

Rebecca lächelte zurück; sie freute sich, daß sich ihre Schwiegermutter gut amüsierte. Sie waren gerade vom Nachmittagstee bei Elvina Trevor zurückgekehrt, einer alten Freundin von Felicity, eine lebhafte Frau, die ihnen allerlei Klatsch und Tratsch und leicht schlüpfrige Geschichtchen erzählt hatte.

Die Zeit verging in Savannah wie im Fluge, während sie auf der Insel geschlichen war. Felicity tobte sich aus wie ein Gefangener nach langer Haft. Sie schleppte Rebecca hierhin und dorthin, in Geschäfte, zu Konzerten und zu alten Bekanntschaften. Rebecca konnte, wenigstens zeitweise, ihre Sorgen und Ängste vergessen.

In Savannah hatte sie endlich Neuigkeiten über General Jacksons Feldzug in Florida gehört. Sie erfuhren, daß er Pensacola besetzt und Fort Barrancas eingenommen hatte und daß Florida jetzt unter der Militärherrschaft der Vereinigten Staaten stand. Einige Männer aus Savannah, die unter General Jackson gedient hatten, waren schon nach Hause zurückgekehrt und erzählten schreckliche Dinge von Märschen durch endlose Sümpfe, von Fieber, Hungerrationen und anderen Entbehrungen.

Von Armand gab es jedoch noch immer keine Nachricht, und Rebecca hatte schon fast die Hoffnung aufgegeben, daß er lebte. Sie sprach jedoch nie mit Felicity darüber. Was sie nicht begreifen konnte, war die Tatsache, daß sich ihre

Schwiegermutter nicht die geringsten Sorgen um Armand zu machen schien.

»Also, ich muß mir unbedingt das Rezept für diese Sahnetörtchen von Elvina geben lassen«, sagte Felicity, während sie sich die Haare vor dem Spiegel über dem Kaminsims glattstrich. »Sie waren einfach köstlich. Und war es nicht eine angenehme Überraschung, Mr. Sterling dort anzutreffen?«

Sie sah Rebecca aus dem Spiegel an, und Rebecca hatte den Eindruck, daß eine flehentliche Bitte aus dem Blick der Frau sprach.

Rebecca war nicht besonders erfreut, daß Joshua Sterling in Savannah war, und schon gar nicht darüber, ihn beim Tee zu treffen, aber auf Felicitys bittenden Blick hin sagte sie: »Aber ja, Felicity, das war wirklich eine Überraschung.«

Felicity errötete leicht und hatte immer noch etwas Fragendes im Gesicht, und Rebecca verstand plötzlich, daß Sterlings unerwartetes Auftauchen in Savannah kein Zufall war. Nachdem sie beschlossen hatten, nach Savannah zu gehen, mußte sie es irgendwie geschafft haben, ihn davon zu benachrichtigen.

Rebecca mußte lächeln. So ein Schlauberger! Wer hätte gedacht, daß Felicity soviel Initiative und Selbständigkeit entwickeln würde?

Da sie nicht so richtig wußte, wie sie sich verhalten sollte, streckte Rebecca einen vorsichtigen Fühler aus. »Wenn ich mir die Bemerkung erlauben darf, Felicity, so scheint es, daß Mr. Sterling sehr angetan von dir ist.«

Felicitys Gesichtsröte wurde dunkler, und sie beschäftigte sich auffallend intensiv mit dem Zurechtlegen ihrer Löckchen. »Oh, meinst du wirklich. Nun, das schmeichelt mir. Weißt du, in meinem Alter rechnet man nicht mehr mit männlichen Bewunderern.«

Rebecca entspannte sich, denn ihr war klar, daß Felicity unbedingt über ihren Verehrer sprechen wollte. Ohne Zweifel brauchte auch diese Frau jemanden, mit dem sie über das reden konnte, was sie bewegte, und über das Thema Joshua Sterling glaubte sie sicher, weder mit Jacques noch mit Margaret sprechen zu können. Vielleicht brauchte sie einfach die Zustimmung von *irgend jemandem.*

»Unsinn, Felicity«, sagte Rebecca bestimmt. »Du bist eine

sehr gutaussehende Frau, dazu gütig und liebenswürdig. Ich bin eher überrascht, daß du nicht von Verehrern belagert wirst.«

Felicity kicherte wie ein junges Mädchen, und Rebecca war gerührt über ihr unschuldiges Vergnügen. »O Rebecca, du bist die Beste! Natürlich weiß ich, daß ich Joshua nicht so oft sehen sollte, denn schließlich bin ich offiziell immer noch in Trauer, aber ich muß gestehen, er macht mich fröhlich. Er kann sehr unterhaltsam sein, weißt du.«

Sie hielt inne und sah auf ihre Hände hinunter. »Ich sollte es dir vielleicht nicht sagen, zumindest jetzt noch nicht, aber Joshua hat mir die Ehre erwiesen, um meine Hand anzuhalten.« Sie sah mit strahlenden Augen auf. »Natürlich müssen wir warten, bis meine Trauerzeit zu Ende ist, aber ich habe ihm ja gesagt! O Rebecca, hältst du mich für eine schlechte Frau? Ich weiß, ich hätte jetzt noch nicht einmal seinen Antrag *anhören* dürfen, aber er hat ihn so zartfühlend und charmant vorgebracht . . .«

Rebecca betrachtete die andere Frau voller Zuneigung und Zärtlichkeit. Sie braucht meine Zustimmung, dachte sie, und warum auch nicht? Nur weil ich persönlich den Mann langweilig und etwas eigenartig finde, braucht das nicht ihre Meinung zu sein, und ich vermute, er wird auch seine guten Seiten haben. Wenigstens glaube ich nicht, daß er sie jemals schlagen wird. Und es wäre doch sehr schön, wenn wenigstens sie glücklich wäre.

Sie ging zu Felicity und nahm deren Hände. »Ich finde daran überhaupt nichts Schlimmes, Felicity. Nach allem, was du durchgemacht hast, verdienst du weiß Gott soviel Glück, wie du bekommen kannst. Und wenn du es von Joshua Sterling bekommst, dann brauchst du dich deswegen nicht zu schämen oder dir Gedanken wegen irgendwelcher Konventionen zu machen. Schließlich weiß niemand außer euch beiden davon, und mir natürlich, daß sein Antrag vielleicht ein wenig verfrüht war, und ich werde es bestimmt niemandem erzählen. Ich gratuliere euch beiden!«

Felicity strahlte. »Ich bin so froh, daß du die Sache so siehst. Übrigens bat Joshua darum, uns morgen besuchen zu dürfen, und uns zu einer Ausfahrt einzuladen.«

»Oh, das hört sich verlockend an«, sagte Rebecca und

dachte dabei, daß sie morgen, wenn es Zeit für den Ausflug sei, Kopfschmerzen vortäuschen und zu Hause bleiben würde, damit die beiden Turteltauben ein wenig Zeit für sich allein hätten. Felicity würde natürlich protestieren, um den Anstand zu wahren, aber wenn der Wagen schon angespannt dastünde und alle Vorbereitungen getroffen wären, dann könnte Felicity nicht mehr widerstehen, dessen war sie sicher.

Rebecca stand an einem Fenster des oberen Stockwerks und beobachtete, wie Felicity und Joshua Sterling in der offenen Kutsche davonfuhren. Felicity war beim Eintreffen ihres Verehrers aufgedreht und fröhlich wie ein junges Mädchen, und Sterling, das mußte Rebecca zugeben, behandelte Felicity äußerst gelant. Während sie den beiden nachgesehen hatte, war Rebecca zu dem Schluß gekommen, daß der alte Lebemann durchaus echte Gefühle für Felicity hegen mußte, und sein Werben wirkte offensichtlich wie ein Jungbrunnen auf Felicity.

Keiner der beiden hatte allzu heftigen Einspruch erhoben, als Rebecca ankündigte, sie werde zu Hause bleiben, weil sie entsetzliche Kopfschmerzen habe.

Jetzt war sie allein in dem großen Haus, abgesehen vom Personal, und sie wußte nicht recht, was sie mit sich anfangen sollte. Die sanfte, erfrischende Brise, in der sich die Vorhänge blähten, umspielte ihr Gesicht wie der Atem eines Geliebten, und ihre Gedanken schweiften zu Armand und jenem Tag im Pavillon. Damals hatte sie zum erstenmal körperliche Liebe erfahren, und die Erinnerung daran hielt sich fest in ihrem Kopf und bereitete ihr sowohl Schmerz als auch Lust. Wenn sie nachts dalag und sich vor Verlangen verzehrte, dann hatte sie wenigstens etwas, mit dem sie sich in ihrer Einsamkeit trösten konnte: den Gedanken, daß sie, wenn auch nur ein einziges Mal, die wahre Liebe kennengelernt hatte.

Voller Sehnsucht und Müdigkeit zog sich Rebecca einen Sessel ans Fenster und setzte sich so, daß sie die Straße unten und die Menschen beobachten konnte.

All diese Menschen, die da so zielstrebig vorüberspazierten, wo gingen sie hin? Welches Leben führten sie? Sie alle sahen so normal aus, so mit sich selbst beschäftigt. Trug irgend jemand von ihnen wohl die Last eines Geheimnisses, so wie sie? Wahrscheinlich schon. Man sah den Menschen nicht an, was unter der glatten Fassade alles verborgen lag. Diese Männer und Frauen, die so durchschnittlich erschienen, hatten vielleicht schreckliche Tragödien erlebt oder geheime Schuld auf sich geladen.

Dann wurde ihre Aufmerksamkeit auf eine große Gestalt in einem schwarzen Kleid und gelben Kopftuch gelenkt, die die Straße herabkam. Das sah sehr nach Lutie aus, und plötzlich beugte sich Rebecca mit neuem Schwung nach vorn.

Es *war* Lutie! Diese eleganten Bewegungen waren unverwechselbar. Rebecca durchfuhr es wie ein Blitz. Was, um alles in der Welt, machte Lutie in Savannah? Es konnte nur eine Antwort geben – irgend etwas war im Maison de Rêverie passiert, und es konnte nichts Gutes sein.

Sie flog förmlich die Treppe hinunter und hatte gerade in dem Moment die Eingangstür erreicht, als Luties Klopfen durch das Haus hallte. »Ich mache schon auf, Jeremy«, rief sie, als seine kleine Gestalt in der hübschen neuen Uniform im Korridor erschien. »Geh nur wieder in die Küche und hilf Molly.«

Jeremys Gesichtchen konnte seine Neugier nicht verbergen, aber er nickte folgsam und drehte sich um.

Rebecca hatte die Tür geöffnet und blickte begierig in Luties Gesicht. »Lutie! Was führt dich her? Was ist passiert?«

Lutie lehnte sich an den Türrahmen, und jetzt erst bemerkte Rebecca, daß die Frau sehr müde sein mußte. Sofort führte sie Lutie hinein. »Entschuldige, Lutie, komm herein. Setz dich! Du siehst erschöpft aus. Ich werde uns von Jeremy Tee bringen lassen.«

Lutie nickte und trat dankbar in das kühle Innere des Hauses. »Das bin ich auch. Ich war fast die ganze Nacht unterwegs. Wo ist Mistreß Felicity?«

»Sie ist mit Joshua Sterling ausgefahren. Die beiden werden so bald nicht zurückkommen.«

»Gut.« Lutie schloß kurz die Augen. »Ich weiß nicht, ob es für sie das richtige wäre, wenn sie hören würde, was ich zu berichten habe.«.

Rebecca schob sie in den Salon und zog die Klingel. Als Jeremy mit neugierig aufgerissenen Augen hereinkam, bat sie ihn, Tee und Sandwiches und eine Flasche Brandy zu bringen.

Lutie ließ sich mit einem Seufzer der Erleichterung auf das Sofa fallen, und Rebecca setzte sich neben sie. »Irgend etwas ist passiert, nicht wahr? Geht es Margaret gut? Jacques hat ihr nichts angetan, oder?«

»Soviel ich weiß nicht. Jedenfalls bis jetzt noch nicht.«

»Also, was ist dann geschehen?«

Lutie senkte den Blick auf ihre Hände, die sie gefaltet im Schoß liegen hatte. »Es tut mir leid, Rebecca, daß ich dir schlechte Nachricht überbringen muß, aber es führt kein Weg daran vorbei.«

»Was ist los, Lutie?« fragte Rebecca ruhig und machte sich auf das Schlimmste gefaßt.

»Nun, nachdem du mit Mißtreß Felicity abgefahren bist, ging alles etwa einen Tag lang ganz gut. Ich versuchte, Master Jacques und Miß Margaret im Auge zu behalten, wie du es mir gesagt hattest, und soweit ich es beurteilen kann, verhielt sich Master Jacques ziemlich normal. Er kam zu den Mahlzeiten herunter und unterhielt sich mit Miß Margaret.

Doch plötzlich, vor drei Tagen, begann er sich sehr merkwürdig zu verhalten. Ich hörte, wie er nachts durch die Geheimgänge wandelte und laut mit sich selbst sprach. Weißt du, Geräusche aus den Gängen hallen in einigen Räumen wider. Die Diener fingen an, über Geister in den Wänden zu reden. Sie bekamen entsetzliche Angst und flohen aus dem Haus. Sie halten sich jetzt alle in den Sklavenunterkünften auf, und die Gerüchte verbreiteten sich bis zu den anderen und ihren Familien. Wenn sie es wagten, würden sie alle die Insel verlassen.«

In diesem Moment erschien Jeremy mit dem Teewagen, den er neben Rebecca abstellte. Er zögerte, bevor er sich anschickte, den Raum zu verlassen, und er blickte solang es ging über die Schulter zurück.

Rebecca goß Tee ein und gab großzügig Brandy dazu. Sie reichte eine Tasse Lutie, die dankbar einen Schluck nahm und sich etwas entspannter in das Sofa zurücksinken ließ.

»Und was geschah dann? Was ist mit Margaret?«

»Miß Margaret verhielt sich ebenfalls sonderbar. Ich gebe gerne zu, daß mich das Benehmen von Master Jacques in Angst und Schrecken versetzte. Sie hingegen blieb ruhig wie ein Felsen. Letzte Nacht eröffnete sie mir, daß sie ihm helfen werde, daß der Herr ihr gesagt habe, das sei ihre Pflicht. Ich warnte sie, daß Master Jacques in seinem jetzigen Zustand gefährlich sein könnte, aber sie lächelte mich nur an. Sie benahm sich, als hätte sie meine Worte gar nicht gehört. ›Ich werde ihn gesund machen. Das ist Gottes Wille‹, sagte sie. Wortwörtlich.

Und während wir redeten, kam Master Jacques ins Zimmer, und es war auf den ersten Blick zu sehen, daß er nicht er selbst war. Er sah fiebrig aus und schrecklich aufgeregt, und ich hatte das Gefühl, daß er seit einiger Zeit auch nicht mehr gebadet oder sich umgezogen hatte.

Er starrte uns beide an, und dann ging er zu Miß Margaret und sah ihr tief in die Augen.«

Lutie machte eine Pause. »Kann ich wohl noch eine Tasse Tee bekommen?«

Rebecca nickte und schenkte schnell ein, auch diesmal wieder mit einem ordentlichen Schuß Brandy.

Lutie fuhr fort: »Und dann sagte er etwas, das wahrscheinlich für Miß Margaret eine völlig andere Bedeutung hatte als für mich. Es war etwas wie ›mit ihm gehen und seine Königin sein‹. Und von einem Neuanfang sprach er, und davon, einen neuen Hexenkreis zu gründen. So jedenfalls habe ich es verstanden. Ich bin sicher, er sprach von den Dingen, die bereits sein Großvater tat, aber Miß Margaret hatte natürlich keine Ahnung davon.«

Rebecca begann plötzlich zu frieren. »Und was geschah dann?«

»Ich flüsterte ihr ins Ohr: ›Gehen Sie nicht, Miß Margaret. Bitte vertrauen Sie mir, und gehen Sie nicht mit.‹

Aber sie entzog mir ihren Arm und bot ihn Master Jacques. Da wußte ich, daß ich hierherkommen und dich holen mußte. Ich weiß nicht, was in Master Jacques' Kopf vorgeht, aber was immer es sein mag, es wird schreckliche Schwierigkeiten geben. Ich wußte mir keinen anderen Rat, als dich zu holen.«

»Das hast du vollkommen richtig gemacht, Lutie.« Rebecca tätschelte den Arm der anderen Frau.

Sie schloß die Augen. Was, um Himmels willen, sollte sie bloß tun? Natürlich mußte sie so schnell wie möglich nach Pirate's Bank fahren. Aber sollte sie jemanden mitnehmen? Einen Arzt? Oder gar die Polizei?

Wenn sie jemanden mitnähme, würde sich die Neuigkeit von Jacques' Zustand wie ein Lauffeuer über die Insel und bis zum Festland verbreiten, und sie wollte der Familie jede Peinlichkeit ersparen, vor allem Felicity. Außerdem bestand die Möglichkeit, daß sich Jacques mittlerweile schon wieder beruhigt hatte. Aber wenn er nun gewalttätig war, wie konnten Lutie und sie mit ihm fertigwerden?

Schließlich entschied sie, daß es nur einen Weg gäbe. Sie und Lutie mußten allein zurückkehren, und falls es dann die Situation verlangte, würde sie einen der Diener schicken, um Hilfe zu holen. Ihr vordringlichstes Bestreben mußte jetzt sein, daß Margaret nichts passierte. Falls es nötig würde, falls Margaret immer noch entschlossen war, zu Jacques zu stehen, müßte sie und Lutie sie mit Gewalt von der Insel bringen.

Sie öffnete die Augen. »Lutie, bleib du hier und ruh dich ein wenig aus, während ich ein paar Sachen packe und eine Nachricht für Felicity schreibe. Ich bedaure wirklich, daß du den weiten Weg gleich wieder zurück machen mußt, aber wenn das alles wahr ist, dann sollten wir so schnell wie möglich nach Pirate's Bank kommen.«

»Es wird schon gehen, Rebecca«, sagte Lutie mit einem müden Lächeln. »Ich kann mich auf dem Schiff etwas ausruhen. Was wirst du Mistreß Felicity schreiben?«

»Ich werde mir etwas ausdenken. Bestimmt nicht die Wahrheit.« Rebecca erschauderte plötzlich von Kopf bis Fuß. Sie brachte ein schwaches Lächeln zustande. Mit zitternder Stimme sagte sie: »Ich habe das Gefühl, als stünde ich mit einem Bein schon im Grab.«

Lutie beugte sich vor und nahm sie in die Arme. »Hab keine Angst, Rebecca. Es hat keinen Sinn, wenn wir uns mit bösen Ahnungen quälen, was wir wohl auf Pirate's Bank vorfinden, denn wir können nichts tun, bevor wir wieder dort sind. Eine Sache habe ich vom Leben gelernt und von den vielen Büchern, die mir Master Armand zum Lesen gegeben hat: In Gedanken muß man immer stark sein und die Dinge von ihrer besten Seite betrachten.« Sie bekräftigte die Worte mit einem heftigen Nicken. »Selbst wenn sich herausstellt, daß alles noch viel schlimmer ist, als man dachte, wird man besser damit fertig, wenn man innerlich stark ist.«

Lange Zeit lehnte sich Rebecca an die andere Frau, blinzelnd, um die Tränen zu unterdrücken, und sie spürte, wie deren Stärke auf sie überging. »Ich werde mich bemühen, Lutie, aber es ist sehr schwierig, sich nicht alles mögliche vorzustellen, und nichts davon ist sehr erfreulich!«

25

Am späten Nachmittag war Wind aufgekommen, und das kleine Boot näherte sich Pirate's Bank. Die dunklen Wolken, die sich im Osten zusammengebraut hatten, verteilten sich jetzt über den ganzen Himmel.

Der Seegang war ziemlich stark, und das kleine Schiff ächzte und stöhnte, und die Segel blähten sich prall im auffrischenden Wind.

Rebecca hielt das Gesicht in den Wind und spürte, wie das Salzwasser prickelnd ihre Haut besprühte.

»Ich habe Ihnen ja gesagt, daß sich ein Unwetter zusammenbraut«, brüllte ihr der Kapitän von seinem Platz am Steuer aus zu. »Besitzt Ihre Insel einen geschützten Hafen? Vielleicht bin ich gezwungen, dort festzumachen, bis der Sturm vorüber ist.«

Das Schiff schwankte heftig und machte es für Rebecca schwierig, zu ihm zu gehen, damit sie nicht so sehr schreien mußte. »Ja, das gibt es. Er liegt gut geschützt an einer vorgelagerten Insel. Unsere Boote liegen dort.«

Auf dem Gesicht des Kapitäns zeigte sich Erleichterung. Im Hafen von Savannah hatten Rebecca und Lutie feststellen müssen, daß an diesem Nachmittag kein Schiff mehr fahrplanmäßig nach Norden abging, und Rebecca war gezwungen gewesen, einen Bootsbesitzr ausfindig zu machen, der bereit war, die Fahrt zu übernehmen. Der einzige, der darauf einging, war der Besitzer dieser kleinen Schaluppe, und sie hatte ihm eine enorme Summe anbieten müssen, damit er sich auf den Handel einließ.

Lutie hatte sich in ihren Umhang gewickelt und schien trotz des Windes und des Schlingerns des Bootes zu schlafen. Rebecca erkannte, wie müde die andere Frau gewesen sein mußte, und eine Woge der Dankbarkeit für Luties Stärke und

Klugheit überkam sie. Lutie, so wurde ihr klar, war die erste *wahre* Freundin, die sie je hatte, eine Frau, mit der sie eine Beziehung von gegenseitigem Geben und Nehmen verband.

Margaret und sie waren wie Schwestern, Mädchen, die zusammen aufgewachsen waren, die sich seit vielen Jahren kannten und den gleichen familiären Hintergrund besaßen, ohne jedoch deswegen ansonsten viele Gemeinsamkeiten zu haben.

Trotz ihrer unterschiedlichen gesellschaftlichen Stellung hatten Lutie und sie selbst während ihrer kurzen Bekanntschaft schon einen so regen Austausch von Gedanken und Gefühlen erfahren, wie es mit Margaret niemals möglich gewesen wäre.

Arme Margaret! Wenn sie doch damals nur den Lauf der Dinge vorausgesehen hätten! Aber wer hätte ahnen können, daß sich ihre Reise nach Amerika so entwickeln würde?

Seltsamerweise empfand Rebecca kein Mitleid mit sich selbst, sie bedauerte nur Margaret.

Trotz allem, was ihr hier widerfahren war, wußte Rebecca, daß sie es überstehen und niemals bereuen würde, in die Vereinigten Staaten gekommen zu sein. Sie hatte das sichere Gefühl, daß sie noch viel erleben würde, angenehme Dinge, aufregende Dinge. Das *wußte* sie einfach.

Bei Margaret war das irgendwie anders. Es war schwierig auszudrücken, selbst die Vorstellung davon, aber es schien, als ob Margarets Leben durch die Geschehnisse auf Pirate's Bank verkümmert wäre, ihre Entwicklung gehemmt. Als sie nach Amerika gekommen waren, hatte Margaret zumindest eine gewisse Bereitschaft gezeigt, sich neuen Erfahrungen zu öffnen. All das war jetzt verschwunden. Wenn ihr nur nichts zugestoßen ist, dachte Rebecca, dann werde ich dafür sorgen, daß sie diese Insel verläßt!

Das Anlegemanöver gestaltete sich sehr schwierig, und bis es Lutie und Rebecca endlich gelang, an Land zu gehen, waren sie bis auf die Haut durchnäßt.

Der Wind zerrte an ihrer Kleidung und an ihren Haaren und machte das Gehen mühsam, aber Rebecca, die von drängender Sorge erfüllt war, merkte es kaum. Sie liefen schnell und schweigend, während der Wind tobte und Äste von den Bäumen fegte und ihnen Staub ins Gesicht blies.

Sie erreichten das große Haus genau in dem Augenblick, als die ersten Regentropfen auf die Steine der Auffahrt fielen.

Rebecca sah nach oben und betrachtete das orientalisch geschwungene Dach, das sich gegen den gewitterdunklen Himmel abhob. Sie dachte daran, wie sie es zum erstenmal gesehen und seine Schönheit bewundert hatte. Jetzt wirkte er abweisend und gespenstisch auf sie. Ihr fiel auf, daß keine Lampen brannten. Die Fenster sahen dunkel und unbewohnt aus. Warum war nirgends Licht? Es mußte dunkel sein im Innern des Hauses. Sie tauschte einen besorgten Blick mit Lutie und beschleunigte den Schritt, bis sie fast rannte.

Die vordere Tür war angelehnt, und Lutie drückte sie auf. Die große Eingangshalle, in die nur durch das Fenster oben am Treppenabsatz etwas Licht fiel, lag im Halbdunkel.

»Ich suche eine Lampe«, sagte Lutie mit bebender Stimme und zog den nassen Umhang aus.

Rebecca nickte und legte ihre Regenhaube ab. Lutie war schnell mit einer von den kleineren Lampen aus dem Salon zurück.

Das Licht verursachte große, flackernde Schatten, und obwohl es nicht kalt war, zitterte Rebecca. Der Wind toste um das Haus, und der Regen trommelte heftig gegen die Fenster, doch sonst war nichts zu hören; es herrschte eine gespenstische Stille, bei der einem das Blut in den Adern gefror.

Sonst waren immer Geräusche gewesen: das leise Fegen eines Besens, das Wischen eines Tuchs, Schritte auf dem blankpolierten Boden, Stimmen. Nichts davon war jetzt zu hören. Es war, als ob das Haus selbst gestorben wäre.

Rebecca schlug sich die Arme um den Oberkörper und sah Lutie an. »Ich höre überhaupt nichts, du vielleicht? Wo können sie sein?«

Lutie schüttelte den Kopf. Im Schein der Lampe sah ihr Gesicht wie aus Bronze modelliert aus. »Laß uns im oberen Teil des Hauses anfangen und uns nach unten vorarbeiten. Ich glaube, es ist am besten, wenn wir zusammenbleiben.«

Rebecca lachte nervös. »Ganz bestimmt.« Sie sah sich in der Eingangshalle um. »Sollen wir etwas mitnehmen, irgend etwas als Waffe? Wenn Jacques . . .«

Lutie, die die Lampe in der linken Hand hielt, legte Rebecca den freien Arm um die Schulter. »Du brauchst keine Hemmungen zu haben, diesen Vorschlag zu machen. Ich habe auch daran gedacht. Ich fürchte, die Wahrscheinlichkeit ist groß, daß Jacques gefährlich ist. Es wäre sicher kein Fehler, wenn wir etwas zu unserem Schutz mitnähmen.«

»Aber was? Was könnte man dafür nehmen?«

»Ich glaube, ein Schürhaken vom Kamin wäre nicht das schlechteste.«

Rebecca nickte. »Ja, ich hole gleich einen aus dem Salon.«

Kurze Zeit später stiegen sie die Stufen hinauf; das Licht der Lampe beleuchtete flackernd ihren Weg, während der Wind ums Haus tobte. Hin und wieder durchfuhr ein Zittern das ganze Haus, als ob es eine heftige Sturmbö schüttelte.

Sie begannen im oberen Stockwerk und gingen in jedes Zimmer, auch in die der Diener. Rebecca waren die riesigen Ausmaße des Hauses noch nie so zu Bewußtsein gekommen. Die Zahl der Räume schien endlos, und während sie von einem zum anderen gingen und alle leer vorfanden, nahmen ihre Angst und ihre Spannung immer mehr zu.

Ihre und Jacques' Räume waren unaufgeräumt und verwahrlost, das Bett war nicht gemacht, der Boden staubbedeckt. Es sah so aus, als hätte sie schon einige Tage lang niemand mehr betreten.

Margarets Zimmer hingegen war sauber und peinlich ordentlich, allerdings wirkte es unbenutzt.

Als sie den letzten der leeren Räume im Obergeschoß hinter sich schlossen, schüttelte Rebecca sorgenvoll den Kopf. »O Lutie, ich befürchte, wir werden unten auch alles leer vorfinden. Wenn wir sie dort nicht finden . . .«

Lutie nickte, ihr Gesichtsausdruck war sehr angespannt. »Ich weiß. Die Geheimkammer.«

Rebecca seufzte leise, es klang wie ein Aufstöhnen. »Fest steht, daß Margaret sich niemals an einen solchen Ort begeben würde, zumindest nicht freiwillig und schon gar nicht, wenn sie wüßte, was sie erwartete. Wenn sie diesen Raum und die Gemälde gesehen hat, nun, ich weiß nicht, in welchem Zustand sie sich dann befindet. Ich weiß es wirklich nicht. Wenn Jacques sie gezwungen hat, ihm dorthin zu folgen, kann das für sie verheerend sein.«

»Vielleicht finden wir sie ja unten irgendwo. Die Möglichkeit besteht doch.«

Aber Luties Gesichtsausdruck verriet, daß sie es für sehr unwahrscheinlich hielt. Dennoch konnten sie nichts anderes tun, als mit ihrer Suche fortzufahren.

Als sie sich auf dem Treppenabsatz zwischen dem unteren und dem oberen Stock befanden, schoß ein gewaltiger Blitz aus dem Himmel und tauchte das Treppenhaus für einen Augenblick in sein grelles Licht.

Der Donnerschlag folgte dicht darauf; er schien direkt über ihren Köpfen zu krachen. Rebecca zitterte, als der gewaltige Leuchter über dem Treppenabsatz gefährlich zu schwanken anfing. Das eisige Klirren der Kristallgehänge hallte kalt von den Wänden wider und hinterließ in ihr eine entsetzliche Angst.

Genau in dem Moment, in dem das Donnergrollen langsam verebbte, hörte sie ein anderes Geräusch, ein Geräusch, das zunächst so unwirklich erschien, daß sie es erst nicht erkannte und es für einen weiteren Donner hielt.

Sie hielt an, blieb auf der Stelle stehen wie festgenagelt, und sah, daß Lutie ebenfalls dasselbe tat und genauso fassungslos zu sein schien.

Es waren die Klänge eines Klaviers. Jemand spielte gewaltige, donnernde Tonfolgen, wilde Musik, die mit dem Gewitter draußen wetteiferte.

Die Frauen sahen sich an. »Das Musikzimmer«, flüsterte Rebecca. »Das muß Jacques sein. Aber ich habe ihn noch nie spielen hören.«

Rebecca griff den Schürhaken fester, aber er spendete ihr wenig Trost und Mut. Sie hielt sich dicht an Lutie, während sie ihren Weg die Stufen hinunter fortsetzten und sich in die Richtung bewegten, aus der die Musik kam.

Die Flügel der Tür zum Musikzimmer waren geschlossen, aber ein schmaler Lichtstreifen fiel hindurch. Aus dieser Nähe hörte sich die Musik wirklich wie ein Donnerbrausen an – ein jäher, urtümlicher Klang, der Rebecca bis in die Seele erschütterte.

Lutie hielt die Lampe dicht an die Tür und drückte die Klinke. »Sie ist nicht abgeschlossen«, flüsterte sie. »Soll ich öffnen?«

Obwohl ihr die Angst die Kehle zuschnürte, nickte Rebecca. Es hatte keinen Sinn zu warten. Sie mußten hineingehen, mußten Jacques entgegentreten, in welcher Verfassung er auch sein mochte. Ob Margaret wohl bei ihm drin war? War sie unbeschadet?

Rebecca gab Lutie ein Zeichen, die Tür zu öffnen. Als die andere Frau die Hand auf das Metall der Klinke legte, hob sie den Schürhaken hoch. Die Klinke ließ sich leicht und geräuschlos bedienen, und die Tür schwang langsam nach innen auf.

Der Raum wurde nur von einem Kerzenleuchter auf dem Klavier erhellt, in dem drei Kerzenstummel schwach flackerten. Durch den beim Öffnen der Tür entstandenen Lufthauch drohten sie vollends auszugehen.

In der gespenstischen Beleuchtung konnte Rebecca erkennen, daß ein Mann an dem Instrument saß. Sein Blick war starr auf die Tasten gesenkt und sein Kopf nach vorn geneigt, so daß sie sein Gesicht nicht sehen konnte, aber selbst im Halbdunkel sah sie, daß es nicht Jacques war.

Eine sonderbare Mischung von Gefühlen stieg in ihr auf – Enttäuschung, Hoffnung, Angst und Sorge.

Sie packte mit festem Griff Luties freien Arm und zog sie so weit in den Raum, daß die Lampe ihr Licht auf die Gestalt am Klavier warf.

Der Mann war ganz in seine Musik vertieft und sah immer noch nicht auf. Erst als ihm der Schein der Lampe ins Gesicht fiel und Rebecca seinen Namen ausrief, bemerkte er, daß sie hereingekommen waren.

»Armand!« schrie Rebecca, und ihre Stimme schnitt wie Kristall durch die Klänge der Musik und das Tosen des Sturms. »O mein Gott! Armand!«

Es war eine lange, beschwerliche Reise zurück nach Pirate's Bank gewesen, und während der ganzen Zeit über hatte Armand seiner Rückkehr mit gemischten Gefühlen entgegengesehen.

In seinem augenblicklichen Zustand, mit seiner noch nicht ausgeheilten Verletzung am Bein, brauchte er einen Ort, an dem er sich ausruhen und wieder zu Kräften kommen konnte. Aber der wahre Grund, warum er überhaupt zurückgekommen war, war sehr einfach und konnte mit einem einzigen Wort ausgedrückt werden – Rebecca!

Nachdem ihn Rath Carpenter ins Pensacola vom Dach gestoßen hatte, war er für lange Zeit ohne Bewußtsein geblieben, ohne dabei Zeit und Raum zu empfinden, gequält von Schmerzen und einem Wirrwarr von Fantasien, gemischt mit realen Eindrücken. Es war wie ein langer Alptraum.

Als der Fieberwahn schließlich nachließ, fand er sich in einem schmalen, harten Bett in einem kleinen Zimmer wieder. Ein großer, schnurrbärtiger Mann mit schmalen Augen und einer richtigen Hakennase sah stirnrunzelnd zu ihm herab.

»So, so!« sagte der Mann barsch. Er sprach mit ausgeprägtem englischen Akzent. »Sie haben sich also endlich dazu entschieden, wieder aufzuwachen. Ich war nicht sicher, ob Sie es schaffen würden.«

Armand, der einen dumpfen Schmerz im rechten Bein spürte, sah an sich hinunter und stellte fest, daß es in schwere Schienen gebunden dalag.

»Ein schlimmer Bruch«, sagte der Mann. »Knochensplitter haben sich ins Fleisch gebohrt. Ich dachte schon, ich müßte es abnehmen. Sie hatten Glück, junger Mann.«

Armand sah ihn wie durch einen Schleier an. »Wer sind Sie, Sir? Und wo bin ich, und wie lange bin ich schon hier?«

»Sie sind immer noch in Pensacola, und hier sind Sie seit über einer Woche. Und was mich betrifft, ich bin Dr. Henry Beller, und dies ist mein Haus. Ich war Arzt der britischen Streitkräfte, aber als sie weggingen, blieb ich hier.«

»General Jackson?«

»Er ist zurück nach Tennessee gegangen, soviel ich weiß. Der General und seine Truppen waren schon abgezogen, als man Sie zu mir brachte. Sie waren in einem Zustand, in dem man Sie nicht länger transportieren hätte können, ohne echte ärztliche Versorgung. Wie gesagt, Sie hatten Glück, junger Mann. Ohne mich selbst zu überschätzen, sage ich Ihnen, es gibt keinen besseren Spezialisten zur Behandlung von Brüchen als mich.«

»Sie wissen, daß ich nicht von selbst gefallen bin?« Armand versuchte, sich im Bett aufzurichten. Schmerz fuhr durch sein Bein, und er fiel zurück. »Ich bin gestoßen worden.«

»Oh, das weiß ich. Jemand hat den Mann, der die Tat begangen hat, dabei beobachtet, und er wird vor Gericht gestellt. Verdammter Bastard! Sich im Kampfe zu schlagen, hat ihm nicht genügt. Er mußte auch noch versuchen, einen seiner Kameraden zu töten. Verdammt eigenartige Burschen seid ihr Amerikaner.«

Armand konnte nur schwach nicken. Er war erschöpft und geschwächt.

Dr. Beller sah aus seinen zusammengekniffenen Augen auf ihn herab. »Sie ruhen sich jetzt am besten etwas aus. Sie befinden sich sozusagen wieder den ersten Tag auf dieser Welt. Meine Frau Sarah wird Ihnen ein bißchen Brühe und etwas Leichtes zu essen bringen. Sie müssen wieder zu Kräften kommen.«

Mit einem knappen Nicken verließ Dr. Beller das Zimmer, und Armand schloß dankbar die Augen. Auf diese Weise war also seine militärische Laufbahn zu Ende gegangen!

Er betastete sein geschientes Bein. Er hatte vergessen zu fragen, ob es gut heilte und ob es schließlich wieder wie früher sein würde. Aber der Doktor hatte ziemlich locker darüber gesprochen, also mußten die Chancen gut stehen. Doch wie auch immer, er konnte froh sein, daß es nicht amputiert zu werden brauchte. Wie die Geschichte auch ausgehen mochte, er hatte immer noch seine beiden Beine, Gott sei Dank, und er brauchte sich nicht auf die Suche nach Rath Carpenter zu machen, um sich an ihm zu rächen.

Mitten in diese Gedanken versunken, schlief er ein und erwachte erst wieder eine Stunde später, als die hübsche, kräftige Frau des Doktors mit einem Tablett hereinkam, auf dem sie Brühe, frischgebackenes Brot und einen Eierpudding hatte, der köstlich roch. Armand hatte das Gefühl, völlig ausgehungert zu sein, aber er konnte nur eine kleine Portion essen.

Während der kommenden Wochen schloß er den schrulligen Arzt und seine fröhliche Frau ins Herz. Sie waren wahrscheinlich Mitte der Fünfzig, und behandelten ihn wie den Sohn, den sie selbst nie hatten. Mrs. Beller sorgte rührend für ihn und kochte lauter Köstlichkeiten, um seinen Appetit anzuregen, und Dr. Beller spielte abends mit ihm Schach und versorgte ihn mit allerlei guten Ratschlägen, wie er vernünftig leben sollte.

Auf eine besondere Art war Armand hier fast glücklich, trotz seines schmerzenden Beins. Nichts wurde von ihm erwartet, nichts verlangt; er brauchte nur zu essen, zu schlafen und gesund zu werden.

Aber schließlich, als sein Bein längst nicht mehr so weh tat und er wieder ziemlich zu Kräften gekommen war, wurde er doch ungeduldig. Es war Zeit zu gehen. Er konnte den Bellers nicht bis in alle Ewigkeit zur Last fallen. Er mußte seinen Weg gehen.

Sie lehnten es ab, Geld von ihm anzunehmen. Armand beschloß deshalb, daß er ihnen in Savannah etwas Schönes für ihr Haus kaufen und es an sie schicken würde.

Savannah! Les Chênes, Maison de Rêverie, Rebecca! Alle Gedanken mündeten letztlich immer bei Rebecca.

Er hatte versucht, nicht mehr an sie zu denken, aber ihr Bild verfolgte ihn immerzu, egal was er tat. Sie hatte ihn bei den entbehrungsreichen Märschen begleitet, mit ihm auf seiner Decke auf dem harten Boden gelegen, wenn ihn die Moskitos nicht schlafen ließen, sie hatte sogar in der Schlacht an seiner Seite gestanden. Keine Macht der Vernunft konnte sie aus seinem Sinn verbannen. Er mußte sie wiedersehen. Seine Konfrontation mit dem Tod hatte ihm klargemacht, wie sehr er am Leben hing und wie wichtig es war, dabei so glücklich wie möglich zu sein, gleichgültig wie schwierig es auch sein mochte. Und um solches Glück zu erlangen, mußte er unbedingt noch einmal versuchen, Rebecca davon zu überzeugen, daß ihre Zukunft bei ihm lag, daß sie beide alles schaffen würden, wenn sie nur zusammen wären. Er war überzeugt, daß er sein Glück niemals im Maison de Rêverie finden würde.

Vielleicht, so dachte er, kann hier *niemand* glücklich werden. Er fragte sich, ob es möglich sei, daß das Böse ein ganzes Haus heimsuchte, jeden Winkel, und es auf eine Weise verwandelte, die für das bloße Auge nicht wahrnehmbar war. Nach außen hin bliebe es ein hübsches, einladendes Haus, doch für die Menschen, die darin lebten, wurde es zum Verhängnis. Wenn es so etwas gäbe, dann wäre das mit dem Maison de Rêverie geschehen. Aber er mußte dorthin zurück, wenigstens ein einziges letztes Mal.

Da sein Bein immer noch steif war und schmerzte, hatte ihm Dr. Beller eindringlich abgeraten, zu Pferde zu reisen, doch die Straßen waren für ein Gefährt nicht geeignet. Dem Doktor gelang es, ihm eine Überfahrt auf dem Postschiff nach Charleston zu verschaffen. Und so, ausgestattet mit einem großen Proviantkorb, einigen Flaschen selbstgekelterten Weines und den guten Wünschen der Bellers, trat Armand die Rückreise nach Hause an und fragte sich, was ihn dort wohl erwarten mochte. Es wurde eine lange Reise um die Südspitze von Florida herum und dann an der Küste entlang nach Norden.

Der Tag, an dem er wieder in seiner Heimat ankommen sollte, war klar, keine Wolke hing am Himmel, doch gegen Nachmittag, als Pirate's Bank endlich in Sicht kam, hatten sich Wolken am Horizont aufgetürmt, und es war offensichtlich, daß sich ein Unwetter zusammenbraute.

Die Insel sah aus wie immer – wie ein grüner Juwel –, und unwillkürlich mußte Armand ihre Schönheit bewundern, aber seine Gedanken waren bei Rebecca. Wie war es ihr inzwischen ergangen? Wie würde sie reagieren, wenn sie ihn wiedersähe?

Als er von Bord ging, war er überrascht, daß die Anlegestelle vollkommen verlassen dalag. Normalerweise wurde die Ankunft eines Postbootes mit Aufregung erwartet, und da man jedes Schiff, das sich der Insel näherte, schon von weitem sehen konnte, war immer jemand zu seinem Empfang da, sei es, um Post oder sonstige Lieferungen abzuholen, oder einfach nur, um die letzten Neuigkeiten zu erfahren.

Als er das Haus erreichte, humpelte er ziemlich. Er war immer noch niemandem begegnet. Normalerweise wimmelte es hier von Arbeitern – Männern, die die ausgedehnten Parkanlagen pflegten oder Wege und Straßen ausbesserten. Sorge erfüllte sein Herz – irgend etwas stimmte hier nicht. Und alles war so unheimlich still, als ob alles Leben von der Insel verbannt wäre.

Trotz seines verletzten Beins rannte er jetzt fast; hastig stieg er die Stufen zum Haus hinauf und machte vor den großen geschnitzten Türflügeln halt. Als er so dastand, überkam ihn ein seltsames Gefühl, als ob all dies, was ihm so viele Jahre über so vertraut war, auf einmal fremd wäre.

Er fühlte sich so fehl am Platz, daß er einen der schweren Messingklopfer anhob und ihn gegen das dicke Holz fallen ließ, als ob er ein Fremder wäre. Der Klang schien merkwürdig verstärkt zu werden, doch dann merkte er, daß zufällig gleichzeitig mit seinem Klopfen ein Donnern an der Luft grollte.

Das Unwetter baute sich jetzt mit rasender Geschwindigkeit auf.

Während er wartete, entlastete er sein verletztes Bein für einige Augenblcke, aber sein Klopfen zeigte keine Reaktion. Er drehte am Türgriff und drückte einen Flügel der schweren Tür auf.

Der Eingangskorridor roch muffig. Als er sich weiter ins Innere begab, raschelte etwas unter seinen Füßen – es waren Blätter.

Er hielt inne und schaute sich fassungslos um. Staub bedeckte den Boden, und offensichtlich hatte der Wind irgendwann Laub hereingeweht, als die Tür offenstand. Aber das war doch nicht möglich! Weder Felicity noch Lutie würden eine solche Nachlässigkeit der Bediensteten zulassen. Was ging hier vor?

»Hallo!« schrie er laut, und dann noch einmal: »Hallo?«

Abgesehen von seiner eigenen Stimme war das Haus still wie ein Grab. Mein Gott, wo waren alle? Selbst wenn die Familie einen Tagesausflug unternommen hatte, hätten zahlreiche Diener im Haus sein müssen.

In seinem Bein pochte das Blut, und er hatte das dringende Bedürfnis, sich hinzusetzen, aber er wußte, daß er nicht zur Ruhe kommen konnte, bevor er herausgefunden hatte, warum das Haus leer war.

Sein Humpeln wurde immer stärker, als er einen Raum nach dem anderen untersuchte – ohne Erfolg. Als er schließlich keine Hoffnung mehr hatte, noch einen Menschen in dem Haus zu finden, sank er erschöpft in Jacques' Stuhl am Schreibtisch im Arbeitszimmer.

In seinem Kopf schwirrten unzählige Fragen herum. Armands Blick fiel auf das Rechnungsbuch auf dem Schreibtisch vor ihm. Es war offensichtlich, daß das Haus nicht nur momentan leer war, sondern daß es schon seit eingen Tagen unversorgt war. Hatten alle die Insel verlassen? Was war geschehen? Und wo war Rebecca?

Mit halber Aufmerksamkeit betrachtete er das offene Buch vor sich und zog es zu sich her. Aber was zum Teufel war das? Das ergab keinen Sinn! Die Zahlen waren alle wild durcheinander geschrieben, und dazwischen standen seltsame, manchmal unleserliche Worte.

Er zog das Buch noch dichter zu sich heran und untersuchte es genauer. Er fing mit den letzten verwirrten Eintragungen an und ging weiter zurück. Ein paar Minuten später schob er es weg, er fühlte sich krank und irgendwie betäubt. Die Eintragungen dokumentierten eindeutig die fortschreitende geistige Verwirrung eines Menschen.

An dem Punkt, als Jacques zum erstenmal begonnen hatte, die Einnahmen und Ausgaben aufzuzeichnen, war alles klar und ordentlich, aber im weiteren Verlauf wurde es immer konfuser, bis es schließlich nicht mehr zu entziffern war. Die Aufzeichnungen eines Geisteskranken! Gott im Himmel! Was war mit Jacques passiert? Hatte man ihn fortschicken müssen? Aber selbst wenn das so war, würde es nicht erklären, daß das ganze Haus verlassen war.

Armand schob sich vom Schreibtisch zurück und stand auf. Er durchsuchte noch einmal alle Räume des unteren Stockwerks, wobei er immer wieder Rebeccas Namen rief, bis er heiser war. Zuletzt gelangte er ins Musikzimmer, wo er sich auf einer langen Sitzbank ausstreckte und sein Bein hochlegte.

So lag er da, die Hand hatte er über die Augen gelegt, bis der Wind immer stärker wurde und der Nachmittag sich verfinsterte. Schreckliche Angst und ein fast unerträglicher Druck wuchsen in ihm.

Schließlich erhob er sich steif und humpelte zum Klavier. Seit jeher hatte ihm Musik Trost gebracht, und das Klavier hatte ihm schon oft dazu gedient, seine Gefühle abzureagieren, auch wenn er niemals Lust hatte, für ein Publikum zu spielen, sondern nur für sich selbst.

Er hob den Deckel und fuhr mit den Fingern über die weißen Elfenbeintasten. Er dachte dabei an Rebeccas Körper. Wo mochte sie sein? War er zu spät gekommen? War sie zurück nach Indien gegangen?

Der Sturm tobte jetzt mit aller Gewalt über die Insel, und das Zimmer lag fast im Dunkeln. Er griff nach dem Leuchter auf dem Klavier und zündete die drei Kerzenstummel an, die darin steckten.

In der düsteren Beleuchtung hob er die Hände und ließ sie krachend auf die Tasten fallen, während gleichzeitig ein dumpfer Donner über das Haus rollte und die Fenster zum Zittern brachte.

Er war so versunken in der Musik, in der Erleichterung, die sie seinen heftigen Gefühlen brachte, daß er taub war für das Toben des Sturmes. Erst als ein Lichtstrahl in sein Gesicht fiel und sein Name gerufen wurde, sah er auf, blinzelnd, da er seinen Ohren nicht traute. Und dann hörte er wieder seinen Namen, ausgesprochen von der geliebten Stimme.

Immer noch ungläubig stand er auf und sah der zierlichen Gestalt entgegen, die aus dem Lichtkreis auf ihn zugestürmt kam.

»Rebecca?« sagte er scheu. Und dann lag sie in seinen Armen, weich und warm, mit ihrem Duft, ihre Lippen zart auf seinen Wangen, dann auf seinem Kinn und schließlich auf seinem Mund, und eine Woge von Glück schlug über ihm zusammen. Das war kein Traum! Das war Rebecca, voller Leben und Wärme!

26

Rebecca schmiegte sich dicht an Armand, sie hatte die Arme um ihn geschlungen und drückte ihn, so fest sie konnte; ihre Wange lag an seiner, und in diesem Augenblick fiel alle Last von ihr ab, nur noch ein unaussprechliches Glück erfüllte sie. Er lebte, es ging ihm gut, und er liebte sie noch! Für einen Augenblick lang war das das einzig Wichtige für sie.

Schließlich schob er sie sanft ein Stück von sich weg und sah ihr ins Gesicht, als ob er sich ihre Züge ins Gedächtnis rückrufen mußte. »Gott sei Dank! Wo warst du? Ich habe mir solche Sorgen gemacht, daß du abgereist sein könntest oder dir etwas Schreckliches zugestoßen wäre. Und wo sind die anderen alle? Dieser Ort sieht vollkommen verlassen aus.«

Plötzlich fiel ihr wieder ein, warum sie hier waren. »O Armand! Ich befürchte, etwas Schlimmes ist passiert. Komm, laß uns hinsitzen. Ich habe dir soviel zu erzählen, und leider nichts Erfreuliches. Gott hat dich geschickt!«

»Lutie«, sagte Armand und blickte über Rebeccas Schulter. »Ich habe dich bis jetzt noch gar nicht begrüßt, aber ich habe dich gar nicht bemerkt.«

Lutie lächelte warmherzig. »Das kann ich verstehen, Master

Armand. Ich nehme es Ihnen nicht übel. Sprechen Sie und Rebecca zuerst einmal miteinander. Es ist wichtig, daß Sie erfahren, was sich hier abgespielt hat, wenn Sie uns helfen wollen. Ich gehe solange in die Küche und bereite etwas zu essen. Ich glaube, wir könnten alle ganz gut etwas zu essen und zu trinken gebrauchen, und ein wenig Ruhe, bevor . . . nun, Rebecca wird Ihnen alles erzählen. Ich bin gleich zurück.«

Lutie verschwand in der Dunkelheit, und Rebecca nahm Armands Hand und führte ihn zum Sofa. Jetzt erst merkte sie, daß er humpelte.

»O mein Liebling! Bist du verwundet worden?«

»Pssst«, sagte er. »Es ist alles vorbei. Und irgendwann werde ich wieder wie früher sein. Ein sehr guter Arzt hat es mir versichert. Ich werde dir später davon erzählen.«

Kaum saßen sie, da zog er sie wieder in seine Arme und küßte sie so leidenschaftlich, daß sie wieder alles um sie herum vergaß, und sie hatte nur den einen Wunsch, daß dieser Augenblick nie enden möge. Doch schließlich rückte sie leicht von ihm.

»Armand . . . Ich würde am liebsten ewig so mit dir hier sitzen, aber ich muß dir zuerst etwas erzählen, es ist sehr wichtig.«

Er seufzte und fuhr ihr zärtlich über die Wange. »Ich weiß. Es ist offensichtlich, daß hier etwas nicht stimmt; aber ich habe die ganze Zeit solche Sehnsucht nach dir gehabt. Als ich hier ankam und das ganze Haus verlassen fand, war ich wie vom Blitz getroffen. Du kannst dir nicht vorstellen . . .«

Sie nahm seine beiden Hände in ihre und drückte sie sich an die Wangen. »O doch, das kann ich. Ich hatte auch solche Sehnsucht nach dir! Bevor ich dir berichte, was hier alles vorgefallen ist, muß ich dir noch etwas sagen: Ich habe einen Fehler gemacht. Ich hätte mit dir weggehen sollen. Und wenn du mich immer noch willst, wenn all das hier vorüber ist, möchte ich gern mit dir kommen.«

Armand nahm sie wieder in die Arme. »Rebecca. Rebecca, mein geliebtes Mädchen.« Sie hatte sich verändert, dachte er; was immer sich hier zugetragen haben mochte, es hat in ihr eine Wandlung bewirkt. »Ich weiß, welche Überwindung es dich gekostet haben muß, als erste davon anzufangen. Weißt du, wie glücklich mich das macht? Was auch geschehen mag, was auch geschehen *sein* mag, ich werde damit fertig, jetzt da ich weiß, daß du mich genauso liebst wie ich dich. So, und jetzt berichte mir alles, denn ich habe das Gefühl, die Dinge hier dulden keinen Aufschub.«

So kurz und bündig wie möglich erzählte ihm Rebecca alles, was sich zugetragen hatte, seit er weggegangen war. Während sie sprach, fühlte sie, wie die Spannung in ihr immer mehr nachließ, wie Angst und Schmerzen beim Erzählen verblaßten.

»Und deshalb hast du das Haus verlassen und in diesem Zustand vorgefunden«, endete sie.

Lutie kam in diesem Augenblick ins Zimmer und hörte gerade noch die letzten Worte. »Die meisten Sklaven, einschließlich des Hauspersonals, sind unten in den Sklavenunterkünften. Wir sind bis jetzt noch nicht dort gewesen.«

Armand nahm ein dickes Sandwich und biß hungrig hinein. »Danke, Lutie. Ich hatte es bisher gar nicht gemerkt, aber ich muß kurz vor dem Verhungern gewesen sein. Gib mir doch bitte noch eine Tasse Tee, mit viel Milch und Zucker.«

Lutie goß den heißen Tee in die Tassen, während Armand weitersprach: »Glaubst du, einer von den Bediensteten könnte uns helfen? Vielleicht haben sie beobachtet, wie Margaret und Jacques zusammen irgendwohin gegangen sind.«

Lutie reichte ihm eine Tasse und schüttelte den Kopf. »Wir befürchten eher, daß sie nicht fortgegangen sind.«

Armand sah Rebecca an und dann wieder Lutie. »Was meinst du damit?«

Rebecca antwortete: »Sie meint, daß wir es für sehr wahrscheinlich halten, daß Jacques und Margaret noch immer im Haus sind. Es wäre sicher besser, wenn sie weggegangen *wären.*«

Armands Miene verfinsterte sich. »Du meinst also, sie könnten in der Geheimkammer sein, von der du gesprochen hast? Du glaubst, er könnte sie dorthin gebracht haben?«

Rebecca nickte und nahm von Lutie eine Tasse Tee entgegen. »Ja. Und wenn er Margaret dorthin mitgenommen hat . . . nun, du weißt ja, wie sie ist. Wenn sie gesehen hat, was sich in diesem Raum befindet . . . ich weiß nicht, welche Wirkung das auf sie hätte. Seit jener Nacht, als dein Vater . . . nun, jedenfalls hat sich diese Nacht sehr schlimm für sie ausgewirkt. Sie war immer melancholisch, und sie hatte sehr starre Vorstellungen von Gut und Böse, aber nach dieser Nacht schien das alles viel schlimmer zu werden. Sie hielt Jacques für einen Heiligen. Wenn er sie in diesen Raum mitgenommen hat, wird das Ganze für sie um so erschütternder, verstehst du?«

»Ja, sicherlich«, sagte Armand und nickte. »Mein Gott!« Er legte sich eine Hand vor die Augen. »Ich weiß nicht, ob ich hoffen soll, daß wir sie dort finden, oder nicht.«

»Mir geht es ebenfalls so. Wie auch immer, es wird schrecklich sein.« Sie griff nach seiner Hand.

Armand erwiderte den Druck ihrer Hand und sah zu Lutie auf. Sie gab ihm einen vielsagenden Blick zurück und nickte ihm zu, als beantworte sie eine unausgesprochene Frage.

Rebecca sah verdutzt von einem zum anderen. »Was ist los? Gibt es noch etwas, das ich nicht weiß?«

Lutie lächelte sie an, ein liebevolles Lächeln mit einer Spur Traurigkeit darin, und Armand antwortete: »Ich fürchte ja, Rebecca. Etwas, das ich dir längst hätte sagen sollen, damals schon, als ich dich bat, mit mir wegzugehen. Du hast das Recht, es zu erfahren, wenn du meine Frau wirst.«

Rebecca hob abwehrend die Hände hoch. »Ich will es gar nicht wissen. Ich liebe dich, und du liebst mich, und sonst ist nichts wichtig. Wenn es einen dunklen Flecken in deiner Vergangenheit gibt, will ich nichts davon wissen.«

Lutie brach in ein Lachen aus, und es dauerte nicht lange, da fiel Rebecca ein, und sie lachten, bis ihnen die Tränen kamen. Armand starrte sie an und verstand nichts von alldem.

Schließlich gelang es Rebecca, sich zu bremsen. »Es tut mir leid, Liebling. Diese ganze Angelegenheit ist sicher nicht zum Lachen, aber mir fiel einfach auf, wie albern das von jemandem wie mir klingen muß, die bisher immer neugierig war wie eine Katze. Aber im Ernst, du brauchst es mir nicht zu sagen. Wenn es um eine andere Frau geht . . .«

»Nein, Rebecca, es ist nichts dergleichen«, sagte Armand und wurde dunkelrot im Gesicht.

»Es ist überhaupt nichts, dessen er sich schämen müßte«, begann Lutie, »aber es wäre auf jeden Fall besser, du wüßtest es. Wenn Sie wollen, dann sage ich es ihr«, bot sie Armand an.

Er nickte. »Das wäre das beste. Schließlich habe ich es auch von dir erfahren.«

Lutie setzte sich und zog ihren Stuhl dicht an das Sofa und zu Rebecca. »Weißt du, Rebecca, Armand ist nicht der Sohn von Edouard und Felicity – das heißt, nicht ihr leiblicher Sohn. Es wissen nur fünf Menschen, und zwei davon sind tot. Sogar Armand selbst wußte nichts davon, bis ich es ihm sagte.«

Rebecca sah sie mit großen Augen vor Erstaunen an, und einiges wurde ihr schlagartig klar. »Deshalb hat sich Felicity nicht so viel aus ihm gemacht wie aus Jacques! Deshalb hat ihn Edouard so kalt behandelt. Aber woher wußtest du das, Lutie?«

»Ich sagte, daß fünf Leute die Wahrheit kannten. Eine davon war meine Momma, Bess. Sie sah die Entwicklung der Dinge voraus, und bevor sie starb, erzählte sie mir die ganze Geschichte und nahm mir das Versprechen ab, daß ich es Master Armand sagen würde, wenn er Schwierigkeiten hätte. Und das tat ich.«

»Du sagtest, fünf Menschen kannten die Wahrheit. Wer war der fünfte?«

»Kannst du dich an unser Gespräch damals im Garten erinnern, Rebecca, als ich dir sagte, mehr könnte ich dir über Elissa Huntoon nicht berichten, weil dadurch andere Menschen mit hineingezogen würden? Nun, jetzt, nachdem Master Armand möchte, daß du die ganze Wahrheit erfährst, kann ich dir auch den Rest erzählen.«

Rebecca sah Armand fragend an, und er nickte. »Elissa Huntoon war meine Mutter, Rebecca, obwohl ich sie nie gekannt habe. Sie starb bei meiner Geburt.«

»Sie starb nicht einfach so, Armand«, sagte Lutie grimmig. »Sie wurde umgebracht.«

»Umgebracht? Während sie ein Kind zur Welt brachte? Das verstehe ich nicht!« sagte Rebecca.

»Erzähle es ihr, Lutie«, sagte Armand.

Lutie beugte sich vor und sah Rebecca in die Augen.

»Du weißt ja, was bei den Spielen von Master Jean getrieben wurde und daß die Kinder daran teilnahmen. Edouard hegte für Elissa die gleichen Gefühle, wie sein Vater für ihre Mutter. Er betrachtete sie als sein Eigentum, und vielleicht liebte er sie sogar, auf seine seltsame Art.

Allgemein wird behauptet, sie wuchsen als Geschwister heran, und in mancher Hinsicht stimmt das auch. Aber ihre

Beziehung war nicht wie die normaler Geschwister, wenn du verstehst, was ich meine?«

Rebecca nickte und dachte an die Bilder.

»Momma versuchte, ihn von Elissa fernzuhalten, aber da sie nur eine Sklavin war, konnte sie nicht viel erreichen. Elissa war fasziniert von Edouard. Weißt du, sie war von frühester Kindheit an daran gewöhnt, wie die Dinge zwischen ihnen waren, daß sie es gar nicht anders kannte.

Aber schließlich heiratete Edouard nicht etwa Elissa, sondern Felicity Hemsworth, deren Vater eine großzügige Mitgift versprach. Verstehst du, Elissa *hatte* er ja schon, und durch die Ehe mit Felicity gewann er eine zweite hübsche Frau und ein beträchtliches Vermögen dazu.«

»War Elissa damit einverstanden?«

»Ja. So wie sie mit allem einverstanden war, das Edouard tat. Natürlich dauerte es nicht lange, da entdeckte Felicity, die inzwischen verheiratet war, die wahre Art der Beziehung zwischen ihrem Mann und seiner angeblichen Schwester, und wie du dir vorstellen kannst, war sie am Boden zerstört.

Momma mochte die neue Mißtreß Molyneux gern, und sie tat ihr leid, aber sie konnte nichts für sie tun, außer zu versuchen, ihre Freundin zu sein. Sie erzählte mir, daß Felicity nur dadurch überlebte, daß sie die Situation ignorierte, so tat, als sei alles in Ordnung.

Und dann bekam Mißtreß Felicity ein Baby, Jacques. Ich kann mich erinnern, als er auf die Welt kam, da war ich sechs Jahre alt. Und das schien in Elissa irgend etwas auszulösen. Momma sagte, daß nun auch Elissa ein Baby wollte. Sie liebte Kinder, und sie bot sich an, sich mit um Jacques zu kümmern, aber Felicity wollte sie nicht einmal in seine Nähe lassen.

Momma hatte Mitleid mit beiden Frauen, mit Mistreß Felicity, die eifersüchtig über ihr Kind wachte, das einzige, was wirklich ganz ihr gehörte, und mit Miß Elissa, die sich nach einem eigenen Baby sehnte.

Elissa hatte volles Vertrauen zu Momma, denn Momma war wie eine Mutter für sie. Ich kann mich gut erinnern, wie sie miteinander sprachen. Miß Elissa zart und blaß, und meine Mutter so stark und dunkel. Elissa sagte, daß Edouard nicht wollte, daß sie ein Kind bekäme, er wollte sie mit niemandem teilen.

Elissa wurde depressiv, und das ärgerte Edouard. Doch dann, zwei Jahre später, wurde Elissa schwanger. Als Momma davon erfuhr, freute sie sich sehr für Elissa, trotz der Tatsache, daß es vermutlich Edouards Kind sein würde. Elissa erzählte ihr, daß es *nicht* Edouards Kind sei. Elissa hatte sich heimlich mit einem anderen Mann eingelassen, einem jungen Deutschen, der in Beaufort eine Apotheke hatte.

Sie waren sich begegnet, als Elissa in der Stadt Einkäufe machte, und hatten sich ineinander verliebt. Der junge Mann wollte sie heiraten, und Elissa willigte mit Freuden ein, denn sie hatte nun erfahren, daß es eine andere Art von Leben gab als das, was sie an Edouards Seite führte.

Als Momma das erfuhr, bekam sie Angst um Elissa. Sie wußte, zu was Edouard alles fähig war und daß er Elissa niemals gehen lassen würde. Sie gab Elissa den Rat, mit dem jungen Mann irgendwohin zu fliehen, an einen Ort, wo sie niemand kannte, aber sie beharrte darauf, daß ihr Geliebter nicht einfach sein Geschäft und seine Existenz aufgeben könne und Edouard eben verstehen müsse.

Das tat er natürlich nicht. Als ihm Elissa eröffnete, daß sie den jungen Deutschen heiraten wolle, verfiel Edouard in eine wahnsinnige Raserei. Er verprügelte sie und stürmte aus dem Haus. Drei Tage lang war er verschwunden, und als er zurückkam, war er freundlich und gutgelaunt. Er brachte Elissa sogar ein Geschenk mit, ein neues Kleid, und benahm sich, als sei nichts geschehen.

Deshalb glaubte Elissa, Edouard sei einsichtig geworden und werde sie gehen lassen. Aber das war nicht der Fall, und bald darauf wurde ihr das klar, denn ihr Geliebter war spurlos verschwunden. Angeblich wußte niemand etwas darüber. Er war einfach eines Morgens nicht in seinem Geschäft erschienen. Alle seine Kleider und sonstigen Dinge befanden sich noch in dem kleinen Haus, das er in der Stadt besaß. Miß Elissa weinte eine Woche lang ununterbrochen, bis sie sich schließlich in ihr Schicksal zu fügen schien.

Als Edouard herausfand, daß sie schwanger war, schlug er sie wieder schrecklich und löste damit eine vorzeitige Geburt aus. Obwohl das Baby eine Frühgeburt war, ein Junge, überlebte er. Miß Elissa hingegen nicht. Vielleicht hatte sie einfach keinen Willen mehr zum Leben.«

»Und dieses Baby war Armand?«

»Ja, Rebecca. Ich bin sicher, daß Edouard auch ihn am liebsten umgebracht hätte, aber nicht mal er brachte es wohl fertig, ein unschuldiges Neugeborenes zu töten. Momma kümmerte sich um ihn und fand eine Amme für ihn unter den Sklavinnen.«

Rebecca runzelte die Stirn. »Aber wenn Edouard ihn so haßte, warum zog er ihn dann als Sohn groß?«

Armand lachte grimmig. »Um den Schein zu wahren. Denn trotz seiner abartigen Neigungen war Edouard bemüht, sein Ansehen so makellos wie das jedes anderen Mannes zu halten. Und indem er behauptete, daß ich sein Sohn sei, Jacques' jüngerer Bruder, war dieses Problem gelöst.«

Armands Tonfall wurde bitter. »Und im Laufe der Jahre schienen Edouard und Felicity fast zu vergessen, daß es eine Lüge war. Im Unterbewußtsein wußten sie es natürlich immer. Als ich klein war, fragte ich mich immer, warum mich meine Eltern nicht liebten. Kinder haben für so etwas ein ausgeprägtes Empfinden.«

»Damals kanntest du die Wahrheit noch nicht?«

»Nein, erst als Lutie mir alles erzählte, lange nachdem ich erwachsen war.«

Rebecca schlang die Arme um ihn. »O mein Liebling. Aber ich werde dich für alles entschädigen. Ich werde dich so sehr lieben, daß du alles Leid, das du durchgemacht hast, vergessen wirst.«

Sie hörten die Uhr schlagen, und Lutie stand abrupt auf. »Es wird spät. Wenn wir in die Geheimkammer wollen, sollten wir uns schleunigst aufmachen. Vielleicht haben wir ohnehin schon zu lange gewartet.«

In den geheimen Gängen hörte man den Sturm nur noch gedämpft, aber das Haus ächzte und stöhnte um sie herum, und Rebecca spürte, wie sich ihr Körper zusammenzog, aus Angst vor der Aufgabe, die vor ihnen lag.

Da sie als einzige die genaue Lage der Geheimkammer kannte, ging sie an der Spitze und trug eine der Laternen. Armand, der einen dicken Stab mit einem wuchtigen Knauf und ein Stück Seil trug, folgte ihr so dicht, daß sie seinen

Atem im Nacken spürte. Hinter ihm ging Lutie mit einer zweiten Laterne.

Nach einer Weile hielt Rebecca an. »Hier ist es. Diese Holztäfelung dreht sich und gibt den Weg in einen weiteren kurzen Gang frei, an dessen Ende der Raum liegt.«

Sie trat zurück, damit Armand sich vor die Wand stellen konnte, und beobachtete, wie sie sich unter seiner starken Hand leicht drehte. Sie drehte sich zu Lutie um.

Die andere Frau flüsterte ihr beschwörend zu: »Was wir auch vorfinden werden, Rebecca, wir müssen damit fertigwerden.«

Rebecca griff nach der Hand ihrer Freundin. »Ich weiß. Doch es gab hier so vieles . . .«

Die Tür war jetzt offen, und Armand nahm Rebecca die Laterne ab und hielt sie durch die Öffnung, damit sie den Gang beleuchtete.

Rebecca hörte, wie er schwer zu atmen begann. »Du lieber Gott, ich hatte ja keine Ahnung! Wer hätte gedacht, was hier verborgen ist?«

»Das ist noch nicht das Schlimmste«, sagte Rebecca leise. »Hinter dem Vorhang am Ende des Ganges gibt es eine weitere Tür, und in dem Raum . . . du mußt es mit eigenen Augen sehen.«

Armand trat durch die Öffnung, Rebecca und Lutie folgten ihm. Unterdessen vernahmen sie ein schwaches Geräusch – jemand sang, leise, doch klar.

Armand hielt mitten im Schritt inne. »Was ist das?«

Ihnen allen gefror das Blut in den Adern, sie wagten kaum noch zu atmen, während der Gesang immer klarer wurde. Rebecca erkannte Margarets Stimme. Sie sang ein altes Kirchenlied, das sie als Kinder gesungen hatten, und der Gegensatz dieses reinen, süßen Klanges zu den Bildern an den Wänden ließ ihr einen eiskalten Schauer über den Rücken laufen.

»Das ist Margaret«, flüsterte sie aufgeregt. »Sie ist dort in dem Raum.« Sie stieß einen Seufzer der Erleichterung aus. Was immer sie vorfinden mochten, jedenfalls war Margaret am Leben!

»Wenn Jacques ebenfalls dort drin ist, wäre es am besten, daß wir sie ohne Warnung überraschen«, sagte Armand leise. »Und ich glaube, ihr solltet besser hier draußen warten.«

»Nein«, entgegnete Rebecca bestimmt. »Ich gehe mit dir, Margaret ist dort drin. Vielleicht braucht sie meine Hilfe.«

»Ich bleibe auch nicht zurück«, sagte Lutie mit Nachdruck.

»Nun gut«, sagte Armand. »Aber bleibt hinter mir. Zieh den Vorhang zur Seite, Lutie, bitte.«

Lutie zog den Vorhang zurück und enthüllte das Türgemälde. Armand sah es erschüttert an.

Rebecca deutete auf den Türgriff, und ihr Gesicht drückte Ekel aus. Widerstrebend berührte er ihn und drehte daran. Er legte einen Finger vor die Lippen und öffnete langsam und leise die Tür. Margaret hörte auf zu singen. Das Licht von Armands Laterne war die einzige Beleuchtung in dem Raum, und es dauerte eine Weile, bis sie alle genau erkannten, was sich ihnen darbot.

Rebecca blickte an Armand vorbei und sah, daß alle Bilder zur Wand gedreht worden waren. Auf dem Boden vor dem Altar lag etwas – ein Bündel Kleider oder Teppiche.

Als Armand weiter in den Raum hineinging und seine Laterne einen größeren Teil beleuchtete, stieß Rebecca einen unterdrückten Schrei aus und hielt sich gleich die Hand vor den Mund. Was sie für ein Bündel Kleider gehalten hatte, war Margaret, die zusammengekrümmt am Boden lag, eingehüllt in einen Umhang aus rotem Samt. Sie wiegte etwas in den Armen, und als das Licht auf sie fiel, wandte sie ihnen das Gesicht zu – schneeweiß, mit Augen so klar und leer wie die eines träumenden Kindes.

Sie starrte ins Licht und begann wieder zu singen, ihre Stimme klang sanft und rein.

Armand ging auf sie zu, und das Licht seiner Laterne beleuchtete Margarets zarte Gestalt und das, was sie so zärtlich in den Armen wiegte. Es war in den gleichen roten Samt gehüllt, aus dem ihr Umhang bestand.

Armand beugte sich über sie und streckte die Hand nach dem Tuch aus.

»Nein!« schrie sie schrill und hielt die Arme schützend davor.

Armand drehte sich zu Rebecca um und sah sie fragend an. Sie kniete sich neben ihrer Cousine nieder. »Es ist alles in

Ordnung, Margaret. Wirklich. Laß uns sehen, was du in den Armen hältst. Wir nehmen es dir nicht weg, das verspreche ich dir.«

»Rebecca?« sagte Margaret mit belegter Stimme. »Rebecca?«

Rebecca spürte, wie sich ihr die Kehle zuschnürte, und sie legte die Hände auf die abgemagerten Schultern ihrer Cousine. Sie hatte schrecklich abgenommen. »Ja, Liebes. Ich bin's, Rebecca. Laß uns jetzt sehen, was du da hast. Sei ein braves Mädchen.«

Mit einem Seufzer ließ Rebecca ihre Cousine los, damit sie den schweren Stoff wegziehen konnte. Als Rebecca einen Schrei des Entsetzens ausstieß, lächelte sie gütig.

Eingerahmt von dem blutroten Samt lag da Jacques' marmorweißes Gesicht.

»Ich habe ihm geholfen«, sagte Margaret mit unnatürlicher Stimme. »Er ist jetzt bei Gott.«

Starr von dem Schock beobachtete Rebecca, wie sich Armand hinunterbeugte und den Rest des Stoffes wegzog. Jacques' Körper lag seitlich zusammengekrümmt vor ihm, und in seiner Brust steckte ein goldenes, juwelenbesetztes Messer.

»Du lieber Gott im Himmel!« rief Armand aus.

»Margaret ... was ist geschehen?« fragte Rebecca, unfähig, den Blick von dem Messergriff und dem roten Blutfleck um Jacques' Brust herum abzuwenden.

Margaret lächelte süß. »Siehst du, wie friedlich sein Gesicht ist? Ich habe ihm geholfen, zu Gott zu gelangen«, sagte sie in leichtem Plauderton. »Ich wollte ihn glücklich machen, das habe ich dir gesagt. Der arme Jacques hat solche Qualen gelitten. Aber es war schwierig. Es ging ihm sehr schlecht, und alles, was ich tat, half ihm nicht. Und dann brachte er mich hierher, an diesen gottlosen Ort. Ich mußte dem ein Ende bereiten. Ich mußte ihn von dem Bösen befreien, das von seinem Vater und seinem Bruder Besitz ergriffen hatte. Sie alle sind jetzt bei Gott, und Gott wird über sie richten. Er wird ihnen die Sünden vergeben.«

Rebecca fing am ganzen Körper an zu zittern, und Armand ließ sich neben Margaret auf die Knie nieder und legte den Arm um sie.

»Margaret«, sagte er sanft, »was meinst du damit, ›sie sind jetzt *alle* bei Gott‹?«

»Nun ja, Edouard, Armand und Jacques natürlich.«

»Aber ich bin Armand!«

Sie setzte ein wissendes Lächeln auf. »O nein. Du bist nicht Armand. Armand habe ich nicht auf die gleiche Weise geholfen wie Edouard und Jacques. Ich hätte es getan, aber er ging fort und kam im Krieg ums Leben. Ich habe es in einer Vision gesehen.«

Sie lächelte jetzt Rebecca an. »Jetzt sind sie alle fort. Wir können wieder glücklich sein, Rebecca. Sie werden dich nicht mehr mit ihren schmutzigen Händen berühren. Dafür habe ich gesorgt!«

Endlich fand Rebecca ihre Stimme wieder. »Margaret, du ... du sagst, du hast Edouard ›geholfen‹. Was meinst du damit?«

Margaret sah sie kopfschüttelnd an, als sei sie ein dummes Kind. »Rebecca, du bist doch sonst nicht so schwer von Begriff. Du überraschst mich. Es war alles ganz einfach. Nach dem, was Edouard dir angetan hat, war mir klar, daß er es war, der sich nachts in unsere Schlafzimmer schlich.« Sie schnalzte verächtlich mit der Zunge. »Er war ein schlechter, ein abscheulicher, ein böser Mann!«

»Aber wie hast du ...?«

»Ich sagte doch, es war ganz einfach«, erwiderte Margaret gleichgültig. »Ich verabredete mich mit Edouard im Pavillon nach dem Abendessen. Er kam, er wollte natürlich Böses mit mir treiben – das weiß ich –, aber Gottes Wille hat mir eine starke Hand beschert.«

»Und Armand? Warum wolltest du Armand ...« Rebecca räusperte sich. »Warum wolltest du Armand helfen?«

Margaret zog die Augenbrauen hoch. »Weil er auch schlecht war, und auf die gleiche Weise abscheulich. Ich habe dich und ihn im Pavillon beobachtet. Ich habe gesehen, was er dir angetan hat.«

Rebecca weinte lautlos. »O Margaret! Was hast du getan?«

Margaret fuhr Rebecca sanft übers Haar. »Jetzt ist alles wieder gut, Rebecca. Du wirst sehen. Weine doch nicht!«

»Margaret«, sagte Armand, »du mußt Jacques jetzt loslassen. Rebecca wird dich in dein Zimmer führen, wo du dich ausruhen kannst. Ich werde mich um Jacques kümmern.«

Margarets Gesicht nahm einen entschlossenen Ausdruck

an. »O nein! Du kannst Jacques nicht mitnehmen. Er ist jetzt rein. Alles Böse hat ihn verlassen. Und ich kann hier auch noch nicht weg. Zuerst muß ich noch diesen Raum zerstören. Dieser Raum ist eine Lasterhöhle des Teufels. Sein Bild hängt dort an der Wand.« Sie deutete auf das umgedrehte Bild über dem Altar.

»Wir werden uns um den Raum kümmern, Margaret«, sagte Armand sanft. »Wir werden all das hier hinausschaffen und verbrennen. Das verspreche ich dir. Geh nur mit Rebecca.«

Margaret schüttelte stur den Kopf. »Nein! Ich muß es selbst tun. Es ist Gottes Wille!«

Armand nahm ihren Arm, um sie hochzuziehen, aber mit unwahrscheinlicher Kraft entzog sie sich ihm und stand von selbst auf. »Nein! Laß mich in Ruhe!«

Bevor einer der anderen es verhindern konnte, nahm Margaret die Laterne, die Lutie auf dem Altar abgestellt hatte, und hob sie hoch über ihren Kopf. »Alles muß gereinigt werden«, sagte sie beinah feierlich. »Durch Feuer gereinigt.«

Sie schleuderte die Laterne zu Boden, wo sie zerbarst und sich das brennende Öl ausbreitete. Sofort fingen die Teppiche und Wandbehänge Feuer.

»Rebecca, Lutie, hinaus!« brüllte Armand. »Schnell! Ich bringe Margaret. Lutie, nimm du die andere Laterne.«

Schon im Laufen streckte er den Arm nach Margaret aus und umfaßte sie. Die andere Hand hatte er sich schützend vors Gesicht gehalten. Als Rebecca sich überzeugt hatte, daß er mit Margaret nachkam, drehte sie sich um und folgte Lutie durch die Tür und in den Vorraum. Dort hielt sie an und sah sich erneut nach Armand um.

Sie war erleichtert, als er Margaret hinter sich herzog und ebenfalls durch die Tür kam. Hinter ihnen ging der ganze Raum in lodernden Flammen auf.

Rebecca ging hinter Lutie durch die Öffnung der Holztäfelung, angetrieben von Luties Zurufen, daß sie sich beeilen solle. Aber als sie durch die Tür war, wandte sie sich um, gerade in dem Moment, als Margaret sich mit einem Schrei des Triumphes von Armand losriß und zurück in den Raum stürmte, der jetzt ein Inferno war.

»O nein, Margaret!« Rebecca stieß so schrille Schreie aus, daß ihre Kehle schmerzte.

Sie wollte ihrer Cousine hinterherrennen, aber Armand packte sie und zog sie mit sich. »Nein, Rebecca, du würdest nur mit ihr sterben. Es hat keinen Sinn. Wir können jetzt nur noch uns selbst retten.«

Während sie durch die Gänge hasteten, hatte Rebecca das Gefühl, daß sie wahrlich vor der Hölle flohen. Die Flammen breiteten sich gierig in alle Richtungen aus und streckten heimtückisch die Tatzen nach ihnen aus.

Das Haus war voller dichter Rauchschwaden, und die Luft war so heiß, daß sie beim Atmen in der Brust schmerzte. Es war wie in einem glühenden Ofen. Endlich erreichten sie die vordere Tür und stürzten sich ins Freie, wo sie Armand weitertrieb bis zum anderen Ende der Auffahrt. Dort fielen sie sich endlich befreit alle drei in die Arme.

Rebecca stellte fest, daß der Sturm sich gelegt hatte. Das Knistern der Flammen und das zusammenbrechende Gebälk waren jetzt die einzigen Geräusche, die zu hören waren. Vor dem dunklen Himmel hoben sich die schlängelnden Flammen ab, als ob sie tanzten, und hüllten das Haus in gewaltige gelb leuchtende Schwaden. Nur langsam wurde ihr bewußt, daß sich die Sklaven um sie herum versammelt hatten und mit ergriffenen Gesichtern den alles verzehrenden Flammen zusahen.

»Arme, verwirrte Margaret«, flüsterte sie.

Armand zog sie in seine beschützenden Arme. »Sie wäre auf jeden Fall in ein Heim gekommen, Liebling, und das wäre sehr schlimm für sie geworden.«

Plötzlich spürte Rebecca, daß ihre Wangen naß vor Tränen waren; sie hatte gar nicht gemerkt, daß sie zu weinen begann. »Wenigstens ist sie jetzt mit Jacques vereint. Sie liebte ihn, weißt du, auf ihre Art.«

Sie machte sich ein wenig frei von Armands Umarmung und streckte die Hand nach Lutie aus, um sie zu sich beiden heranzuziehen, so daß sie alle drei einander in den Armen hielten.

So blieben sie schweigend stehen, jeder in seine eigenen Gedanken versunken, während das Feuer das Maison de Rêverie langsam vernichtete. Es löschte eine düstere Vergangenheit aus und ermöglichte damit den Anfang eines neuen Lebens.

28/114 - DM 7,80

28/115 - DM 7,80

28/116 - DM 7,80

28/117 - DM 7,80

28/118 - DM 7,80

28/119 - DM 8,80

28/120 - DM 7,80

28/121 - DM 7,80